講談社文庫

悲衛伝

西尾維新

講談社

HIEIDEN

NISIOISIN

DENSETSU
SERIES
∅8

悲伝

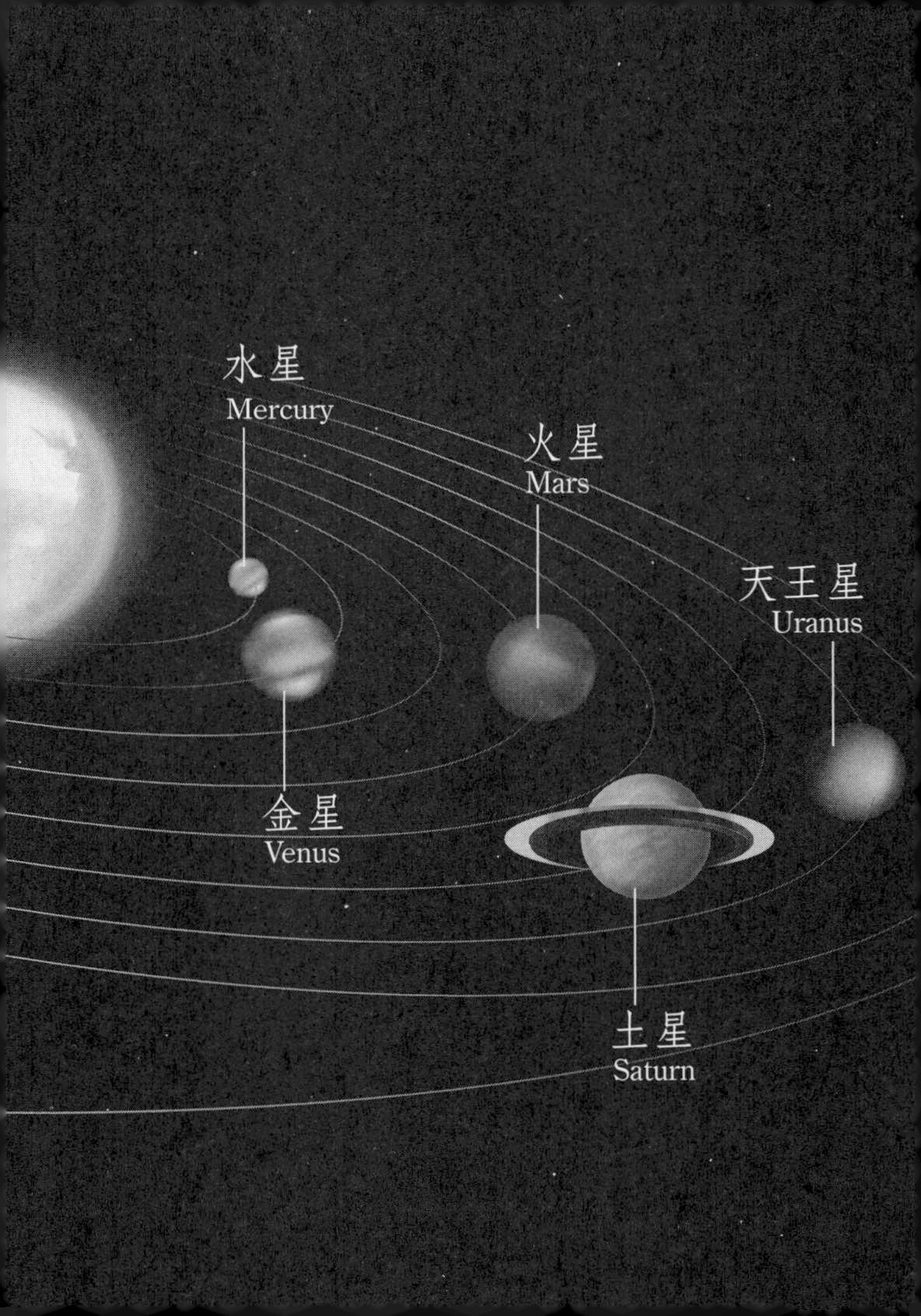
水星
Mercury
火星
Mars
天王星
Uranus
金星
Venus
土星
Saturn

太陽系
Solar System
太陽
Sun
木星
Jupiter
海王星
Neptune
地球
Earth
冥王星
Pluto
(準惑星)

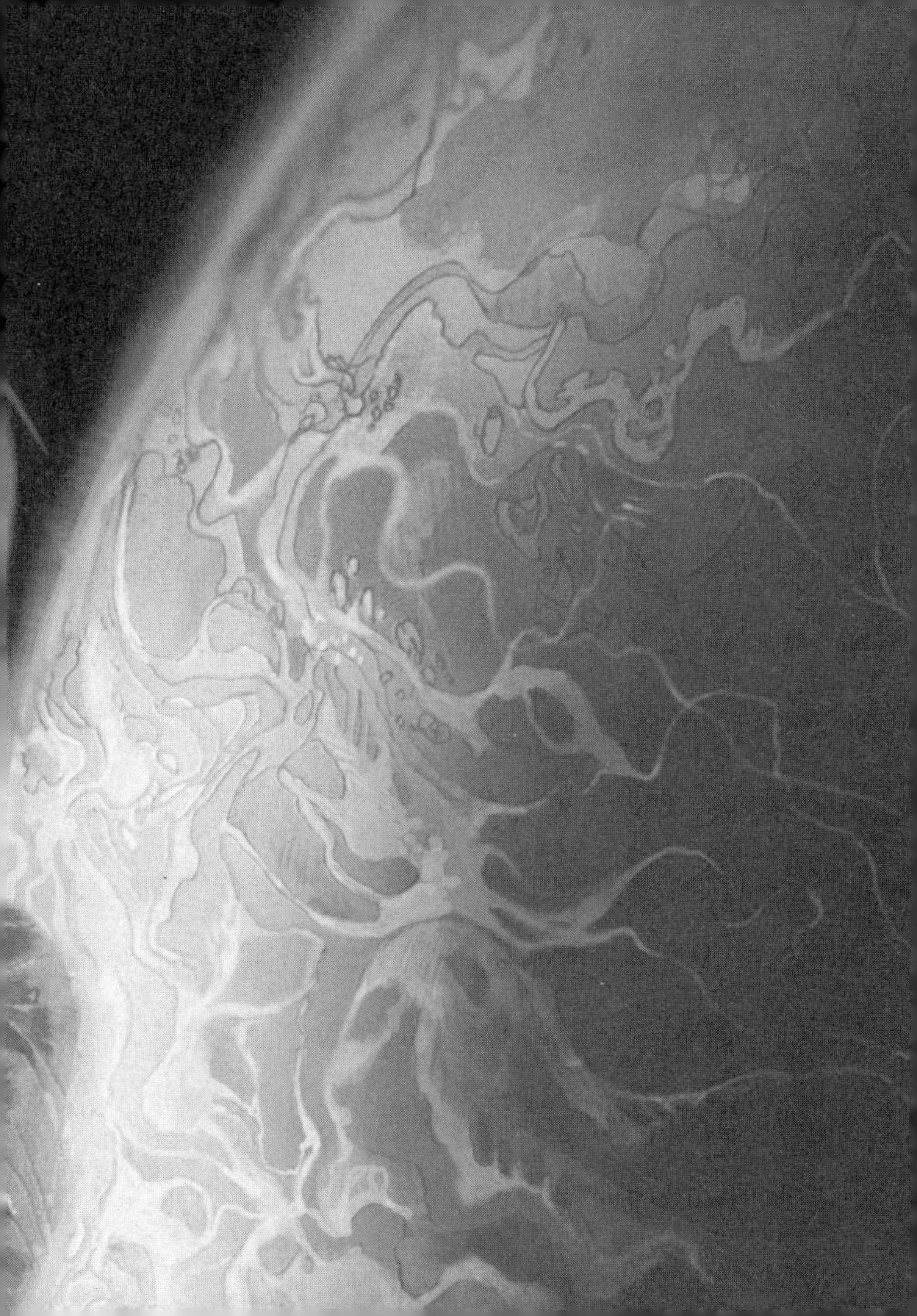

悲衛伝
DENSETSU
SERIES
Ø8
HIEIDEN
NISIOISIN

悲衛伝

DENSETSU SERIES ∅8

HIEIDEN

NISIOISIN

第1話「ようこそバニーガール！人工衛星『悲衛』」

0

宇宙では何が起きてもおかしくない。
もちろん、何も起きなくてもおかしくない。

1

「『この一歩は小さな一歩だけれど、人類にとっては大きな一歩だ』──語り継がれてそりゃあ当然ってほど心に残る素晴らしい名言だけれど、あれからおよそ五十年、残念ながら人類は、その一歩から先に進んでいる印象がないのよね」

少なくともあたしは。

あなたがた人類を、随分《ずいぶん》長い間、おもてなししていないもの──と、そのバニーガールは唇《くちびる》を歪《ゆが》めて、嘲笑《ちょうしょう》するように言った。

『地球撲滅軍』の新設部署、空挺《くうてい》部隊の隊長である十四歳の少年、空々空《そらからくう》としては、全面的な戸惑いを禁じ得ない――そもそもバニーガールなんて目にするのは初めてのことだったし、仮にバニーガールでなかったとしても、トレーニングルームでのエクササイズを終えて戻ってきた自分の部屋に、自分の知らない人間がいることは、たぐいまれなる異常事態なのだ。

なにせ、広さ四畳にも満たないこの部屋は、先日、ロシアから打ち上げられた人工衛星『悲衛《ひえい》』の中の一室なのだから――部屋と言うより、この乗り物の中に、正規の搭乗員以外の人間がいるとなると、即座にエマージェンシーを発動しなければならないほどの大事件である。

(まあ、搭乗員は全員、僕も含めて、正規ということがとてもできそうもない、ろくでなしばっかりなんだけれど……)

「そんで、いつまで経《た》っても来てくれないから、我慢できずにこっちからふらっとお邪魔させてもらったってわけなの――ちょうど話のわかりそうな奴が、打ち上げられてきたことだしね」

話のわかりそうな奴？

(僕のこと？)

わかりそうな奴なんて、そんな風に言われたのはほぼ初めてのことだったし、仮に虚心から出た、初対面の社交辞令抜きの言葉だったとしても、見込み違いもいいところだった――空々にはバニーガールの言っていることが、まったくわからない。

わけがわからない。

創意工夫に欠けること著《いちじる》しいけれど、しかし、この状況では、

「あなたは……何者なんですか？　どこの組織の人間なんですか？」

と、訊《き》かざるを得ない。

他に何を訊けばいい？

人工衛星『悲衛』は、空々空が籍を置く『地球撲滅軍』の所属だが、バニーガールがメンバーだという話は、これまで寡聞《かぶん》にして知らない。その華やかな感じからすると、今は亡《な》き『絶対平和リーグ』の生き残りなのかとも思われたけれど、ただ、あそこの組織が育成していたのは、魔法少女であって、バニーガールではなかったはずだ。

（それに、魔法少女の最年長は、鋼矢《こうや》さんのはずだし……、この人は、こうして見る限り、氷上《ひがみ》さんと同じくらい……）

じゃあ、氷上さんの友達だろうか。

あの人も変な格好をするのが趣味みたいな節《ふし》がある――一瞬でいろいろ彼女の正体を想定した空々だったが、バニーガールの返事は、そのすべてを裏切った。

根本的に裏切った。

「そもそも人間じゃないぴょん」

ウサギっぽく言った。

ウサギはそんな喋りかたをしないが……、そもそもウサギは喋らないが。

「あたしは月よ——きみ達が戦い続けている、悪《あ》しき地球の周りを、ぐるぐると回ってる、人工じゃない、あの衛星。今日はあなたに、とてもいい話を持ってきたの」

空々空は——驚かなかった。

2

『月』
自転周期——27日
公転周期——27日
太陽からの距離——1億4960万キロメートル
直径——3475キロメートル
質量——1・61×10^{24}キログラム
属性——衛星

ウサギっぽくと言うなら、本人工衛星『悲衛』を製作したのは、『地球撲滅軍・自明室』(旧『不明室』)の長、左右左危《ひだりうさぎ》博士である。

彼女は現在、科学と魔法の融合を研究の主題に据《す》えており、それを安全な場所で効率的におこなうために、自身のラボラトリーを地球上から、宇宙空間へと移したのだ。

3

人類が地球と戦う上で一番のネックは、地球上のどこで戦おうとも、そこはアウェイであるという問題なのだが、それを同時に打破するダイナミックな案であり、空々空が率いる空挺部隊は、彼女が人工衛星『悲衛』の打ち上げ準備を整えるまでの陽動作戦を担当することになった。

担当することになったも何も、そのミッションが陽動作戦である事実を空々達は知らされていなかったし、その結果、部隊員のうち、約二名がリアルに死にかけたくらいだったが、結果だけ見れば、作戦は成功した。

結果しか見えなかったとも言えるが。

ロシアの対地球組織『道徳啓蒙局《けいもう》』の生き残り、トゥシューズ・ミュールの協力を得て、人工衛星『悲衛』は無事に空高く打ち上げられて、衛星軌道に乗った。

空挺部隊の副隊長、氷上竝生《なみうみ》いわく、『右左危博士だけを乗せて打ち上げられたら、一番よかったのに』だそうだが、ただし、『科学と魔法の融合』が研究の主題である以上、そのまんま科学と魔法の融合部隊である空挺部隊、まして『魔人』の後継者に指名されている空々空が、数万キロの旅に同行しないわけにはいかず――結果、空々空は現在、宇宙にいた。

（『将来は宇宙飛行士になりたいです』なんて作文を、書くタイプの小学生じゃなかったはずなんだけどね……）

プロ野球選手になりたいです、と書いたような気がする。

今から思えば夢みたいな夢だけれど、そもそも小学生がなりたいと思う将来の職業なんて、『周囲からちやほやされること』が基準になる傾向が強いので、『地球撲滅軍』の事実上エースという、今の空々の立場は、見事に夢が叶《かな》っていると言えなくもない。ちやほやされる千倍くらい、殺されかけているけれど。

ちなみに、少数精鋭とは言え空挺部隊の全員が、人工衛星『悲衛』に搭乗できたわけではない――宇宙船には人数制限というものがある。

そうでなくとも陽動作戦の最中に、消耗《しょうもう》した隊員二名――手袋鵬喜《てぶくろほうき》と杵槻《きねつき》鋼矢のふたりは、しばらくは日本の秘密病院に入院中である。

かつて、空々に仲間を殺されたと思い込んでいた(それはほぼ事実である)上に、なし崩し的にあれよあれよと部下に組み込まれてしまった、上司の立場からして見るなら危なっかしいことこの上ない手袋はともかくとして、頼れる年上の魔法少女である杵槻鋼矢が抜けるのは痛かったが、これぱっかりはどうしようもない。

完全なる回復を祈るのみだ。

『地球撲滅軍』の原則に則《のっと》ると、回復しなかったら処分されかねないので、決して利己的な事情だけではなく、本人のためにも、祈るのみである——そしてもう一名、空挺部隊の隊員にして専属兵器である人造人間『悲恋《ひれん》』も、搭乗していない。

人工衛星『悲衛』同様に、右左危博士入魂の作品である彼女は、まさしく科学代表とも言える存在であり、ならば是が非でもこの宇宙船に乗り込むべきではなかったのかと、研究には素人《しろうと》ながらも空々は考えたのだけれど、そこは背に腹は替えられない両天秤《りようてんびん》と言うか、右左危博士としては、本来は陽動作戦であったはずの救助船『リーダーシップ』の内偵が、思いのほかうまくいってしまった以上、彼女に続けさせたほうが有意義であると判断したらしかった。

おそらく『自明室』のメンバー、馬車馬《ばしやうま》ゆに子と乗鞍《のりくら》ぺがさのふたりを『人間王国《にんげんおうこく》』に残したのも、同じ基準によるのだろう——空々が見ている景色よりも、ずっとずっと先を、右左危博士は見据えているのだ。
そんなわけで、人工衛星『悲衛』への搭乗メンバーは、以下のようになる。

左右左危（『自明室』室長）
酸ケ湯《すかゆ》原作《げんさく》（『自明室』副室長）
空々空（空挺部隊隊長）
氷上竝生（空挺部隊副隊長）
酒々井《しすい》かんづめ（空挺部隊・元『魔女』）
虎杖浜《こじょうはま》なのか（空挺部隊・元『絶対平和リーグ』）
灯籠木《とうろぎ》四子《よんこ》（空挺部隊・元『絶対平和リーグ』）
好藤覧《すいとうらん》（空挺部隊・元『絶対平和リーグ』）
地濃鑿《ちのうのみ》（空挺部隊・元『絶対平和リーグ』）

トゥシューズ・ミュール（元『道徳啓蒙局』）

人数が少ないほうが宇宙船発射時のエネルギー効率がいいというのであれば、地濃のことは置いてきてもよかったんじゃないかと空々は強く思ったけれど（思っただけでなく、書面で提出した）、そこは宇宙船のキャプテンである右左危博士と、副キャプテンである酸ヶ湯博士が譲らなかった。

どうも、地濃の資質から何かを見いだしているらしい——それ自体は彼にも否定しようがないので、提案は引っ込めざるを得ない。

ともかくにも、現在、人工衛星『悲衛』に乗っているのは、以上の十名のはずなのだ——他の人間がいるわけがないし、バニーガールなんて乗っているはずがない。

まだ始まったばかりの宇宙生活で、早速頭がおかしくなってしまったのか（この一年半で、おかしくなるタイミングなんていくらでもあったのに、なぜ今？）と不安になったが、しかし。

月だと名乗られれば、何の不思議もなかった。

なにせ彼は、敵対する地球とだって、話したことがあるのだから。

4

二十代半ばの女性、日本語を喋《しゃべ》っているし、見る限りは日本人に見える。もちろんそれは、月が日本人だったという、どこから手を着けていいかわからない、手の着けられない学説に対する生きた証拠というわけではなく、空々に合わせているということなのだろう。

空々の視覚に。

バニーガールの格好をしているのは、まさか空々の好みに合わせたわけではなく、単に『月のイメージ』のわかりやすい具現化なのだろうが——してみると、空々が話したときの『地球』が、幼児の姿を取っていたことには、何か象徴的な意味合いがあったのか？

「そもそも、どうして惑星や衛星が、つまりは星々が、人間の姿を取って現れるんですか？」

「大人が新生児に対するとき、自然と赤ちゃん言葉になるようなもんよ。でちゅまちゅ言ったら通じるってわけじゃないけれど、まあ、気分の問題だぴょん、気分の」

説明になっているんだかなってないんだか、けれども一定の説得力のある説明に丸め込まれながら、空々は自分が這入《はい》ってきた扉がロックされていることを横目で確認する——なにせ宇宙船なので、気密性・密閉性には何ら心配のいらないオートロックシステムだけれども、念には念を入れたのだ。

他のクルーに見られては困る——のかどうか、まだ判然としないけれども、地球との面会を、まだ誰にも言わず胸の内に秘めている彼としては、月との面会もまだ公表すべきではなかろうと、直感的に思った。

と言うか、空々以外のクルーからすれば、部外者が船内にいるというのは先述の通り大事件であり、その先、どういうエキサイティングな展開になるか想像もつかない——自らを地球の衛星・月だと名乗る彼女をすんなりと受け入れられるのは、あくまでも、彼が空々空だからなのだ。

対応性。順応性。常軌を逸するまでの。

普通なら、異常なバニーガールが現れたと思って、それなりの対処をすることになる——おこなってきた非道の数々を思えば、おこたってきた人道の数々を思えば、意外なほどに平和主義者である空々としては、その事態は避けたかった。

船内でのトラブルは、キャプテンである右左危博士に細大漏らさず報告すべきなのかもしれないけれど、しかし名目上、軍隊の形式を取っている『地球撲滅軍』において、空々は空挺部隊の隊長であり、右左危博士の下についているわけではないので、このくらいなら独自の判断は許されるはずだ——少なくとも、バニーガールが来訪してきた理由を知るまでは。

ドアはきちんと閉まっていた。

狭苦しいひとり部屋に、窓はない。

人工衛星『悲衛』の原型を開発したロシアの対地球組織、『道徳啓蒙局』の開発者達は、『外壁にカメラがついているんだから、窓なんて必要ない』という極めて合理的な思想に基《もと》づいて、設計図を描いたらしい——お陰で、窓の外から、月との面談を覗《のぞ》き見される恐れはなくなった。

宇宙空間で、誰が窓の外から覗き見できるのかという話でもあるが——地球が見ている可能性があるので、油断はならない。

こちらから見えるときは、あちらからも見えるのだ。

「えっと……、月……さん？　飲み物とか、ります……？　お茶とか……」

「確かにあたしは乾いた衛星だけれど、水の惑星地球でならともかく、宇宙空間では貴重な水を、わけてもらおうとは思わないわ」

探りを入れるように訊いてみたら、意外と気を遣った反応が返ってきた。言葉遣いは蓮《はす》っ葉《ぱ》だが、気遣いはそうでもないらしい。

「それよりも、『月さん』って言うのは、座りが悪いわね。語呂がいまいち。何かニックネームでも考えてよ」

「はあ。ニックネーム……ですか」

「そう。あたしは話し合いにきたの——話すときは、お互い、名前が必要でしょう？」

そう言われても、窮《きゅう》する。

『地球撲滅軍』の基本姿勢は『話す前に殺せ』なので、そもそも話し合いの作法なんて知らない——四国で魔法少女達相手に繰り広げたのは、あれは話し合いと言うより、騙《だま》し合いだった。

コミュニケーションはむしろ苦手だ。

「じゃあ……、さしあたっては、ブルームーンさんって言うのはどうでしょうか」

意味はなかった。

単に、たまたま知っていた、月に関する用語から、適当にセレクトしただけだ（最初に思いついたのは『ジャイアントインパクト』だったが、そちらは事情があって却下した）——バニーガールの衣装の色は黒かったし、目の前の彼女にはぜんぜん『ブルー』というイメージはなかったのだけれど、そういう表面的なイメージに一切とらわれることがないのが、空々少年である。

だが、本人はお気に召したようだった。

「あら、いいわね。でも、ブルームーンじゃちょっと長いから、二文字削って、『ブルーム』でお願い。さんはつけなくてもいいから」

サンがつくと太陽みたいだもんね――あのおかたは喜ぶかもしれないけれど――と、何がおかしいのか、くすくす笑う彼女に、空々は首を傾《かし》げたけれど、とりあえず、呼び名は決まった。

ブルーム。謎《なぞ》のバニーガールにして、月。

「僕は空々――」

「空くんでしょ。『地球撲滅軍』の英雄。知ってるわよ。知ってるから来たんだし。話し相手として選んだんだし」

「……そうですか」

自己紹介の手間が省《はぶ》けるのは正直、ありがたい。『地球撲滅軍』内での肩書きもころころ変わるし、何より、自分が何者であるかなんて、もはや彼自身、容易には説明できない現状になっている。

軍人としての活躍の成果で、空々空はわけのわからない存在に成り果てた。

ほんの少し前までなら、野球少年の一言で通ったはずなのに、今となっては、あちこち振り回されて、人間かどうかさえ不明の、謎めいた少年へと変貌《へんぼう》している――謎めき度で言えば、宇宙船の中に突如として登場（搭乗？）したバニーガールと、どっこいどっこいである。

話し相手として選ばれても、ならば不思議ではないのかもしれない――問題は、その話とやらが、何なのかである。

わけがわからないふたりの話が、理路整然としていることを祈る。

地球を名乗る幼児と話したとき、彼（彼女？）が一方的に広げたトーク内容は、無感情な空々だって絶句せざるを得ないような、最高におぞましいものだった。

次なる『大いなる悲鳴』の予告だった。

そんな荒唐無稽《こうとうむけい》な内容だったからこそ、これまで誰にも相談できず、胸のうちに仕舞い込んで来たのだけれど――まさか、その駄目押しのために、今度は月が現れたのだろうか？

ありえる。

本人（ならぬ、本星）が名乗ったように、月は地球の衛星なのだし、地球に隕石《いんせき》が衝突することによって、飛び散った破片が、月の素材になったという説がある（これを『ジャイアントインパクト』と言う）ことを思うと、ブルームが、地球からの密使だという可能性は、十分に考えられる。

『地球撲滅軍』内での軋轢《あつれき》が消滅し、ライバル組織と言えた『絶対平和リーグ』を吸収合併し、世界各地の対地球組織が連合を組む動きを見せていて、つまりはようやくのこと、人間同士の醜い争いに片がつき始めてきたここに来て、地球側から先手を打たれるなんて。

「『さあここからだ』ってところに、横槍《よこやり》が入ったと思っているのかもしれないけれど、そうでもないわよ。あたしはむしろ、救いの手を差し伸べに来たんだから」

と、ブルームは笑った。

心があるのかどうかも定かではない空々少年の思考を読んできた形で、それができるだけでも、ブルームがただの人間ではないことは確かだった——いっそ、その事実をもってして、人間でない保証としてしまってもいいくらいだ。

「救いの手……、ですか」

世話役も務める氷上竝生が提供する、至れりつくせり上げ膳《ぜん》据え膳の生活を送っている空々は、突然の来客に、『お茶を出す』以外のもてなしかたが思いつかなかったので、とりあえず、椅子《いす》に座ったブルームと対面するように、ベッドに腰掛けた。

狭い部屋なので、ほぼ膝《ひざ》を突き合わせるような距離だ——この距離にバニーガールがいるというシチュエーションが、なんだかギャグ漫画みたいで、いまいち話に身が入らない。話に身が入らないが、救いの手？

「そう。ようやくのこと、あなた達人類が、地球の制空権から外に出てくれたからね。それゆえにあたしが声をかけられたってことよ……、ちなみに国際宇宙ステーション、ISSは、ぎりぎり制空権の中なの」

ISSというのは聞いたことがあったけれど、それがどのくらいの軌道を飛んでいるのかの知識はなかった──察するに、この人工衛星『悲衛』は、更にその外側を回っているようだ。

そう言えば右左危博士が、『なるべく渋滞を回避しないと、邪魔が入っちゃうかもしれないからねえ』と言っていたような言っていなかったような──彼女は、天才と呼ばれることを嫌うタイプの天才だけれど、案外、直感的に、地球の制空権を読んでいたのかもしれない。

まさか、地球の制空権から出たことで、船内の一室に月が訪れるとまでは、思っていなかっただろうが……。

「星々ってのは、縄張り意識が強いのよ。惑星も衛星も恒星も……、近づきすぎると重力で引かれあって、衝突しちゃったりするから、無理もないんだけどね」

逆に言うと、テリトリーの外で起こることに関しちゃ容易には干渉できないって意味でもあるんだけどね──と、ブルーム。

「ゆえに、こうしてあたしは、人類と接触することに成功したわけだ。一九七二年以来、およそ五十年ぶりに。うふふ、懐かしい」

「……宇宙規模で考えれば、五十年なんてあっという間なんじゃないですか？」

天文学的数字、なんて言うし。

素朴《そぼく》な疑問をぶつけてみると、「そうでもない」と、ブルームは首を振った。

「アインシュタイン先生が言ってたでしょ？　時間とは相対的なもので、ストーブの上に手を置いている時間は永遠にも感じられるって——人類と地球との戦いを、間近の砂かぶりで見ている時間は、永遠とは言わないまでも、光年に匹敵したわ。特に、『大いなる悲鳴』以降の劣戦は、はらはらしたもの——光年は距離の単位だけどね」

どちらかと言えば気になるのは光年という単位の使いかたではなく、どうしてブルームは、アームストロングやアインシュタインといった、偉人の名言に詳しいのかだったけれど、そんなところにやいのやいの言っても、話が進まない。

停滞するばかりだ。

正直、本題に入って欲しくないという気持ちもあるのだが、しかし、こうして話しているところに、誰かが空々を訪ねてこないとも限らない。

火星出身の『魔女』が人間に転生した姿である酒々井かんづめ辺りならまだしも、特に大した理由もなく地濃鑿が訪ねてきたらと思うと、目も当てられない——土台、今、この人工衛星『悲衛』に乗り込んでいるアストロノーツは、空々も含めて、宇宙飛行士にとってもっとも大切な資質である人間性という点において、落第生ばかりなのである。

宇宙に行くどころか、海に沈められてもおかしくない面々だ。

ならばさっさと話を聞いて、できることなら、さっさと帰ってもらうというのが、空々にとっての最大能率だろう。

ただ、そういう利己的というよりは保身的な計算はさておいても、ブルームの物言いには、やや引っかかる箇所があった。

『大いなる悲鳴』以降の劣戦。

劣戦。

それはどちらかと言うと、地球ではない人類側に立った視点である——月は地球の衛星のはずなのに？

「過度に期待を持たせるつもりはないから、最初に言っておくと、あたしは別に、人類の味方というわけではないわ。中立のつもりよ——今、きみ達に対して肩入れするような表現をしたのは、ついつい負けそうなほうを応援したくなる、単なる判官贔屓《びいき》って奴よ。人類が優勢だった頃は、地球を応援していたわ」

「はあ……」

判官贔屓なんて、古めかしい言葉を使われても反応に困るけれど、しかし、どっちつかずであっても中立ならば、それで十分大助かりであるというのが、空々にとって、素直な感想だった。

「で、今回は、中立から仲立ちへとスタンスをチェンジしようって腹なの。ふふっ。まあ、字は同じなんだけれど」

中立と仲立ちでは字が違う。

随所随所、突っ込みどころが散見されるブルームの言い回しだったけれど、ディスコミュニケーションが生じるほどではなかったので（アメリカ合衆国に滞在したときのほうが難儀したくらいだ）、全部スルーして、空々は、

「仲立ちっていうのは、地球と人類との仲立ちってことですか……？」

と訊く。

そんなことを言われても、にわかに信じられない――空々が知る限りにおいて、人類と地球との戦いは、五十年どころではない規模で続いている。

泥沼の様相を呈している。

その間に入ろうと言うのか？

「うーん。厳密には違うんだけど」

厳密には違うのか。

ブルームも、取り立てて言を左右にしてもったいぶっているわけではなく、相応《ふさわ》しい言いかたを探しているようだった。

つくづく、『鋼矢さんがここにいればなあ』と、思う——悪く言えば舌先三寸で、よく言えば抜群のコミュニケーション能力で、あの頃の四国を生き延びた彼女ならば、あるいはブルームとも、もっとスムーズに会話できたのではなかろうか。

もっとも、杵槻鋼矢——元魔法少女『パンプキン』がいたところで、ブルームが『話し相手』として、彼女を選んだとは限らない。

空々が選定されたのは、彼が以前、地球を名乗る幼児と話した『経験者』であるという点を見込まれたのだとばかり思っていたけれど、あるいはそうではなく、人工衛星『悲衛』のクルーの中で、一番地球に対する反感が薄いという点を見込まれたのかもしれない。

戦歴の長い右左危博士や長い歴戦の酸ヶ湯博士は言うまでもなく、柔軟性の高い杵槻鋼矢や、自由奔放な地濃鑿でも、幼少期から地球がにっくき敵だと刷り込まれているのだから、突然バニーガールがやってきて、時の氏神を気取られても、そうは容易に受け入れられまい。

空々の反感が薄いのは、洗脳期間が短いからではなく、単に心の死んでいる彼は何事につけ、共感も反感も薄いからというだけのことなのだが、それがここで選抜の理由になるのだから、人間万事塞翁《さいおう》が馬だ。

こうなると、ブルームの選定が間違っていませんようにと、他人事のように、願うのみだ。

「厳密に言うと、仲立ちはできない」

厳密に言うと、言っていることが百八十度変わった。

満月からいきなり新月に変わったくらいの落差だった。

「おわかりの通り、あなた達人類と、地球との戦争は、そんな揉《も》めかたじゃないからね――こじれにこじれちゃって、もう理屈も正論も通じない。なので、あたしごときのちっぽけな衛星が、その間に入ることは難しい」

あたしは傍観者気取りの語り部だから、とブルームは、たぶん冗談だと思われる台詞《せりふ》で茶化してみせたけれど、空々は、面白い面白くないではなく、笑えない。

じゃあ何をしに来たのだ。

「ヒーローインタビューかな？」

「…………」

「いや、これはおちゃらけているわけじゃなくって、本当にね――人類を代表する者として、あなたという人間を値踏みしに来たというのが、正確なところなんだよ」

この人工衛星を代表するくらいならまだしも、僕を人類代表として選定するなんて相当な無理があることを教えないわけにはいかないと、空々はとっさに口を開こうとしたが、それを制するようにブルームは、

「あたしという衛星を納得させることができれば、他の惑星を紹介してあげるって言ってんの——地球と並ぶ太陽系の惑星を。惑星達ならあるいは、戦争の仲裁が可能かもしれないから」

と言った。

5

水金地火木土天海。

小学生の頃に、理科の授業で受けた、太陽系の惑星の記憶法だ——リズミカルに教えられたから、なんとなく記憶に残っている。

正式名称は、水星、金星、地球、火星、木星、土星、天王星、海王星だったか……、まともな学校教育を受けなくなって久しい空々なので、正式名称となるとやや怪しかったが、たぶん、それで間違いないはずだ。

ただし、そのうち地球は、現在、戦っている相手だし、火星もまた、『魔女』酒々井かんづめの出身地（出身星）ということで、印象に残ってはいるけれど、他の惑星の詳細となると、空々少年にはほとんどわからなかった。

まあ、それはあとで、四国出身の天才ズ（虎杖浜なのか、灯籠木四子、好藤覧の、元チーム『白夜《びゃくや》』）にでも教えてもらえばいいとして――地球以外の、七つの惑星を、紹介？

「厳密に言うと、火星は無理ね」

また厳密に言われた。

厳密に言うのがバニーガールの趣味なのだろうか……。

ただ、これは言われる前に予想できてもいい卓袱台《ちゃぶだい》返しだった――火星は遥《はる》か太古の時代、地球と戦って、敗北している。

言うなら、既に戦死している。

酒々井かんづめのような生き残りを、わずかに残す程度だ――そんな生き残りの『火星陣』にしたって、地球への恨みの強さを思うと、間に入ってはくれないだろう。

まあ、『絶対平和リーグ』は『火星陣』を『魔女』として、あまり倫理的でない実験台にしていた節があるので、決して人類の味方ではないという意味では、中立とも言えるが……。

「ただし、火星は無理だけれど、その代わり、冥王星《めいおう》を引っ張ってこれるわ」

「冥王星？　なんですか、それは？」

「昔、そういう太陽系の惑星があったのよ。今はもう惑星じゃなくなっちゃったんだけれど、知らない仲じゃないんだから、ひとしなみに連合を組むなら、あれを外すわけにはいかないわ——外したくってもね」

「連合……ですか」

世界中の対地球組織で連合を組むのさえ、なかなか思い通りにいかないと言うのに、ブルームは、宇宙連合を提案しているのか。

スケールが巨大過ぎて、頭がついていかない——いや、そのスケールこそ、天文学的と言うべきなのかもしれない。

冥王星という、いかにもおっかない名前の惑星についての詳細も、あとで天才ズにご教示願うとして……。

空々は姿勢を改める。

どうやら、話を聞き終えて、丁重にお帰り願うというわけには、いかなくなったらしい——考えてみれば、考えもしなかった発想である。

望外と言うより、理外の発想。

地球対人類の戦争は、和解がありえない以上、勝つか負けるかしかないと思っていたけれど、第三者の仲裁による停戦ならば、まるっきりありえなくもないのだ。

「あたしのようなちっぽけな衛星には無理でも、惑星が総掛かりで説得すれば、地球も矛《ほこ》を収めるかもしれない……、言っとくけど、もちろん簡単じゃないわよ。惑星はみんな、星が重いから。じゃなくって、腰が重いから」

「…………」

宇宙規模のジョークは、空々には一生理解できそうになかったが、言っていることはわかる——間近で不毛な戦争を見ていたブルームはまだしも、他の惑星からすれば、地球と人類との戦いなんて、対岸の火事のようなものだろう。

実際には対岸どころの距離ではない。

星間だ。

わざわざ仲裁に入るのには、相応のモチベーションが必要になるだろう——その理由たりうる何かを人類が、つまりはその代表である空々空が提供できるかと言えば、正直なところ、無理な相談だと言わざるを得ない。

「……ちょっと待ってください。今、僕、頭の中で、すっかり惑星を擬人化して考えちゃってますけれど——惑星を説得するっていうのは、今、ブルームさんとしているようなこんな感じで、膝を交えて話し合うってことなんですか？」

「話し合いで終わるのがもちろん一番望ましいし、そのように取りはからうつもりだよ。擬人化ってのは、よくわかんないけど……、この格好は、あなた達の認識にアジャストしているだけで、実際に月であるあたしが、ここにいるわけじゃないし」

魂に直接呼びかけているようなものよ、と言われた——心がないかもしれない空々なので、同様に魂があるのかどうかも怪しかったけれど、まあ、それは思った通りだった。

そう言えば、誰だったか、天才ズの中のひとりが、宇宙飛行士は宇宙空間において、霊的体験をすることが多いらしいというような話をしていたけれど（無重力空間で長く生活することで、地上では使っていない脳のチャンネルが開くとか、よりオカルティックな理屈をつけていた）、今、空々が体験しているのも、そんな現象なのだろうか？

実際、月と話したなんて言ったら、正気を疑われることは間違いなかろう――少なくとも、ロマンチックだとは思ってもらえまい。

（でも、話すかどうか、か……。僕の正気が疑われるのは、どうせいつものことだとしても――ここまでの話となると、もうさすがに、隠しきれないって気もしてくるな）

と言うより今の今まで、地球と話した、あまつさえ地球から二回目の『大いなる悲鳴』の予告を受けたという重要事実を隠し通して来れたのが、もう一種の奇跡みたいなものだ。

時期も迫ってきて、これ以上の情報秘匿は、どっちみち難しかったのでは……？『大いなる悲鳴』の予告については、それを『地球撲滅軍』の上層部に報告したら多方面にパニックを引き起こしかねないという事情も勘案せねばならなかったが、ブルームからもたらされた此度《こたび》の提案は、言うならば救済策だ。

救いの手。

誰かひとりの、まして物事に対してまともなジャッジなんて、およそしたことのない空々ひとりの、胸の内にとどめておいていいアイディアではないのも確かである。

(でも、地球との停戦案を、人類側がすんなり受け入れるかどうかも、はなはだ怪しいもんなんだよね——だから僕が、『話し相手』に選ばれたのだとしても)

人類代表がもっとも人類らしくないという皮肉も、そこに端を発しているのだろうが……、正直に言って、空々にもっとも忠実な部下である氷上竝生でさえ、説得できる自信がない。

複数の惑星と大量の人類。

両方を説得する老練な交渉術なんて、十四歳の少年にいったい何を求めているのだ。

(結局、ひとりでやるしかないのかな……？　少なくとも、できる限りは……)

「あらあら、少し脅かし過ぎたかしら？　太陽系惑星連にしても、人類をまったく評価していないわけじゃないから、希望はあるわよ。地球が『大いなる悲鳴』で人類を完全に抹殺しようとするのを、止めたいって気持ちは、たぶんあるはずなのよ。『もったいない』って」

バニーガールからのそんなフォローは、空々の悩みを、かすめているようでややズレていたけれど、それはそれで、ブルームが空々の妄想ではないという証明にもなった。

また、『魂に直接話しかけている』からと言って、必ずしも、こちらの思考をすべて読むことができるわけではないらしい。

もし空々の思考をあますところなく読めるなら、教えて欲しいくらいだったけれど

――いや、教えて欲しくはないか。

そんなもの。

「うーん……、人類を滅ぼすのは『もったいない』ですか……」

あるいは地球にも、その考えかたが根底にあったから、二〇一二年の『大いなる悲鳴』は、人類を絶滅させなかったのかもしれない。

『大いなる悲鳴』は、当時の人類の三分の一、約二十億人を殺したけれど、それでも地球サイドにしてみれば、手心を加えていたのだとすると――二十億人もの被害が出たのではなく、二十億人しか殺さなかったのだとすると。

(次なる『大いなる悲鳴』は、どういうスケールになるのだろう……?)

人間が生態系維持のために、野生動物の数を調整するがごとく、またもや、『増えた分だけ減らす』というような規模になるのか――それとも、『やっぱり減らすだけじゃ物足りない』という規模になるのか。

それは、『地球に訊かなきゃわからない』か。

（……そうだ。仮に、他の惑星と人類の話し合いが成立したとしても、最終的には、地球との対話も、避けられないわけだ……、もしも停戦に合意するというのなら、形だけでも、手を結ぶ必要があるわけで……）

まさか人間同士の戦争のように、書面で停戦を約束するというわけにもいくまいが、それに類することはしなければなるまい。

もう一度、あの幼児と——幼児の姿をした水の惑星と話さねばならないと思うと、それが一番憂鬱《ゆううつ》だと言って差し支えない。

身の丈を遥かに超えた任務が降ってくるのはいつものことだけれど、今回はさすがに度を越しているように思えた——苦境や逆境を、騙し騙し切り抜けてきたでっちあげられた英雄の、終着点らしいと言えば、終着点らしい。

ここが年貢《ねんぐ》の納め時か？

（剣藤《けんどう》さんだったらなんて言うのかな——花屋《はなや》だったら……）

不意に、そんな想像をしてみたけれど、地球への憎しみが特に強かったあのふたりなら、停戦案など一蹴《いっしゅう》しただろう。

自分を通しただろう。

正しいか間違いかはともかく、そんな風に即断即決できる強い感情が、自分の中に少しでもあればと、思わなくはない——ないものねだりもいいところだが。

「どうする？　空々くん」

と、ブルーム。

少なくとも彼女は、空々とのダイアローグ——人類とのコミュニケーションを、楽しんでいるように見える。

異文化コミュニケーションどころじゃないが、外見通りの日本人の感覚に当てはめて考えるなら、オセアニアでコアラを抱っこしているような気持ちなのだろうか？

まあ、パンダではあるまい。あれは熊《くま》だから危険だと言う。

「あたしとしては、できれば会談を実現させたいと思う。勝っても負けても、どちらもろくなことにならない不毛な戦争を、そばで見続けるのにも、もう飽きてきた——見ててしんどい。何より、このままだと、あたしも被害を受けかねないしね。計算高いみたいなことを言わせてもらえるなら、ここで『戦争を停める』ノウハウのような実績が成立すれば、今後、百億年にわたって、太陽系の平和を保つこともできるでしようし」

百億年と来たか。

十四歳の少年には、とてもつかみ切れない数字である。

宇宙規模だ。

ただ、それだけの長期的な展望を持つならば、他の惑星でも、何らかの生命が育つ（進化する？）ことも確率的には考えられるわけで、ならばノウハウを確立させておくというのは、他の惑星にとってもメリットとなるわけだ。

ならば停戦成立の目はあるのか……、言いかたを換えるなら、挑むだけの価値はあるのか。

挑むだけなら……。

右左危博士と酸ヶ湯博士が、この人工衛星の中でおこなっている研究が、必ずしも期限内に完遂されるという保証もないのだし――

「もしも、会談への出席を希望するというのなら、さっき言った通り、まずは早速、あたしを説得してもらうけれどね。繰り返すようだけれど、あたしは人類の味方じゃない――井戸に落ちそうになっている奴がいたから反射的に手を伸ばすくらいの気持ちで人類側に救いの手を差し伸べているだけで、これが地球側でも、同じことをする。ここで今更のようにデメリット表示をしておくと、他の惑星を説得できなかった場合、元は元――駄目元みたいに考えているなら、それは違うと言っておくね。顔を突き合わせて話した結果、惑星達が『人類ってろくでもないな』とでも思っちゃったら、彼らこそ、地球サイドについてしまう可能性もある――人類は地球だけでなく、他の惑星もまとめて相手取る羽目《はめ》になる可能性も。言ってること、わかる？　巨大な敵が増えてしまうリスクを取ってまで、停戦を望む覚悟があるかどうかを、あたしは問うているの」

考えようによっちゃ、傍観とか静観とか、放置とか放任とか、見て見ぬ振りをされている現状のほうが、あなた達は戦いやすかったりしてね——と言うブルームの言いかたは、いかにも挑発的だった。

通常、感情のない空々に挑発のたぐいは通じないが、この場合は、まったく顧慮《こりょ》しないというわけにもいくまい。

空々ひとりの判断で、あるいは判断ミスで、最悪、人類が滅んでしまうケースがあると言われれば、さすがに考える。

そんな責任は背負いたくない。

だが、それは事実上、何もしなくても同じことが言える——どの道、ブルームが『話し相手』として空々を選んだ時点で、行く手も退《ひ》く手も脇道《わきみち》も、詰んでいるようなものなのだ。

身も蓋《ふた》もないことを言ってしまえば、ここで空々がどんな判断をしたところで、結局人類は滅んでしまうのかもしれない——だとすると。

(一気に、それもいきなり情報が、大量に入って来たけれど……、整理すると)

もしも、話し合いに臨《のぞ》むとするならば——そうするしかないにしても——、やるべきことは、大きく三つ。

ひとつ。

まずは、ブルームの案内に従って、現在対話が可能な他の惑星——水星、金星、木星、土星、天王星、海王星、それに冥王星とやらを加えた、七つの天体に、停戦の仲立ちを依頼すること。

ふたつ。

そして、常に臨戦態勢と言っていいほど地球に対して殺気立っている人類を、どうにか停戦交渉のテーブルにつかせること。手始めに、人工衛星『悲衛』のクルーに、状況を説明すること——その際、空々がおかしくなったと（今以上におかしくなったと）思われないよう、配慮すること。

みっつ。

何より、殺気立つという点においては人類にひけを取らない姿勢を一貫している地球との、再度の対話——ここでしくじれば、ひとつ目もふたつ目も、意味をなくす。

「…………………」

整理したところで、どれひとつとして達成が容易そうな任務はなかったが、中でも難しそうなのは、やはりみっつ目だった。

難しそうと言うか、普通に嫌だ。

あんなプレッシャーを、二度と感じたいとは思えない——幼児の体軀《たいく》から一個天体の圧力を感じたあの経験は、思い出すだけでずっしりくる。

もっとも圧力と言うなら、地球よりもずっと小さく軽いはずの月だって相当なはずで、ブルームはそれを、気さくを装って、抑えてくれているのだろうが……。

(プレッシャー、か……、……、待てよ、だったら……)

「ブルームさん。条件を出してもいいですか？」

「条件？」

その言葉にきょとんとしたブルームだったが、この状況で、空々がどんな条件を求めてくるのか興味が湧いたようで、

「もちろんぴょん。もう停戦交渉は始まってるってわけね」

と、身を乗り出す。

そんな期待に応えられる自信はなかったけれど、空々は続ける——押し殺すべき感情もなく、ただ淡々と。

「あと一歩、僕が思い切れないのは、たとえ他の惑星に、協力を要請できたとしても、あなたを含む太陽系の星々に仲立ちしてもらったとしても、地球と人類との停戦が実現できるとは限らないって点なんですよね」

「なによ。保証が欲しいってわけ？　この世に絶対なんてないわよ」

言い古されたそんな言葉も、月が言うと説得力が違う——そりゃあ、衛星がバニーガールになって喋り出すなら、この世に絶対はないだろう。

もとより、『大いなる悲鳴』が鳴り響いた時点から、世界から絶対など消失している。だから、空々が求めるのは、保証でもないし、担保でもない。

強いて言うなら追加融資だ。

「水星、金星、木星、土星、天王星、海王星、冥王星の七つの天体の他に、もうひとつ——もう一星、紹介して欲しい天体があるんです」

「もう一星？　それ、単位あってる？」

「太陽」

ブルームの疑問には答えず、空々は言った。

「太陽を紹介してください——太陽系の中でもっとも存在感のある、圧迫感のある恒星を紹介してください。それならば、停戦の可能性は限りなく高くなる——温度のように」

6

どれだけ無謀なことを言っているのか自覚のないままに最高潮に無謀なことを言う

のは、空々空にとってはもはや恒例行事のようなものだったが、今回のそれは、どうやら完全に限度を超えていたらしかった。

あれだけ陽気で気さくだったブルームが、椅子から立ち上がり、こちらに背を向けて壁にもたれて、無言になってしまった。

悩ましいバニーガールが悩んでいる。

またしてもやらかしてしまったかと、今更気付く空々だったけれど、本人としてはまったく奇をてらったつもりはなく、むしろ順当なお願いをしたつもりだった。

あれだけ盛んに太陽系太陽系と言及しておきながら、肝心要《かなめ》のその中心——文字通りの中心——を外すというのは、プランとして、画竜点睛《がりょうてんせい》を欠いているように思えた。

どうせ実行するならば、とことんまで実行しても同じだろうという、毒皿的なややけっぱちな気持ちもないわけではないにせよ、太陽くらいの巨大さ、エネルギー量の天体を前にすれば、どの惑星が一番大きいか、どの惑星が一番重いかなんて、些細《ささい》な違いに並んでしまうのも確かだ。

むろん人類など、比べるべくもない。

一説によると、人類がこれまで製作した兵器の熱量すべてを統合しても、太陽の灼《しゃく》熱《ねっ》には及ばないそうだ——地球と人類との戦争など、太陽にしてみれば、あってもなくても同じような、蝸角《かかく》の争いなのではないだろうか？

極論、太陽とだけ対話ができれば、他の惑星はおろか、地球や人類の意見を募る必要さえなくなってしまうほどの、圧倒的な力量差がそこにはあるように思う。

太陽とさえ話をつけられれば。

すべてが解決する——そう思っての申し出だったが、しかし、そんな無邪気な申し出は、ブルームにとっては、思いも寄らないショッキングなそれだったようだ。

とんでもない奴に声をかけてしまったと、後悔しているのがありありと感じ取れる——勝手に人の部屋に上がり込んでおいてそのリアクションはないとも思うが、ここはバニーガールの復活を辛抱強く待つしかない。

幸い、待つのは得意だった。

「……言っとくけど」

やがて、ブルームは、壁を向いたままで、口を開いた——月の裏側を見ている気分で、空々はそれを聞く。

「太陽系で一番難しい条件よ、それ」

「はあ……、そうですか」

そう言われても、実感はない。

月と話している実感さえ、まだないのだ。

空々の感覚からすれば、衛星や惑星と話せるのであれば、恒星と話すのも、そりゃあまるっきり同じではないのだろうけれど、ありえないという意味では直線上の出来事だというくらいの捉《とら》えかただったけれど、どうやらそこには、越えられない壁があるらしい。

バニーガールを困らせるのも、空々にとって決して本意ではなかったので、

「いや、ある意味では月と太陽って、対等みたいに思ってましたから、繋《つな》いでもらえるのかなって思ってお願いしてみただけで……」

と、言い訳がましく続けると、「月と太陽が対等なわけないでしょ。あたしにとってはあのおかたよ」と、言下に否定された。

「ただし……、突飛ではあるけれど、いいアイディアであることは、認めざるを得ないわね。あたしが太陽と、パイプを持っていることは事実——月は太陽の力で輝いているんだから」

「…………」

「恐れ多くてそんな発想、持つだけで罰当たりなんだけれど、ひとたび気付いてしまえば、そのアイディアは、試さないわけにもいかない——ぜんぜんベストじゃない割には、信じられないくらいアルティメットなプランではある」

どっち向きに究極なのかはともかくとして。

と、そこまで言って、ようやくブルームは振り返った――その表情には、ひきつった笑みが張り付いていた。

先程までの気さくな笑顔とは違う、笑うしかないから笑うという、虚勢のような笑みだった――それでも、この状況でなお、笑おうとするのは、さすがは天体スケールと評するべきなのだろう。

輝くのが仕事だ。

「おめでとう。とりあえず空々くんは、あたしを説得することには、成功したわ。その一歩は人類にとって、大きな一歩ね」

「…………」

「確かに……、さんざんそそのかしておいて、あたしだけ傍観者気取りを続けるのも、心苦しいものね。正直、そのつもりだったけれど――だけど空々くん。言うまでもなく、あなたの途方もない条件は、いくらか現実の前に、スケールダウンさせる必要があるわよ」

天文学的な存在に、スケールダウンを促されては空々空もおしまいだけれど、投げっぱなしのアイディアを、現実に即した実行可能なそれにコーディネートしてもらうのも、またいつもの恒例行事と言えた。

それはいつもならば、鋼矢や氷上、右左危博士の役割なのだけれど、いよいよ天体にまで世話を焼かれるようになっては、世話がない。

　ともかく、空々は姿勢を正して、現実に対峙《たいじ》する——その現実がバニーガールだと言うのは、いつまで経っても不可思議だ。

「まずひとつ。太陽にお出まし願えば、冥王星を含む他の惑星に声をかける手間がなくなるって、あなたは横着《おうちゃく》なことを考えているのかもしれないけれど、残念ながらそうは問屋が卸《おろ》さないわよ。太陽を動かそうと思えば、それこそ、惑星達の総意が必要になるでしょうね——地球と火星を除く、全会一致がなければ、太陽との面会自体が成立しない。だから、その手順はむしろ、省けなくなる——より厳しい絶対条件になる。さっきまでは、太陽系の惑星の、過半数の賛成があれば、停戦のテーブルセッティングが可能になるくらいの話だったけれど、空々くんの提案を通そうとするなら、惑星をひとつも取りこぼせなくなる」

「………………」

　ショートカットをしようとした目論見《もくろみ》は、成り立たないというわけか——なんだか、ズルしようとしたのを見抜かれたみたいな、気まずい思いを味わったが、しかし、反論の余地はない。

　トップと話をつければ話が早いという発想は、確かに横着だったし、そりゃああ、天動説でもあるまいし、太陽を動かすとなると、手順が必要なのも、当然だった。それにしても全会一致とは、ただでさえ厳しい条件が、限界まで厳しくなってしまった——空々の迂闊《うかつ》な提案によって。

（なぜ僕はいつもいつも、自分の首を絞めるような真似を……）

正直、拒否されたら潔《いさぎよ》く引っ込めるつもりはあったのだけれど、ブルームが苦渋の決断ながらも、その案に覚悟をもって臨もうとしている以上、今更後には退きにくくなった。

「ふたつ——仮に、全会一致を得て、太陽への謁見《えっけん》が叶ったとしても、もちろん、太陽を説得できるとは限らない。そして説得できなかったなら、あたしもきみも、他の惑星も、焼き殺される恐れもある——もしも全会一致を勝ち取れたなら、そのまま地球との会談に臨んだほうが、成功率はともかく、リスクが低いのは間違いないわ」

焼き殺される恐れとは……バニーガールの格好で現れたブルームと違って、どうやら太陽はイメージ通りのキャラクターのようだ。

「ただし、もしも面会が叶い、仲裁を担《にな》ってもらえたならば、確かにあなたの見込み通り、地球と人類との戦争なんて、あっと言う間に終結するわ——その場でたちどころに停戦条約を締結できるわ。人類側の意見をまとめるのに、少し手続きが必要でしょうけれど、それはここまで来たら微細な問題でしょうし……、太陽を前に、ひれ伏さない人間なんていないものね」

いないだろう。

どんな文化圏のどんな人間であろうと、太陽と無縁でいることは不可能だ——たとえ地球への敵意がどれだけ強かろうと、どんな因縁や怨恨《えんこん》を抱いていようとも、かき消されるだけの光を、浴びせられることになる。闇《やみ》も影も、跡形もなく消える。

「つまり、面会が叶ってしまえば、大成功か大失敗かしかない——まだしも他の惑星の説得工作に失敗したほうがいいのかもね。しかも、太陽に関わること自体を嫌がる惑星も出てくるでしょうから、説得工作そのものの難易度も上がってくるわ——特に、太陽から離れた軌道を周回している、冥王星は嫌がるでしょうね——逆に、一番太陽に近しい水星だったりは、不遜《ふそん》だとして、あたしやあなたを、打ち首にするかもね」

月を打ち首にするという概念もよくわからないけれど、それを言うなら、これまでさんざんな非道をおこなってきた空々少年の最期として、惑星に殺されるというのも、なかなか規格外で、それゆえに誂《あつら》えたようにお似合いという気もした——土台、四国で何度も命を落としている身である。

今更、自分が打ち首になる程度のリスクを冒《おか》すことに抵抗はなかった——いいも悪いもない。

打ち首上等である。

「ちなみに、大成功か大失敗しかないって言ったけれど、大失敗の中でも最悪のケースは、首尾よく仲裁に出てきてくれた太陽がやり過ぎちゃって、あたしや空々くんはもちろん、地球も人類も、どころか他の太陽系の惑星も、もろともに根こそぎ、焼き尽くしちゃって、後にはブラックホールしか残らないってケースね」

「…………」

それはさすがに——上等とは言えない。

7

かくして『地球撲滅軍』のエースにして人類の英雄・空々空は、月の化身を名乗るバニーガールに手を引かれる形で、戦争よりもよっぽど難しい、戦争の調停に乗り出すことになった。戦うのではなく、殺し合うのでもない、過酷極まる壮絶な八つの話し合いに、徒手空拳《としゆくうけん》で武器も持たず、今のところは策も持たずに臨むのである。

確かに月が評したように、間違いなく、少年の一歩は人類にとって大きな一歩だった——問題は、これがカタストロフィへの第一歩目になりかねないという揺るぎない事実である。

（第1話）
（終）

第2話「初めての交渉劇！天王星は横たわる」

0

クズには三種類いる。

愚かなるクズ、悪しきクズ。

その両方を兼ね備えたクズ。

1

人工衛星『悲衛』内の自室において、月の化身ブルームとの会談を終え、立ち去る——消え去る彼女を見送った空々空が、その後、最初にとった行動は、空挺部隊の部下である、地濃鑿に会うことだった。

そう、地濃鑿である。

本当に頭のおかしな彼女に会って話すことで、果たして、自分の頭がおかしくなってしまったのかどうかをチェックしようと思ったのだ——これまで地上で、およそ散々としかいいようのない、数々の死線を潜《くぐ》り抜けてきた少年が、ただ宇宙に出てきただけでおかしくなってしまうなんてことがあるとは、自分でもまったく思えなかったけれど、物事には積み重ねというものがある。

こつこつと地道に悲惨な体験を続けてきたことが、ここに来てついに爆発したのかもしれない——地球の重力から解放されることで、ついに四散したのかもしれない。

その結果、見るものがバニーガールの幻覚なのだとすれば、空々空は、十四歳にして達観しているようでいて、結構、愛すべき人間だったということになるが……。

（まあ、衛星軌道を周回している以上、厳密にはまだ、地球の重力から解放されているわけじゃないんだろうけれどね……）

その辺りのあれこれは、中学一年生までの理科の知識ではなんとも言えなかったけれど、さておき、地濃鑿と接触した。人工衛星『悲衛』の内部の環境は、長期滞在が可能になるよう、一定の環境コントロールがなされているので、それこそふわふわ浮かんだり、宇宙服を着て生活しなければならないということもなく、地濃はくつろいだボーダーのスエット姿だった。

くつろぎ過ぎと言うか。

宇宙船ゆえの部屋や廊下の窮屈さも相まって、なんだか囚人《しゅうじん》のようである。

「いやー、空々さん。さっき右左危博士にお願いして、ようやく現在の地球のリアルタイムのカメラ映像を見せてもらったんですけれど、なんか青くて気持ち悪かったですから、絶対見ないほうがいいですよ。マジで青過ぎです。ありゃ本当不気味でしたねー」

「………………」

よかった。

これが本当に頭がおかしい人間のありようならば、まだまだ空々はまともな範囲だ。

2

「『地球は青かった』って言ったのは、ロシアの宇宙飛行士なんだっけ……？　初めて人類による、宇宙飛行を成し遂げた偉人なのよね？　ええ、あたしのところまで来てくれたわけじゃなかったけれど、その偉業を遠目に、しげしげ眺めさせてもらったものよ」

懐かしいわ——とブルームは言った。

昨日と同じバニーガール姿だった。

いや、なにせ場所が宇宙なので、『昨日』という概念が、やや曖昧《あいまい》で、希薄《きはく》である——一応、船内のあちこちに取り付けられた時計が基準とはなっているけれど、日が昇るわけでも沈むわけでもないのだから、それこそ、本当に禁固刑に処されているかのように、日数感覚が消えていく。

ともかく、初対面から約二十四時間後。

なぜか宇宙飛行士の名言に詳しい月からの使者が、空々の部屋を再訪した。

「『月からの使者』じゃないわよ。月そのものだわ。そんな部下を抱えられるような身分じゃないわ。『死の大地』なんて呼ばれるのは、うんざりだけれど、それがあたしの実態だから」

「はあ。『死の大地』……ですか」

不勉強にして知らなかったけれど、月の表面はそんなことを言われているのだろうか。

そう言えば、人類が月面から、五十年近く遠ざかっているのは、『あんな不毛な大地を訪れても得るものはない。金の無駄遣いだ』とジャッジが下ったからだというのは聞いたことがあった——確か、『人類は本当は月になんて行っていない』という陰謀論と共に、聞いたんだったか。

その点はどうなのだろう？

ブルームの言い振りを受ける限り、少なくとも『小さな一歩』が、『死の大地』の表面に印されたことは、間違いなさそうなのだけれど……。

「そこは衛星の悲しさね。惑星はみんな、何らかの形で使者っつーか、尖兵っつーか、奴隷《どれい》っつーかを抱えているから――『地球陣』とか『火星陣』とかもそのヴァリエーションだけれど、零細企業のトップですらない個人事業主としては、自《みずか》らせせこましく、コマネズミのようにちょろちょろ、動くしかないってわけよ」

零細企業とか個人事業主とか、あるいはコマネズミとか、比喩《ひゆ》がいちいち具体的と言うか、人間味にあふれていて、ブルームは蓮っ葉な態度を取りつつも、本当に空々の感覚に合わせてくれているのだと、的外れにも実感する。

まあ、彼女が空々の幻覚の産物なのだとすれば、彼の感覚にアジャストされるのも当然なのだけれど、こうなると、昨日（二十四時間前）、驚かすようなことを言って悪かったかなという気分にもなってきた。

今更後戻りはできないが。

空々は、太陽を含む惑星（準惑星含む）と、会談をするしかないのだが。

「ああ。でも、『地球は青かった』って、厳密にはロシアの宇宙飛行士じゃなくって、旧ソ連の宇宙飛行士の名言だって言うべきなのかしら？　そこまでの詳細は、三十八万キロ先からじゃほとんど視認できなかったけれど……、だいたいこの名言って、ロシア語で言われたのかしら？　それとも旧ソ連語で言われたのかしら？」

　旧ソ連語ってなんだ。

　と、首を傾げたいところだったが、それを制するようにブルームは、「まあいいわ」と自ら切り上げた――挨拶《あいさつ》代わりの無駄話は、どうやらここまでのようだ。

「会談の約束、取りつけてきたわよ」

「え……、早くもですか？」

　さらりと言われたので、一瞬、反応が遅れた。いや、反応はしてみたものの、しかしそれでもまだ、頭が追いつかない――てっきり、二度目の来訪は、今後の細かい段取りの打ち合わせでもおこなうつもりなのか、そうでなければ（それはそれで望ましいとも言えるが）、冷静になったブルームが空々を『見込み違い』と判断し、堅実にも提案を撤回しにきたんじゃないかとさえ思っていたので、そんなとんとん拍子《びょうし》みたいなことを言われて、戸惑わないわけがない。

　なにせ実際の交渉をおこなうのは空々なのだ。

　とんとん拍子じゃ却って困る、心の準備ができていない。

「心の準備なんて、空々くんにはいらないでしょう――なにせ、心なんてないんだから」

　澄ました顔をしてブルームはそう言った――そりゃあ言い得て妙だったが、出会って二度目のブルームにそんなことを言われるほど、自分には心がないのだと思うと、おかしいおかしくない以前の問題にも思えてくる。

(まあ、宇宙に出てくるときだって、とんとん拍子の流されるがままだったわけだしね……、『地球撲滅軍』に入軍したときだってそうだった)

とは言え、その二例は、今回の交渉においては、前例にさえなりそうもないけれど。

今の事態を恒例とは、もう言えない。

「だって、そうのんびりとはしていられないでしょう。これに関しちゃ、天文学的な時間はかけられないわ――だって、次の『大いなる悲鳴』まで、そう間があるわけじゃないんでしょう?」

「…………」

それもまた、さらりと言われたものの……、彼女はいったい、どこまで把握《はあく》しているのだろう? 空々が半年前、地球を名乗る幼児から宣告された、細かい日時までを? そうだったとしてもそうでなかったとしても、時間がないことに、どうせ変わりはないが。

バニーガールとて、地球と人類との全面戦争を――戦争の本格化と更なる泥沼化を避けたいと思っているのだから、空々と天体との面会を急ぐのも、わからなくもない。

　あくまでも中立であり、面会が実現しようとしまいと、あるいは、戦争が本格化しようと泥沼化しようと『別にどうでもいい』みたいなポーズを取っていたけれど、どういう心境の変化があったものか、二十四時間前よりは、ブルームはやる気になっているようだった。

　ある意味、一方の当事者であるはずの空々よりもやる気だろう。

（心境の変化……、僕にないのはさておき、天体には『心』ってあるのかな？　意志や思想はあるみたいだけれど……）

　自分に心がないことをさておける感性（あるいは不感性）こそさておくとして、そんな天体と、これから連続して会談せねばならないのだから。

　心ない者同士での会談なんて、ぞっとする。

「ま、繰り返しになるけれど、あたしは衛星だからね。しかも、一ヵ月に一回、地球の周りをぐるっと一周する、気忙《きぜわ》しい衛星――それなりにスピーディーだし、そうは思えないかもしれないけれど、これでも融通《ゆうずう》は利《き》くつもりよ」

　融通の利くバニーガールか。

　正直、わけがわからない。

　ファッションに独自の美学を持つらしい黒衣の魔法少女、好藤覧あたりなら、彼女の衣装をどう評するのだろう……、と、どうでもいいことを、空々は思った。

もっとも、少なくとももうちょっと状況が進展するまでは（あるいは、状況が取り返しがつかないほど悪化するまでは）、この件は、空々の胸中にのみ、とどめるしかない。

好藤はおろか、人工衛星『悲衛』のキャプテンである右左危博士にも相談できない――できたとして、火星出身の酒々井かんづめくらいのものだろうが、それさえ、ことと次第の詳細を、多少でも把握できてからだ。

今は多少どころか、少々さえも理解が及んでいない。

「だけど、逆に言えば、融通が利くのはあたしくらいのものだと思っておいて。ビビらすわけじゃないけどね……、特に、空々くんが最初に会談することになる天王星は、太陽系の惑星の中でも、ぶっちぎりの変人よ」

変星と言うべきかしらね――まあ表現はなんでもいいわ――とにかく変な奴なのよ――と、ブルームは、空々との意思疎通を調整するように、言葉を選んだ。

しかし、空々からしてみれば、表現などなんでもよかった。

（天王星？）

「そんな変な奴だからこそ、こうして一番最初に会談が実現したとも言える。正直、あたしとしては、長く苦しい連続会談、死の大地ならぬ死のロードの手始めには、地球型惑星と会談したほうがいいと思ったんだけど、ちょっと周期の都合が合わなくてね……」

周期の都合と来たか。

天文学的な話であることに変わりはないらしい——だが、天王星？

もちろん、知識のない空々にとっては、どの天体からスタートを切ろうとも、同じことと言えなくもないのだが……、だが、それにしても、天王星とは、あまりに馴染《なじ》みがなさ過ぎた。

つい二十四時間前に聞いたことだし、言われたら思い出せるけれど、言われるまでは、太陽系にそんな惑星があったことを失念していた……。

「それ、あいつの前で絶対に言っちゃ駄目だからね。変な奴っていうのは、単に変わり者って意味じゃなくって、頑固なひねくれ者って意味でもあるんだから——ただ、それが今回はいいように働いたってわけ。天王星はひねくれ者ゆえに、あたしからの申し出を受けてくれた」

「……先が思いやられる成立の経緯なんですが」

「先なんて、最初から思いやられてるでしょ」

「無礼を働くつもりは、もちろんありませんけれど……、でも、天王星に馴染みがないのは本当なんです」

単に空々に教養がないから、というのもあるだろうけれど……、しかし、これは大半の地球人にとっても、そうなんじゃないだろうか？

火星や金星……、あるいは、土星くらいならば、詳しくは知らないまでも、なんとなく宇宙映画やら何やらで、誰しもそれなりの知見を有してはいるだろうけれど、いきなり天王星と言われても、まったく全貌がつかめない。

せいぜい、『天』で『王』と来ているのだから、それくらい偉大な星なのだろうかと、大雑把でいい加減な想像をするくらいしかできない。

「サイズ感で言えば、地球の約四倍ってところかしら——重さは十四倍から十五倍。大きいっちゃ大きいけれど、太陽系の中では、第三位って感じになるかしらね」

「一番でも二番でもないってことですか」

「そう。偉くもない——変わってる」

「…………」

変わり者であることを、必要以上に忠告してくるブルーム。

忠告というより警告なのだろうか？

変人（変星）であるがゆえに、会談が成立したという経緯は、しかしまあ、なんとなくわからなくもない——他の星で起こっている戦争に首を突っ込むなんて、よっぽどの物好きでない限り、しようとは思わないだろう。

四国の『内乱』に、頼まれもしないのに首を突っ込んだ空々の思うようなことではないけれど、だとすると、会談の最初の相手が天王星というのは、必然なのかもしれなかった。

（ま……、僕だってまともってわけじゃないらしいし）

今更言うまでもないことを思い、とりあえずは空々は納得した——天王星についての詳細は、天才ズの誰かに訊こう。うっかりバニーガールのことに触れてしまってもなんなので好藤は避けて……、ぼんやりしているようで勘の鋭いところのある灯籠木四子も避けて……、そうだ、不仲で因縁のある虎杖浜なのかに訊こう。

そんな風に空々が着々と算段を立てていると、ブルームが一点だけ、教えてくれた。

仲介人の彼女としては、これ以上の先入観を与えたくないというスタンスらしいけれど、それでも、提案者として空々を、少しくらいは安心させてやろうと思ったのだろう。

「遠過ぎて馴染みがないって思っているみたいだけれど——天王星は、あなた達地球人にとっちゃ、少なくとも外見上は、馴染みだらけとも言えなくないわよ」

「馴染みだらけ？」

「なんったって——なんともふてぶてしいことに、太陽に向けて横臥《おうが》の姿勢で公転する変てこりんなかの惑星は、地球とおんなじ、ブループラネットなんだから」

3

『天王星』
自転周期――17時間14分
公転周期――84年
太陽からの距離――28億7500万キロメートル
直径――5万1118キロメートル
質量――8・68×10^{25}キログラム
衛星の数――27個
属性――氷
発見年――1781年

4

以上が元『絶対平和リーグ』の幹部系魔法少女、虎杖浜なのかが教えてくれた、最初の会談相手のプロフィールである。彼女も彼女で、他の天才ズ同様の、魔法少女エリートであると同時に知的エリートでもあるので、同じ十四歳でも、そのくらいの教養を持っていることには今更驚きはしないけれど、しかし、魔法少女エリートであると同時に知的エリートであり、基本的に人を見下すことを生業《なりわい》にする彼女が意外と素直に教えてくれたことには、驚いた。

『どうしてそんな質問をするのか』と、根掘り葉掘り訊かれるのを避けるために、灯籠木ではなく虎杖浜に相談することにした空々だったが、勘の良さで言うならば、虎杖浜だって、決して人後に落ちるものではないのに。

「も……、もういいかしら……？　じゃ、わ、私は部屋に帰って休むから……、ううううう」

実験室帰りの彼女は、ふらふらしながら、そう言って自室に帰って行った。

それだけ右左危博士と酸ヶ湯博士による、科学と魔法の融合研究の実験台となるのがハードだった――というわけではなく（甘やかされまくった一般的魔法少女ならばともかく、幹部系魔法少女であるチーム『白夜』に所属していた彼女にとって、実験台扱いを軽やかにこなすのは、日常業務どころか、日課みたいなものである）、強いて言うなら、彼女のコンディションが極悪を極めているのは、宇宙酔いのようなものである。

もっと言えば、宇宙船恐怖症である。

……アメリカ合衆国の対地球組織『USAS』を（スパイするために）訪ねるにあたって、飛行機に乗る際、飛行機恐怖症であることを露呈した虎杖浜だったが、どうやらそれ以上に宇宙船も怖いらしかった。

高度数千メートルを、ほとんど生身で飛行できる魔法少女なのに、と、不思議に思えてならないけれど、たぶん虎杖浜が恐れているのは、高度ではなく、高度な科学なのだろう。

航空機や人工衛星が、信用できないのだ。

だからなのか、彼女は、人工衛星内においても、例の（空々にとってみれば、そちらのほうがずっと理解不能な）、漆黒《しっこく》でふわふわの、コスチュームに身を包んでいた。漆黒であろうと、派手で主張の強い衣装を着用していながら、びくびくおどおどしているのだから、だったらいっそ、宇宙服を着ていたほうが気が休まると思うのだが。

「わ、私はね、『風』を操る……、『風』の魔法少女なの……、『空気』を操る魔法少女なのよ。その空気のない宇宙空間に連れて来られても、やることないんだって……」

珍しい愚痴《ぐち》とも、あるいはもっと珍しい弱音とも取れるそんな言葉が、耳に残った――空々からしてみれば、彼女はかつての世話役・剣藤犬个《けんか》の仇《かたき》とも言える存在なのだが、なんだか、こうも立て続けに弱っている姿を見せつけられると、仇討ちという雰囲気でもなくなってくる。

そのことには、正直、ほっとする面もある。

自分が仇討ちをするような人間なのかどうかを、試されずに済む――そもそも空々が仇討ちなんて言い出したら、誰よりもその対象となるべきなのが、剣藤犬个だったのだから。

どういう経緯があれ、今の虎杖浜なのかは、信じられないことに空挺部隊の一員であり、ふざけたことに、空々空の部下なのだ――仇ではなく、部下である。

体調不良ならば、気遣ってやらねばならない。

義務的に。

（話の流れ次第では、『僕の事情を看破した優秀な虎杖浜さんに、交渉役を替わってもらう』っていう展開も、あると思ってたんだけどな――）

残念ながら、仕事を部下に丸投げすることはできなかったようだと、さして肩を落とすこともなく、空々はくるりと踵《きびす》を返した。

5

地球と同じブループラネットという表現を、バニーガールがしたものだから、空々はてっきり、天王星には海があるのだと早合点したけれど、虎杖浜の話によれば、そういうわけではないらしい——天王星が青く輝いているのは、海があるからではなく、その表面を覆うメタンの効果によるものだそうだ。

メタンが太陽光から赤色光線を吸収することで、青色だけがきらめくという、言うならば消去法的な輝き——

「無知なお歴々は、『かけがえのない青い惑星、地球を守ろう』なんて言うけどさ……、青い惑星なんて、さして珍しくもないってわけ……。メタンによる輝きだからムラがなくって、なんだったら天王星は地球よりも綺麗《きれい》なくらいね……」

コンディションがおよそ最悪である虎杖浜も、そんな風に、怨敵《おんてき》である地球に悪態をつくときだけは、わずかに調子を取り戻していた——言っていることが、『無知』の代表とも言える地濃と、似たような意見になってしまっているのは、体調不良の表れというよりも、元『絶対平和リーグ』、そして現『地球撲滅軍』のメンバーとしての基本姿勢ゆえと、見るべきなのかもしれない。

どうして僕なのか。

どうしてもそう思ってしまうが、やはり適任なのかもしれない——少なくとも、それこそ消去法で、人工衛星『悲衛』の乗組員の中から選ぶのであれば、地球に対する敵意がもっとも低い空々でなければ、交渉役は務まらない。

ある種、これから空々がおこなう交渉は、人類のためであると同時に、地球のためでもあるのだから——『かけがえのない青い惑星、地球を守ろう』を地で行こうとしている。

環境を破壊し続ける人類の魔の手から地球を保護するのだ——などと言うと、少しはまともな英雄になれたような気がしたけれど、それはもちろん、気のせい以外の何物でもないだろう。

気のせいでなければ。

狂気のせいでしかないだろう。

結局のところ空々空は、地球のためでもなく、人類のためでもなく、単に自分が生き延びるためだけに——逃げ延びるためだけに、交渉に乗り出すに過ぎないのだから。

「紹介するわ。天王星よ」

部屋に戻ると、バニーガールのブルームと、もうひとり、初対面となる女性がいた——女性と言うよりは、女の子だった。空々や虎杖浜と、さして年齢が変わらなく見える女の子。

むろん、女の子であるはずがない。

女性でもなければ、人間でもないだろう。

たった今紹介された通りの――天王星だ。

「名前をつけてあげてくれる？　あたしのときみたいに」

にやにやと、面喰《めんく》らった空々の反応を楽しむように言うブルームだった――いや、そりゃあ面喰らうとも。

もう連れて来たのか。

今度は二十四時間どころか、三十分も経っていない。

空々が一瞬、天王星についての知識を仕入れるために席を外した隙《すき》に、二十八億キロメートルの彼方から、天王星を連れて来たというのだろうか。

「二十八億キロなんて、宇宙規模で考えたら、二十八センチと同じようなものですよ――三十センチ定規で計れます」

と。

天王星――『女の子』は言った。

ちなみに、その『女の子』は、室内のベッドに横たわっていた。

長旅で疲れているのかと思ったが、三十センチ定規で計れる距離と言うのならば、それは一歩でさえないだろう。

（そう言えば……、横臥の姿勢で公転してるって言ったっけ？　ふてぶてしくも？）

ならば、空々の部屋に勝手に這入って、勝手にベッドで寝転んでいるというのも、その『ふてぶてしさ』の表現なのだろうか？　ただ、勝手にベッドで寝転んでいるという点を取り除いて見るならば、『女の子』は、クールな顔立ちの、理知的な雰囲気を漂わせていた。

格好も、かたわらのバニーガールのように攻めた過激なものではなく、古風で真面《まじ》目《め》な女学生のようなそれだった——これが自分のイメージ、狂気の産物なのだとすれば……。

（意外と僕の想像力も、捨てたものじゃないのかもね……）

あるいは捨てるべきかもしれない想像力だ。

「どうかしましたか？　空々さん。地球の人よ。あなたが私に名前をつけてくれるのを、私は待っているのですが」

天王星は言う。口調もクールだ。冷静——いや、怜悧《れいり》と言うべきか。

『氷の惑星』と呼ばれているのだっけ？

しかし、ブルームにあらかじめ言われていたように、どうも『天』や『王』という言葉から連想されるようなキャラクター性ではないらしい。

初対面の人間（『地球の人よ』？　どんな呼びかけだ？）と、横臥して会うというのは、まあ、王らしい振る舞いと言えなくもないけれど、その態度は、偉そうと言うよりも、確かに、『変人』との印象のほうが強かった——空々は、地球上で新興国を率いる『人間王』のことを思い出しながら、そんなことを考えた。

もっとも、『人間王』と謁見したのは、空々ではなく、空挺部隊の人間でもなく、右左危博士の直属の部下である乗鞍ぺがさと馬車馬ゆに子のふたりだったが。

（変なふたりだったなあ）

向こうからも間違いなくそう思われていることを棚に上げたところで意識を切り替え、ならば、『天王星』という威厳のある名前に引っ張られないよう、空々がニックネームを考えるというのは、急遽《きゆうきよ》始まった会談のスタートとしては、そんなに悪くなさそうだ。

（横臥……、オーガ……、『氷の惑星』……、変わり者……、ひねくれ者……、ブループラネット……）

「……じゃあ、ブループで」

「名前がかぶるのとか、気にならないの？　空々くんは。あたしのときみたいにって、そういう意味じゃなかったんだけど」

空々がブルームと名付けたバニーガールが横合いから文句をつけたら、当の本人（本星）である天王星のほうは、

「いいですね。その適当っぽさ」

と、横向きのままで頷いた。

表情はクール一辺倒なので、本当にいいと思っているのか、それともどうでもいいと思っているのか、判断がつかない。

「すみません、私と来たら公転周期が八十四年なもので。四十二年後には、明るい性格になっていますよ」

（僕が五十代半《なか》ばになった頃に明るくなられてもなあ……）

だいたい、このままでは、五十代半ばどころか、十代半ばまでも生き延びられるかどうかわからないというのに――ともかく、本人が（どうでもいいのいいであっても）いいというのだから、それでいいだろう。

どうでもいいのだろう。

「ブルームとブループって。母音まで一緒じゃない。どうすんのよ。太陽系には、地球と天王星の他にもまだブループラネットがあるのよ？　そいつのことはブルーグとでも名付けるの？」

一方、バニーガールは不満たらたらのようだ。

そこまでの素振りは見せていなかったけれど、ブルームという名前から唯一感が失われることがそんなに心外なのだろうか。

名前のかぶりが気にならないと言うより、なにせなじみのない天王星のことだから、乗鞍ぺがさと馬車馬ゆに子のように、セットになるよう関連付けて覚えたほうが覚えやすいという、空々なりの考えがあってのことだったのだが。

しかし、さすがに他にもこの先、ブループラネットがあると知っていたら、空々も『ブルー』は避けていたかもしれない。

やはり、無知は罪である。

自ら状況をこんがらがらせてしまった。

(となると、虎杖浜さんの言ってた通り、確かに、青い惑星なんて、それほど珍奇なものじゃないみたいだな……)

「あんたも、本当にいいの？　そんな適当っぽい名前で」

バニーガールはそんな風に、ベッドで横たわる女学生に翻意《ほんい》を求めたが、

「天王星だのウラノスだの、偉そうな名前で呼ばれるよりは、適当なほうが可愛らしくて私は好きですよ」

と、女学生のほうが取り合わなかった。

ウラノスと言うのは、天王星の英語表記だろうか？　どういう意味だろう。

「ったく……、本当、ひねくれ者なんだから。いいわよ、適当っぽいのが好きなら、好きにすれば。でも、空々くんの話はちゃんと聞いてあげてよ？　伏してお願いするから、どうかあたしの顔を潰《つぶ》すようなことはしないで」

「わかっていますとも。私がいくら、逆回転のへそ曲がりでも、そのつもりがなけれ

ばこんなゆかりのない区域まで、足を延ばしたりしませんよ」

自分の名付けが発端になった天体同士のやりとりを、空々は黙って聞く――なんとなく、衛星である月は、惑星連に対してもっと下手に出ているものだとばかり思っていたけれど、必ずしもそういうわけではないらしい。

ブルームの天王星に対する蓮っ葉な言葉遣いは、空々に対するそれとほぼ同じで（多少、親しげなくらいか）、むしろ天王星のほうが（それはそういうキャラクターだからなのだろうけれど）、丁寧語で喋っているくらいである。

そんな空々の疑問を察したのか、

「惑星と衛星との関係は、対等だとまでは言わないけれど、上下はないわよ。はっきり言っちゃえば、そんな差はないしね」

と、ブルームが説明した。

そういうものなのか――まあ、地球みたいな惑星だって太陽の周りを回っているという意味では衛星みたいなものだし、その点での格付けはないのかもしれない。

「そう。明確な上下が――埋めようのない差異があるのは、太陽と、それ以外だけ」

「…………」

「つくづくとんでもない提案をしてくれたものだわ。空々くんは」

「しかし、だからこそ私が動いたとも言えます。のこのこと」

皮肉っぽく言う月——ブルームの言葉に、天王星——ブループは、静かに割り込んだ。

クールな風貌なのに結構喋る——意外と押しが強い。

「惑星の総意をもって、地球と地球人との戦争を止めようというだけのアイディアであれば、あるいは私は動かなかったかもしれません——お利口でつまんないですから。中心でふんぞり返る太陽と交渉しようという、馬鹿《ばか》げたプランだからこそ、私は参加しようという気になりました」

「ふんぞり返ってるのは、あんたでしょうが」

「ふんぞり返ってるのではありません。横たわっているのです」

そうでなければ見えない景色もありますよ——と、何やら哲学的なことを言うブループだったが、ブルームはそんな彼女の思わせぶりな物言いには慣れっこだとばかりに肩を竦《すく》めて、

「まあいいわ」

と言った。

「あとはふたりで話し合って頂戴《ちょうだい》。あたしは席を外すから」

「え。ブルームさん、立ち合ってくれないんですか？」

てっきり、交渉の場に同席してくれるとばかり思っていたので、当然のように部屋

から退出しようとするブルームを、空々は咄嗟《とっさ》に引き留めた。

「できれば、ここにいてくれたほうが助かるんですけど……」

初対面の人間（天体）と、いきなりふたりきりにされても困る——いや、それを言うなら、ブルームだって、ほとんど初対面みたいなものだけれど、それでも、月ならばまだ、毎晩のように夜空に見ていた経緯がある。

天王星なんて、いったいどちらの方角に浮かんでいるのかも、存じ上げていないくらいだ——そもそも日本から見える星なのだろうか？　日本から、そして地球から……。

「ぎりぎり見えますよ。日本からも、そして地球からも。肉眼で見える、ぎりぎりの惑星です——ゆえに、こちらからもぎりぎり見えると言ったところですね」

空々の、発してもいない疑問に答えたのは天王星だった。

どうやら胸中を察するスキルは、天体に共通するものらしい——天王星に対する見識の浅さが、他ならぬ天王星に伝わるというのは、これからの交渉に支障を来しかねない。となると、ますます、ブルームにここから去られるのは、不都合である——そんなに、名付けがかぶったのがお気に召さなかったのだろうか？

心ない空々から、愛情のある名前を期待されても困るのだが。

「名前のことを、そんなに気にしちゃいないってば。言ったでしょ？　あたしは中立で、どちらの味方というわけじゃない——あたしの役割は、舞台をセッティングするところまで。あとは空々くんの仕事でしょ」

「…………」

「ここでしくじる程度だったら、人類もその程度だったってだけよ。正直な気持ちを言えば、空々くんが天王星……、ブループちゃんの気に障るようなこと言って、この宇宙船が撃ち落とされたとしても、それはそれで重畳《ちょうじょう》って思っているのがこのあたしよ」

6

「誤解しないであげてくださいね。彼女の立場も複雑なんです——複雑というより、微妙なんです。合わせて言うと、複雑玄妙なんです」

表現が微妙から玄妙に変わってしまっているけれど、やはりそれも、天体の感覚を人間の感覚に——言語感覚に合わせるための、必然的なズレなのだろうか。

しっくりこない会話は、ブルームに限るとはいかないようだ。

最初からわかっていたことではあるが。

ちなみにブルームは、二十四時間前と同じように、右半身から左半身にかけて、消失するような形で退出した——確かなことは言えないが、おそらくその消えかたは、月食のメタファーなのだろう。

　皆既《かいき》月食。

　それも怪奇と言うべきか。

「さっき、惑星と衛星の間に格差はないって、彼女——ブルームは言っていましたし、それは間違ってはいないのですけれど、しかしながら、『地球と月』という関係で見ると、さすがに主従関係がまったくないとは言えませんからね」

「主従……ですか」

「ええ。私には——つまり、天王星には、大小含めて二十七個の衛星がありますが、その辺りは割り切ったものです。ただし、月の場合は、地球からどんどん、距離を取っているようですがね」

　二人きりになっても、ベッドに横臥したままではあるものの、女学生はバニーガールをフォローするようなことを言った——それで庇《かば》えているか庇えていないのかは、空々には判断がつきかねるものの、逆説的に、惑星と衛星との関係性を、示しているようにも思えた。

　示していると言うか。

　しめしをつけていると言うか。

「二十七個の衛星を従える私に言わせれば、中立という立場を選んだ時点で、彼女は地球を裏切って、人類に与《くみ》しているようなものです——七：三で人類サイドです。衛星としてはあるまじき態度です」

「…………」

「実のところ、だからこそ、私は応じる気になったのですがね」

どうやらブループがここまで来てくれた『ひねくれの理由』は、空々の、太陽を巻き込むアイディアだけに根付いているわけではなさそうだった——全方位に対してひねくれている。

（ちょっと花屋を思い出すかな）

花屋瀟《しょう》。

空々空の親友である——親友だった。

空々の親友を務められただけあって、『地球撲滅軍』と地球を、共に手玉に取ろうとした、すべてに対する反逆者だった——唯一、空々に対してだけは、反《そ》り返った態度を取らなかったのだけれど、それがたたって早死にした。

ブループはどうなのだろう。

そもそも、天体にとっての『死』とは果たしてなんなのか。

「さて、と。では、話し合いを始めましょうか。空々空くん。初めまして、天王星です。この名前は嫌いなのでブループとお呼びください」

今更のように、そんな挨拶をするブループ。

もうブループという名を、完全に我が物にしているようだ――王の称号が、そんなにも嫌なのだろうか。

「初めまして、空々空です……、『地球撲滅軍』空挺部隊、隊長です。コードネームは『醜悪《しゅうあく》』ですが、そのまま、空々と呼んでくれたほうが返事がしやすいです。……ちなみに、『ウラノス』は、どういう意味なんですか？」

「出会いがしらに酷いことを訊きますね。空々くんは、あまり交渉役に向いていないんじゃないですか？」

こちらこそ、出会いがしらにぴしゃりとかまされた感じだったが（丁寧語だけれど丁寧なだけで、そこにはまったく優しい語感はない）、

「ウラノスはURANUS。『宇宙の支配者』という意味ですよ」

と、説明されたので腑《ふ》に落ちた――腑に落ちるか？

決して悪口ではないと思うのだが。

「反語法で馬鹿にされている気分ですよ。空々くんだって、あちこちから英雄呼ばわりされて、救世主扱いされて、いい加減、嫌気がさしているんじゃないですか？」

そう言われると、今度こそ腑に落ちる。

嫌気がさしているのは最初からだが。

「残念ながら、私は支配者ではありません。支配欲さえありません」

横向きの姿勢のまま、しかし真面目くさって、ブループは宣誓するように言った。

「名前負けもいいところですよ。なので、空々くんもそこまで気負うことはありません――私との交渉なんて、むしろ失敗したほうがいいくらいなのですから」

「失敗したほうがいいくらい……？　どうしてですか？」

望むと望まないとにかかわらず、半強制的にとは言え、交渉役を務めることになった以上、空々としては一応のところは、交渉を成功させるつもりでブループに対峙しているつもりだったが、そこに思わぬ肩透《かたす》かしだった。

「いえいえ。私のような反体制のひねくれ者が、いの一番に賛成する立案なんてろくなもんじゃないと決めてかかる惑星も、少なからずいるんじゃないかと、愚考するだけですよ。王者ならぬ愚者としてはね」

「愚者ならよく知っていますけれど、あなたはとても、そんな風には……」

王者ではないと言うのなら王者じゃないのだろうし、支配者でもないというのなら支配者でもないのだろうが、花屋を連想しこそすれ、ブループからは、地濃を連想させるような要素はない。

まあ、地濃が賛成するような案があったら、確かに、空々はそれだけを理由に、反対の立場を取りかねない……。

「もっとも、私のようなひねくれ者さえ説き伏せてみせる策謀ならばと、賛成する惑星もいるかもしれませんから、そこはなんとも言えませんがね。半々です。出たとこ勝負なのは、同じですよ」

「…………」

言を左右にするブループに、正面から向き合うのはあまり得策ではなさそうだ。ただ、『そこまで気負うことはありません』というアドバイスだけは、素直に受け取っておこう。

地球の、更に四倍ものサイズの惑星を相手にする、こんな途方もない交渉、最初から負け戦なのだし、考えてみれば、話し合いなのだから勝ちも負けもない。

ブルームは脅すようなことを言っていたけれど、擬人化した状態の天王星に、人工衛星を撃ち落とすだけの腕力があるとは思えない——できて、空々を絞め落とすくらいのことだろう。

交渉が失敗しても、それですぐさまどうということはあるまい。

そこで空々は、自分がずっと立ちっぱなしだったことに気付いて、

「……座ってもいいですか？」

と、自分の部屋なのに、招かれた招かれざる客に対して、そう尋ねた。

「もちろん。なんなら、私みたいに横たわってもらっても構いませんよ」

ブループとしては、例のひねくれた軽口でそう言ったつもりなのだろうが、空々はそれを真に受けた――と言うより、天王星と話すにあたっては、適切な姿勢だと思った。

会話がかみ合わないのは、ブルームと話しているときもそうだったから、こんなものかと諦《あきら》めていたところがあったけれど、相手が横倒しになっていると言うのは、たとえ天体でなくっとも、話しにくいものだ。

相手に合わせるのがコミュニケーションの重要事項だと言うならば、まずは姿勢だけでも、そして視線だけでも、合致させるべきだろう。

(肉眼で見えるぎりぎりの惑星……)

単純と言えば単純にそう考え、空々は、決して幅広とは言えない寝台に横たわった――ブループの正面に。

同じ姿勢になって、これで視線が合う。

距離はリアルに、三十センチ定規で計れるくらいの近さになった――惑星にパーソナルエリアという概念があるのかどうかは知らないが、少なくともブループは、クールな表情を、ぴくりとわずかに引きつらせた。

「本当に横たわりますか。どんな惑星も、してくれなかった添い寝ですね」

「添い寝の経験は豊富です。事情があって」

「どんな事情があったら、添い寝の経験が豊富になるんですか——お陰で私も、話しやすくはなりましたがね。さて……、じゃあ、ひねくれ者の意表を突いてくれたご褒美に、多少は胸襟《きょうきん》を開いてスムーズに話させてもらいますと」

引きつらせた表情は一瞬のもので、ブループはすぐに『氷の惑星』の本分を取り戻した——この距離で見ると、なるほど、その透き通るような肌は、どこか青白い。

ブループラネット。

水よりも澄んだメタンの青。

「私は地球と人類との戦争に、できればこのまま、かかわりを持ちたくありません。どっちが勝とうと、どっちが負けようと、どっちが滅びようと——たとえ共倒れになろうと、どうでもいいと思っています。対岸の火事だって、延焼類焼の恐れがまったくないわけじゃありませんから、内輪のほうの惑星には、それなりに意見があるんでしょうけれど、私くらいの外輪となれば、正直、戦争の影響があるとは思えません」

内輪、外輪というのは、太陽系の内側、外側という意味だろう。

どこまでが内輪で、どこからが外輪なのかは、太陽系を立体的にイメージできない空々には、見当がつかないが……。

ただ、酒々井かんづめの出身地（出身星）である火星は、間違いなく『内輪』の天体だったのだろう――かの星は、地球と人類との戦争に巻き込まれたわけではないけれど、しかし、『火星陣』の絶滅は、対岸の火事からの『飛び火』が十分にありえることを示している。

ただ、そんな飛び火も、天王星までは届かない……。

(………)

「太陽の光だって、相当かすかにしか届かないくらいですもの。三十センチ先であり、肉眼でようやく見える戦争風景――そんなもの、娯楽にさえなりません。地球の人だって、地球の裏側で起きている戦争には無関心でしょう？　そういうものです」

「……そうですね」

空々もまた、必ずしも地球と人類との戦争に関して――その成り立ちや経過に関して――興味津々で積極的というわけではないので、ブループの言うことはわかった。

叶うことなら、こうして横臥しているように、同じスタンスを取りたいくらいだ。

どうして今、当事者中の当事者になってしまっているのか、誰かに教えて欲しいくらいである……、もっとも、それは誰しも、どんな立場にいる誰しも、似たり寄ったりなのかもしれない。

「ただし」

と、ブループは続ける。

「本当に興味関心がなければ、わざわざブルームの呼び出しに応じたりしません。自ら関わる気がなくとも、誘いを受ければ、ちょっと覗いてみたくなるくらいの野次馬根性はあります」

好奇心は猫を殺すということわざがあるにもかかわらずね。

と、ことわざを使ってもらうと更に言っていることがわかりやすくなったが、天体がことわざを使用するという違和感の持って行きどころに迷う。

好奇心という言葉もどうだろう。心の一文字が入っているが。

「……それは、実利的な話ですか？　つまり、いつか天王星にも人類みたいな生命が生まれるかもしれなくって……、そのとき、そんな生命が、手の付けられない暴走を始める前に、適切な制御をするためには、モデルケースを間近で観察するメリットがあって……」

「そんな小難しいことを考えているわけじゃありませんよ。私の表面に生命が発生する可能性は、ほとんどゼロですからね。皆無ではありませんが……、なにせメタンに満たされていますから。同じブループラネットではあっても、生命のスープとも言える海を有する地球とは、その性質が根本的に違います」

「…………」

「違うからこそ、その違いをはっきりさせたいという気持ちがあるのですがね。だからこそお近づきになりたくないという気持ちと、その逆の気持ち。両方あります——これは結局、『両方はできない』というだけのことです」

「要点がうまく伝わってきませんけれど……、ブループさんとしては、『この交渉に参加する』こと自体が目的であって、既にその目的は果たしたから、あとはどうなろうと知ったこっちゃない、くらいのスタンスなんでしょうか？」

「そうですね。要点はうまく伝わっているじゃないですか。私の話術も捨てたものではありませんね。微調整をさせていただくなら、『どうなろうと知っておきたい』が、私のスタンスと言えるでしょう——意味もなく、何の役にも立ちませんけれど、同じで違うブループラネットとしては、この件にはその程度の執着があります」

それは執着がないと言っているようなものだったけれど、ただ、あくまでも交渉相手の発言として捉えるならば、付け入る隙がまったくないわけでもなさそうだった。

少なくとも最低最悪のケースではない。

地球と人類、どっちが勝とうと、たとえ共倒れになっても構わないと言ってのけるブループの態度は、同じ惑星として、同じで違うブループラネットとして、全面的に地球の味方をすると言われるよりは、ずっとマシなのだから。

『どっちが勝ってもいい』を、人類が勝ってもいい、地球が負けてもいいという意味だと解釈し、『共倒れになっても構わない』を停戦がありだという意味だと解釈すれば、この交渉には先がある。

まったく決裂したわけじゃない。

「言いかたを換えれば――私はあなた達の戦争から、どんなメリットも、どんなデメリットも受けることがありません。プラスもマイナスもないのです。むしろこちらからお訊ねしたいですね。そんな無関係で無関心な惑星を、渦中に引き入れることを、空々くんはどう考えているのですか？　そこまでして、人類を救いたいのですか？」

人類を救いたいのですかと言われると、空々は曖昧な返事しかできない――人類同士の戦争でもそうなのだろうけれど、この戦争には、ほとんど否応がない。

身を守るためには戦うしかない。

身を守るためには――身内を守るためには。

「いいですね。人類がみんなそんな風に考えれば、恒久的な平和が得られることでしょう」

子供っぽいと馬鹿にされたらしかった。それくらいはわかる。

実際子供っぽいし、『周りの人間だけ助けられたらそれでいい』というのも独善的だし、また、空々の周囲で、どれだけ人命が失われているかを考えると、胡散《うさん》臭くさえある考えかただ。

そこまでして人類を救いたいも何も、空々がこの調子で戦い続けていたら、地球よりも先に人類のほうを絶滅させてしまいかねないくらいの、驚きの死亡率だ。

結成からまだ死人が一人も出ていない空挺部隊は、はっきり言って奇跡の部隊なのである——篩《ふるい》にかけられ選別されて、ようやく空々の『身内』に相応しい、えりすぐりのろくでなしどもが勢揃いしたとも言える。

「人類を殺して人類を救う。そういう考えかたもあるべきだとは思いますがね——しかし、ならば、惑星を壊すことで惑星を救うという考えかたも、認めないわけにはいかないのでしょう」

「……厳密には、戦争の結果がどうなろうと、天王星にメリットもデメリットも、ないわけじゃないと思います。ブルームさんからどこまで聞いているかわかりませんけれど……、もしもこの人工衛星『悲衛』でおこなわれている右左危博士の融合研究が完成を見れば——日の目を見れば、僕達は地球を、比喩でなく、『壊す』ことになるでしょう」

具体的なプランは、研究が完成してから組み立てるということになるのだろうけれど、少なくとも右左危博士には、平和的な解決策を講じるつもりはないだろう——なにせ新兵器『悲恋』という、メガトン級の爆弾を作った人物なのだ。

「ふむ。人類が地球を壊してしまえば、太陽系にどんな影響が出るかわからないという意味ですか？　風が吹けば桶屋《おけや》が儲《もう》かる理論で、私の周回軌道にも影響が出るかもしれないと？」

　またしてもことわざか。

　天王星はことわざが好きなのだろうか……、謎のキャラクター性だ。

「いえ、僕は宇宙のことはよくわかりませんけれど、人類のことなら多少はわかってるって意味です——社会の時間に習いました」

「社会の時間？　ああ、人間社会のことですね？　ふむふむ。では、人間社会のしきたりでは、地球を壊したあと、人類はどのように振る舞うものなのですか？」

「地球は人類にとって、倒すべき敵であると同時に、住むべき大地でもあります。それを破壊し、死滅させ、死の大地ではないにしても不毛の大地としたのであれば、人類は少なくとも短期的には、引っ越しを余儀なくされることになるでしょう」

「引っ越し……」

「社会の授業では、侵略と習いました」

　戦争が終われば、次の戦争が始まる。

　詳細を教えてもらったことはないし、教えてもらったとしても、それは真実からは程遠いものだろうけれど、基本的に地球と人類との戦争は、人類にとっては、防衛戦争だっただろう——今はもう、すっかり取っ組み合いになってしまっているけれど、小競《こぜ》り合いが殺し合いになる際の先制攻撃は、地球から仕掛けてきたと見て、まず確かなはずだ。

『人類を滅ぼすことに決めたんだ』と。

地球自身が語っていた。

だが、防衛戦争が終わり、勝つ方法を覚えた人類が、続いて何をするかと言えば

——それは、訪れた平和を愛《め》でることではないだろう。

人類は戦争を覚えた。

惑星との戦争のやりかたを学んだ。

ならば続くは——侵略戦争だ。

「新天地を求めて、他の惑星を開拓するというわけですか？　なるほど。惑星と違って、人類は同じところをぐるぐる回っているだけというわけではないのですね」

日本で療養中の杵槻鋼矢あたりなら、『いえ人類も惑星と同じで、結構同じところをぐるぐる回ってるわよ』とでも返すところだろうが、そんな当意即妙さには、空々は欠ける。

ただ、彼はそれでも、そんな鋼矢を説き伏せたことのある少年だった——急場を凌《しの》ぐことにかけては、四国一生きるのが得意だった魔法少女の彼女を超える。

「それを開拓と呼ぶか侵略と呼ぶか、どちらの立場に立つかにもよるんでしょうけれど……、でも、たぶん、そうすると思います。この人工衛星『悲衛』は、人類全員が

住むには、まあ、多少手狭ですから……」

「確かに、それは地球型惑星にとっては脅威になるかもしれませんね。しかし、私はそうではありません――人類が侵略に来るには、遠過ぎます」

「三十センチ定規一本分ですよ」

「…………」

ここで初めて、クールな表情に反して意外と喋る、天王星が沈黙を選んだ――揚《あ》げ足を取られたことが腹に据えかねたのだとすれば交渉術としては失敗だが、それが黙った理由でないことは、たとえ表情が冷たく揺るぎなくとも、一目瞭然《りょうぜん》だった。

「……ちなみに地球型惑星って、太陽系のうち、どの星のことを指すんですか？」

なんとなく火星を指しそうなことはわかるけれど、ブルームの言いかたを思い出せば、他にもありそうに思える。

「水星、金星、火星。もちろん地球も地球型惑星ですよ」

そんなことも知らないのかと呆《あき》れたように、ブループは沈黙を破った――そんなタイミングを外すような質問を、ここでわざとしたのかどうか、計りかねているようでもある。

「『私達が言うところの』、内輪の惑星連ですね。残りの中輪と外輪が、木星型惑星」

「……中輪っていうのもあるんですね」

「もっとも、そんなのは『あなた達が言うところの』であって、金星は火星までが金星型惑星だと言いたいでしょうし、水星も意見を同じくするでしょうね——内輪連はぎくしゃくしていますから」

内輪連はぎくしゃくしている？

それはのちのち、交渉が成功し続ければ、いつか生きてくる情報なのだろうか——まあ確かに、地球を中心にした呼びかたは、地球でしか通じないものだろうが。

「あなたも、木星型惑星なんて言われるよりは、天王星型惑星と呼ばれたいですか？」

「そう頼んだらそう呼んでくれるんですか？　冗談じゃありませんね」

考えてみれば、天王星という呼び名こそを納得していなかったブループである——天王星型惑星なんて名前が、他の惑星にまで広がる規則を、推し進めようとはしないだろう。

「なので、そこは気になさらないでください。私が言いたかったのは、人類が勝利を収めたその後、侵略の対象とするのは、地球型惑星である水星、金星、火星のいずれかでしょうということです。もっとも、火星は既に死に体《したい》ですが」

「ところが、僕はそう思わないと言いたいんです——僕が地球型惑星と呼びたい星は、むしろブループさんなのですから」

「……？」

「ブループラネット。メタンだろうと海だろうと、『青い惑星』は人類にとって特別なんですよ――かけがえがないんです。守ろうとするのも憎悪を向けるのも、その外観が基準になる。だから人類は、遠かろうと寒かろうと、あなたの表面に移住しようとするでしょう。ならば、地球と人類との戦争が終われば、次は天王星と人類との戦争になる。それを避けるためには」

　と、空々は更に、ブループに顔を接近させた――隕石だったら衝突するくらいの距離にまで。

「人類と地球には、いつまでも戦争を続けてもらわなくちゃならないんです――それが、『戦争にかかわりたくない』ブループさんにとっては、かけがえのないメリットになるはずです」

「……戦争を続けさせるために、停戦に協力しろと？　人類を守るためにこのような会談に臨んでいるはずのあなたが、人類の勝利をこそ、阻もうというのですか？　いつの間にか、あなたが人類に敵する者のようになっていますよ。とんだ英雄もいたものです――無茶苦茶ですね」

「ええ、ですが――」

「苦いお茶は御免こうむりますが」

「無茶は好きです。」
そう言って天王星は——起き上がった。

7

結局、ブループは明確な返事をしないままに、人工衛星『悲衛』から去っていった。イエスともノーとも言わず。

だけれど、この場合はそれで十分な成果と見るべきなのだろう。否、ひねくれ者のブループの賛否次第によって態度を変える惑星が出るかもしれないという、例のアテンションのことを考えれば、彼女が態度を保留したこの結果は、望むべくもない最上のものだったかもしれない。

人類でありながら、人類の勝利の危険性を語る空々の詭弁《きべん》が功《こう》を奏《そう》したとも言える——木星型惑星から交渉する羽目になったブルームの采配《さいはい》は無茶なイレギュラーだったが、しかしその無茶は、出だしとしては、まずまずだった。

茶番劇の出だしとしては。


（第2話）

（終）

第3話「最大、現る! 木星は爽やかな縞模様」

0

誤った者を責める者は、正義をなした気分になれる。誤った者を責める者を責める者は、より正義をなした気分になれる。

1

「次の交渉相手は木星よ」

どうやら天体に対して時間に関する常識を説くのは無益のようで、月の使者ならぬ月の化身、ブルームからの三回目となる訪問を受けたのは、空々少年がベッドに横たわり（むろん、ひとりで横たわり）、いよいよ入眠しようというような絶妙のタイミングだった。

感情の死んでいる空々少年とて、眠いときは眠いし、睡眠を妨《さまた》げられれば、それなりの精神的ダメージを受ける……、これが現実の出来事なのかそうでないのかも、一瞬、混乱する。

今までの出来事は全部夢だったと言われても、納得できそうな心境だった——電気を消した室内に、脈絡《みゃくらく》なくバニーガールが現れれば、誰だってそういう気分になるだろうが。

(全部とは言わないまでも……、せめて、ロシアでの人工衛星打ち上げ施設あたりから、夢であってくれたらいいのにね……)

らしくもなく、そんな逃避的なことを思う空々だったが、むろん、彼の祈りは届かない——バニーガールはそこにいた。

そしてバニーガールは繰り返した。

「次の交渉相手は木星ぴょん」

エージェントがぴょんと言うのであれば、次の交渉相手は木星なのだろう……、よく知っているとは言えないけれど、天王星よりは、聞いたことのある惑星である。

なんだっけ。

惑星の中で、一番大きい星なのだっけ？

「惑星の中で一番、じゃないわ——太陽系の中で一番よ。もちろん、太陽は例外としてだけれど……、地球の約十一倍のサイズだと考えて」

「へえ……、サイズが十倍ちょっとだとして、じゃあ、重さは百倍くらいですか？」

まだ眠気が飛んでいない頭でそう訊くと、

「宇宙で重さを語るのは簡単じゃないけれど、そうね、重さは太陽系の、地球を含む他の惑星すべてを合わせた数字よりも、更に重いわ」

と、バニーガールは応えた。

眠気が飛んだ。

「……二番目に持ってくるようなスケールの交渉相手じゃないと思いますけれど。それこそ、太陽は例外としても……、トリにもってくるべき人材じゃないんですか？」

人材と言うか、星材と言うか。

他の惑星すべてを説き伏せ、賛成票を集めたのちにようやく交渉に行くべき、文字通りの大物ではないか。

「ようやく空々くんにも太陽の大きさが実感できてもらえたみたいで嬉《うれ》しいわ」

と、ブルームは笑う。

してやったりみたいな笑みを浮かべられても……、月の大地のようにからっとした性格を装っていながら、どうも実際には、まあまあ粘着質な性格らしい。

「残念ながら、順番はあたしじゃ決められないのよ。周期の都合があるからね。周期と、それから軌道……、もちろん、相性や組み合わせはそれなりに考えるけれど、なかなか思い通りにはいかないの。あたしだって、できれば、二回目の交渉にこそ、地球型惑星にテーブルについて欲しかったけれど……、天王星と同じ木星型惑星どころか、まさか木星そのものとのアポイントメントが成立しちゃうなんて、計算外もいいところよ」

何もかもが地に足のついていない宇宙じゃ何事も思い通りにはいかないわ、空々くん、あなたも含めてね——と言ってくるあたり、本当にねちっこいけれど、とは言え、空々が彼女に苦労をかけてしまっているのも本当なので、ここでブルームを責めても仕方ない。

一番の質量を——ぶっちぎりで一番の質量を有する、そんな重力の塊みたいな惑星を相手取るにあたって、賛成票を集めるどころか、事実上、天王星ひとつの賛成票さえ得られていない、票数も惑星との交渉経験も乏しいままの徒手空拳で挑まねばならないとは。

嘘みたいな展開の中でも嘘みたいだ。

そうなると、せめて木星が——木星の化身が、話が通じる惑星であることを願うしかない。

「話は——通じると思うわよ。天王星みたいなひねくれ者じゃないから。て言うか、自転軸、ほぼ垂直だから」

両極端である。

ならば、次に浮かぶ疑問は、『どうしてそんな木星が、会談に応じてくれたのか』である。天王星がブルームからの誘いに応じてくれたのは――そして、最低限、交渉後の態度を保留してくれたのは――基本的には彼女のひねくれ感があってこそのことである。

まともな神経をしている惑星なら――それも、あくまで人間の空々が想定する『まとも』ではあるものの――行動を起こすかどうかはともかく、普通は、太陽系の同胞であるはずの惑星の味方をしようとするだろう。

心情的には。

『火星陣』である酒々井かんづめが、地球と人類との戦いにおいて、『敵の敵は味方』とばかりに、積極的に人類の味方をしないのは、単に人類から実験台にされた恨みからだけではないのだ。

人類よりも地球の味方をしたくなってしまう節が（本人は否定しようと）、多少はあるはず――そう考えると、重力が重く、当然、腰も重そうな木星が、二番目に動くというのは、意外では済まされない驚きの展開である。

裏がありそうだ。

ちっぽけな人間である空々からすれば、惑星の大きさなんて、全部同じように見えてしまうのだけれど、それでも、具体的に聞かされてしまえば、どうして木星との会談が、まだ一票の賛成票もないこんな初期段階で成立したのか、見過ごせないレベルで不思議である。

「さあ……、どうしてなのかしらね。その質問には、『木星には木星の考えがある』としか、あたしには答えようがないけれど。それでも、プレゼンターからひとつ言えることがあるとするなら、空々くんがこの交渉を成功させれば、あとがかなり楽になるってことよ。もしも木星を味方につけることができたら、それだけで、その後の交渉が、相当やりやすくなるはずだわ」

「…………」

それは最大限上首尾に運んだ場合であって、逆に言うと、木星が天王星と同じように判断を留保するようなことがあれば、その後の交渉に支障を来すことになるだろうことを思うと、楽観はできそうにない。

元より、ひとつも落とせないという条件に揺らぎはないのだ——ひとつも落とせないし、あとにも引けない。退路の断たれたオールオアナッシングである。

「わかりました……、じゃあ、とりあえず、一眠りしていいですか？　ブルームさんが木星を連れてくるまでには、木星の名前を考えておきますから……、今度はかぶらない名前を」

「そうして頂戴、と言いたいところだけれど」

と、ブルーム。

「実はもう来ちゃってるのよ。木星」

「え？」

促されて、空々が部屋の電気をつけてみると――月の背後に隠れるような形で、ショートカットでボーダーシャツの少女が、既に室内にいたことに気付いた。

木星の化身とは思えないほど、それは、小柄な少女だった。

2

『木星』
自転周期――９時間56分
公転周期――11・８６年
太陽からの距離――７億７８３０万キロメートル
直径――14万２９８４キロメートル
質量――１・８９９×10^{27}キログラム
衛星の数――67個

属性――――――縞模様
発見年――――――人類生誕時

3

まるで日食のように、月の背後に隠れていた木星だったが、その質量から想起されるような、腰の重いキャラクター性とは真逆だった。

むしろフットワークは相当軽いようで、

「さっさと話を始めちゃおっか、空々くん。最初に言っとくけど、私は結構、人類寄りの見方をしているから。でも、地球の気持ちもわかっちゃうって立場ね」

と、早々に本題に入った。

これまで、ブルームに隠れて様子を見ていたのは、人類代表としての空々空を値踏みしていたのだろうから油断はならないが、天王星のひねくれ具合を思い出すと、ボーダーシャツの彼女は、爽《さわ》やかな風にも見える。

麦藁《むぎわら》帽子をかぶっているのは、爽やかさの表現ではなく（室内で帽子をかぶっているので、爽やかという印象にはならない）、たぶん、木星にあるという輪っかを表現しているのだろう……、ボトムがショートパンツなのは、何の象徴だ？

「おっと、その前に、まずは私の名前を決めてくれるんだっけ？　手早くちゃっちゃとお願いね。初めまして、木星でーす。日本語だと木星。英語だとジュピター。さて、空々空くん語だと？」

「はあ……、えっと」

救いを求めるようにブルームのほうを見たが、彼女は黙って首を振るだけだった——成り行きとは言え、交渉が始まってしまった以上、もう彼女は口を挟むことができないらしい。

マイルールに忠実なことだ。

複雑玄妙な立場——とも言われていたか。

ただ、それでも、この唐突な展開には最低限の説明は必要だと感じたのか、今回はブルームが、木星のプロフィールを、細かい数字をまじえて教えてくれた。

重さについては既に聞いていたので驚かなかったけれど、しかしその代わり、十時間を切るという自転周期が意外だった——地球よりもはるかに巨大な惑星なのに、そんな速度で回転するのか。

なるほど、スピーディなわけだ。

「ちなみに月は一回自転するのに、一ヵ月くらいかかるわ。自転周期と公転周期が、ほぼ一緒……、だから月は地球に、常に同じ面を向けて回っているって、理科の授業で習わなかった？」

　習ったのかもしれないが、憶えていなかった。

　途中でリタイアしたのは決して空々の意志ではない不可抗力だが、さりとて勉強が好きだったわけではない。

　ただ、天王星とのコミュニケーションにおいては、社会の授業が役に立ったりしたので、そういう雑学も大切なのかもしれない——そんなことを思いつつ、空々はとりあえず、

「じゃあ、スピーンというのはどうでしょう」

　と言った。

『スピード』と『スピン』を合わせた名前で、空々としては凝《こ》ったつもりだったが（かぶってもいないはずだ——もっとも、四国の魔法少女『キャメルスピン』とかぶってしまっていることまでは、頭が回らなかった）、今回はあまり評価を得られなかったようで、ボーダーシャツの少女は、露骨《ろこつ》に不満そうな顔をした。

　皮肉屋のブルームや、ひねくれ者のブループと違って、よくも悪くも彼女は、感情がそのまま顔に出るタイプらしい——つくづく、木星のイメージから外れる。

　もっとも、だからと言って、木星のイメージ通りの巨漢に来訪されても、威圧感から話しにくくなるかもしれないので、文句を言う筋合いもない……、たぶん、そこに

法則はないのだろう。

前向きにとらえるならば、空々のイメージとずれた擬人化惑星が現れるというのは、これが空々の宇宙的妄想ではないという、かすかな証拠になるだろう。

「まあいいや。スピーンね。なんだかスプーンみたいだけれど、受け入れてあげる。交渉なんだから、お互い、妥協《だきょう》が大切よね。スピーン、スピーン、スピーン。その代わり、私もあなたのこと、好きに呼ばせてもらうわよ。空々空だから——じゃあ、ソーラーって呼んであげる」

自転も速ければ切り替えも速いのか、木星の化身はそう頷いたかと思うと、こちらに勝手なニックネームをつけてきた。勝手と言うか、それこそ、もろかぶりのニックネームである。よりにもよって太陽とかぶっている——これには、空々よりもブルームのほうが驚いたようで、

「あんた、太陽を敵に回すつもり？」

と、呆れた風に言った。

「やだな、そんなつもりはないって。むしろ偉大なる太陽にあやかろうという気持ちよ」

ニックネームであやかられても、困るのは空々だったが、しかし、あちらに期待に添えない愛称をつけておいて、こちらは御免こうむるというのは通るまい。

ここは受け入れるしかなさそうだった。

しかし、ソーラーとは……。

太陽とて『空』にあるには違いないので、一概に否定したものでもなさそうだが、ざっくばらんそうに見えても、惑星と人間との言語感覚の違いは、木星が相手でも変わりなさそうだった。

「やれやれ、付き合ってらんないわね。あんたはもうちょっと、まともな奴だと思ってたんだけど……、スピーン。んじゃ、あたしはこれで。空々くん、次こそは地球型惑星を連れてくるつもりだけれど、あんまりアテにしないで」

そう言ってブルームは、例によって月食のように姿を消した。

あとには木星と人類が残された。

4

「結論から言えば、私は月の提案……、ブルームの提案に乗ろうと思っているの」

ふたりきりになっていきなり、木星——スピーンは、そう切り出した。

切り出したどころか、切り込んできた。

「あいつは中立を気取っているから、ソーラーくんにあんな勿体《もったい》ぶった言いかたをしていたけれど、ブルームが提案した時点で、私は二つ返事でオーケーしたのよ。いーよー、オッケーって」

「…………」

交渉が終わってしまった。空々が一言も発しないうちに。

いや、さすがにそんなわけがない。

そんなわけにはいかない。

考えてみれば、スピーンは第一声から――木星だと名乗る前から、自分は人類贔屓であると宣言していた。つまり結論を言う前から結論から言っていたわけだが、ただ、空々がそれを鵜呑《うの》みにするはずもなく、あれは社交辞令みたいなものだと判断し、聞き流していたのだけれど……、鵜呑みにしていいのか？

まあ、ブルームがエージェントとして、どれだけ中立の一線を踏み越えないよう気を配ったところで、結局、こんな会談が実現する時点で一定の望みはあるのだと言えなくはないことを思うと（いみじくも天王星が語っていた通りだ――そのつもりがなければ、人工衛星『悲衛』までもやってこない）、こういう望むべくもない展開もあるのかもしれないが、いや、ここまで望まし過ぎると、用心せずにはいられない。

「何？　ソーラーくんは私が信じられないの？　ショックだなー。『２００１年宇宙の旅』が発表されて以来、人類と木星とは仲良くできると思ってたのに」

（最近だな）

空々が生まれる前に発表された作品ではあるけれど、天文学的に言えば、昨日みたいなものだろう——この場合、小説版と映画版、どちらのことを言っているのだっけ？

「裏があるんじゃないかって疑ってる？　もちろん裏はある。だけど、私はこの通り、こんな奴だから、その裏も全部つまびらかにするつもりだよ。自転速度がぎゅんぎゅん速いからね。裏も背中も、全部お見せしちゃうの——知ってる？　ブルームはそこまで説明してくれなかったけれど、木星って、大きな星であると同時に、明るい星でもあるんだよ。ぴかぴかに光ってるの。なにせ、恒星よりも明るいくらいなんだから」

まくしたてるように早口で言われても、情報がぜんぜん頭に入って来ない——そもそも、空々は眠いのだ。

人工衛星『悲衛』内において、空々は、惑星との連続会談だけを任務としているわけではない。むしろそれは、英雄としてはともかく、空挺部隊の隊長としてみるならばプライベートの領域にあたり、本来の任務は、『自明室』室長、左右左危博士の研究への協力である。

これがハードだ。

人を人とも思わぬことにかけては、『地球撲滅軍』に並ぶ者のいない右左危博士の実験台になるのだから――なにせ彼女は、実の娘さえも科学への供物《くもつ》に捧《ささ》げている。あとは、宇宙生活で身体がなまらないよう、こればっかりは地道におこなうしかない筋力トレーニングも何気にきつくて、ならば眠いというより、疲れているといったほうが正確か。

ただ、ここでぶっ倒れるわけにもいかない。

天王星との会談は、成果もあったことは確かだけれど、空々本人が自己採点をするなら、失敗だったと思う。

今から思えば、最初の交渉相手が、想像を上回るひねくれ者だったことも含めて、あれは運がよかっただけだ。

悪運がよかっただけだ。

横たわる天王星からすれば、交渉が不細工であるほど、効果的だったのだろう。

一回勝負ならば、それでも構わないのだが、太陽まで含めれば、一連の交渉は八連戦である――一度も負けるわけにはいかない八連戦に運任せで挑めば、ほぼ確実に、確率的に敗退する。

それゆえに、二回目以降の交渉にはちゃんと準備をして臨もうと、殊勝にも考えていた空々少年だったのだが、悪運がよかった分のぶり返しが、早くも訪れたわけだ。

これまでのふたつの天体の例から言って、スピーンにも、空々の胸中をある程度は感じ取る感性はあるはずなのだが、しかし、そんな彼の考えを無視するように、

「ま、一方的な好意かもしれないけれど、私としては人類を応援しているわけ。地球が火星を殺して以来ね――」

と、話を続けた。

早口で、情報が頭に入ってきにくいことに変化はなかったが、しかしながら、火星の話題となれば、地球と火星との戦争の話題となれば、酒々井かんづめのことがあるので、まだしも多少は理解の余地があった。

「内輪での出来事だから、あんまり口を挟むべきじゃないと思って、つつましく遠慮してるんだけどさ、ありゃあないと思ったよ。あんな泥仕合みたいなぐちゃぐちゃの戦争、二度と見たくない――するんだったら、暗い戦争じゃなくって、明るい戦争をして欲しい」

明るい戦争とは、どんな戦争を指すのだろうという疑問が浮かんだが、それよりも、具体的に、地球と火星との戦争がどのようなものだったのかのほうが気になった。

酒々井かんづめは、『火星陣』の末裔《まつえい》ではあるけれど、幾代にもわたる転生、生まれ変わりを経たせいで、その記憶はほとんど薄れてしまっていて（次の転生で完全に

消失すると見込まれている)、その戦争の詳細までは、空々は知らされていないのだ。それは彼が『火星陣』の究極魔法、『魔人』を委《ゆだ》ねられていることを思えば、許されざる無知であると言える。

「明るい戦争は、河原でタイマンで殴り合うような戦争よ」

ラブアンドウォーズ、と。

スピーンはあっけらかんと答えた。

やはりこちらの言いたいことが、読めないわけではないらしい――答えて欲しい質問のほうにほぼ答えていないのは、はぐらかしているのか、天然なのか。

「同胞をひとり――一星殺《ひとほし》しておきながら、地球が幅を利かせてるのを、私は前々からどうかなって思っていたのよ。でも、私が自ら動くと角が立っちゃうからさ。ブルームの言っていた通りよ。太陽系最大の惑星である私が活躍すると、おおごとになる……、ゆえに口実が欲しかった。その点じゃ、天王星……、ブループだっけ？　彼女と同じで、私は実はこんな風に、誰かに誘われることを待っていたの。本音を言えば、私が待っていたのは『停戦を促そう』って提案じゃなくて、『みんなで団結して、地球を懲《こ》らしめよう』って提案だったんだけど、まあ贅沢《ぜいたく》は言わないのよん」

「……それが、あなたの『裏面』ですか？」

「まさかまさか。こっちは表面。明るいほう。義憤《ぎふん》にかられたパブリックイメージであって、もちろん、私的な事情もあるの。事情と言うか、野望と言うべきかな」

「野望？」

義憤とは真逆みたいな言葉だ。

ただ、楽観的で、ポジティブな雰囲気のボーダー女子には、そちらのほうがお似合いなようにも思えた。

「ソーラーくん。私はね、太陽に勝ちたいの」

「は？」

眠さのあまりの聞き間違いかと思った——だが、スピーンは夢見がちな風に「太陽に勝ちたいの」とリピートした。

「私って、太陽系惑星の中で、一番おっきいじゃない？　一番おっもいじゃない？　これはもう、太陽への挑戦権を持ってるって言っても過言じゃないと思うんだよね」

「…………」

「いや、太陽さえいなければ、私が太陽系の太陽になってたんじゃないかって思うもん。ブルームも含めて太陽系のみんなは、私の周囲を回ってたんじゃないかって思うもん。だからね、一度でいいから挑んでみたかったの。太陽に。勝負を。がつんと。一発」

「…………」

明るい口調ではあったけれど、冗談で言っているわけではなさそうだった。スピーンは、交渉をきっかけに、太陽と積極的に、接点を持とうとしているのだ。

それはもう、運がいいとか悪いとかではない、まるっきりの偶然でしかないけれど、空々がこの一連の交渉に太陽を意図的に巻き込んだことが、木星を動かす結果になったようだ。

ブルームが言うように、太陽が桁外《けたはず》れの存在だと言うのであれば、本来、そのことで怖気づく惑星が出てきてもおかしくないのに、こと木星に限っては、逆の結果を生んだらしい。

彼女の真っ直ぐさが——それが太陽と正面から向き合うという自転軸の真っ直ぐさなのか、単にキャラクター的な真っ直ぐさなのかは、さだかではないが——空々にいいように働いたと言うべきか？

いいようになのか？

いいように利用されているのは、この場合、人類のほうという気もする——なるほど、太陽と木星との戦争こそを、スピーンは『明るい戦争』と定義していることはわかったし、また、ブルームの『太陽を敵に回すつもり？』という突っ込みは、的確過ぎるほど真実を突いていたわけだが……。

だが、（恒星よりも）明るかろうと、（太陽だけに）陽気だろうと、戦争は戦争である——義務教育も途中で放棄せざるを得なかった空々少年ではあるけれど、所属する組織から洗脳工作をほとんど受けていない幸運もあって、世の中には『いい戦争』と『悪い戦争』があるなんて誤解はしていない。

戦争は、良くも悪くも戦争だ。

人類と地球との戦争を、首尾よく停戦に持ち込めたところで、代わりに木星と太陽との戦争が起こってしまうのでは、本末転倒とまでは言わないにしても、太陽系の総和はプラスマイナスゼロということになるようにも思える——また、太陽と木星の星間に挟まれた惑星が戦争に巻き込まれる危険性を加味すれば、地球上での内輪揉めとは規模の違う、世界大戦ならぬ宇宙大戦に発展しかねないことを思うと、状況は悪化するとも言える。

その辺り、どう考えているのであろう。

「ちなみにねー、ジュピターは、ゼウスって意味なんだよ。絶対神ゼウス。これだけでもう、太陽神ラーと肩を並べる資格があると思わない？」

「はあ……ええ、そりゃあ……」

どうやら大らかな彼女には、特に考えはないらしかった。

支配者ウラノスの名前を嫌がっていたブループのひねくれ具合も、こうなると、謙虚な姿勢である——顕現《けんげん》した姿は小柄だが、どうやら木星が大きいのは、器《うつわ》らしい。

どうしたものか。

目先のことだけ考えるなら、たとえどういうモチベーションがあるにせよ、木星が停戦案に賛成票を投じてくれるのはありがたい限りだ——最終的には協力を願わねばならない太陽に勝負を挑もうとする姿勢には、何らかの形の解決策を探らねばならないにしても、そこは空々が、それなりに辻褄《つじつま》を合わせられると思う。

ただ、一時しのぎはできても、将来的に禍根《かこん》を残すことになれば、停戦合意にも意味がない——辻褄合わせを生業とし、そのスキルのみで生き延びてきたと言っていい空々少年とて、永遠の命を持っているわけではないのだ。

まして天体に較《くら》べれば、その生命は一瞬。

空々の死後、太陽と木星の戦争が本格化すれば、巻き込まれた地球とそこに住まう人類は、まとめて仲良く蒸発することになるだろう——そんな和解があってたまるか。

（まあ、自分の死後のことなんて、心配してもしょうがないけどね……、ただ、その問題点に対する解決策なしで突っ走ったら、この先、そこを突かれて、交渉が頓挫《とんざ》することにもなりかねないわけだし……）

つくづく、連戦は厄介だ。

師匠直伝のギャンブルが通じない。

派手なドラマとは無縁の、地道さと堅実さのみが、とことん要求される——完全に政治の領域であり、まったくもって、十四歳の少年が担当すべき案件ではない。

英雄だって救世主だって、十四歳の少年が担当すべき案件ではないという、根本的な問題もある——そこは、『地球撲滅軍』や『絶対平和リーグ』が、やりかたは違えど確固たる指針としていた、『少年兵はいくらでも使い捨てが利く』戦法が生んだ、必然的な矛盾《むじゅん》だった。

あの戦法は基本的に、空々空や杵槻鋼矢のような生き汚い存在や、あるいは花屋瀟やチーム『白夜』の魔法少女達のような例外的天才を想定していない——結果、バランスの悪い少年少女に、人類の命運が託されてしまったりするわけだ。

「でも、ソーラーくん。地球をぎゃふんと懲らしめてやりたいって気持ちは、口実だけど嘘《うそ》じゃないのよ？　人類を憎む気持ちだって、惑星的にはわからなくもないけれど、でも、元々それはお前の自己責任だろうって叱《しか》りつけてやりたいし。理由はあったにせよ、火星を殺したことは、やっぱり酷いと思うし」

理由はあったのか。どういう理由なのだろう。

違う。今は火星のことじゃない。今は地球のことだ。

（考え違いをしていたな……、協力してくれない惑星をあの手この手を使って説得するのが、僕の仕事なんだと思っていたけれど……、停戦案に協力してくれる惑星を適度になだめることも、交渉の任務に含まれていたなんて……)

積極的な協力者に困らされるケースというのは、様々なチームと、様々な形で渡り合わねばならなかった四国でも、恐らく経験しなかった。

好戦的というのとも違うのだろうが……、木星の初期段階での参画は、のちのちの火種となりかねない。

(最初の交渉相手が天王星だったことは、確かに運がよかったんだろうけれど——二番手が木星だったことは、今はともかく、今後、裏目に出そうだな……)

だが、だからと言って、拒否権などあるわけもない。

トラブルになることがわかっていても、この申し出は受けるしかないのだ——なまじ、スピーンがまっすぐで、裏はあっても悪意がないことが、却《かえ》って空々の選択肢を狭めている。

純粋な義憤と、より純粋な野望。

否——野心か。

(野心も心のひとつなんだろうな——)

そう思うと、無茶苦茶を言っているような木星のことが、羨《うらや》ましくもなるのだった——羨ましいと思うような嫉妬《しっと》心も、空々にはないけれど。

だいたい、天王星と違って、取り立てて空々少年は無茶が好きなわけではなかった。

おかしいだけで、真っ当なのだ。

5

葛藤《かっとう》は残ったものの、結果だけ見れば、空々は木星からの賛成票を取りつけることができたわけで、スピーンが自室から立ち去ったあと（空々がつけた愛称に愛想を見せてくれたわけでもあるまいが、狭い部屋の中、片足立ちでくるりと回転することで、彼女は消失した）、邪魔された睡眠を再開することもできたはずだったが、とても眠る気にはなれなかった。

結果がどうあれ、少年からしてみれば、これは二連敗も同然だった——木星との交渉に限って評価するなら、誰がネゴシエーターでも、彼女からの賛成票を獲得することはできただろう。空々でなければ、もっとスムーズに話は進んでいたかもしれないくらいだ——ある意味、そこで割り切ることができるのが空々の強みでもあるのだが、ただ、これから先、まだ六回の交渉があるのだと思うと、そんな風に切り捨てることも難しい。

それでも、先があるからこそ、先が長いからこそ、ここはきっちり休み、肉体面の

疲労も精神面の疲労も、ちゃんと回復させるべきなのかもしれなかったが、如何《いかん》せ
ん、いったいいつ、どんなタイミングで月の化身であるエージェント、空々がいい加
減に名付けたところのブルームが、来訪してくるかわからない都合上、行動を起こせ
るのなら、起こせるうちに起こしておくべきだった。
　そう判断した。
　行動とは、この場合、教えを乞《こ》うことだった。
　むろん、最初は、いよいよ酒々井かんづめに相談するときだと思った——火星その
ものではないにしても、火星の尖兵として、四国で言うところの『魔女』として、地
球と戦った経験を持つ彼女と情報を共有することで、現状を多角的に分析してみたか
った。
　ブルームやブループ、スピーンを、(空々が見ている幻覚かもしれないという疑念
も含めて)どこまで信用したものかという問題を、違う視点から検討するならば、相
談相手は酒々井かんづめをおいて他にいない。
　ただ、情報を共有と言っても、転生を繰り返したかんづめは、当時の記憶の大半を
喪失しているのだし、そうでなくとも、時間が時間だった。
　宇宙空間に『一日』という概念はないけれど、少なくとも時計が示す限り、今は睡
眠を取るべき時間であって、そしてかんづめは、予知能力にも似た感覚を有する『火

星陣』であり、『魔女』であることは間違いないにせよ、その肉体は、あくまで幼児のそれである。

この時間帯に抱く眠さは、空々の比ではないだろう。

すやすや眠っている幼児を叩《たた》き起こしてまで、できる話が建設的になるとは思いにくい――少なくとも彼女と話すのは、明朝（時間）まで待つしかないだろう。

ただ、今が就寝時刻であるという事情は、人工衛星『悲衛』に搭乗するクルー、全員に通じるものだった――育ちざかりの（使い勝手のいい）少年兵が多いからという事情があるからなのか、宿直制度というのはない。

むしろキャプテンは、全員の生活習慣を統一することで、せめてもの規律を保とうとしている節がある――軍隊ゆえの軍隊式と言えばそれまでだが、ルールを破り続け、クーデターまで起こされた右左危博士が規律なんて言うのは、ほとんどジョークみたいなものだった。

まあ、さしものマッドサイエンティストとて、衛星軌道での揉めごとは回避したいのだろう。

こんな監獄のような乗り物の中でいがみ合えば、目も当てられない――ただでさえ、空挺部隊も『自明室』も元チーム『白夜』も、本来、どろどろの殺し合いに発展してもおかしくないレベルの因縁を抱えている。

木星が太陽に対して抱えているようなからっとした因縁ではなく、もっとじめじめした因縁——たとえば、右左危博士と空々で言えば、左在存《ざいぞん》のことがある。

宇宙船の中で、もっとも大切なチームワークが、ほぼないと言っていい彼らは、せめて同じものを食べて、同じときに眠り、同じときに起きるというような、疑似家族としての統一された生活が必要なのかもしれない。

えらくシステマティックではあるが、科学者の考える対策としては、真っ当な『実験』なのだと納得している——もっとも、大人である右左危博士や酸ヶ湯博士が、そんなルールを守っているとも思いにくいが。

むしろ彼らは、率先して徹夜での研究を日夜繰り返している節もある——確かなことは言えないし、日夜という概念も宇宙では怪しいが、不眠不休の研究三昧《ざんまい》は、彼らのようなけろりとした大人には、さほど苦ではないのかもしれない。

子供達が起きている間に子供達をモルモットにして、モルモットが眠っている間に、子供のように実験結果を整理する——眠る間もないというのが、長時間労働の言い訳になるのかどうかは知らないが、ただ、それは地球憎しの感情や、戦争被害から無辜《むこ》の人類を救わねばならないという正義感とは別個の、知的好奇心に突き動かされる、彼らの学者としての性《さが》と見るべきだろう。

右左危博士も酸ヶ湯博士も、そんな大人達だから、たとえ現時刻、彼らがそれぞれの私的ラボラトリーで活動していたとしても、空々が抱えている交渉案件を、おいそれと相談するというわけにはいかなかった。

提供した情報がどのように使用されるかわからないという怖さもあるけれど、それ以前に、大人の感性で空々の精神疲労を疑いかねない——常識外を生きるふたりの大人ではあるけれど、経験則を重視する姿勢は、当然、子供よりも強い。

（酸ヶ湯博士がどういう人なのかっていうのは、実のところ、まだ僕にはよくわからないんだけど……）

よくわからないからこそ、迂闊な相談ごとを持ちかけられない。

そういう意味では、そのバリエーションに富んだ天才性からすると、やや異様なくらいに酸ヶ湯博士に忠実と言っていい、元チーム『白夜』の少女達——虎杖浜なのか、灯籠木四子、好藤覧の三人に相談するのも、避けたほうがいいだろう。

実際にそんな相談が成り立つかどうかはともかくとして、彼女達のエリートっぷりは、上司としてアテにせざるをえない特性なのだ。問題は、天才ズの彼女達は、空挺部隊の上司である空々よりも元上司である酸ヶ湯博士のほうに重きをおいているから、もしも彼女達と情報を共有すれば、元チーム『白夜』の全員及び酸ヶ湯博士とも、情報を共有することになってしまいかねない。

最終的にはともかく、現時点で、そこまで情報が拡散してしまうのはやや微妙だ

——まあ、仮に天才ズの三人の誰かに相談するとなると、宇宙船（科学）恐怖症による体調不良を抱える虎杖浜なのかはもちろんのこと、交渉事が得意とは思えない好藤覧でもなく、いまいちつかみどころのない元チーム『白夜』のリーダー、魔法少女『スパート』こと、灯籠木四子しかいないだろう。

とは言え、どれだけえりすぐりでも、何を考えているかわからないという点においては、地濃鑿にも匹敵しかねない灯籠木に、交渉事が向いているとは思えない——むろん、地濃鑿に相談を持ちかけるという選択肢は、空々にはない。

一ミリもない。

では、逆に唯一、人工衛星『悲衛』内部において、空々に対して忠実な姿勢を貫いていると言っていい人物に相談するのはどうだろうか？　かんづめは出自の事情があって、行きがかり上恩人とも言える空々に対してはともかく、人類に対しては、絶対的な味方とは言えない。それに比べて、剣藤犬个のあとを継ぐ形で、第九機動室時代から空々空の世話役（兼、秘書）を務めていた氷上竝生ならば、大人の常識にとらわれず、空々の話をいくらかはまともに聞いてくれそうだ。

言うまでもなく、空々と氷上の間にも、上司と部下という関係性にとどまらない因縁がある——土台、『地球撲滅軍』のようなコンプライアンスに興味のない組織の中において、何の因縁もないビジネスライクな付き合いなど、成立しようがないのだ。

氷上の弟、コードネーム『火達磨《ひだるま》』こと氷上法被《はっぴ》を、戦士として再起不能に追い込んだ――空々からすれば、それは己の身を守るためにそうするしかなかったのだし、かつ、ギャンブルの師匠である左在存を、『火達磨』に殺されているという事情も、まあ、あるにはある。

ただ、それでも、氷上にとって空々が、弟の仇であることは否めない――なので、最初の頃は、距離感を計りかねたものだった。

ただ、どうやら氷上は（文字通り）手を焼いていた弟と、年下の上司である空々を重ね合わせて見ている節があり、少なくとも現在は、弟の仇としてこちらを見てはいないようだ――むしろ、姉弟に非道な人体改造を施した右左危博士にこそ、怨恨の情を向けていたようである。

そちらもそちらで、現在は相当薄らいでいるようだ。

空々には、自分の感情と同じくらい、他人の感情がわからないので、それを一概に『時間が解決した』と片付けることはできないのだけれど、たぶん氷上は、怒ったり恨んだりするのが、性格的に向いていないのだろう。

憎しみや悔しさが持続しないのだ。

空々のことも右左危博士のことも、決して許したわけではないが、ネガティブな感情を抱き続けることに、疲れたのだろう。良くも悪くも感情を抱かないことで、楽をしている上司を見習ったとも言えるが、果たしてそれは、人間として正しいのかどうか——そんなことを悩み続けるのにも、疲れたのかもしれない。

疲れた結果辿り着いた趣味が、魔法少女のコスプレなのだとすれば、影響を与えた上司として出すべきコメントがないけれど——どんな趣味を持っていようと、どういう方向に向かっていようと、空々にとって彼女が頼れる部下であることは違いなく。

また、二十代の彼女なら子供ほど、よく眠ることもないだろう——ひょっとしたらまだ、起きているかもしれないくらいだ。

話の流れから言って、かつて空々が地球の化身と話した経験があること、及び、二回目の『大いなる悲鳴』の時期を予告されていることも、場合によっては開示せねばならないけれど、それはもう、背に腹は替えられないというものだ。

ここまでそんな、重大な秘密を隠し通せてこれたことが奇跡であり、また不条理でさえあるのだ——話すことで楽になれるタイプの秘密じゃないけれども、いい加減、限界である。

考えてみれば、誰かに頼まれて秘密にしていたわけではない——地球から口止めを受けていたわけでもない。むしろ地球としては、空々を介して、人類全体に伝えたかったのではないだろうか？　それを空々の勝手な判断で、止めていた。

あのときも、頭がおかしくなったと思われるのを——今よりもっと強烈に——避けようと思ったのだったか？

ならば、あれから時を経て、ようやくその秘密を開陳する機会を得たというのは、空々の人間的成長の表れなのかもしれない——やむをえずではあるものの、もしこれが十三歳の頃だったなら、どれだけ困窮しようとも、どれだけ惑星との交渉が暗礁《あんしよう》に乗り上げようとも、頑なに秘密を抱え続けていたんじゃないだろうか。

（…………）

その変化は、人間としては大いなる成長なのかもしれないけれど、しかし、戦士としてはどうなのだろう——英雄としてはどうなのだろう。

少年としてはどうなのだろう。

（…………）

少年はいつまでも少年ではいられない。

いつかくだらない大人になる。

（僕が英雄でいられるうちに——どういう形であれ、地球との戦争に決着がつけばいいってことになるのかな）

一応、網羅的に検証してみるならば、人工衛星『悲衛』内部にはあとひとり、トゥシューズ・ミュールという、ロシアの対地球組織『道徳啓蒙局』に属していた、独自色の強い魔法少女がいるのだけれど（『絶対平和リーグ』との交換留学を通じて得た知見を活用しての魔法少女——なので、厳密には『火星陣』をモデルにした魔法少女とは言えないのだが、今となっては、チーム『白夜』の黒衣のコスチュームを除けば、唯一残った、カラフルでデコラティブなコスチュームを着用している工作員だ)、残念ながら空々は、彼女とはほとんどコミュニケーションが取れていない。トゥシューズ・ミュールは右左危博士の人脈であり、空挺部隊とは無関係だという根本的な理由もあるのだが、それ以前に、ロシア語での会話は、空々には不可能だ。

宇宙飛行士にとってロシア語は当然身につけておくべき、基本技能のひとつらしいのだが、準備期間がなさ過ぎた——逆に、トゥシューズ・ミュールのほうも、日本語は片言だった。

少年兵の中では、語学の習得がまったく苦にならないらしい虎杖浜・灯籠木・好藤の天才ズや、なぜか語学を習得する気がまったくない地濃とは、多少のやりとりがあるようだが(地濃がロシアの彼女とコミュニケーションが取れるのは、『絶対平和リーグ』に潜入していたトゥシューズ・ミュールの妹、パドドゥ・ミュールとチームメイトだったからという事情もあるのだと思われる。どんな話をしているのかは不明とは言え)、空々はほぼ、彼女とは没交渉と言っていい。

せいぜい搭乗初日に、儀礼的な挨拶をしたくらいだ。

元々、人工衛星『悲衛』は、『道徳啓蒙局』の所有物を右左危博士が再利用したものなので、彼女がクルーとしてこの宇宙滞在に参加するのは関係性からして当然なのだが、生活空間を共にしている以上、そして空挺部隊の隊長という立場上、もう少しコミュニケーションが取れるようにならなければと思っている矢先に、空々はブルームの来訪を受けたというわけだった——意思疎通どころではない天体との交渉が始まってしまったのだ。

思えば、ロシア語をひょいと飛び越えてしまった感がある。

前向きに考えるならば、月や天王星、木星とコミュニケーションが取れるのであれば、ロシア語だってなんとかなるだろうとも言える——なんにせよ、所属する組織としての秘密防衛の観点から見ても、外部からのゲストであるトゥシューズ・ミュールに、今回の件を相談するというのはない。

たとえトゥシューズ・ミュールがどういう人間（どういう魔法少女）だったとしても、十数年の人生の中で、惑星と話した経験を持っているとは思えない……、まあ、空々が十三歳のときに地球と話した経験を持つ以上、その可能性もゼロとは言えないにせよ……。

そんなわけで空々は眠い目をこすりながら、氷上竝生の部屋を目指したのだった。たとえ彼女がどんな風変わりで突拍子もない寝巻で寝ていたとしても、何も言うまいと覚悟を決めて。

6

ただし、その五分後、空々が話している相手は、彼の世話役、氷上竝生ではなかった——もしもここで氷上に相談していたなら、その後の展開はまったく違ったものになっていただろうが、彼女の部屋に到着するまでに、たまたま無線通信室があったことが、空々に方針を変えさせた。

その後の運命を変えさせた。

そうだった。

元々、右左危博士がどうして宇宙空間に（実験台ごと）飛び出したのかと言えば、邪魔の入らない場所で、打倒地球のための科学と魔法との融合研究を進めたかったというのが大きな動機だった——それゆえに空々は、人工衛星『悲衛』は、完全にオフライン状態にあるものだとばかり思い込んでいたけれど、必ずしもそうではないのだ。

地上と連絡が取れないわけではない。

考えてみれば、四国のときとは違って、右左危博士は組織に背信する形で、宇宙に引っ越したわけではない——裏をかきはしたけれど、裏切ってはいない。

定時連絡は取っているはずである。

でないと、人工衛星『悲衛』が地球を撃つ前に、『地球撲滅軍』から撃ち落とされかねない――科学と魔法の融合はまだほど遠くとも、人工衛星を撃ち落とすくらいは、あの組織ならばわけがない。

この場合、宇宙を漂う人工衛星からしてみれば、恐れるべきは地球よりも、人類なのだ。それに関してはなんと言うか、あまりにもいつも通りないつも通りと言うしかないが。

空々は現在、惑星との交渉に頭を悩ませているけれど、右左危博士や酸ヶ湯博士は、実験のかたわらで組織との政治的なやりとり、政治的な調整もこなしているということに、今更ながら思い至った。

宇宙空間なら自由に研究ができる、というような簡単な話ではない――『地球撲滅軍』だけでなく、『USAS』を始めとする対地球組織、あるいは結成が現実味を帯《お》びている『世界連合』、『人間王国』や救助船『リーダーシップ』といった面々を、まとめて敵に回す危険性を回避するためにも、地上との連絡は、むしろ密に取っているはずである。

ならば、空々は、別段相談相手を、人工衛星『悲衛』のクルーの中から見出す必要はない――少なくとも慌てて、決めつける必要はない。

宇宙船内の時計は、日本時間に合わせられているけれど、一日中寝ていなければならない彼女ならば、逆に今頃、眠れない夜を過ごしていることだろう——そう。

交渉についてのノウハウを学ぶならば、生真面目《きまじめ》な世話役よりも、不真面目な適任者がいるのだ。無線機の使いかたを熟知しているとは言い難い空々ではあったけれど（なにせ、今の今まで、無線連絡室の存在を意識していなかったくらいだ）、しかし、マニュアルと首っ引きで挑めば、眠い頭でも、機械を作動させることくらいはできた——いわゆるリダイヤル機能も活用できた。

「やっほー。そらからくん。久し振り……、宇宙から電話をもらえるなんて思えなかったわ。ああ、ちなみにこの通話、全部筒抜けになってるから、余計なことは喋らないほうがいいわよ？　こうして右左危博士を通さずに連絡してきたってことは、相談ごとがあるんだろうけれど、そこは上手に隠語を使ってね」

残念ながら、映像を繋げることはできなかったけれど、マシンとの格闘の結果、入院中の杵槻鋼矢の個人通信機に、雑音だらけの音声を繋げるところまでは辿り着けた。

ノイズが大き過ぎて、その声を聞いても、療養中の彼女のコンディションがいいのか悪いのかはわからなかったが、元々『自然体』の魔法少女だった彼女の状態は外部からはわかりづらいものなので、たとえ映像が繋がっていたとしても、わかりやすく包帯でも巻いてくれていない限り、空々には診断できないだろう。

ならば、映像がオフになったままなのは、幸運ととらえるべきか――察しのよさで言うなら惑星にも匹敵する感性を持つ鋼矢と、画面越しでも顔を合わせたら、現在空々が抱えている案件が、すべて伝わってしまう恐れもある。

いざとなればそれも仕方ないが、隠せるものなら隠したいことだし、ましてこの通話が、『地球撲滅軍』に筒抜けなのだとしたら、配慮すべきは配慮しなければならない。

とは言え、いきなり相談を持ちかけるのも不躾《ぶしつけ》かと思い、空々は、

「手袋さんは元気ですか？」

と訊いた。

「元気……とは言えないけれど、とりあえず生きてはいるわよ。同じく入院中。あの子がいなきゃ、私もこうして生きていないわけだから、いくら感謝しても感謝したりないわね。本当にもう、魔法少女どころか、手袋ちゃんは幸運の女神だわ。彼女がいれば、『地球撲滅軍』も安泰《あんたい》ね」

どんな顔をして言っているのかわからないが、鋼矢がここで必要以上に手袋のことを持ち上げた言いかたをしたのは、それこそ、通話が筒抜けであるゆえなのだろう。

空挺部隊の問題児、手袋鵬喜は、色んな意味でいつ処分されてもおかしくない元魔

法少女なので、ことあるごとにこうやって、その値打ちをアピールしておくというのが、鋼矢の基本姿勢なのだ——それは鋼矢にとっては贖罪《しょくざい》でもあるのだろうし、また本音でもあるのだろうけれど。

実際には、鋼矢が中国の対地球組織『仙億《せんおく》組合』に潜入した際、もしも手袋とペアを組んでいなければ、入院が必要になるまでのダメージを受けることはなかったはずなのだが——無傷ではなくっても、一緒に人工衛星『悲衛』に搭乗していてもおかしくなかったくらいなのだが。

戦力として鋼矢をアテにしていたであろう右左危博士や酸ヶ湯博士にしてみれば、それは手痛い誤算とも言え、ゆえに、もともと風前の灯火《ともしび》だった手袋鵬喜の立場はより一層危ういものになったわけだが、だからこそ、鋼矢は冗談交じりにでもことあるごとに、彼女のことを誉めそやすのだろう。

そういう意味では、鋼矢も変わった。

もっと非情で、自分が生き延びるためならどんな犠牲も厭《いと》わない人間だと思っていた——その点で、空々と共通していると思っていたが、彼女とて、いつまでもそういう人間のままではいられないものらしい。

心境の変化がどこで訪れたのかは、空々には計り知れない——置いて行かれたような気持ちさえ覚えるけれど、ただ、変質しようと、如才《じょさい》なさまで失いはしないところが鋼矢のしたたかさでもあり、空々少年が学ばねばならないところだった。

空々から連絡があった時点で相談ごとを察し、注意を喚起しつつも、ちゃっかり手袋の有用性を喧伝《けんでん》するような巧《たく》みな話術を、空々は必要としているのだ——現在。

「隠語を使うほどのことじゃないんですけれど……、周囲とのコミュニケーションの取りかたに悩んでいまして。なにせ、こんな閉鎖空間ですから……、宇宙も思ったほど、広くないです」

「ふんふん」

「四国で長い間、チームで活動していた鋼矢さんの意見を、だから、聞いてみたいと思ったんです。もしも……、多数の意見を、全会一致でとりまとめなければならないとき、ひとりずつ説得しなきゃいけないとき、これだけは留意しなければならないことってありますか？　コツみたいなものでもいいんですけれど」

元より、すべてを開示するつもりはなかったけれど、筒抜けを意識してしまうと、曖昧に相談するというのは難しい——ぼんやりとし過ぎて、自分が何を聞こうとしているのかが、自分でもわからなくなってしまう。

こんな相談の持ちかけかたではさすがに、鋼矢も答えようがないだろう。

「チームで活動していたって言っても、私は最年長者だっただけで、リーダーでもエースでもなかったからねえ。むしろ、チームの中じゃ異端だったから、仲間外れにされてたほうだもの」

案の定、鋼矢からはそんな返事があった――と、空々が別のアプローチ、うまい言いかたを考えていると、

「複数の意見を全会一致にまとめたいなら、手順を逆にしたほうがいいでしょうね」

と、彼女は続けた。

「手順を逆？　どういう意味ですか？」

「意見なんてそう簡単にはまとまらないし、あちらを立てればこちらは立たないものだし、理論も感情論も入り混じるし――そういうときは、私だって『一人ずつこつこつ説得して回ろう』って、地道なことを考えちゃうけれど、全会一致なんて幻想を実現させたいのであれば、説得工作は諦めるわ。まずは全員を一堂に集めて、議論させる――って言うか、対立を煽《あお》る」

「た、対立を――煽る？」

木星が太陽に対して、挑戦的な姿勢を見せていたが――たとえば、あの態度を、なだめるのではなく、むしろ推進するという意味だろうか？

そう思うと、とても是《ぜ》とはできないアドバイスだったが、鋼矢の真意は、むしろその先にあったようだ。

「要は、色んな意見があるんだったら――人数が集まれば、色んな意見が出るのが当

然なんだけれど――それぞれをぶつかり合わせて、相殺《そうさい》させようってことよ。尖った部分や欠けている部分のフォローを、そらからくんが単身でしようとするから行き詰まるんであって、パズルを組み立てるように、それぞれの意見の出っ張ってるところとへっこんでるところを、がちっとはめていく。接着剤の役割を果たしながら、最終的な着地点を探ればいいのよ――全体を総括しようってときに、個々を相手取るのは、誠実ではあるけれど、私に言わせれば不毛よ。だから踏もうよ」

最後になぜかラッパーみたいな韻《いん》の踏みかたをしたのは、筒抜けになっている通話を聞いている『地球撲滅軍』の人間に対するサービス精神なのだろうが、それはともかく――なるほど、と、空々は得心した。

蒙《もう》を啓《ひら》いてもらった気分だった。

言われてみれば単純なことだけれど、なかなかそんな風には考えられない――むろん、鋼矢が言っているのは、あくまでも複数『人』の意見を取りまとめるときのやりかたなのだろうが、それはそのまま、複数『星』に対しても、応用が可能なやりかたのはずだ。

たとえば、天王星のブループと木星のスピーンの、真逆とも言える（自転軸の）姿勢は、相殺可能なものだった――仲介するブルームのはからいもあって、空々は、彼女達の困った性格に、そのたびに向かい合うことになったけれど、空々ではなく、ブループとスピーンが向かい合っていたら、その労力は必要なかったかもしれない。

意見の対立を恐れるからこそ、各個撃破、各個説得しか考えていなかったけれど
——それが間違っているわけじゃないにしても——一気にまとめて対処するというのは、確かに、全会一致の取りやすいやりかたである。

議論を尽くす。

と、いうことなのだと思う。

目的を果たそうとするとき、交渉役としては、どうしても対立を——議論を避けようとしてしまうが、それだけでは通らない案もあると、鋼矢は教えてくれたのだ。

「もちろん、それもまた、それだけじゃ駄目だけどね——何よりも気をつけなきゃいけないのは、議論に意味はあるけれど、論破に意味はないってことよ。言い負かしたら、一時的に勝ったみたいな気持ちになるけれど、むしろ相手を頑なにさせてしまうだけってこともある——すかっとしても、それは単なる、空振りの音かもしれないってこと。よく言うでしょ？『全員が負けたと思っているなら、それはいい取引だ』って」

ウィンウィンの取引が理想なら、勝者なしってのは現実よね——と、鋼矢はからかうように言った。これは素直に、空々に対するサービス精神なのだろう——あるいは、健康優良を装っているのかもしれない。

「結果、ハウスの総取りになれば、そらからくんの勝ちみたいなもんでしょ。空挺部隊の隊長として、部下の扱いに困っているんだろうけれど、まあ、部下が一致団結しちゃったら、リーダーはむしろやりづらかったりするもんだから、トップダウンの組織においては、ちょっと不仲なぎすぎすくらいが丁度いいんじゃない？」

ここまで来れば鋼矢も当然、空々が空挺部隊の統率に悩んでいるわけではないことは理解しているだろうけれど、あえてそんな風にまとめてくれた——相談してよかったと、素直に思えた。

氷上の意見も聞いてみたかったが、さすがにもう遅くなってしまったので、それは次の機会を待とう……、人工衛星生活の中、疲れていないタイミングなんてないだろうけれど、せめてお互い、眠くないときに。

「助かりました。起こしてしまってすみませんでした。おやすみなさい、鋼矢さん」

「おやすみなさい、そらからくん。困ったことがあったら、また連絡してきて——次までに、なんとか秘密で通信できる方法を考えておくから」

交渉上手はさらりとそんなことを言った。

交渉下手としては恐縮するしかない。

「がんばってね。夜空を見上げては、そらからくんのことを思い出すわ」

その夜空を彩《いろど》る天体と、空々は今、交渉中なのだった。

7

「次の惑星は、ごめん、ダブルブッキングになっちゃった。水星と海王星よ」
翌朝、寝起きの空々にブルームは、さして悪びれることなくそう言ったが、大いに結構、望むところだった。

（第3話）
（終）

第4話「水と海の対立！板挟みのサーフィンを乗りこなせ」

言っていることは正しいが、それを言ったことは正しくない。

0

1

仮に、日本で療養中の杵槻鋼矢からアドバイスを受けていなかったとしても、ダブルブッキングによる、ふたつの惑星を同時に相手取ることそのものは、空々には歓迎すべき事態だっただろう——交渉の難易度はあがるにせよ、基本的に一発勝負向き、短期決戦向きの少年にとって、交渉の回数がひとつでも減ることは、ありがたかった。

個々の利害関係を、個々によって相殺するという交渉術を実現させようと思えば、その順列組合わせまで空々が決められたなら、それ以上のことはなかっただろうが、残念ながら、そこはブルームの采配に任せるしかない。

星と海王星ということに決まったようだ。

「海王星は木星型惑星だけれど、水星は、今度こそ地球型惑星だからね。約束は守ったわよ」

偉そうに言われてしまったけれど、ダブルブッキングになってしまった時点で、約束以前であるようにも思われる——だがまあ、約束を守っていようと、信義則違反だろうと、ありがたいことに違いはなかった。

ただ、もちろん、いいこと尽くめではない。

水星はまだしも、海王星についての知識は、空々にはないも等しかった。

（水星と海王星……、『水』と『海』だからセットなのかな？　ひょっとして、気の合うふたつの惑星なのかな？）

漠然とそんな予想をしてみた。

予想というより期待だったが、その期待は、見事に裏切られることになる。

2

周期の都合だったか。

その周期の都合上、第三回目となる——立て続けの第三回目となる交渉相手は、水

『水星』
自転周期――59日
公転周期――88日
太陽からの距離―5790万キロメートル
直径――4879キロメートル
質量――3・3×10^{23}キログラム
衛星の数――0個
属性――傷
発見年――人類生誕時

3

『海王星』
自転周期――16・1時間
公転周期――165・2年
太陽からの距離―45億キロメートル
直径――4万9528キロメートル

質量――――――1・024×10^{26}キログラム
衛星の数―――――14個
属性――――――不可視
発見年―――――1846年

4

「ちょっと待ちなさい……、空々くん。隊長さま……、部屋の中まで、いいから、ちょっと寄っていきなさい……」

例によって、惑星の情報を得るために虎杖浜なのかを訪ね、首尾よく水星と海王星のプロフィールを教えてもらったところで、自室に戻ろうとした空々を、彼女は引きとめた。

相変わらず体調は最悪そうだったし、扉の前で会話を終えて立ち去ろうとしたのは、空々の（空々なりの）優しさでもあったのだが、しかし、そこは知的エリートである。

一度ならず二度までも、惑星の情報を仕入れに来た（仕入れるためだけに来た）空々に、何らかの不審を抱いたらしい。

「私の目を誤魔化《ごまか》せると思ってるの……？」

正直、それは思っていたが、さすがに軽んじ過ぎた。

コンディションは地獄でも、天才は天才。

虎杖浜なのか——元チーム『白夜』、黒衣の魔法少女『スペース』は、四国ゲームを管理運営していた、特別な存在なのである。魔法少女だけれど、魔法少女でなかったところで、人類を救うくらいのことはしかねない存在なのだ。

「う……うう……」

今はふらふらしているが。

『風』を操る魔法少女が、宇宙空間において、酸素欠乏症みたいな体調に陥《おちい》っていることは、皮肉とも言えたし、因果応報とも言えたが、さて、どうしたものか。

普段ならばともかく、今なら、そんな虎杖浜を振り切って逃げることもできなくもなさそうだったけれど、しかし、彼女にはこれから先も、惑星のプロフィールを教えてもらわねばならないかもしれないのだ。

もしもここが地上であれば、書店に天文学の本を買いに行くとか、インターネットで調べるとか、他の手段も多々あるけれど、残念ながら人工衛星『悲衛』の中には、売店はない。

打ち上げの成功率を上げるために、ペイロードは限界まで削られているのだ——無線通信室の存在を意識したとき、鋼矢でなくとも、誰か天体に詳しい人に助けを求めるという手も思いついたが、もしも通信が筒抜けなのであれば、それは控えたほうがよかろう。

となると、今後も恐らくは虎杖浜に頼るしかない以上、ここで関係性を断絶するような真似はしないほうがいい――そうでなくとも、四国では、らしくもなく空々が、感情的（あくまで『的』）に対立した相手だ。なしくずしに和解できた気運を、わざわざ台無しにすることはない。

（こんなことなら、最初のときにすべての天体についての情報を、まとめて教えてもらっておけばよかったな……）

まあ、あのときはあのときで、虎杖浜の体調の悪さを思えば、こちらから食い下がるのは難しそうだった――同じ体調のまま、食い下がってこられるとは思わなかったが。

知的エリートは、イメージに反してガッツもあるらしい。

「わかったよ……、お邪魔するよ。女の子の部屋って、ちょっと緊張するけれど」

「嘘つけや」

端的に突っ込まれた――当たり前と言えば当たり前だが、部屋の構造は、空々とほぼ同じだった。エリート枠の天才ズの部屋は、３ＬＤＫになっていると思っていたわけではないが、同じように狭苦しい部屋で、同じように狭苦しいベッドで、彼女達も過ごしているらしい。

空々は狭い部屋に対しては狭いと思うだけだけれど、バッドコンディションのときにこの監獄室は、体調を回復させるのに適しているとはまったく言い難い。メディカルルームがあったはずだから、そちらに移してもらえばいいのにと思ったけれど、そこはそれ、知的エリートには、ガッツ以上にプライドがあるのだろう。また、メディカルルームにいったところで、この宇宙船のクルーの中に、医者がいるわけじゃないのだ。

しいて言えば右左危博士が医療班ではあるものの……、彼女の治療を受けるくらいなら、自然治癒に任せたほうがマシと言うのが、クルーの総意ではなかろうか。

「ベッドに座っていいわよ……」

言いながら虎杖浜は、椅子に座る。

天王星ではないが、ベッドを使うべきは、そして横たわるべきは虎杖浜じゃないのかと思う空々だったが、ここで気遣うべきは、彼女の体調ではなく、矜持《きょうじ》のほうなのだと判断する。

精神的な症状なのだろうから、まあ、座っている分は大事ないだろう——こうなると、窓がないデザインの宇宙船は、多少は救いになっているのかもしれない。

「さあ……、ふたりきりよ。話してご覧なさい。空々くん……、きみはいったい……、何を、隠して……いるのかしら？」

普段の天才少女なら、もっと強気に、もっと勝ち気な態度で問うてくる、裏側まで見透かすような鋭い質問を投げかけてくるのだろうが、如何せん、椅子を反転させて、背もたれにぐったりしなだれかかるようにしての問いかけなので、迫力に欠ける。

「扉も閉めたし……、鍵《かぎ》もかけたわ……、邪魔は入らない。腹を割って相談してくれたなら……、力になることは……やぶさかじゃないのよ……、どうしてそんなに、……いきなり、惑星のことを……、気に掛けるの？」

どちらかと言えば、リアルタイムで気にかけているのは惑星のことではなく、目の前で死にそうになっている黒衣の魔法少女だったが、そんな答は望まれていないだろう。

ドアに鍵をかけたのは、内緒話をするためではなく空々を閉じ込めるためなのだろうし、ぐたぐたになっているように見えて、やることはやっている辺りは、きっちり虎杖浜なのかである。

この如才なさの一割でも自分にあれば。

ただ、一応は空々空も、『地球撲滅軍』のエースのひとりであり、たったひとりの英雄である――そんな肩書きを誇りに思ったことは断じてないけれど、ここまでふらふらの『絶対平和リーグ』出身者に、手玉に取られるわけにもいかない。

かけられた（適切な）疑いを払拭《ふっしょく》し、できればこの場で、他の惑星、及び太陽の情報も仕入れておきたいところだった――それは高望みのし過ぎだとしても、少なくとも、彼女の抱いた不審が、酸ケ湯副キャプテンに伝わらないように取り計らいたい。

「別に、理由はないよ……、ただ、宇宙に出てきた以上、僕も多少は宇宙に興味が出て来たっていうか……」

「元体育会系の……野球部員が……、何を言っているのよ……」

弱々しい口調で、虎杖浜が問い詰める。

問い詰められているという感覚は生まれないが、何気に、空々の、『地球撲滅軍』に入る以前の経歴を知っていることを匂《にお》わせて、プレッシャーをかけてくる。

性格は悪いが、大した根性だ。

こういうのを『いい根性している』というのだろう。

「だから――その、今まで興味がなかった分を、この際、取り戻そうと思って。まずは太陽系の惑星から」

「月を……飛ばして……？」

小さな声で言われたので、それが決定的な質問として投げかけられたものなのか、それとも、単なる合いの手として入れられたものなのか、判断しづらい。

わざとやっているのだとしたら、体調の悪ささえ利用するしたたかさだ。

確かに、月はエージェントであり、仲介役なので、そのプロフィールを知る必要がないと思って、まだ虎杖浜に訊いていなかった——特にこれから訊くつもりもなかった。

だが、惑星への興味を示すのならば、まずはカムフラージュのためにも、虎杖浜には月について訊いておくべきだったか？　考えてみれば、空々はブルームについて、バニーガールであるということしか知らない……。

それは化身としてのイメージであって、月の実態とは、何の関係もないはずだ。時の氏神を自ら買って出て、人類と地球との停戦合意を促しつつも、自身はあくまで中立の立場を崩さない……、空々は、一方的に巻き込まれたみたいな気持ちでいたけれど、ブルームは、どこまで本音で、どこまでの深さで、空々に対して『中立』の理由を語っているのだろうか？

水星や海王星との交渉に、その先に、最終的に待ち受ける太陽との交渉に、どう臨むかばかり考えて、視野が狭くなっていたところもあるけれど——一度、ブルームとじっくりと話したほうがいいのかもしれない。

その前に、今は虎杖浜だが。

「まあ、月についても、教えてもらえるものなら、是非とも虎杖浜さんに教えを乞いたいと思っているよ。でも、虎杖浜さんも、宇宙にそんなに詳しいんだったら、そこまで怖がることはないんじゃないの？」

「怖がって……なんかいない……」

きっぱり否定した——つもりなのだろうが、そこまで発言の調子が頼りないものになるのであれば、いっそ肯定したほうが、否定の効果があったのではなかろうか。

まあ、下手に知識がある分、恐怖が増すというのはあるかもしれない——無知は罪なのだろうけれど、熟知は罰。

「まあ……、そういう意味で言うなら……、宇宙は、地球よりも、ずっと安全……なのかもしれないわよね……」

「？　どういうこと？」

「だって……、ここにいれば、たとえ今、この瞬間、『大いなる悲鳴』が響いたとしても——図々しいことに私達だけは、生き残れるんだから」

「…………？」

コンディションゆえの要領を得ない発言なのかと思ったが、しかし、どれだけ目がうつろであろうとも、脈絡のないことはまったく言っていない意志の強さを発揮している虎杖浜である——筋の通ったコメントなのだろうと、空々は黙考する。

そして、ほどなく、理解できた。

と言うより、もっと早く気付くべきだった——そうだ。

人工衛星『悲衛』で、宇宙にラボラトリーを移したことは、右左危博士の研究を進めやすくしただけではない。『地球陣』の手が届かないだけではない——決定的なことに、この衛星軌道上にいる限り、たとえ『大いなる悲鳴』が、（空々だけが知る）予定日から巻いたとしても、その『悲鳴』が、空々達、クルーに届くことはないのである。

数万キロの距離があるから——ではなく。

空気がないから、『音波』が届かないのである。

「ああ、そっか……、そりゃあそうだな……、もちろん、そんなこと、右左危博士はわかった上で、宇宙に飛び立ったんだろうね……」

「右左危博士……、って言うか、わかってる奴はわかってたでしょ……、そんなことを言ったら意気阻喪《いきそそう》に繋がる……、安全だってわかったら……、戦意喪失に繋がる……かもしれないから……、あえて言わなかったんでしょうけれど……」

なるほど。

まあ、心のない空々がどう思うかはともかくとして、『「大いなる悲鳴」の届かない、安全な場所に避難しましょう』と言われて、素直に従うような空挺部隊の面々ではない。

意気阻喪もまずいが、いきり立って搭乗拒否をするクルー（実験台）が現れても、右左危博士としては困るわけだ。

虎杖浜を含む天才ズの三人は、間違いなく気付いていただろう——大人組の三人（右左危博士・酸ヶ湯博士・氷上秘書）も、そこは押さえているに違いない。

地濃鑿が気付いているはずはないとして、酒々井かんづめは——トゥシューズ・ミユールは——ううむ。

鋼矢が、できることなら同行したかったと言っていた裏には、あるいはそういう読みもあったのかもしれない。

「……そう言えば、無線通信室には無線機もあるみたいだけど、それを通じて、『大いなる悲鳴』が衛星内に届くってことは、ないのかな？」

「『大いなる悲鳴』は……、いったいどういう理屈なのか……、魔法なのか、科学なのか……、録音不可能みたい……、だから、たぶん通信じゃ、届かないでしょ……」

と、虎杖浜。

どんなに体調が悪くても、そこはエリートの悲しさなのか、質問をされたら、ついつい答えたくなってしまうらしい。

「もっとも……、確実に安全とまでは……言えないけれどね。理屈がわからない……

って意味じゃ……、『大いなる悲鳴』が、音波なのか……どうかだって……、判然としてないんだから……、宇宙空間が安全だとは……、限らないわ……」

それも、その通りだ。

衛星軌道上は安全だと言うのは仮説であり、所詮は副次的な要素なのだろう——右左危博士にとっての本命は、あくまで、科学と魔法の融合研究である。組織との政治的な調整は必要だと言っても、『地球陣』や『裏切り者』に邪魔される恐れのない場所で、研究を進めたいだけ——酸ヶ湯博士については確かなことは言えないが、右左危博士の場合は、仮にこうしている中、『大いなる悲鳴』が響いて地球上の人類が絶滅したところで、なお、この宇宙船内で研究を続けそうな予感がする。

それだけは外れて欲しい、嫌過ぎる予感だが。

「ま……、人類には、そういう手段も残されてるって……、話よ。敗走って言うのかしらね……、次なる『大いなる悲鳴』が鳴り響く前に、地球から脱出して……、『悲鳴』の届かない……、そう……、火星辺りに逃げるとか……」

火星じゃまだ近いかしらね——と、一気に喋って疲れたように、虎杖浜は椅子を軋《きし》ませた。疲れたにしても、言っていること自体は、正鵠《せいこく》を射ていた——地球と火星が交戦した歴史的事実がある以上、火星は安全圏じゃない。

『大いなる悲鳴』は届かないにしても——せめて、地球の手が届かない外輪まで……。

「……海王星も、ブループラネットなんだね」

「ん？　んん。ああ。そうよ……さっき、そう言ったでしょ？　まあ、木星型惑星だから、やっぱり地球と同じ理由で青いわけじゃないけど……、どちらかと言えば、天王星と……同じ理由ね。メタンによる、赤色光線の吸収……、太陽からも遠いし……、これ、さっき言ったっけ？」

言った。

ただ、何回聞いても、『メタンだから青い』という説明がしっくりこない――色を吸収するというのは、どういう意味なのだろう？　そもそも、太陽系八惑星のうち、地球・天王星・海王星と、みっつもブループラネットがあるというのが驚きだ。

半数近くが青い惑星とは。

天王星に対して、『人類が侵略に来る恐れがある』というハッタリをかましたものの、海王星にも同じ手が通じるだろうか……、いや、あれは一度限りだからうまくいったようなものだ。

二度目はない。

同じ『王』だからと言って、パターン化するのはまずいし、ブループからは賛成票をもらえたわけではないのだから、正確には『うまくいったようなもの』でさえないのだ。

「ちなみに、虎杖浜さん。人類が、ブループラネット……、メタンに包まれた、天王星や海王星に移住できる可能性って、どれくらいあるのかな？」

「はあ？　……いや、無理でしょ……。人間の住める環境じゃない……、まあ、それはどこの惑星でも同じだけど……、なんでそんなことを訊くの？　脱出案を、本気にしたの？」

「そういうわけじゃないけど」

質問という形であっても、あまり喋り過ぎると馬脚を現してしまいそうである。

「まさか……、青い惑星だから、地球の代わりになるんじゃないかとか、馬鹿なことを考えてるんじゃないでしょうね……？」

ほぼ正解だった。

ぼんやりしている状態でこれだけ勘がいいのであれば、通常状態の彼女には、どんな相談も持ちかけられそうもないと、空々は改めて、天才ズに対する認識を新たにした。

「で……、何をしているの？　空々くん。天体観測がしたいって言うんだったら、私から……、酸ヶ湯博士にレクチャーしてくれるよう、頼んであげようか……？」

親切を装って脅しをかけて来られた――椅子とほとんど一体化しながら、『情報を開示しないのであれば大人にチクる』と威圧しているのだ。

そうされることが空々にとって不都合であることを看破《かんぱ》している——ただ、だからと言ってここでしぶしぶ、本当のことを話したとしても、どっち道酸ヶ湯博士に報告が届くのは間違いない。

それは『空々空が宇宙の旅の影響でおかしくなった』という報告かもしれないが。

なのでここは、言いなりにならず、我を通すことにした——状況に流されることが多い、よく言えば対応型の戦士であるゆえにあまりしないことだけれど、どうも四国から空々は、虎杖浜相手には、そんな態度を取ることが多い気がする。

「いいね。うん、頼んでもらえると助かるよ。酸ヶ湯博士とは、まだあんまりちゃんと話せていないから、もしもあの人が天文学に詳しいって言うんであれば、是非」

「………………」

うつろな目で、虎杖浜は空々を睨《にら》む。

迫力も眼力もないが、それでも睨む——そんな風に睨むまでもなく、見え見えの嘘ではあるのだけれど、ただ、さしもの天才少女とて、空々が現在、並みいる惑星と交渉中だと、察しがついているわけではあるまい。

睨みは利かせても、睨んでいる仮説があるわけじゃない。

はったりをかましているのはお互い様だ。

「……いいわ、行って」

やがて、虎杖浜は諦めたように言った——むろん、実際は諦めたどころか、より疑念を深めただけだろうし、彼女としては、ここで空々が納得のいく回答を返さなかったというだけで、十分過ぎる成果なのだろう。

（こんな攻撃的な交渉を、してみたいもんだ）

できっこないけれど。ましてや星々が相手ともなれば。

「また知りたいことがあったら……、いつでも訪ねていらっしゃい……、歓迎するわ」

空々を送り出すにあたって、虎杖浜はそんなことを言ったけれど、もう彼女から惑星のプロフィールを聞き出せそうにないと、判断するしかなさそうだった。見舞いにくるならまだしも。

5

空々は水星の彼女をメタール、海王星の彼女をウォーと名付けたが、これは命名センスのなさを露呈したと、自分でも思った——惑星としての特性よりも、ふたりの化身としての格好に引っ張られた結果、ややこしくなってしまった。

水星の彼女は甲冑《かっちゅう》姿だった──海王星の彼女は水着姿だった。『甲冑↓メタル↓メタール』という流れの名付けだったけれど、これはメタンで満ちて青色に輝くという海王星にこそつけるべき名前だったし、『水着↓水↓ウォーター↓ウォー』という流れに関して言えば、まさしく『水』の一文字を冠している水星にこそふさわしいニックネームであると同時に、『ウォー』を『戦争』と解釈すれば、ますます甲冑姿の彼女に相応しい単語となる。

名付けが逆だった。

しかも困ったことに、狭い部屋の中で、ふたりはお互い目を合わさないどころか、背中合わせの姿勢を崩そうとはしなかった──これに較べれば、先ほどまでの、空々と虎杖浜の睨み合いなど、実に牧歌的でなごやかなものだった。

明らかに不仲である。

空々の命名失敗も相まって、室内は最悪の雰囲気だった。

「んじゃ、名前も決まったことだし、あたしはこれで失礼」

そう言って、逃げるようにブルームは、通例通り、月食のごとく退室した──バニーガールだけに、このケースでは、『脱兎《だっと》のごとく』と言ったほうがいいかもしれなかった。

エージェントとしてあまりに無責任な姿勢だったが、しかしまあ、正直なところ、理解できなくもない。

　空々もできれば、逃げ出したいくらいだった。

　惑星同士の争いに巻き込まれているような気分である──まあ、実際には、地球と人類との戦争に、彼女達を巻き込もうとしているのは、空々のほうなのだが。

「えっと……、ブルームさんから聞いているとは思うんですけれど。おふたりにお願いしたいことがあって……」

「『おふたり』？　センスのない名前は我慢するとしても、こんな惑星と、わたくしをまとめて語るのはやめて欲しいものですわ──」

　口を利いたのは海王星──ウォーのほうだった。

　水着姿の彼女である──ちなみに水着は、セパレート型のものだ。へそ出しである。

　周囲に相談できない事項がますます増えていく。

「──どうして高貴なるこのわたくしが、このような猪武者《いのししむしゃ》と、同席しなければならないのか、理解に苦しみますわ」

　高貴なるこのわたくし、と来たか。

　これでドレスでも着ていたら風刺画に登場するような、文字通り絵に描いたようなお嬢様なのだろうが、なにぶん着ている衣装がセパレート水着では、露出の多い変な人にしか見えない。

(たぶんないのだろうが) 法則が不明だ。

それはもうひとつの惑星、水星に関しても同じことが言えた——同じことを言ったら、同じように怒りを買いそうなので、その点に関しては沈黙を選ぶが。

(でも、鎧《よろい》って……)

女戦士のイメージなのだろうか。

ただ、成人している風のウォーに較べて(むろん、実際の海王星の年齢は、成人どころではないだろうが)、鎧の中にうかがえるメタールの顔つきは、幼いと言ってさえよかった。

鎧を脱げば、日焼けした小学生みたいだと思ったことだろう——なので、ウォーがいったような『猪武者』という印象はなく、どちらかと言えば、ハロウィンパーティの仮装みたいだった。

ただ、鎧も、ファッションパーツのひとつだと思われる戦闘斧《おの》も、実戦に堪えうるものだと見受けられたので(対地球とはいえ、一応は軍人の空々である)、その点についても、余計なことを言うのは控えた。

ただ、沈黙を選ぶのは空々だけではなかった——メタールもまた、一言も発しない。今に限ったことではなく、この部屋に来てから、まだ一言も発していない。

口を開けば文句ばかり言うウォーにもほとほと困り果てるが、狭苦しかろうが息苦しかろうが、曲がりなりにもここが交渉の場である以上、口を一文字に閉じて、黙して語ろうとしないメタールのほうが、この場合は厄介だ。

ここで黙秘権を行使されても。

無口な戦士。

戦士としてはスタンダードなスタンスなのかもしれないけれど、意外と空々はこれまでの戦いの中で、会ったことのないタイプだった。

喋らない相手に交渉って、どうやるのだ？

「ふん。お高くとまってらっしゃるのですよ、この猪武者は。太陽の、もっともそばで仕える惑星として、自分のことを特別だと思っているのですわ――そしてわたくしのように、一番外側の惑星を、見下してくれているのですわ」

「…………」

こうなると、不満であれ不服であれ、ぺらぺら喋ってくれるウォーの存在がありがたいと言えなくもなかったが……、真逆の問題を同時に抱えてしまった空々は、頭を抱えたい気分を味わった。

第一、ここまで不仲なら、どうして一緒に来たんだ。

（水星が太陽系惑星の中で一番内側で――海王星が一番外側なのか……、だから不仲ってこと？『水』と『海』ってかぶりかたも、こうなると対立を生むのかな……）

「ところで、おふた――水星と海王星って、英語ではなんて言うんですか？」

ロシア語ではなんて言うんだろうとも考えつつ、そう訊いてみると、

「わたくしはネプチューン。この鎧娘は、マーキュリーですわ。ネプチューンでしたら聞いたことがあるでしょう？　マーキュリーは聞いたことがなくとも」

ウォーがまとめて答えてくれた。

口調はキツく、悪態のようではあるが、とにかく会話が成立するのはありがたい
――そして確かに、ネプチューンならば、空々も知っていた。

三つ叉《また》の矛を持った、海の神だ――だから水着なのか？

（マーキュリーはなんだっけ……、ノーベル賞を取った……）

違う。それはキュリー一家だ。

ウラノスよりは聞いたことがあるが……、着用している鎧から連想するなら、戦争の神様か何かだろうか？

「メルクリウス。ローマ神話の、商売の神様ですわ」

じゃあ鎧は関係ないな。

そう判断しつつ、改めて水星――メタールのほうを見たが、彼女はウォーと顔を合わせようとしないだけでなく、空々にも、一瞥《いちべつ》もくれようとはしなかった。

ますますもって、なぜ来たのだ。

「決まっていますわ。この鎧武者は、わたくしの邪魔に来たのです。健気《けなげ》にも」

「邪魔……？　邪魔って、何の邪魔ですか？」

惑星軌道の邪魔だろうか――内輪と外輪が重なることは、理屈から言ってないはずだし、そうでなくとも、惑星同士が衝突するなんてことがあったら、それはもう、邪魔では済まないし戦争でも済まない、天文学的な出来事である。

「そうではなく、メタールはわたくしとあなたとの交渉妥結を妨げに来たのですわ――太陽の第一の下僕《げぼく》として」

ウォーは吐き捨てるように言った――上品を気取りたいのならば、絶対に『吐き捨てるように』言ってはならないと思うのだが、それでも我慢が利かないくらい、彼女はメタールを憎々しく思っているらしい。

対するメタールは、あくまで無言。

ただし、だからといって一方的に、ウォーがメタールにつっかかっているという構図でもないのだろう。惑星同士の相関図を書くならば、確実に互いに同じ大きさの矢印が向いている――いや、妨げに来たというのが確かならば、沈黙を貫いてるメタールのほうが、ウォーへの敵意は激しいのかもしれない。

（太陽の第一の下僕……？）

惑星だろうと衛星だろうと、天体同士に上下はないはずでは——いや、太陽だけは別格だったか。その別格な太陽に、一番近い軌道を周回しているから、水星は自身を『第一』と、同じく別格にとらえているという理解でよいのだろうか？

そうなるとある意味、大きさや重さ、そして明るさで、もっとも太陽に近い存在だと自負する木星が、太陽に挑まんとしているのと同様なわけだが——ただ、近いと言っても、それでも木星と太陽のサイズ感の違いは、客観的に見て、比較にならない。

それを思うと、誰がなんと言おうと、客観的も主観的もなく、太陽の一番そばを回っているのは水星なのだから、その自負は、あるいは木星よりも、ずっと強いのかもしれない。

（太陽の下僕——交渉の邪魔をしに来た……）

ん。つまり、それはどういうことになる？

第一の下僕として、太陽を、恐れ多くもわずらわすべきではないと考えたメタールが、交渉に反対の立場を取っているという意味なら——

「ええ。そうですわ、人間さん。わたくしは、あなたがたの停戦合意に、賛成の一票を投じようと考えています——素晴らしいじゃないですか」

ウォーは高らかにそう宣言した。

支持を表明した——ただし、その作為的な高らかさにも、やはり本人が望むような気品は、表れていなかったけれど。

6

反対のための反対。

そんな言葉は知っていたけれど（主に地濃鑿が、上司である空々に対しておこなう。何か言われたらとりあえず逆らい、あとから理由を考えるというのが彼女のスタンスである——忸怩《じくじ》たる思いではあるが、そのスタンスにこれまで、何度も助けられている）、さしずめこの場合、ウォーが投じる一票は、『反対のための賛成』の一票だった。

要するに、太陽を巻き込むプランに海王星の票を賛成に投じたら、水星がさぞかし嫌がるだろうから、あえて賛成票を入れるというスタンスだ。

そこにあるのは和平への願いでも、戦争反対の思想でもなく、単に『嫌いな相手の嫌がることをする』という、子供じみた態度である。

見た目が子供なのはメタールのほうだし、そうでなくとも、惑星をつかまえて子供扱いするのもおかしいが——

「どうされました？　人間さん。わたくしの投じる清浄なる一票を、受け取ってはいただけないのですか？」

にこにこしながら、ウォーは続ける。持論を展開する——自分でさえ信じていない持論を、後付けする。

「たかが一個の惑星の内輪揉めだと、小さく見積もってはなりません。地球が滅びるのも、人類が滅びるのも、見過ごせるものですか。わたくし達は、偉大なる太陽さまの下に平等なのですから——互助は絶対的な義務であり、保身や好き嫌いの入る余地はありませんとも。ここで地球と人類、どちらかが滅ぶようなことがあれば、その滅びは、いつしか太陽系すべての、そして宇宙全体の滅びへと繋がっていくことでしょう——すべてはひとつの滅びから、そしてひとつの綻《ほころ》びから始まっていくのですよ。繕わねばなりません。手を取り合いましょう。実現するのです、わたくし達の団結によって、惑星直列を！」

（惑星直列……？）

なんだっけ。

聞いたことがあるようなないような。

最近聞いたんじゃないし、学校で習ったのでもない。もっと他愛もない会話の中で——そう、友達同士の会話みたいなのの中で——

空々は一瞬、思い出すための努力をしようとしたが、

「わたくし、同じブループラネットとして！　地球を捨ててはおけませんもの！」

と、張り上げられたウォーの声に、その努力は無にされた——まあいい、意味だけなら、言葉面から、だいたい想像はつかなくもない。

「……念押しをするようで申し訳ないですけれど、じゃあ、ウォーさんは、ブルームさんが提案した地球と人類との停戦に、賛成してくれるということでいいんですか？」

そう空々が確認すると「ええ。もちろんですとも。我が友よ」と、彼女は頷いた。

我が友よ、と言いつつ、もちろん空々は、ウォーが『人間さん』と言って、空々の名前を認識していないことには気付いている——個人として、個体として認識していない。

空々を『人類』という群体で捉え、識別していない。

（…………）

別にそれは、差別とか、高慢《こうまん》とか、そういうことではないのだろう——惑星と人間という、絶大なる規模の差を考えれば当然のことだ。これまでの三つの天体が、空々のことを名前で呼んでいたことのほうが不思議である。

（地球はどうだったんだっけ……？）

名前で呼ばれた覚えはないが、それは単に名前を知らなかったからなのか——もしもあのとき、空々のことを（現在、心ならずもそう扱われているみたいに）人類代表のように捉えていたのだとすれば、なにがなんでもその誤謬《ごびゅう》を正さねばならないと、強く思う。

「正確に言うならば、停戦合意に賛成の一票というよりも、冥王星を含めた停戦合意を、太陽さまに上奏するという案に一票ですわ。あのおかたに参画いただかないことには、実現性のない絵空事めいたプランになりますから」

やはり太陽を巻き込みたいだけなのか。

そうなると、木星に続いてまたしても、空々がブルームに出した条件が、事態と展開を変えてしまったことになる——木星の場合は、のちに火種を残す形になったが、今回はもっと酷い。

現状、燃え盛っている。空々の部屋で。

水星に対する海王星の嫌がらせのために、ブルームは停戦案を立案したわけじゃあないだろうに——ダブルブッキングも、脱兎のごとくの避難も、彼女にとってはほほと不本意だっただろうが、もっとも不本意なのは中立の彼女さえ無視するような、ウォーのアナーキズムだったのではないか。

別にこのプランに限らず、どんなプランであれ、もしもメタールが賛成ならば、ウォーは反対を表明するのだろうし、もしもメタールが反対ならば、ウォーは賛成を表明するのだろう——水星憎しの気持ちだけが、彼女の理由だ。

いや、憎さと言うほどの荒ぶる感情でもなく、それこそ、好き嫌いレベルの——子供の小競り合いのような感情に、彼女は突き動かされているように思われる。

太陽を巻き込む案に（ブルームさえ躊躇《ちゅうちょ》したその案に）、軽やかに賛成票を投じるあたり、『太陽さま』とか『あのおかた』とか言いながら、畏敬《いけい》の念も、忠誠心も、かの恒星に関して、まるで抱いていないようである。

まあ、太陽からの距離を考えれば、それで当然なのか……、ブループも、太陽に対して斜に構えるどころか横向きに構えていたわけだし、天王星から向こうは周辺を回っているだけで、太陽を崇《あが》めてはいないのかもしれない。

だとすると準惑星、おそらくは海王星の更に外側を周回するはずの冥王星は、太陽に対してどんなスタンスを取っているのか、先が思いやられる——違う、思いやられるのは今現在だ。

瞬間的なことを言うなら、理由はどうあれ、スタンスはどうあれ、賛成票が増えることはありがたい。スピーンに続けて、これで二票目の賛成だ——天王星の判断保留も、反対票ではないとポジティブにとらえれば、三連続で交渉をしくじらなかったと言うこともできる。

ど素人が、わけもわからないままに挑んでいる連戦だと思えば、これ以上は望めない成果である——一方で、ここで悩ましいのは、海王星の賛成票は、同時に水星の反対票だということだ。

ひねくれ者の天王星の投票態度が、他の惑星に影響を及ぼすかもしれないというような間接的なつながりではなく、もっとダイレクトに、この二星は関連している。

表と裏だ。

ウォーがメタールに一方的につっかかっているわけではないはずという空々の読みが正しければ、相手の態度によって、相対的に態度を変えるのはウォーだけではなく、メタールの側もそうだろうことを思うと、ここでメタールに狙《ねら》いを絞って交渉すればいいという話にもならない。

口を閉ざしたままの相手とどう交渉すればいいのかという問題をひとまず棚上げして、とにかく苦心惨憺《さんたん》の末、どうにかメタールを説得できたとしても、その瞬間、あっさりウォーが翻意するだろうことを思うと、やりきれない。

ただ、無理矢理にでも前向きに考えるなら、そんなふたりならば、ダブルブッキングになったことは、ぎりぎり僥倖《ぎょうこう》と言えなくもなかった——こうも明確に意志が反比例するふたつの星に、バラバラの別日に対峙していたなら、目も当てられない前言撤回が繰り返されかねなかった。

背中を向け合っているとは言え、とにかく、対立するふたつの惑星を、同席させることができたのだ。この機会を活《い》かさなければ、停戦案ごとお蔵入りになりかねない。

「メタールさん……、の意見も聞かせてもらっていいですか？」

いずれにしてもこのままでは埒《らち》が明かないと思い、空々は水星のほうに話を振った。答が返ってくることは期待せずに――それでも、聞こえてはいるはずだ。無視はできても、ここから立ち去ることができない以上は、空々の話は聞くしかない。

「太陽を巻き込むべきじゃないって、あなたは考えているみたいですけれど……、それはどうしてなんですか？　太陽くらいの巨大な――偉大な存在であれば、地球と人類の争いを止めることは簡単で、『わずらわされる』なんて言うほどのものじゃないんじゃないですか？　止めても止めなくても同じなんだったら、あえて反対しなくても……」

名案も妙案も浮かばないので、ままよっと、空々は思いついたままに話す――やってみるまでそんなつもりはなかったのだけれど、これは結構、楽だった。

相手から反応が期待できないということは、ある意味、相手からの反論を恐れなくていいということでもあったからだ――かたわらでそれを聞いているウォーが、くすくすと、忍び笑いを漏らしているところを見ると、たぶん空々は今、相当、メタールが腹に据えかねるようなことを言ってしまっているのだろうが、こうなれば、『構うものか』である。

どうとでもなれ。

手に持つバトルアックスが、どれほどの殺傷力を備えているとしても、土台、惑星一個と人間一人とでは、元々勝負にならないのだ——その点、ブルームが誘いをかけて来た時点で、空々はもう、半分死んでいるみたいなものだ。

ならば残り半分の命で、せいぜいあがいてみせる。

「もしも、地球と人類との戦争に巻き込まれることで、太陽に傷がつくと思っているんであれば、そのほうが太陽に対して失礼なんじゃないでしょうか。いえ、そもそも太陽が統治する太陽系の惑星の中で、そんな些細な戦争が起こっていることのほうが、よっぽど恥になりかねないわけで……、もしもメタールさんが太陽の側近を——文字通りの側近を務めるのであれば、戦争の平定こそをおこなうべきなんじゃないですか？」

適当なことを言っていると、自分でも思う。支離滅裂になりかねないのをぎりぎり繋いでるだけで、安い挑発だ。挑発にもなっていない——それこそ、惑星規模の質量を持つ存在が、こんな言葉で揺らいだら、そちらのほうが驚きである。

だいたい、空々は太陽がどのような存在なのかも、ちゃんとは知らないのだ——擬人化したらどうなるかというような話ではなく、天体としての太陽のことも知らない。

木星と比べて、あるいは水星や海王星と比べて、どのくらいの大きさなのかも知らない。だからいい加減なことしか言えない。率先して巻き込もうとしている以上、虎杖浜にいの一番に訊くべきは、月ではなく、太陽のプロフィールだったのではないだろうか。

自分で言っておいてなんだが、実際のところ、太陽は、地球と人類との戦争を、どのようにとらえているのだろう？

惑星が惑星を見る目とは、それはまったく違う目になるように思う。太陽系の惑星を、太陽の衛星のように捉えるならば、それは月と地球との関係に似ているのだろうが――

(月……、そう。始まりは、それでも月――)

「……愚問である」

と。

そこで誰かの声がした――高貴を装った声ではないし、まして高貴な声でもない。

聞くだけで押し潰されてしまいそうな、重苦しい声だった。

苦しさに耐えているかのような声だった。

「そもそも、根本的に勘違いしている。俺は太陽の下僕のつもりも、太陽の側近のつもりもない。外輪のほざく戯言を鵜呑《うの》みにするなど、なんとも愚かしい限りだ」

もちろん、それは無口な鎧武者の声だった。

一声一声が、ダンベルでもぶつけられているかのように重い——重力が一番重い惑星は木星のはずだから、これは重力とは無関係の重さだ。

言葉の重さだ。

見れば、さっきまでくすくす笑っていたウォーが、びっくりしたみたいな、素の表情を浮かべている。上品を演じようとしていた顔よりも、そっちのほうがよっぽど好感が持てそうな、素朴《そぼく》な驚きの表情だった——それだけ、水星が喋るなんて、ありえない出来事だったのだろうか。

空々に言わせれば、水星以前に、天体が喋ること自体がありえない出来事なので、何を今更という冷静な気持ちもないではないのだけれど、それでも、鎧武者の発する言葉からは、これまでとは違うただならぬ雰囲気を感じ取れた。

「太陽は俺の友だ」

「…………」

女の子の姿で『俺』なんて言われると、空々はどうしても、左在存を思い出してしまう——そう言えば、今のところ、性別不明の地球を除いて、天体はすべて女子の姿で顕現しているが、それは何らかの理由があるのだろうか？

星を女性にたとえるというならわしは、人類史じゃあ普通のことではあるけれど、そんなこちらの常識にわざわざ合わせてくれているのだとすれば、それも奇妙な話である。

　さておき、メタールが発した『友』という単語には、先ほどウォーが軽薄に発した『友』とは、まったく違う響きがあった——そのことにウォー自身も気付いたのだろう、

「ふん」

と、いかにもわざとらしく、背後に向けて悪態をつく。

「何が『俺の友』ですか——そんな風に太陽さまに媚《こ》びて、何かいいことでもあるって言うの？」

　これには応じない。

ただ、メタールが口を利いたのは、やはり空々のできそこないの挑発に応じてではなく、自身は取り合いもしなかったウォーの軽口を、空々が鵜呑みにしたことが理由のようだった。

　要は空々を介して、ふたりが喧嘩《けんか》しているようなもので、他の天体に地球と人類との間に入ってもらおうと躍起《やっき》になって交渉しているはずなのに、いつの間にやらさかさまである——どうして水星と海王星のいがみ合いの間に、たったひとりの人間が入らねばならないのだ。

「いいかね、少年」

結局、ウォーに対しては何も返答しないまま、そしてそっぽを向いたままで、メタールは空々に続けた——空々を名前で認識していないらしいのは、海王星と同じである。

人類と縁のある月はともかく、つくづく天王星と木星が、今から思えば、フレンドリー過ぎたのだろう。

「どちらでも同じというのであれば、俺さえいれば、他の惑星など——地球も含め、端っこの惑星も含め、寸分狂わず同じなのだ。一光年違わず同じなのだ。太陽系は、俺ひとつで十分に成り立つ。地球と人類との戦争が、どう転ぼうと同じなのではない——地球があろうとなかろうと同じなのだ」

「……はあ」

言葉の重厚さには多少は慣れたが、言っている内容が相当キツい——なまじ海王星のように、悪意たっぷりでない分、正面からまともに受け取れば応えそうだ。

（こういうのを受け流すのが得意なのが、鋼矢さんなんだよな——折角もらったアドバイスを、どうにか活かしたいんだけれど……）

「何ですか、それは。惑星を自分ひとつに間引きして、太陽の衛星でも気取ろうっていう気ですか？　そんなの、許しがたい圧政じゃないこと。これだから、衛星をひとつも持っていない奴は困りますわ。構成要素にコンプレックスが含まれてるんじゃありませんこと？」

上品ぶったウォーの因縁はこれまで通りだったけれど、しかしこうなると正論にも聞こえる。惑星としての格を衛星の数で競うのも、空々からすれば理解しがたいテーマだったが、ただ、理解できないなりに、これに乗っかるべきかと思った。

乗っかると言うか、則ると言うか。

要するにメタールはウォーに何を言われようとも、どれだけ業腹《ごうはら》なことを言われようとも無視できるが、ウォーが空々に、あることないこと吹き込むのは——そして空々が素直にも、それを本気にするのは我慢ならないらしい。

その法則に則ることが、どんな事態を招くことになるのかまでは想定できてはいないけれど——少なくともこの、空々まで含めた、えげつない均衡状態からは脱するはずだ。

「へえ。衛星の数ですか。そう言えばスピーン……、木星には、衛星が六十七個あるって話でしたね。そうそう、確か木星は、太陽に迫る大きさの惑星で——」

「それは違うな、少年。太陽に迫るのは俺だけである。一番内側の俺から見れば、木星も小さな星でしかない」

それは距離感の問題なんじゃないかと言おうと思ったが、やめた——空々の内側から発せられた言葉では、水星には届かないのだ。海王星からの、いわば伝聞形式でこそ、この会話は成立する——なんとも奇妙な通信だが、一本だけ見つけた貴重な回線を、断ち切るわけにはいかない。

なので、ウォーの反々論を待った。

「木星の悪口は結構だけど、それを言うなら水星の姿なんて、太陽に隠れて見えないんじゃありませんこと？　それでよく、対等な友達同士みたいなことが言えますわね」

思えばウォーのこの発言も、おかしなことを言っている。

確かひねくれ者のブループの自己紹介によれば、地球から肉眼で見えるぎりぎりの惑星が、天王星だったはずだ。

つまり、同じブループラネットと言えど、海王星の姿は望遠鏡を使わねば見えないわけで、だったら可視不可視で、水星のことをああだこうだ言うのはおかしい。

ただ、空々はそんな揚げ足を取りはせず、「太陽って、本当に偉大なんですね」とだけ受けた——方針に徹するならば、『恒星と惑星じゃ、やっぱり対等にはなれないんですね』と、メタールに振るべきなのかもしれないが、やり過ぎて、ウォーのシンパみたいに思われても、不都合である。

メタールにそう思われるのはもちろんだが、ウォーにそう思われるのも、交渉の終盤に支障をきたしそうだ……、そんな空々のさじ加減に、さほど気をよくしたわけで

もないだろうが、

「そう。偉大なる友である」

と、メタールは言った——重々しい声は、怒っているようでもあったが、普通に判断すれば、それでも、声は弾んでいるのだろう。これもまた、空々が太陽を、素直に評価したことに機嫌をよくしたのではなく、ウォーの意見を真に受けて、しかし結果的に空々が太陽の偉大さを認めたことが、痛快だったのだと思われる。

（メタールもメタールで屈折している……）

装備のイメージほど実直なわけではない。

見た目に振り回されるのは愚かしいが、それが一番内側の惑星であるがゆえの屈折なのだとしたら、特別というのも考えものだ——特別扱いも考えものだ。

その後もしばらくは、そんな糸電話のようなやり取りが続いた——ウォーが挑発するようなことを言って、それに空々が応じつつ、メタールに水を向けて、反論と反々論を繰り返す。

議論はいいけれど論破は無駄、みたいなことを鋼矢が言っていたのを思い出した——そのときはあまりピンときていなかったけれど、なるほど、こういう意味だったのかと、身をもって納得できた。

（対立を煽ればいいとも言っていたけれど……、それは、こういう煽りかたとは、違うんだろうな……、そう、鋼矢さんが言っていたのは、互いの利害を相殺させて——）

パズルのように組み合わせれば——双方が嚙《か》み合えば。

ただ、水星と海王星の利害を、一致ならぬ合致させるためには、彼女達の認識が、著しくズレていることもわかってきた。

互いを嫌い合っていることは確かだけれど、しかし互いに、何を大切に思っているかが違うのだ——メタールは、友としてにしろ、第一の惑星としてにしろ、太陽を大切に思っている。

ウォーは、太陽を大切には思っていない。

もっと言えば、どうでもいいと思っている——だけど、水星が大切に思っている太陽だから、否定的なことを言う。つまり、そういう意味では、ウォーにとって重要なのは、メタールである。

なのにメタールは、ウォーがウォーだから嫌っているわけではない——メタールと太陽との関係性を否定する者があれば、誰であろうと（人間であろうと）嫌うだけだ。

嚙み合っていない。

（嚙み合っていないと言うなら僕もそうか……、僕の『大切に思っている』はなんだ？　そんなものはないから、ここでこんな交渉をする羽目になっていると言えるけれど——）

整理すれば、元々はこのダブルブッキングがこうも大揉めに揉めているのは、『反対のための賛成』をおこなおうとした海王星の動きを察知した水星が、後乗りしてきた——思えば、その時点から、空々が唆《そそのか》されるのを防ごうという気持ちがあったのかもしれない。ウォー自体には取り合うつもりはなくとも、ウォーの思想が、ウォーの悪意が広がることは妨げたかった——だから、あることないこと言いつつも、『水星はわたくしの邪魔をしにきたのですわ』という海王星の指摘は正しいのだろう。

スタートがそうなら、永遠に嚙み合わない。

空々の印象ほど、賛成と反対で対称になっているわけではないのだ——ゆえにこの対立は、惑星規模でもっと根深くて、このふたりを和解させられるくらいだったら、地球と人類との和解工作を進められると思うくらいだ。

（単純な二択だから、単純に対立しちゃってるだけなんだよな……、敵対構図はイエスかノーか、プラスかマイナスかの二元論にはなってないんだから、もしもこれが三択だったなら、バランスの崩しようもあるんだけれど……）

……いや、第三の選択肢はないでもないのか？

実際、天王星がそのチョイスをしたではないか——態度の保留という選択で、正確に言うとブループは、『選んだ』のではなく『選ばなかった』のだけれど、それだって、強引に言えば『選ばない』という選択である。

（もしも、メタールかウォー、どちらかの意見を、反転させるんじゃなく、横転させることができれば……、横臥する天王星みたいに、『保留』してもらうことができれば、もう片方も、『保留』を選ばざるを得なくなるんじゃ——ん？）

さすがに意見保留の浮動票が、ひねくれ者の一票ならともかく、三票にまで増大してしまうと、その後の交渉でもみんなが保留し続けかねないと、思いつきに過ぎる思いつきを、自ら却下しようとした空々だったが、そこで——閃《ひらめ》いた。

一対一の、対になった対立構造を崩すために、選択肢をふたつからみっつに増やす——それ自体は均衡打破のためには、悪くない解決策なのだ。そのみっつめの選択肢が『保留』では、交渉全体が滞《とどこお》るというだけで——だが、増やすのが、選択肢でなければどうだろう？

選択肢は賛成か反対かの二択でいい。

その代わりに——選択者を増やせば？

「あの、ちょっといいですか？　おふたり」

と。

空々はあえて、ここで海王星と水星をひとくくりにして、それから提案した。

「今からここに、天王星を呼んでもいいですか？　意見を保留しているブループさんに、そろそろ、投票先を決めてもらおうかと思いまして」

7

均衡のダブルブッキングを混迷のトリプルブッキングに発展させようという空々空の奇策によって、惑星同士の対立構造は、一対一の背中合わせから、三つ巴《みつどもえ》の取っ組み合いに発展する。噛み合わない利害のピースをここでひとつ増やすことで、果たしてパズルは完成するのか否か、ヴィジョンがくっきり見えているわけではなかったが、少なくともこの提案は、不仲で息の合わない水星と海王星を、同時に振り向かせるだけの効果はあった。

否。

ぎりぎりで空々は、更なる着想に恵まれた。

惑星直列とは言わないまでも――

「そうだ。かんづめちゃんも呼ぼう」

（第４話）

（終）

第5話「幼女、参戦！火星は死んでも死に切れない」

「後味の悪い結果になっちゃったね」
「まだ後じゃないかも」

0

1

『火星』
自転周期――24・6時間
公転周期――687日
太陽からの距離―2億2790万キロメートル
直径――6792キロメートル
質量――6・42×10^{23}キログラム

衛星の数――――――2個
属性――――――――火
発見年――――――人類生誕時

2

「わくせいかいぎ、な。かんづめがそんなもんにしゅっせきすんのは、なんやばちがいやいうきもするで……、かんづめは『かせいじん』であって、『かせい』そのものやないねんから」

だいりしゅっせきもええところや、すぽーくすまんにもなれんわ――と、酒々井かんづめは、六歳の、たどたどしくも舌足らずな口調で言う。

「ほんでも、それでええゆうんやったら、おにいちゃんのかおをつぶすつもりはないわ。やくにたてるとはおもわへんけど……、それにしても、おもろいことしとるの」

「面白がられても困るんだけどね……、かんづめちゃん」

まるで他人事のように言うかんづめだったが、実際、彼女にとっては他人事だろう――他の星の出来事だ。

だからこそ、『水星と天王星と海王星との話し合いに参加して欲しい』なんて、考えてみれば滅茶苦茶な頼みごとも、二つ返事の安請け合いをしてくれるというのもある。

普通は断るか、それか、空々の頭がおかしくなったと思うだけだ——空々からすれば、ようやく抱えていた秘密を他者と共有できたことで、多少は楽になった気分になれるかと思ったのだが、如何せん、まだ渦中も渦中だからか、残念ながら脱力感さえなかった。

考えてみれば、惑星そのものではないとは言っても、本人が注釈した通りに、かんづめは『火星陣』である——惑星について、人類とは違う見識を持っている。

だから、月がバニーガールの姿を取って宇宙船内の空々の自室に顕現したとか、天王星が女学生で木星がボーダー少女で、水星が鎧武者で海王星がセパレート水着だと言っても、さほどの異常さを感じはしないのかもしれない。

「は。いや、それはいじょうやおもうけどな。いまふうっちゅうことやろ——じだいっちゅうことやろ。がちがちのかみさまのすがたであらわれても、おにいちゃんとはなしがあわんけん」

「話が合わない……、逆に言うと、星々はありがたくも話を合わせてくれようとしているってことなのかな？」

月や木星はともかく、ひねくれ者のブループや、背中合わせで対立する、人類にからっきし取り合っていないメタールやウォーも、それでも空々とコミュニケーションを取ろうという、最低限のポーズはあるのか。

「ぽーずゆうか、まなーやな。えちけっとのてりとりーや。なんちゅうか……、そういういみでは、わくせいはせいめいやないよ。こころもない。おにいちゃんにはんしやしとるようなもんや──たいようをのぞけば」

「…………」

「わくせいも、つきも、あとはそう、じゅんわくせいもか？　みずからははっこうせんと、たいようのひかりをはんしゃしてかがやいとるやろ？　そんなようなもんや。おにいちゃんのあたまがおかしゅうなっとるわけやないけれど、おにいちゃんがおるからこそ、わくせいはこせいをはっきする。そういうことやけん」

なるほど。

なにぶん、口調が舌足らずなので、語る真意がすべて理解できるわけではないけれど、いくらか疑問が氷解《ひょうかい》する部分もあった──空々の存在に反射した結果、出てきたのがバニーガールだと言うのは承諾しづらい解釈ではあるものの、必ずしもそれは、少年の隠された願望があらわになっているわけではなく、夜に見る夢のように、とりとめのない概念なのだろう。

ならば現状、空々は夢分析をおこなっているようなものなのかもしれない──ともあれ、かんづめから、交渉の場への出席の約束を取り付けることができたことには、一息つけた。

（さて、どうなることやら……）

対立する水星と海王星を自室に残し、空々はかんづめを呼び出すために、彼女の部屋に向かった。メタールとウォーをふたりきりにするのは心配だったが、まあ、空々が席を離れている間に、ふたりが姿を消しているようであれば、そのときはそのときと割り切るしかあるまい（その場合、明確な意思表示を聞いていないから、保留と判断しよう。やや恣意《しい》的な考えだが、次善の策である）――どうやって天王星を呼びだすかは、具体的な方法を思いついていたわけではない。

そこはエージェントのブルームに任せるしかないのだが、そうなると、今度はブルームをどう呼び出せばいいのかが不明である。あのバニーガールはこれまで、いつも突然現れるだけで、こちらから呼び出す方法は不明なのだ。

だから、まずはかんづめだけでも――火星の代表者だけでも、交渉の場に連れて行こうと思ったのだが。

「だいじょうぶや。へやにもどったら、てんのうせいの……、ぶるーむやっけ？　ぶるーぷやっけ？　どっちでもええんやけど。そいつがべっどでよこたわってねとるわ。ええしごとしとるで、そのえーじぇんと」

かんづめはそんな、見透かしたようなことを言った。

『火星陣』であって火星そのものではなくっても、こちらの胸中を察する能力は高いようだ――否、それは『火星』の一部としてのスキルというよりも、『魔女』としての才覚と見るべきか。

そもそも、不仲なふたりをダブルブッキングしてしまったブルームが、エージェントとしていい仕事をしているかどうかはともかくとして、彼女が天王星を連れて来ているだろうという読みは、勘の良さでは説明のつかない予想である。

予想であり――予知である。

（『予知能力』……四国じゃ散々世話になったものだけれど）

頼り過ぎて死にかけた（実際に死んだ）こともあるので、評価の難しいところだ――『魔女』としての前世の記憶があやふやな幼児も、決して自らの魔法を使いこなせているわけじゃない。

だからこそ、もう彼女は、かつての仇敵《きゅうてき》・地球と戦おうともせず、自分（達）を実験台にした人類に復讐《ふくしゅう》しようともせず、中立の姿勢で、現在、人工衛星『悲衛』に滞在しているのだ。

「ちゅうりつゆうんは、ぶるーむのたちばやろ。かんづめは、いんたいしたおばあちゃんみたいなもんやけん」

幼児が『引退したお婆ちゃん』なんて言い出したら、いよいよわけがわからなくなるが、言わんとすることはわかるし、確かにかんづめは中立よりは、やや人類寄りだろう。

人類に対する思いはともかく、空々に対し、私的な恩義を感じているらしい――空々に言わせれば、助けられたのは自分のほうだが、だからこそ、交渉に出席してくれるというのであれば、彼女を巻き込むことに躊躇している場合ではない。

そんな考えで、相談するだけでは飽き足らず、交渉の席にかんづめを呼び込もうとしたわけではないが、ひょっとすると、彼女の『予知能力』が、活かされるかもしれない。むろん、例によっての裏目もあるだろうけれど……。

月のブルームと天王星のブループが、かんづめの中でこんがらがっているところを見れば（基本的にそれは、命名者の責任であるとは言え）、幼児の思考力はあくまで幼児の思考力なのだが、こんなことなら、もっと早い段階で、彼女に相談しておくべきだったかと思った。

もしもバニーガールが部屋を訪れた段階で、かんづめに相談していたら――いや、どうにもならなかったか。ある程度事態が進行したあとだからこそ、ある程度整理して、事情を説明することができたのだろう。

夜に、おそらく寝ていたであろうかんづめを起こしてまで相談しなかったのは――

その後、鋼矢に相談を持ちかけたことも含めて――正解だったのだ、と判断しよう。

　これがベストタイミングだったかどうかは、この先の交渉の結果をもってジャッジするしかなかろうが……、もっとも、空々はここで、酒々井かんづめに対し、すべての情報をオープンにしたわけではない。

　この期《ご》に及んで、少年は、伏せるべきところは伏せている。

　地球と――地球の化身と話したことは、喋った。

　初めて誰かに、その事実を開示した――ただし、その際、地球が次なる『大いなる悲鳴』の日取りを予告したことまでは言わなかった。

　地球との対話については、状況成立の経緯を思えば、ここで触れないわけにはいかなかったが、『大いなる悲鳴』の予告は、別段、触れなくっても滞りなく、現状を説明できたからだ――まあ、半端にとは言え『予知能力』を有するかんづめに、予告も何もあったものではないかもしれないが。

「ふん。ちきゅうがようじとはな。ふざけたはなしや」

　果たして、かんづめのコメントはそれくらいだった――幼児が幼児に毒づいたみたいな構図になったので、受け止めかたは難しかったけれど、まあ、かんづめのほうはあっさり受け止めてくれたようなので、そこは安心した。

　こうなると今まで後生大事に、そんな秘密を抱えていたことが馬鹿みたいでもあったが、それもまた、ここがベストタイミングだったのではと思う——地球上で（たとえば四国で）話すのは、リスクが大き過ぎた。

もっとも、やはりそれでもかんづめは『火星陣』だから通じた話だと見るべきで、言うならばこれをプラクティスとして、人工衛星『悲衛』のクルー全員に相談しても問題ないと楽観するのは、早計だろう。

よき前例にはなりえない。

体調不良の虎杖浜が、どこまで察しがついているのかはわからないにせよ、そこは慎重にことを進めなければなるまい。『魔法少女』と『惑星の化身』、どちらのほうがリアリティに欠けるのかは、超がつくほどの現実主義者の空々には、釈然《しやくぜん》としないところがあるが、本人にとっては、まったく違うものだろうし。

「じゃ、急で悪いんだけど、かんづめちゃん。早速、僕の部屋に来てもらえるかな……、何もしなくていいから、その場にいてくれさえすれば」

いてくれさえすればどうなるのか、それは空々には何とも言えない——確かなのは、対立する水星と海王星の間に、天王星と火星（の一部）を配置することによって、現状が変化する、均衡状況が崩れるということだけだ。

崩れると言うのか、崩壊すると言うのか。

悪化するケースももちろん想定できるが、まあ、交渉を仕切る立場とすれば、あんな酷い状況ならば、ある程度は悪化したほうがマシとさえ思う——あくまで、ある程度は。

「ああ、まってまって、おにいちゃん。そのまえに、かんづめからいうとかなあかんことがあるわ。いや、いうとかなあかんことやのうて、ただ、いいたいだけやねんけど」

と、かんづめは、急ごうとする空々（割り切ったようなことを言ったが、やはり、メタールとウォーを、ふたりきりにしておくのは不安だ——どれだけ狭かろうと、あの部屋は空々の居住区である）を、引き止めた。

「ん……、なにかな、かんづめちゃん」

「じんるいとちきゅうとを、ちゅうさいにはいってもうてていせんさせるっちゅうそのぷらんなんやけど」

かんづめははんたいや。

酒々井かんづめはそう言った。

3

「かんづめにとうひょうけんがないのはわかっとるし、こうしょうのばで、そんなことをいうておにいちゃんのやることをじゃまするつもりは、もうとうないんや。かんづめはおにいちゃんのやることをじゃませえへん――どころか、できるかぎりのきょうりょくはしたいとおもうとる。そのばにいけば、りんきおうへんにたいおうするつもりや。かんづめはわくせいやないし、あくまでわくせいのいちぶやし、ほかのわくせいとあうのも、こみゅにけーしょんをとるんもはじめてのことやし、なにができるかわからへんけれど、すくのうても、なにかのやくにはたつつもりやし。やけん、いまのかんづめに――おにいちゃんとふたりのかんづめに、かんづめのしけんをいうとくわ。かんづめは、そのぷらんにははんたいや」

「…………」

全文平仮名で喋っているかのようなかんづめの口調は、すとんとは入って来ず、いったん頭の中で漢字変換をしなければならないので、やや間が空いてしまったが、どうやら彼女が、提案者であるブルームのプランにきっぱり反対を表明したことだけは、すぐに理解できた。

もちろん、それで不都合が起きるというわけではない。

空々はかんづめに、『地球との戦争に敗れ、今は死に体だという火星の代弁者』として、交渉に出席してもらおうというわけではないのだ――本人が先んじて認めたように、投票権はない。

そうするつもりはないとは言っていたけれど、たとえかんづめが交渉の場で反対を表明したとしても、それが大勢に影響を及ぼすということもないだろう――あくまでも『火星陣』であって『火星』ではないかんづめ（しかも転生を繰り返した、化身ではない生身の幼児）を、対等な存在として、メタールやウォーが取り扱うとは思えない。

ひねくれ者のブループが、かんづめに対してはたしてどんな態度を取るかは今のところ予想もつかないが、まあ、それは何に対しても同じなので、余裕でさておける。

ただ、非公式にであれ密談であれ、こうして正面から反対を表明されてしまえば、交渉を進める立場の空々が、『はいそうですか』で済ませるわけにはいかない。

理由を訊くしかない。

「なんで……？　いや、まあ、かんづめちゃんが反対って言うんだったら、確かに、やめたほうがいいのかもしれないけれど……」

「そうやない。かんづめのいけんは、べつにぜったいやない。ぜんかいいっちはもとより、たすうけつのなかのいっぴょうでさえない――『よち』ちゅうんとも、これはちがう。むしろまぎゃくや。みらいやのうて、かこをみとる」

未来ではなく過去を見ている。

つまり、経験則という意味だろうか。幼児としての過去ではなく、『魔女』としての過去——火星の尖兵として地球と戦っていた、『火星陣』だった頃の経験。

実戦経験を含む、経験則。

「そういうことや……、かつてちきゅうとせんそうをしたかせいのいちぶとしていわせてもらえるなら、せんそうちゅうんは、とめようとしてとまるもんやない——ぶっちゃけ、ちきゅうとかせいとのせんそうでも、にたようなうごきはあった。ちきゅうとかせいがたたかうのをとめようとするちゅうさいしゃが、まったくおらんかったわけやない。けど、あかんかった」

「………………」

「もちろん、そのときは、ぜんわくせいでとうをくんで、あろうことかたいようまでをまきこんで、せんそうをとめようとしたわけやないから……、そこまでにゅうねんに、けいかくてきにとめようとしたわけやないから、おんなじようにはかたれへんけど。でも、ぎゃくにいうと、そこまでほんかくてきにうごけば、まきこまれかたもはんぱやすまん。ちきゅうのないらんですむはずやったせんそうが、たいようけいぜんどにひろがりかねんわ」

うちゅうせんそうや——と、かんづめは、舌足らずながらも、幼児らしからぬ口調で言った。

宇宙戦争。

ＳＦ映画みたいな単語だけれど、それこそ、実際の戦争経験者の——宇宙戦争経験者の言葉としてとらえるなら、あまりに深い。

意味も深いし、闇も深い。

（そうか……、あんまり、そういうところには、頭が回っていなかったな）

目の前の出来事を並列処理するのにやっとで、それどころじゃなかったというのが本音だが、しかし、思慮が足りなかったのは、普通に空々らしさでもあった。

どんな経緯があっても、とにかく停戦案さえ成立すれば、成立させてしまえば、人類と地球との戦争は、終わりはしないまでも止まるというのがこれまでの見通しだったけれど、必ずしもそういうわけではないのだ——考えてみると、太陽にお出まし願えば、地球は大人しく頭《こうべ》を垂《た》れるというのは、かなり勝手な決めつけだった。

人間同士の諍《いさか》いでもよくあるように、むしろそれで、地球が態度を硬化させてしまう可能性もあるわけで——地球が、他のすべての天体に、戦いを挑むという展開もありうる。

そうなれば、宇宙戦争だ。

「……地球は、太陽や他の惑星、すべてを敵に回しても、戦えるほど強いの？」

その規模になると、もう強い弱いの基準では語れないような気もするけれど、漠然と、空々は質問した。

「言っちゃあなんだけれど、たかが人類と勝ったり負けたりで競い合っているようなくらいの惑星なんだから、さすがに多勢に無勢なんじゃ——太陽ひとつを相手にするだけでも——いや、木星ひとつだけでも——」

「たかがじんるいとか、ひげするようなことをいうもんやないな。じっさい、たったひとりのじんるいが、いま、『たぜい』のわくせいと、たいとうにわたりおうとるやないか」

「…………」

対等に——でこそないものの、そういう見方もあるか。

立ち位置が立ち位置なので、実際のところ、彼我《ひが》の戦力分析は難しいのだが、他の惑星には原始的な生命体さえも（おそらく）いないことを思うと、確かに、少なくとも、人類は『特別』な存在なのかもしれない——それをまとめて相手取っている地球もまた、『特別』と見るならば、『多勢に無勢』を避けようともしない可能性は十分にある。

また惑星の身で恒星に挑もうとする木星のような存在がいるのであれば、地球もまた、太陽を敵に回そうとも、戦争を止めようとしない可能性も——そこまで行くと、もう可能性ではなく、危険性と見做《みな》すべきか。

なるほど。

かんづめが危惧《きぐ》するのは、交渉が成功した場合、停戦案が妥結した場合、失敗するよりも酷い結果を招くケースか。

（うーん……、考え過ぎにも思えるけれど）

特に消極的というわけではないのだろう。

それこそ経験則だが、既に一度、地球から絶滅規模の敗北を喫している火星の尖兵としては、戦争で敗北することの意味を知っている――だから、勝ちをコントロールすることができないのなら、負けをコントロールするべきだと、知っている。

そして、視野の広さが違うのだろう。

惑星そのものではなくっとも、宇宙規模の視点を持っているかんづめとしては、地球と人類との『内輪揉め』は、どういう結果で終わるにしても『内輪揉め』で終わるべきだと考えているに違いない――実際、それが筋というものだろうし、厳しい言いかたをすると、『人類が負けるのであれば、戦争の規模がどこまで拡大しても同じ』なんて考えかたのほうがおかしい。

他の天体を巻き込んで、収拾がつかなくなってしまうよりは、このまま人類と地球の戦争を継続したほうがまだマシ、それは地球にとっても人類にとっても――そういう意味での、『反対票』か。

そう言われると、そういうような気にもなってくる。

元より停戦案はブルームのアイディアなので、空々の中に、確固たる信念があるわけではないのだ——別の可能性を提示されてしまえば、そちらに傾きもする。

これでは、どちらが交渉を受けているのかわからない。

「つけくわえておくべきことがあるとすれば、もしもていせんあんがしっぱいして、じっさいにうちゅうせんそうになってもうたら、おにいちゃんはさっき『たぜいにぶぜい』ちゅうて、ちきゅうたいほかのてんたいのせんそうになるみたいにいうたけれど、そうはならへんけーすもある。そんないりみだれのたいせんになったら、ちきゅうにみかたするわくせいがでてくるかもしれへんし、かのうせいだけのはなしをするなら、たいようとちきゅうがけったくするてんかいもありうる。あくまでかのうせいやけどな——うちゅうでは、どんなりきがくがはたらいて、どんなけっかをまねくか、『みらいよち』でもわからへんのやけん」

ほないこか、とかんづめはようやく動き出し、歩《ほ》を進め、部屋の扉を開けた。

言いたいことだけを言ったので満足したという風だ——議論するつもりも、主張を押し通すつもりもないらしい。

空々を説き伏せるつもりもない代わりに、空々の意見を聞くわけでもない。行動と感情を切り離している。実際、彼女は勝負からも、戦争からも降りているのだから、今のはアドバイスでさえないのだろう。

ただ、イレギュラーなものとは言え、この一連の交渉劇において、初めて投じられた反対の一票を、空々はあくまで個人的にではあるが、無効票扱いにはせず、きっちりと受け止めた。

現在の票数（暫定）。

賛成――１。反対――１。保留――１。

投票中――２。

４

宇宙空間では『予知能力』はアテにならないみたいなことをかんづめは言っていたが、なかなかどうしてアテになるもので、空々の部屋に戻ると、背中を向け合った鎧武者と水着娘のかたわらのベッドで、横たわる女学生の姿があった。

天王星である。

とてもここが自分の生活空間だとは思えない、シュールな絵面《えづら》である――非公開の会合であることはさておいても、一刻も早く中に這入って、扉を閉めたい衝動にかられた。

虎杖浜にでも見られたら、別の意味で言い訳が利かない。

「空々くん。意外と早く再会できましたね。その子が『火星』ですか？」

互いに口を利かず、文字通りに反目しあっているメタールとウォーのぴりぴりモードは、ブループにはあまり影響を及ぼさないようで、彼女は以前に会ったときと変わらないクールな表情で、かんづめに目を向けてきた。

「いや、ブループさん……。『火星』じゃなくって、『火星陣』だよ……、会談に立ちあってもらおうと思って……、参考になる見識も聞けるんじゃないかな」

「そう。よろしくお願いしますね」

空々に対してもそうだったが、天王星は変人ではあっても社交的なのか、幼児の外見にとらわれることなく、かんづめにそんなことを言った。

かんづめはかんづめで、惑星をみっつ前にしても物怖じしない。

肩を竦めて、

「しすいかんづめや。よろしゅう」

とだけ言って、小さな身体を活かして水星と海王星の脇をすり抜けて、天王星の足下辺りにちょこんと座り込んだ——その動きは、火星というよりは、水星ならぬ彗星《すいせい》のようだった。

『魔女』だけに、箒星《ほうき》とでも言ったところだろうか。

そんなどうでもいいことを考えつつ、空々は扉に鍵をかけた——シングルルームに五人というのは、もうほとんど、部屋というよりは箱詰め状態、エレベーターに乗っているようだった。

ひとりが幼児（酒々井かんづめ）で、ひとりが中学生（元。空々空）で、ひとりが女学生（天王星）なので、重量オーバーにこそならないが、ごてごての甲冑を着ている小学生（水星）が、それによって生じたスペースを台無しにしている。

無口を通してないで、そこは一言謝ってもいいように思えるけれど……、まあ、人数を集めたのは空々だ。

「えっと……、じゃあ、再会したところで、交渉を再開しましょうか。今回は、ブループさんにも結論を出して欲しいと思います……、あれから、いかがお過ごしでしたか？」

時候の挨拶みたいになってしまったが、他に訊きようもない。訊かれたブループは、「寝ていました」とそっけなく答えた――会話としては上っ面では成立しているけれど、かみ合っていないという点においては、メタールとウォーを相手にしているときと同じだ。

寝ていると言うなら、ブループは今も寝ている。

こんな状況ではさすがに、空々もベッドに横たわって、添い寝のスタイルになるわけにはいかない……、室内の窮屈さや、謎めいたファッションショーを差し引いても、背中を向け合っているし横たわっているし足下にしゃがんでいるし、誰ひとりとして話し合いの姿勢を取っていないのが、空間のカオス度をあげている。

こんなシチュエーションでは、さしもの鋼矢でも、話し合いをまとめることはできないんじゃないだろうか――とりあえず、ブループの参加によって、場に意見が出てくるようになったのは、まあ前進なのか？

ともかく、ブループは言った。

「珍しく本音を言えば、私としては、もう少し静観していたかったところですね。他の惑星がどういう動きを見せるのか、わずかながら興味がありましたから――私がいち早く意見を表明することで、他の惑星の投票行動に影響を与えたくありませんでした。先程、ブルームさんから、木星……、スピーンさんですか？　彼女の意見は伺いましたが。そしてこのふたり……」

ちらりと、水星と海王星のほうを向いて、縦目でうかがう。

横目でうかがうと表現するのが正しいかもしれないが、姿勢が横向きなので、物理的には目の向きは縦になる。

宇宙物理学だ。

「このふたりの現状も。面白い」

「…………」

クールな口調から本音がこぼれているが、まあ、この雰囲気の悪さを、うんざりせずに面白がってくれるのであれば、助かる——普通なら、こんな反目に巻き込まれたら、嫌になってしまいかねないだろう。

さすがひねくれ者。

「メタールさんとウォーさんの不仲は知っていましたけれど、こうして最前列の特等席で眺めさせていただけるとは。これだけで、私は賛成票を投じさせていただきたいくらいですよ」

明らかに冗談とわかる物言いだったけれど、しかし、メタールはそれを無視することができなかったようで、わずかに身体を動かした——わずかに動くだけで着用している鎧が軋んで金属音を立てるので、ある意味、反応がわかりやすい。

冗談にしても何にしても、天王星は停戦案に賛成すると言っただけなのだが、水星はそれを、海王星への賛成だと受け止めたらしい。

「外輪同士、仲のよろしいことである」

と、鎧武者は言った。重々しく。

「所詮《しょせん》お前達のような外周軌道には、内輪の都合など、どうでもよいのであろう」

「それはあらぬ誤解——でもありませんね。ある誤解ですね。内輪の出来事が私にとって、対岸の火事なのは確かです。寝っ転がって、無責任な応援をするだけです。もっとも、空々くんいわく、ブループラネットである私は、あながち地球と無関係というわけでもないそうですが」

「ソラカラー?」

やや怪訝《けげん》そうに、復唱するメタール——イントネーションはおかしいが、ここでようやく、褐色の肌の小学生は、空々の個体名を認識したらしい。

鎧を着用した状態で日焼けをしているのなら、鎧を脱いだらさぞかし変な日焼け痕《あと》になっていそうだと思ったところで、空々はようやく、彼女の褐色の肌は、『太陽光の照射をもっともそばで受けている』の暗喩だということに気付いた。

わかりにくい。

説明してくれなきゃ——いや、そんな擬人化のレクチャーを受けたいわけではないのだ。

「ウォーは、その点、どう思いますか? 空々くんいわく、ブループラネットである私達には、地球に勝利した人類が、わんさか押し寄せてくるかもしれないそうですよ」

天王星は、今度は海王星に話を振った。

隣同士(という言いかたであっているのだろうか)の惑星だし、ここの間柄は、もしかするとそう悪くはないのだろうか(まさしく、同じブループラネットだし)と期

待したが、例によってウォーは上品ぶった口調で、

「あるはずないでしょう、そんなこと」

と、一蹴した——単に疑問に答えたと言うより、ブループに話しかけられたことがうざったいという態度だった。

反目しているわけじゃなさそうだし、嫌っているのともニュアンスが違うのだろうが、少なくとも、仲がいいわけではなさそうだ。

そもそも、仲のいい惑星同士なんているのだろうか？

「人類が移住するなら、地球型惑星ですわ。決まっているのではありませんこと？」

その予想は、元々天王星もしていたものだが、改めてそう強調されると、空々も、強引な論旨だったと思う——水星と対立していたがゆえに（それに、それ以前に木星が、どうあれ『賛成票』を投じてくれていたがゆえに）、まだプレゼンしていなかったけれど、言わずにいてよかった。

「地球型惑星ですか。そんな言われかたされて、あなたはどう思いますか？　メタール」

ブループが、自分がウォーから投げかけられたボールを、メタールのほうへとトスした——さっきは空々が務めた伝書鳩《でんしょばと》の役割だったが、代わってもらえると、正直、助かる。

投票を保留している天王星は、別段、空々の味方というわけではないのだろうけれど、彼女に来てもらったことは、とりあえず正解だったようだ——違う立ち位置から、空々は惑星に対峙することができる。

天王星の質問の意図は、前に言っていた、『水星から見れば、地球こそが水星型惑星』というものなのだろうけれど、ただ、そんな呼称は、メタールにとっては、「取るに足らん」

ものらしい。

「なんと呼ばれようとも、小さな話だ。たとえ惑星がすべてなくなろうとも、水星は水星である」

強い自負を表明しているようでいて、結構乱暴なことを言っている。太陽系の惑星は自分さえいればいいという気持ちが漏れ出たのか。

「太陽が太陽であるように」

「ふうん。呆れますね。では、メタールさんとしては、地球が人類に負けて、滅びてくれたほうが好都合と仰りたいのですか？」

メタールはその質問には答えなかった。

その態度も、空々が伝書鳩を務めていたときと同じである——対立行動は、あくまで、海王星だけが取っている。もちろん、天王星が太陽を侮辱《ぶじょく》するようなことを言えば、その限りではないのだろうけれど……。

質問の答を勝手に想像するならば、メタールにとって地球が敗北し、人類に滅ぼされることは、決して好都合とは言わないにせよ、別段、不都合はないのだろう。

その結果、人類が移住しようと企み水星に侵略行動を起こしたとしても、迎え撃つだけの気概がある風にも見える——人が住める環境じゃないという点においては、それは程度問題であり、水星も天王星も、もちろん一番外側の海王星も、大差ない——大差はあれど、同じようなものだと思うが。

（移住するとなると、テラフォーミングをおこなわなきゃならないわけで——そう言えば、『地球撲滅軍』に入ったばかりの頃、そんなことを思ったたな。人類と地球との戦いは、地球のテラフォーミングみたいなものなんじゃないかって……）

それが今となっては、正真正銘のテラフォーミングの話題になっているのだから、おかしなものだ。本当におかしいのは、テラフォーミングの対象になるかもしれない——侵略の対象になるかもしれない惑星と、じかに話していることだが。

「わたくしとしては、地球に勝利した人類が水星を支配してくれるのであれば、それはそれで結構という気にもなってきましたわ」

ウォーがそんなことを言った。

これまで通りの当てこすりではあるのだろうが、嫌いな惑星とひねくれ者の惑星に挟まれて、投げやりな気持ちになっての発言なのだとすれば、歓迎すべからざる事態だ。

状況に変化を求めた挙句《あげく》、こんなにも普通に賛成票を失っては、交渉人失格である――そう思い、空々はひとまず（メタールに睨まれるリスクを認識した上で）、ウォーをなだめようとしたが、それに先んじるように、

「せんそうちゅうんは、そんなかんたんなもんやないけん」

と、かんづめが発言した。

惑星同士のやりとりを、ここまで体育座りで様子見していたかんづめだが、参加する気になったらしい。

「ちきゅうがたわくせいはもちろん、ないりんやろうとがいりんやろうと、ぜんぶまきこまれる――ちゅうか、こんなふうなかいだんがもうけられとるじてんで、もうたいようけいのぜんぶがまきこまれとうちゅうてええやろ。たいようもれいがいやなく――しにたいのかせいもな」

「言うじゃありませんこと」

ウォーが応じた。

かんづめの舌足らずな言葉の解読は、どうやら天体にとっては何の苦にもならないらしい――まあ、かんづめは元々火星の一部なのだから、そりゃあそうか。

「確かに、地球と人類との戦争は、地球と人類だけの問題では、とっくになくなっているのかもしれませんわね。思えば、こんな風に水星と顔を合わせる機会なんて、いったいどれだけ振りになることやら――」

顔は合わせていない。背中を合わせている。

ただ、それも珍しいことなのだろう。

まさか『喧嘩するほど仲がいい』なんてわけでもあるまいし、嫌い合っているのなら、距離を取るのが当たり前で――実際、周回軌道は相当離れていて――、この事態が既に巻き添えの過程であり、結果だ。

（まあ、戦争の仲介に入ってもらおうなんて、返す返すも勝手な話だよね――メリットとデメリット、利害か……）

嚙み合わないパズルのピースを、更に２ピース増やすことで、一枚の絵が完成すればいいと、空々はアバウトに考えていたけれど、どうもそう単純な展開にはならないらしい。

「まあ、かんづめはあくまでもげすとっちゅうか、たちあいにんとしてここにおるだけやからの。せんそうけいけんしゃとしてのたいけんだんをのべさせてもらうだけや――ていせんあんに、さんせいでもはんたいでもあれへん。それはさいしょにいうとくわ」

かんづめは言う。

『立会人』とか『賛成でも反対でもない』という意見だけ聞けば、あるいはブルームとポジションを同じくしているようだが、本音が反対であることはさっきかんづめの部屋で聞いたところだし、本当に中立ならば、ブルーム同様に、立ち会うべきでさえないのだけれど、彼女は天王星の足下に座したままで続ける。

「ただ、かんづめのみるかぎり、じんるいがちきゅうにかっつちゅうんは、むつかしいんちゃうんかな、おもうで。きょくしょせんではともかく……、そうりょくせんでは、じんるいのはいぼくは、みえとうようにおもう——そういういみでは、じんるいの、ほかのわくせいへのいじゅうとか、そういうじたいにはなれへんのやないかな……？」

考えながら喋っているような物言いだ。

本人の認識としては、『魔女』としての経験を、六歳の脳で処理しなければならないので、その喋りかたは、いわば塗炭の苦しみの表れなのかもしれないが、ともかく、行きがかり上空挺部隊の一員となり、行きがかり上人工衛星『悲衛』に乗り込んだかんづめではあるけれど、科学と魔法の融合研究の成否はさておき、その結果、人類が地球に勝利するというシナリオを予想してはいないらしい。

予知してはいないらしい。

「それは、経験が却って、あなたの想像力を妨げているのではありませんこと？　敗北経験が。火星の手先の『火星陣』として、地球に敗北した経験が——敗北経験が、あなたの目を曇らせているのでは？　わたくしは結構、人類が優勢じゃないのかと思っておりますよ」

ウォーが実際にどう思っているかはともかく、『人類が地球に勝利して、水星を侵略する』という未来図が、彼女にとっては捨てがたいものなのは確からしかった。

「私は人類が優勢だとは、特に思っていません」

と、横たわる天王星のコメント。

あなたには訊いていませんと言いたげに、ウォーはブループを睨んだが、その視線には取り合わず、「逆に言うと、人類が劣勢だとも思っていません。どうしてあなたは、地球が勝つと思うのですか？　かんづめさん」と、足下に呼びかけた。

足下に座る幼児に呼びかけた。

会話はキャッチボールだというが、こうなると、ビリヤードみたいな会話だ。

天体によるビリヤードとは……。

「まあ、ひていはせえへん。『かせいじん』として、ぼせいのあのはいぼくは、どれだけきおくがうすれようとも、じだいとせだいをつみかさねようとも、きざまれたままでのこっとう……、かんづめがもう、ちきゅうにかつなんてことを、そうぞうでけんようになっとうんもそのとおりや」

せやけど、と、かんづめは、今度は惑星達ではなく、空々のほうを向いた——玉突きが、今度はこちらに向かってくる気配だ。

受け止められるだろうか。

「おにいちゃんはどうなんや？ ちきゅうとじんるいは、どっちのほうがゆうせいやおもうとる？ かりに、うさぎはかせとすかゆはかせのかがくとまほうのゆうごうけんきゅうがみをむすんだとして、そうしたらじんるいはちきゅうにかてるとおもうんか？ かったあとのこうどうは、たしかにてらふぉーみんぐなんやろうけれど……、そのまえに、まずかてるんか？」

「それは——」

『地球撲滅軍』のメンバーとしては、当然勝てると答えるべきだろうが、しかし、軍人としての経験には乏しいし、ともすると、人類としての自覚にさえ乏しい。

「——『大いなる悲鳴』のこともあるし、絶対に勝てるとは、そりゃあ言えないよ。でも、勝ち目がないとまでは思わない」

まあ、ここで『勝ち目がないと思う』とまで言ってしまうと、天王星の票を失ってしまいかねないので、どう思っていようと、空々はこう答えるしかないのだが。

かんづめにも言わなかった、第二回となる『大いなる悲鳴』の予定日のことを思うと、研究の成否以前に、タイムリミットに間に合わないいんじゃないかという不安もあるけれど、それはこの場では隠し通す。

実際、その件を差し引けば、一時、その数を三分の二にまで削られた人類は、だいぶ盛り返してきているのも事実だ。カウンターを避けるため、増し過ぎた勢力を、削るための動きなんていうのもあったくらいで――

「そう。そうやな。はいざんへいのかんづめとしては、じんるいがちきゅうにしょうりしてくれたら、それはそれですかっとするわけやし、そこでくやしいとか、じぶんたちがかちたかったとか、そういうことはおもわへんつもりでおんねんけど……、ぶるーむやっけ？」

「ブループです」

「……ああ」

空々のネーミングセンスがないせいで、かんづめと天王星との対話に滞りが生じている――覆水盆《ふくすい》に返らずだ。

「ブループラネットなら、わたくしもブループラネットですけれどね。地球も」

更にこんがらがるような懸念を、海王星は口にしたが（つくづく空々が悪い）、かんづめはそれには反応せず、

「てらふぉーみんぐのために、じんるいがあんたんところにしんりゃくにくるってい

うんが、さけたいさいあくのてんかいやとして——ほんだら、ちきゅうとじんるいとのせんそうは、どういうかたちにけっちゃくするんが、ぶるーぷにとってのべすとになる？」

と、天王星に訊いた。

はたで聞いていても、その質問の意図は今いち不明瞭《ふめいりよう》だった。

確か、空々が天王星と交渉したときは、停戦妥結によるメリット、停戦妥結をしなかったときのデメリットに訴えたんだったが、推測するに、今、かんづめが問うたのは、戦争の着地点についてなのだろう。

「私にとってのベスト……、そう言われても、少し答えにくいですね。ワーストが『人類が私のところに侵略に来る』なのは確かでしょうが、一番いい結果があるかと言われたら……、マイナスになることはあっても、プラスになることはないと思うんですが」

天王星は、やや歯切れ悪く答える。

空々と会話をしているときは、こちらをからかうような感じもあったのだが、『火星陣』が相手となると（見た目が幼児でも）、ひねくれ者らしく会話を楽しもうという気はないようだ。

人類とのお喋りほど、面白がれるそれではないのだろう。

「ベストは……、戦争が終わって、まあ、地球と人類とが和解する、でしょうか？　どちらかが滅亡するような破滅的な終結は、ほら、心が痛みますからね」

「こころがいたむ、か。まあ、せやろな」

かんづめは、そんな風に頷く。

「やけど、そうやないねん。せんそうがけっちゃくしたじてんで、ほかのわくせいにとって、べすとはなくなるちゅうんが、かんづめのよそうや」

「……わたくしのベストは、『人類によって水星が侵略される』なのですけれど、それもなくなるのですか？」

ウォーが、訊かれてもいないのに回答を述べてきた。

それをベストだとまで言ってしまうと、さすがに水星のことが嫌い過ぎるように思えるけれど、言われたメタールは、無反応だ――そんなメタールのベストは、おそらく『太陽系の惑星が自分だけになる』なのかもしれないが、仮にそうだとしても、かんづめはその『ベスト』も成立しないと断言した。

どういうことだろう。

「あくまでよそうや――かんづめのかってなよそう。よちでもないし、かくたるしょうこがあるわけでもない。せんそうがおわることじたいが、あんたらにとってはわーすとになるっちゅうことや。じんるいがかつっちゅうけーすは、かんづめにはあんまりそうていでけへんけど、まあ、そのばあい、てらふぉーみんぐにしゅっぱつするっちゅうけーすはあるやろ。やけど、かんづめにいわせれば、よていちょうわにいがいせいもなく、ちきゅうがかってもうたばあいのほうが、ほかのてんたいがうけるだめーじはでかいとおもう」

「わかりませんわね。地球が勝って、わたくし達にどんな不利益があるというのですか？　ああ、いえ……」

そこでウォーは、空々のほうを見て、やや気まずそうな顔をした——一応彼女は、賛成票を投じるために人工衛星を訪れた体面を、守ろうとしているようだ。

それはもう、最初から暗黙の了解みたいなものだから、今更取り繕われても、そっちのほうが戸惑うのだが……。

「ちきゅうがかったらちきゅうがかったで、そのときはちきゅうがほかのわくせいに、せんそうをいどむからや」

かんづめは、至極《しごく》つまらなそうに言った。

「わすれんといてや。いまはじんるいとたたこうとうちきゅうやけれど、そのまえはかせいとたたかっとった——『せんそう』がおわれば『つぎのせんそう』にいどむんは、じんるいだけやない。ちきゅうもや」

（……ああ）

それは発想の外だった。

人類より前に、地球に敗北している火星の尖兵ならではの発想である――そうか、人類にとっては、これは延々と続く戦争だけれど、かんづめの視点に立てば、人類と地球との戦争は、まさしく、空々がブループにプレゼンしたところの『次の戦争』なのだ。

人類ではなく、地球にとっての。

「もちろん、わくせいどうしのせんそうと、わくせいと、そのひょうめんにすむじんるいとのせんそうを、おなじようにはかたれんやろう。やけど、それはこういうふうにいうこともできる。じんるいがいまんとこ、ちきゅうとぜんせんしとうから、ほかのわくせいは、ちきゅうからのしんりゃくをうけずにすんどう、と」

「……人類を地球の癌細胞だとするなら、地球が現在病に臥《ふ》せっているから、私達は、戦争を挑まれず、平和に周回してられると言うのですか？」

ブループの声色に、やや変化があったように、空々は感じた。空々が『人類が勝った場合』をプレゼンしたときとは、明確に違うリアクションだ――それがどう転ぶのかわからない。横臥している彼女が、どう転ぶのか。

（気付けば、いつの間にか、かんづめちゃんに場の主導権を握られちゃってるな……）

一対一の均衡を崩すために、ブループとかんづめを招いた空々だったが、現状は一対三になっている。バランスを崩そうという狙いはあたったようだが、やや想定外の展開でもある。

かんづめは、普段そうしているように、今回の会合でも、あくまで消極的な協力者の椅子に座るつもりだったはずなのに。

空々が困っているのを見ていられなくなった——のでは、ないだろう。まあ、それもあるのかもしれないが、たぶんかんづめは、みっつの惑星の呑気《のんき》さこそを、見ていられなくなったのだ。

かつて地球に滅ぼされた惑星の、ほんのひと欠片として。

彼女は警告を発さずにはいられなくなった。

「やや飛躍し過ぎではないのか？　火星と地球が戦争をしたことは、むろん、俺は忘れていない。間近でのことだったしな……、あれは……、いや、だが、だからと言って、地球が違う惑星とも戦争をしようなんて——」

と、メタールは否定的なことを言ったが、これはウォーの意見に、間接的に反論したのとは違う、かんづめ本人に対する反論だった——この部屋に来てから初めて、海王星以外の相手と『会話』をしたと言える。

それだけ聞き捨てならなかったということか。

「やっかいなことに、ちきゅうはせんそうのたのしみを、がくしゅうしてしもうとう」

「楽……地球は戦争を楽しんでいるの？」

空々も、つい口を挟んでしまったが、これを上司からの注意と受けとったのか、かんづめは「ふきんしんやったな」と、こちらに小さく頭を下げた。

不謹慎？　そんなのは、空々の口から出ていい言葉ではない。そういうつもりで訊き返したのではなかった――ただ、戦争をある種の娯楽としてとらえる考えかたがあるのは知っていたので、地球の姿勢もそうなのかと、確認したかっただけだ。

だが、それもまた、かんづめの意図するところとは違うらしい。

「いいなおす。せんそうのゆうこうせいを、がくしゅうしたっちゅうほうがただしいわ。それはせんそうともいえんせいあつやけど……、ちきゅうは、きょうりゅうをほろぼしたりもしたやろ？　もんだいがおきたときは、もんだいごと『ほろぼす』ちゅうかいけつさくをはっけんしたっちゅうことやな――いや、かいけつやのうて、それはしゅうかくかもしれん」

「収穫……、じゃあ、わたくし達のところにも……、外輪までも、地球は収穫に来ると？　成功体験を繰り返すために？　それはもはや、戦争のための戦争ですわね」

ウォーはかんづめをきつく見据える――上品ぶることは、もうすっかり忘れているようだ。

「つまり、人類が勝とうと、地球が勝とうと、どちらにしたってわたくし達は、戦争を挑まれることになるわけですね——ゆえに、人間さんの交渉には、賛成票を投じるべきだと言いたいのですわね？　もちろん、わたくしは最初から、そのつもりですけれど——」

「べき、とかそういうんはないわ。やけど、じんるいがかつんとちきゅうがかつんとでは、ぜんぜんちゃうっちゅうことは、おしえておく——かせいからのゆいごんみたいなもんや、きいとけ」

「……遺言でしたらば、それは、まあ」

「じんるいのしんりゃくは、しんてんちをみつけたらそれでおわりや——かりに、あんたのきたいどおりに、すいせいがてらふぉーみんぐをうけたとしたら、それでおわり。あるいは、てらふぉーみんぐにしっぱいしても、それでおわり。やけど、ちきゅうのしんりゃくにはおわりがない。ちきゅうがまけるまで、せんそうはおわらん。かつ……、じんるいはじぶんたちがくらさなあかんつごうじょう、わくせいをかんぜんにはかいすることはできへん。やけど、ちきゅうはただ、うばいつくしてこわすだけや。ころすだけや。かせいがされたように」

「やはりお前の発言は、地球に対する悪意が強過ぎるように思う。そこまで行くと、偏見である」

メタールはそう言い、「仮に、地球が攻めて来たとしても、負ける気はしないしな」と、強気に続けた。

「せんそうもせんと、へいわにくらしてきたあんたらが、ずっとたたかいつづけてきたちきゅうをあいてに、まけるきはしないって？　そらまたおもろいはなしや」

「…………」

「せんそうがぎじゅつをそだてる。てくのろじーをそだてる。『おおいなるひめい』も、このじんこうえいせいかて、せんそうのさんぶつや。ほんらいは『かせいじん』のぎじゅつであるまほうでさえも、かがくのちからで、まもなくかいめいされそうや――それだけのぐんじりょくが、あんたらにあるんか？」

「……『あんたら』と、一括《くく》りにするのはやめてもらおうか」

質問には答えず、論点をずらすようにいうメタール――だが、かんづめの言葉は、確実に彼女の鎧の隙間に、突き刺さっているようだった。

まあ確かに、人類と地球は、戦争の中で、互いの殺傷能力を高め合ってきた経緯がある――『地球撲滅軍』に入ったとき、科学の進歩に驚かされたものだ。

かんづめが、停戦案に（ここではそう言わないものの）反対の姿勢を示したのは、太陽を含む天体が全会一致で割って入ってきたところで、停戦が成り立たないケースを――その後の宇宙戦争を危惧したからだったが、その根拠は、地球には十分、『多勢に無勢』を押し通せる軍事力があると分析するからか。

「……だとすると、地球と人類が、戦争を終えて和解するケースが一番危険なのかもしれないね」

空々は、さっきブループが回答したところの『ベスト』を想起しながら——誰にともなく、そう言った。

「地球と人類とが平和条約を結んで、のみならず、同盟を組むような形で他の惑星に侵略を開始したら——それは、とんでもない勢力になる。太陽にさえ匹敵するようなな」

そんな未来こそ、絶対に訪れないだろうとは思いつつも、しかし、空々が無神経に提出したその思いつきは、思いのほか、三惑星にインパクトを与えたらしい。

「そうなると……、地球と人類には、やはりだらだら戦争を、飽きるまで続けてもらうのが、ベストってことになるんですかね。話が振り出しに戻ってしまいますが——」

天王星の言葉を受け、

「そもそもの提案者であるブルームがそこまで考えていたとは思えませんが……、つまり、決着をつけない停戦妥結こそが、採決すべき選択肢だと？」

そうウォーが続け、

「地球と人類とが結託すれば、恐れ知らずにも太陽にも、侵略しかねんとでも言いたいのか？　ならば――」

　メタールが質問した。

　全員が一気に、停戦案に賛成票を投じかねない勢いだったが、そこで拍子を外すように、

「いや。だらだらたたかいつづけても、ていせんしても、おんなじけっかにはなる。はやいかおそいかのちがいや」

　と、かんづめが、一同を翻弄《ほんろう》するようなことを言った。

「せんそうがながびけばながびくほど、ちきゅうとじんるいのぐんじりょくはじょうしょうするいっぽうやねんから――おそうなればなるほど、りすくはぞうだいすることになるわな。きょくめんとしては、たいようけいはつんどるんや。かせいがちきゅうに、まけてもうたじてんで」

　やからかんづめはさんせいもはんたいもせえへん――そう彼女はまとめたが、非公式には空々に反対を告げていることを思うと、戦争を長引かせないほうが、まだ被害は小さく済むと考えているのかもしれない。

　確かに、侵略される側もただ侵略されはしないだろうから、水星やらの内輪の惑星はともかく、天王星や海王星は、難を逃れるかもしれないわけで――だったら戦争を止めるのではなく、あえて煽るという戦略も成り立つわけだ。

（対立を煽る——か。鋼矢さんの戦略は、必ずしも交渉の場じゃないいくさ場でも、有効になるわけだ——）

「じゃあ、共倒れは？」

と、ブループは言った。

「地球と人類が、共倒れになれば、他の天体に被害が及ぶことはないわけですよね？　今まで私は、『共倒れになっても構わない』くらいの認識でしたけれど——どちらが勝ってもどちらが負けても、戦争の勝者が次の戦争に進むというのであれば、両者敗北がベストということにはなりませんか？」

（全員が負けだと思っている、いい取引——それも、交渉に限った話じゃないわけか）

だが、共倒れは、望んだところで実現するものでもない。

参った。

かんづめに参加してもらうことによって、確かに交渉は前進したが、しかし、前進した先が行き止まりでは、如何ともしがたい——空々得意の騙し騙しも、ここが終焉《しゅうえん》か。

交渉はここでおしまいか。

「ならば、先制攻撃を仕掛けるのはどうだ？　地球にしろ人類にしろ、いずれ俺に——太陽系に戦争を仕掛けて来るなら、むしろこちらから、まだ人類と地球が戦っているうちに」

「それこそ、さいあくのせんたくしやろ。ちきゅうとじんるいに、なかなおりのこうじつをあたえとうわ」

「人類と地球が結託するとすれば、先制攻撃を受けた直後だろう？　ならば、一撃で決めればいい。一撃必殺だ」

「一撃必殺？　一撃必殺ですって？　それができれば苦労はないでしょう。同じ惑星同士で、そんなこと」

天敵の発言を馬鹿にするようにウォーは言った――そこでメタールは、初めて、空々も天王星もかんづめも介さずに、直接、背中を向けている相手に反論した。

「俺なら無理でも」

俺の友ならできる、と。

5

交渉は続く。

（第５話）
（終）

第6話「対談、鼎談、四者会談！そして天使が現れる」

「定価五万円のところを一万円でいかがでしょう」

「買いません」

「じゃあ定価十万円のところを一万円では？」

0

1

水星・天王星・海王星が一堂に会した四者会談は、混迷に次ぐ混迷の末に、全会一致の賛成票で、一旦《いったん》の幕を閉じた。仮想敵の役割を果たしてくれた火星の化身ならぬ火星の一部、そのなれの果て、酒々井かんづめのおかげと言ってよかったが、しかし、得られた数字ほど、素晴らしい結果というわけにはいかなかった。

三者賛成と言っても、決して三者とも、意見を同じくはしていない——不仲な惑星は不仲なままに、ひねくれ者はひねくれたままに、会談の席をあとにした。

特にまずいのは、水星の化身、メタールのスタンスである。

かんづめからのリスク提示を受けて、彼女はもっとも短絡的な解決策を提示した
――即ち、『やられる前にやれ』。その発想こそが、あらゆる戦争の源泉とも言える危険思想なのだが、本来、地球と人類とのローカルな戦争に、太陽を巻き込まないために人工衛星『悲衛』を訪れたはずのメタールは、その太陽を動かしての積極的防衛策を提案した。

攻撃は最大の防御。先制攻撃は――

（猪武者……）

ウォーがメタールを評しての悪口だったが、こうしてみると、なんとも的確だったと言っていい。

つまり、水星が賛成票を投じようと翻意をしたのは、理由は違えど太陽を巻き込む空々案を、都合よく利用するためと言っていい――理由どころか、目的が違ってしまっている。

空々は太陽に調停を頼むつもりなのに、水星は太陽に調伏を願おうとしている――

それじゃあもう、なんのために交渉をしているのか、わけがわからなくなるけれど、

「最終的には太陽の判断である。友である俺の意見を容《い》れるのか、人であるお前の意

見を容れるのか。それは太陽次第だ——もしも太陽がお前の判断を尊重するなら、俺もそれに協力する」

　とのことだった。

「それが条件である」

　条件と言っているが、そんなもの、取引にさえなっていない——同じ太陽を巻き込む案と言っても、木星の出した『太陽と戦いたい』という条件とは、レベルが違う。

　地球と人類をまとめて叩き潰すという案については、オフレコでよければ正直言って、『いっそのこと、そうしてくれたら楽になれるのに』みたいな感想もあるのだが、立場上、それを看過するわけにもいかず、だからその点、議論をもっと深めるべきだったかもしれないが、その前に、メタールを猪武者扱いするセパレート水着が、

「では、わたくしも賛成ですわ」

　と、高貴な振りをした。

　てっきり、『では、わたくしは反対ですわ』の聞き違いかと思ったが、怪訝そうな空々に、「賛成ですわ」と、彼女は繰り返した。

　水星の意見に闇雲に反対するのが、彼女のスタンスだったはずなのに——だが、これは空々の認識が浅かった。

　ウォーはメタールに反対したいのではない。

メタールに嫌がらせがしたいのだ――本来は避けたかったはずの『太陽を巻き込む』プランを、自ら立案した彼女を応援する立場を取ることで、メタールを後には引けない状況に、いわば、追い込んでいる。

見方を変えると、ウォーにはかんづめからの警告じみた戦争体験の談話が、そこまで深くは刺さらなかったということでもある――意見は、一致しているようで一致していない。

ただ、利害は合致した。

水星がダメージコントロールを視野に入れた動きを見せた時点で、海王星は大いに満足したのだ――極めて性格が悪い賛成票だが、まあ、悪意はあっても害意がないだけ、票を取りまとめる役割の空々としては、メタールの票よりは受け取りやすい、清くない一票だった。

とは言え、その一票は、水星の一票ありきの一票で、こうなると、メタールと議論を戦わせるわけにはいかなかった――反目しあうふたりの票が、ようやく揃ったのに、その奇跡を台無しにすることはできない。

そうやって逡巡《しゅんじゅん》しているうちに、

「じゃあ、私も賛成します。保留はやんぴで」

と、ひねくれ者の女学生が投票行動を起こしてしまったとなると、尚更だった――

もっとも、ひねくれ者の女学生は決して、他のふたりに引っ張られる形で、流動的な賛成票を投じたわけではなさそうだった。

どころか、

「太陽に、地球と人類の焼却処分を依頼するのは、良策だとも得策だとも思いませんが……」

と、横倒しの姿勢のままではあるが、きっぱりと、メタール案には、反対を表明した。

「太陽が動いてくれるとは思いませんしね。『第一の友』であるあなたが頼んだとしても」

「……それを言い出したら、停戦案とて同じだろう。太陽系の総意で頼んだとしても」

「そうですね、メタール。それも含めて、私は『火星陣』……かんづめさんの意見が正しいと思います。状況は既に詰んでいるという意見が。ですが、それも百パーセントというわけではありませんし——ひねくれ者の私に言わせてもらえるならば、こんな交渉自体が、エキサイティングです。あなたと海王星が、ダブルブッキングだなんて」

「…………」

「私がここで、反対票を入れたり、態度を保留し続けたりすれば、空々くんの連続交渉劇が、ここで途絶えてしまうでしょう――未来が不可避で不可視ならば、私が避けたいのは、それですね。人間の悪あがきを、もうちょっと見ていたいです」

……愉快犯的な賛成票、ということになるのだろうか。

確かに人間社会の選挙では、場をかき回すためになされる面白半分の投票というのもおこなわれるが、惑星もそんな真似をするのだろうか――どうせ、どちらに転んでも、『次なる戦争』が起こるのであれば、人類と惑星との『交渉』という見世物を、少しでも楽しもうと？

ゴロ寝で？

大勢に屈しないひねくれ者を通り越して、享楽的と言うか、ほとんど終末思想のような投票理由だけれど（『どうせ世界が滅びるなら、好き勝手生きてやれ！』）、それでも、三惑星の中では、困った理由がない分、一番ありがたい賛成票でもあった。相対的に。

空々がここから先、平凡でつまらない交渉をしたら、あっさりひっくり返るような、頼りない賛成票でもあるが――しかしまあ、これを賛成票と認めなければ、木星スピーンの賛成票だって、見直さなければならなくなる。

「どっちのみかたをするつもりもなかったんやけど……、おもったより、おにいちゃんのがわにたってもたみたいやな。はんせいせな……、つぎからは、もうよばんといてや」

かんづめはかんづめなりに、交渉に同席したことで、思うところがあったようだ——危機感の足りない惑星を前に、滅びの星の民《たみ》として、自制心が利かずに喋り過ぎたことを、率直に恥じているらしかった。

幼児が恥じている。

これ以上の助力をはっきり断られた形になるけれど、

「ぐちくらいはきいたるから」

というエクスキューズをつけるあたり、非情に徹し切れない『魔女』である。

とにもかくにも、これにて賛成票が四票、集まった。

思い起こしてみれば、内訳で、まともな賛成票は一票さえ得られていないのだが——それでも、太陽との交渉に向けて集めなければならない七票のうち、四票である。

これにて過半数。

全会一致が原則ゆえに、過半数では何も決定しないが、それでも、過半数を取っているプランならば、後半のプレゼンがわずかながら楽になる——はずである。

正直、過半数に至るまでに一票くらいは、真摯《しんし》に停戦を望む平和主義者の、まともな一票が欲しかったが、それはまあ、まともな交渉人が望むべきことなのかもしれなかった。

「次は土星よ」

ブルームは言った。

「先にネタバレしておくと、天使の格好で来るから。天使の輪っか」

「…………」

天使が平和主義者とは限らないが、期待してしまうコスチュームである。

２

「どうも空々さん！　ランニング中に失礼します！　虎杖浜さんから相談に乗ってやってくれと頼まれたので、こうして来たのが私です！」

人工衛星『悲衛』内のトレーニングルームにおいて、ルームランナーで時速十五キロのペースで走っていた空々に、惑星など比べ物にならないほど厄介な部下が話しかけてきた。

目をキラキラ輝かせているのは、『絶対平和リーグ』に所属していた魔法少女にとって雲の上の存在とも言えるチーム『白夜』の知的エリートから、頼みごとをされた嬉しさの表れなのかもしれない——どうやら体調不良の虎杖浜は、空々の隠密行動を酸ヶ湯博士に報告するのではなく、なぜか地濃に報告したらしい。

なぜそんな酷いことを。

危うくルームランナーから滑り落ちるところだった。

「おやおや。汗で滑りましたか？　気を付けてくださいね。ルームランナーって、昔は拷問《ごうもん》器具だったそうですよ？」

二言目に嫌な情報を流してくるあたり、宇宙空間でも通常モードの地濃鑿である——きみとのトーク以上の拷問はないよと、危うく言いかけたけれど、ぐっと我慢する。

リアクションを取れば、それだけ話が長くなる。終わらないのではなく、終わりが続く。

可能な限り短く切り上げたい——が、地濃のほうは長話をする気満々のようで、隣のルームランナーにひょいと飛び乗り、軽やかにマシンのパネルを操作する。

「地濃さんは運動なんてしなくてもいいのに……、宇宙空間で筋力が衰えて立ち上がれなくなればいいのに」

「すごいことを言ってますよ、空々さん。いけませんねえ、もしかしてストレスが溜《た》まってるんじゃないですか？」

もしかしなくてもその通りなので、できればこれ以上ストレスを増やして欲しくなかったけれど、残念ながら地濃は走り始めてしまった——時速は空々の半分くらいだが、筋力維持が目的ならば、それで十分である。

空々の拷問的なまでの高速は、単に野球部時代の癖だ。

ストレス発散のためでさえない——走ったくらいで発散できるストレス量じゃない。

「虎杖浜さん、心配してましたよー。ご自身もあんなにふらふらなのに、隊長の心配をするだなんて、実はいい人なんですねえ、魔法少女『スペース』って」

「…………」

その魔法少女『スペース』に、四国ゲームのさなか、何度となく殺されかけたことを、どうやらすっかり水に流しているらしい地濃を、傑物と見るべきか愚物と見るべきか、隊長として決めきれないでいる空々だった。

組織の合併によってなし崩し的に、半ば強引に和解させられてしまった空々と虎杖浜との、油が切れたようなぎくしゃくした関係を思うと、多少は見習わなければならないとも思うが……。

（もっとも、虎杖浜さんも、よりにもよって地濃さんを差し向けて、僕に探りを入れようとするあたり、手段を選んでないって感じだよね……）

面喰らったが、酸ヶ湯博士に面談に来られるよりも、こちらのほうが、探りの入れかたとしては効果的かもしれない――大人相手なら、こちらもがちがちに警戒するけれど、地濃が相手では、ボロが出る。

緩和する。

まだしもこれなら、天才ズのどちらかを相手取るほうが、気を引き締めていられただろう……、渡り合う相手が地濃では、感情の死んでいる空々をしても、どうしても一個下に見る意識が働く。

(それはそれで才能だよね……、決して欲しくない才能だけど)

ただ、惑星との交渉中、水星と海王星から、個体として認識されなかった経験を思い出すと、次の交渉では、そんな必然的軽侮《けいぶ》を逆手に取れないものかという気持ちにもなる。

「どうしました？　空々さん。私から学ぼうという意識を感じますよ？　私のフォームが参考になりますか？」

「いや……、地濃さんから学ぶことはないんだけれど……」

特にその、人の神経を逆撫《さかな》でにする手法は、交渉において、絶対に習得してはならない言語体系である。

「部下から学ぶことも大切かと存じますけどねえ。私が上司だったらそうしますすよ」

上司になる前に常識を身につけて欲しい。

もっとも、地濃が上司になれば即刻部下が総辞職するであろうことを思うと、彼女が上司になることは、宿命的に難しいだろう。

「では、空々さん。悩みごとを打ち明けろ」

「命令形……」

「私でよかったら、話、聞くよ？」

「幼馴染みたいなことを言ってるね……」

とことん調子を狂わされる。

どんな出張をして来たか知らないが、そういうのは別のシリーズでやって欲しい。

「冗談は抜きにしてですよ、空々さん。虎杖浜さんに頼まれていなくとも、私は、空々さんをきっちり詰問しなきゃなと思っていましたよ。問い詰めようと思っていましたよ。なんだか最近、様子が変でしたからね」

「…………」

地濃に心配されるようでは、他のクルーにも露呈していると考えて間違いない――いや、そうでもないか。ところどころで妙な勘の良さを見せるのも、地濃の（まったく役に立たない）特徴のひとつである。

「……具体的に、どう変だった？」

「細かく例を挙げろと言われても困りますけれど、空々さんにそこまで仰られては無下《げ》にもできません。お情けでひとつだけ教えて差し上げましょう。ほら、なんだか不自然にお声掛けいただいたときがあったじゃないですか。あのときからなんだかおかしいとにらんでいました」

初期も初期だった。

交渉を始めてもいない、ブルームの来訪を受けた直後だ。地球の青さが気持ち悪いとか、そんなことを言いながら、目ざとく空々を怪しんでいたらしい――まったく、隊長を困らせたら人類一の資質である。

「空々さんが用事もないのに私を訪ねてくるなんて、ありえませんからね」

嫌われている自覚はあるらしい。

それでも平気な顔をして並走しているとは、傑物か、愚物か。

「さあ、何を隠しているんです。言っちゃってください。愚痴くらいなら聞いてあげますよ」

四者会談を終えた際、かんづめから言われたのと同じ台詞だったが、発声者が違うだけでここまで違う響きを帯びるとは、新鮮な驚きである。

とは言え、これでは逃げ場がない。

むろん、拷問器具ではないルームランナーなのだから、スイッチを切ってトレーニングルームを去れば、それでこの場は凌げるのだが、ここで逃げれば、隠し事をしているると、正直に告白したようなものである。

告白するのもまずいし、よりにもよって、告白する相手が地濃だというのも屈辱である。体調不良の虎杖浜を含む天才ズに看破されるというのならまだしも、地濃に隠密行動を見抜かれたとなると、軍人としての沽券《こけん》にかかわる。

沽券なんて意識するのは、地濃が相手のときだけだが……。

「……バレちゃあしょうがない。地濃さんだから信用して言うんだけれど、実は今、僕は極秘任務にあたっているんだよ」

「え？　空々さんは私を信用していないでしょう？　なんでそんな嘘をつくんですか？」

きょとんと返された。ジョギングペースで。

煮ても焼いても食えない部下だ。

食べられなくてもいいから、煮て焼きたいくらいだった。

「で、極秘任務ってなんですか？　私の暗殺ですか？」

「そうじゃなくって……、ええっと」

空々が独自に任務を受けて活動すること自体はよくあることだが、この場合、命令系統の所在を、どこに置いたものかがややこしい——まさか、すぐそこにいる右左危博士や酸ヶ湯博士の名前を出すわけにもいかないし。

あのふたりに限らず、人工衛星『悲衛』内部の人間の名前は出せない──フットワークが軽く性格の悪いこの並走者は、そんなことをしたらすぐに確認に動くだろう。

上司じゃなくてもいいから、誰か、地上の人物……、たとえ無線を使って連絡されても、うまく地濃をあしらってくれる逸材《いつざい》は……、まあ、ひとりしかいなかった。

地上にと言うか、この世にひとりしかいない。

「鋼矢さん。鋼矢さんから、頼まれてるんだ」

「ふうん？　『パンプキン』……、杵槻さんからですか？」

一瞬、疑わしげな表情をしたものの、地濃はこれに関しては、深追いはしてこなかった──彼女自身、四国ゲームにおいて、杵槻鋼矢──魔法少女『パンプキン』から、チームの壁を越えて、『極秘任務』を任されていたからだ。

その『極秘任務』さえなければ、空々は地濃と──魔法少女『ジャイアントインパクト』と遭遇するという、宇宙史上最悪の不運に見舞われることはなかったのだが、済んだことを悔やんでも仕方がない。

その失敗を、せめて活かさなければ。

「なるほどー。鋼矢さんからの任務じゃ仕方ないですねー。私もあのときは大変でしたからねー。先達として、一歩先を行った者として、空々さんの気持ちはわかりますよー」

「そう、それはよかった。実に最高によかった。まあ、だから、申し訳ないけれど、詳細は話せないんだよ」

「わかりますともわかりますとも。あのときの私も、貝のようにぴったり口を閉ざしたものでしたからね！」

「……そうだったっけ？」

あのときは空々も必死の瀕死《ひんし》だったから、もうちゃんとは憶えていないけれど、結構ぺらぺら喋ってくれたような記憶がある。

「でも、まさかデパートの地下で、敵として出会った空々さんと、こうして一緒に宇宙を旅することになるだなんて、さすがの私も思いもしませんでしたよ」

「うん……、こんなまさかがあるとはね……」

まさかと言うより、まっさかさまだ。

お先真っ暗と言ってもいい、宇宙だけに。

「ときに……、地濃さんは、宇宙に興味ってあった？」

数奇な運命に思いを馳《は》せるのもたまにはいいが、地濃が意地の悪い追及を緩める時機など、『たま』どころではない。

千載一遇のチャンスを見逃さず、空々は話題を転換した。

その転換先を、無駄だとは思いつつも、この先の交渉のヒントになりそうな方向に設定するあたり、空々少年も押されっぱなし、やられっぱなしではない。

「地球についてのきみの個性的なコメントは興味深く聞かせてもらったけれど、そう、たとえば、土星についてどう思う？」

「土星ですか？　ふっふっふ、私、土星にはうるさいですよ？」

土星じゃなくてもうるさい。

3

『土星』
自転周期――10・7時間
公転周期――29・5年
太陽からの距離――14億2940万キロメートル
直径――12万0536キロメートル
質量――5680×10^{23}キログラム
衛星の数――62個
属性――輪

発見年――人類生誕時

4

トレーニングを終えて自室に戻ると、ブルームの予告（ネタバレ）通り、天使がいた。あらかじめ覚悟はしていたつもりだったが、思ったよりも天使だった――頭上に浮遊する輪っかはもちろんのこと、背中には大きな羽根が、ひらひらの白いワンピースを突き破って、生えている。

神々《こうごう》しいウエーブヘアも、瞼《まぶた》を閉じているさまも、まるごと教科書通りの天使である――これまでの惑星の化身を、自分の想像力（狂気）の産物ではないかと、常に疑い続けてきた空々ではあったが、この土星の来訪を受けて、その疑念はほぼ払拭されたと言ってもよさそうだった。

この天使像は、空々の創造性を超えている。

もっとも、その代わり、これが何らかの神秘体験であるという疑いのほうが濃くなってしまったけれど……、ただ、ここで空々少年が、使命に目覚めるというようなことは特になく、今回はダブルブッキングじゃないから狭い部屋を広く使えそうと思っていたところに、巨大な羽根の持ち主が現れて、ちょっと困るくらいだった。

まあ、惑星の化身が天使だったところで、今更驚きもしない——現実的には、天使の隣にバニーガールがいるほうが、不自然である。

「紹介するわ。土星よ」

バニーガールが言った。言って胸を張った。

「土星です。こんにちは、空々さん」

天使が言った。言って頭を下げた。

礼儀正しい——という言いかたこそ、正しいのかどうかわからないが、とりあえず、水星や海王星と違って、空々のことを個体として認識している——のみならず、ティーンエージャーの空々のことを、さん付けである。

同じさん付けでも、さっきまで地濃にされていたのとはニュアンスがまったく違う、丁寧なエチケットだった。

「空々です。初めま……、と言うか……」

むろん、初対面に決まっているのだが、さすがにここで『初めまして』の挨拶が適切なのかどうかは、迷うところだった。月と太陽は別格として、土星を見たことがないとは、とても言えない。

水星・金星・火星と言った、内輪の惑星についてはもちろん知っていたし、木星もどうにかわかる、天王星と海王星は怪しくて、冥王星は知らなかった——けれど、土星の知名度は別格である。

特徴的な輪っか。

まあ、輪っかなら木星や、それに天王星にもあるわけだが――スピーンがかぶっていた麦藁帽子も輪っかの象徴だったのだろうが――土星のそれは、よりインパクトが強い。

それがまさか、天使の姿を取るとは思っていなかったけれど……、ブルームがあらかじめネタバレしてくれていなかったら、それこそ、天からお迎えが来たのかと思っただろう。

（まあ、僕の迎えに、天使がくるはずがないけれど……）

来るとしたら地濃だろう。いや、違った、悪魔だろう。

ともかく、地濃の次に天使に会うというのは、あまりに落差が激し過ぎた。

「ちなみに土星の英語名はサターンね」

「え？　サタン？」

地濃？　じゃなくて、悪魔？　天使なのに？

「サターンよ。Saturn じゃなくて、Saturn。サタンだったら、堕天使になっちゃうじゃない。そんな縁起の悪い名前を、星につけるわけ――ああ、冥王星があったわね。まあ、サターンは『農耕の神』って意味よ」

『農耕の神』です。この通り名前負けで申し訳ありません」

また頭を下げた——頭を下げることで、輪っかが落ちるんじゃないかと、本題じゃないところではらはらしたが、どういう仕組みなのか、一定の距離を保ったまま、光輪は浮遊し続けている。

土星の重力だろうか。

しかし、木星に次いで二番目に大きい太陽系の惑星と言う割に、物腰柔らかな人である——物腰柔らかと言うか、普通に腰が低い。

これまでの、どの惑星とも違うタイプである。

よもや油断はできないが、ここに来て話しやすそうな人（星）が現れた——いや、これは逆に警戒すべき事態なのか。

「んじゃ、空々くん。恒例だけれど、土星に名前をつけてあげて。かぶらない奴ね。そんで、センスのいい奴」

それが無茶な要求であることは、もうわかっているだろうに。

血識零余子《ちしきむかご》は、四国の魔法少女達を命名するとき、火星の言語を基準にしていたんだったか……、結果、奇妙な名前の魔法少女が量産されていた。

さて、空々は何を基準にしよう。今度こそという気持ちもある。

月はブルームーンからブルーム。天王星はブループラネットからブループ。木星は回転数からスピーン。水星は鎧、メタルからメタール、海王星は水、ウォーターからウォー。

　土星は天使だから――いやサターンでもあって……、天使で神で悪魔で……、大きな羽根……、いや、やっぱり一番目が行くのは、頭上に浮かぶ輪っか……。

「でしたら、リングイーネというのは如何《いかが》でしょうか」

「正気？」

　月の化身に正気を疑われた。

　こっちは正体を疑っているのに。

　自室にバニーガールがいる時点で、相当正気ではないと答えるしかない質問だったけれど、当の天使は、

「受け入れましょう。これも試練です」

と、本当に天使みたいなことを言っていた。

　試練とは。

　リングイーネというのは何かで聞いた何かの言葉で、語感がいいので（イーネ）提案してみたけれど、どうやらまたしても失敗したらしかった。

　うまくいかない……。

　正直なところ、この最初のやり取りでまず気勢を削《そ》がれる感じになるので、空々に

名前を決めさせるこの恒例をやめて欲しかった——そうだ、次は、クルーの誰かから知恵を募ろう。どうやら、半ば空々の奇行はバレているようだし、惑星のプロフィールは、これからはもっと堂々と求めてもいいかもしれない。

納得がいかないことはなはだしかったが、なぜか地濃は、本当に土星に詳しかったし（衛星の名前まで、全部知っていた。土星を周回する人工衛星の名前まで）、いっそのこと、ネーミングまで任せていればよかったのかも……。

「では、改めまして。空々さん、リングイーネです。よしなに」

三度、天使は——土星は——リングイーネは、ふかぶかと頭を下げた。

「まあ……、あんたが構わないなら、それで構わないけれどね……、本当、あんたって奴は。んじゃ、あたしはこれで」

呆れ果てたようにそう言って、月食的な退出をしようとしたブルームだったが、半分ほど姿を消したときに（半月だ）、

「あたしは中立だけど、空々くんのこれまでの頑張りは、褒めてあげるわ。月並みにね」

と言った。

ネーミングセンスはともかくとして。

月並みに褒めてもらえたらしかった。

5

エージェントであるバニーガールが完全に姿を消した途端、天使は豹変《ひょうへん》し、その極悪な本性を現した——というようなこともなく、天使はそのままの、穏やかで丁寧な性格のまま、神秘的に目を閉じたままで、

「では、お話を聞かせてください。空々さん」

と、こちらを向いた。

「ブルームさんから、これまでのおおよその流れは教えてもらっていますが、わたしはあなたの口から、お聞きしたいのです。人類の代表者である、あなたの口から」

「……では」

空々が人類の代表者だなんて、何度考えてもお笑い種《ぐさ》だし、人類にとっては悲劇でさえあるけれど、その点については、もう考え尽くした。

代表するしかない。相手が天使であれ、惑星であれ。

空々はブルームから受けた提案を、そしてこれまでの交渉の結果を、順番に述べた——あれだけ迷走した交渉内容を、いったいどこまでつまびらかに、正直に話したものかは、ぎりぎりの判断が迫られたけれど、まあ、話せるところまでは話してしまう

ことにした。

最終的に賛成票が四票、ここまで集まっていることは、当然ながら強調するとしても、変に隠しごとをして、交渉そのものに疑いを持たれるよりはずっといい。

思いつく限りの搦《から》め手を使った前回、手探り感満載だった前々回の交渉から変化をつけて、ここは思いっきり正攻法で行こう。

意外と普通の奴だと思われたい。

「そうですか……、では、わたしが賛成を表明すれば、それが五票目となるわけですね。七票のうち五票目となると、責任重大ですね」

聞き終えて、リングイーネは頷き、そんなとぼけたことを言った。

とぼけたのか、はぐらかしたのか。

少なくとも即答は得られなかった。

逆に言うと、これまでの四つの惑星と違って、態度をこれと固めて来ていないということである。交渉の席で、きちんと空々と話し合うつもりで来たわけだ。

天使の外観に、逆に偏見を持ってしまっているのかもしれないが、やや風変わりである……、いや、本来、交渉としてあるべきは、このようなやりとりなのかもしれないが。

「失礼……」

そう言ったかと思うと、リングイーネは、背中の羽根をばっさばっさと羽ばたかせた——その巨大な羽根のせいで、彼女は座ることも、壁にもたれることもできずにいるので、空々も自然、直立して彼女と差し向かいになる形で棒立ちになっていたのだが、なにせ狭い部屋の中のことなので、結構な風を感じた。

そして羽が散る。

この羽は、彼女が帰るときに消えるのか、それとも残るのか。

「出過ぎた真似とは思いますが……、空々さん。これまでお会いになった四名……、『火星陣』の彼女も含めて、五名の態度について、コメントさせていただいてもよろしいでしょうか。そうすることで、考えをまとめたいのです」

やがて、羽ばたきを終えて、彼女は言った。

コメント？

「後出しの批評は、まったく上品ではありませんが、なにとぞご寛恕《かんじょ》ください」

「いえ、意見をいただけるのは、助かるくらいですけれど……、何か、気になりましたか？」

「まず、個性を感じましたね。それぞれの個性——個星と言うべきでしょうか。ただ、それだけに、皆さん、偏っているように思いました。それは停戦の発案者のブルームさんも含めてなのですが……、中立を表明している彼女のことは、一旦置きましよう。天王星のブループさんから、順番に」

「ええ……、保留からの賛成でした」

「彼女の場合は、停戦案そのもの、地球と人類との戦争そのものに対する賛成票ではなく、空々さんの交渉姿勢に対して、票を投じたと見るべきでしょう。これは、海王星についても言えることですが——やはり外輪の惑星にとっては距離があるゆえに、内輪で飛び散る火花には、どうしても現実感がないようです」

現実感。

人間社会で言えば、違う大陸でおこなわれている戦争には、意識が向きにくいようなもの——空々はそんなブループに、『決して無関係ではない』と主張したわけだ。主張そのものが正しいか間違っているかはともかく、そんな空々の、世の中を逆さから見るような主張を、ひねくれ者の彼女が『面白がった』というのが真相である。

「厳しいことを言うなら、横たわる彼女には危機感が足りません。損得を考えていないという意味では、無私の姿勢であり、折角なのですから、その虚心な目で、戦争自体をまっすぐに評価して欲しいものでした」

まっすぐに——自転軸が横転してしまっているブループには、ややご無理ごもっともな要求でもあるだろうが、言っていることはその通りだ。

正当性のある戦争なんて、あるとは空々にも思えないので、まっすぐに評価されていたら、どういう結果になっていたか、わからない……。

「続いて木星、スピーンさんの賛成票は、口実ですね。太陽と会い、チャレンジするための口実――向上心には舌を巻きますが、地球と人類との戦争を、過小評価しているように感じられました。巨大かつ重厚な惑星であるがゆえに、地球の脅威を、人類の脅威を、見過ごしているように思います。もっとも、それは、少なくとも空々さんを代表とする、人類にとっては、僥倖と言うべきかもしれません。もしも地球や人類の軍事力に、スピーンさんが気付いてしまえば、彼女は戦いを挑んでくる可能性があるからです――事態が混戦の様相を呈することになりかねません」

「……ありえますね」

ありえてもらっちゃ困る可能性だが、木星の、あのあっけらかんとした姿勢を思うと、彼女の参戦は、荒唐無稽とは言えまい。そうなれば、賛成票など吹き飛ぶ。

『明るい戦争』か。

木星がどれだけ明るいにしても、惨憺たる気分になる言葉だ。

「水星と海王星の対立については、同じ惑星として、空々さんには謝罪するほかありませんね。彼女達の対立は、今に始まったことではないのです」

要所要所で都度都度、頭を下げるリングイーネだった――腰の低さが、常軌を逸している。いや、惑星なのだから、軌道から逸脱することはないはずなのだが。

『水と油』ならぬ、『水と海』ですからね——同属嫌悪もあるのでしょう。対立ではなく対称性で語るなら、水星は太陽と己を、対等なものだと考えています。これはや、傲慢《ごうまん》とも言える思想です」

「……友達みたいに言っていましたけれど」

「ええ。もちろん友情は素晴らしい。太陽に親しみを感じることも、あながち否定したものではありません——が、その態度を快《こころよ》く思わない者もいるでしょう。わたしは、彼女の太陽に対する愛情は、惑星としてやや行き過ぎだと考えています」

穏やかながらも、しっかり自分の意見を表明するあたりは、単なる後出しの批評というわけでもないようだ——後出しではなく、普段から崩していない、これがリングイーネの、並みいる惑星に対する姿勢なのかもしれない。

これはこれで揉めそうだ。

「戦争を娯楽ととらえるブループさん、戦争を口実ととらえるスピーンさんと並べて言うなら、水星のメタールさんは、戦争を障害としてとらえているのでしょう」

「障害」

「太陽と自分との『友情』に対する障害……、なので、避けようともするし、潰そうともする。『火星陣』の彼女に提示されたリスクを、真に受けたがゆえの賛成票ですが……、冷静になったとき、どんな判断をするかは不明ですね」

「賛成票を、あるいは撤回するかもしれないということですか？」

できれば、賛成票はそのままに、意見のほうを変えてくれるとよいのだが……、それはあまりに勝手な望みと言うべきだろうか。

「水星が見ているのが太陽だとすると、海王星が見ているのはそんな水星だというすれ違いの構図は、空々さんの仰った通りでしょう。その連続性を、巧みに交渉に活かした空々さんの手腕は、素直に素晴らしいと思います。長年、わたし達惑星が抱えていた構造的問題に、ひとつの解決をもたらしてくれたわけですからね。メタールとウォーが、曲がりなりにも意見を同じくするなんて、何億年ぶりかわかりません」

「…………」

天使の姿で『何億年ぶり』なんて言われると、天文学的と言うよりは、神学的めいていた……、それに、半分はお世辞なのだろうが、その点をあまり偉業を成し遂げたみたいに言われても、照れることもできない。

曲がりなりが曲がりなり過ぎるし、そんなつもりはなかった――だいたい、空々のやったことは、磁石のS極同士を無理矢理引っ付けたようなもので、力業《ちからわざ》もいいところで、これは反動が怖い。

「海王星単体で見たときは、天王星と同じく、やはり、危機感のなさ、現実感のなさが気になりますね。『火星陣』の彼女のリスク提示も、どこまで伝わったものか――

ただ、彼女はあれで、まったく愚かではありませんからね。いざ危機に直面し、すわ現実に直面したときは、適切な対応を取るだろうと、わたしは信じます。人類と地球との戦争が抱える破滅性を――太陽系全体に及ぼす悪影響を、いつか理解してくれることでしょう」

『いつか』じゃあ困るのだが。

しかも天体の言う『いつか』だから、何億年後かもしれない。

だがまあ、もっとも対処に困っていたとも言える海王星が『愚かではない』というのは、空々としてはいい情報だった――ならば案外、ダブルブッキングでも四者会談でもない、一対一で話せば、もう少し彼女とも、ちゃんとした話し合いができたのかもしれない。

ダブルブッキングで四者会談だったからこそ、成立した賛成票とは言え……、まあその点を、今更、どっちのほうがよかったかを考えるのは、無意味極まるだろう。

ブルームだって、わざとふたりを鉢合わせさせたわけではないのだ……、こんな風に各惑星の意見を、客観と主観を交えて分析してもらえるなら、土星との交渉は、何ならもっと最後のほうに回してもらったほうがよかったとも言えるが、セッティングのコントロールには周期だけではない、限度があるのだろう。月は月で、彼女なりの計画性を持って、プログラムを組んでいるのかもしれないが……。

五番目に彼女との交渉をセッティングしたのは、何かの意図があるのだろうか？

「最後に、『火星陣』の彼女……、彼女を火星の代表者ならぬ代弁者として、評価させていただきますと」

と、天使は目を閉じたままで言う。

「現実感のなさ、危機感のなさについて、恥ずかしくも批判的な意見を述べてしまいましたが、戦争敗北者としての酒々井かんづめさんは、あらゆる意味で、戦争と、地球と、人類を、それぞれ逆に過大評価してしまっている嫌いがあります。自省を込めて言わせていただきますと、視野が狭いのは、お互い様ですね」

「ええ……、確かに、そんな指摘も受けていました。戦争に対する偏見が強いみたいな――」

戦争と、あとは人類か。

すべて偏見ではないのだろうが。

「戦争の経験者であり、研究の被験者であったゆえに、それらの体験がすべてだと、誤認してしまっているとも言えます。『明るい戦争』『暗い戦争』はあまりに極端ですけれども、戦争にもいろんな要素がありますし、喜んで被験者となる者もいますからね。このような相対化こそを、酒々井さんは嫌うでしょうが。結果として、酒々井さんが鳴らした警鐘が、水星、天王星、海王星の賛成票を集めはしましたが、彼女にとっては、決して本意ではなかったでしょうね……、火星の代弁者としては、ブルームが提案した停戦案を、最上だとは思っていなかったはずですから」

それはかんづめの個人的な意見だから、すんでのところで伏せた情報だったし、ゆえにここで、空々は否定も肯定もできないのだが、『最上だとは思っていなかった』どころか、明確に反対を表明していた。

「さりとて、酒々井さんは自らの経験則に縛られ、代替案を提示できなかったところがアキレス腱《けん》でしょう」

「……アキレス腱」

天使がアキレス腱と言うと、腱よりも、神話の登場人物としての要素が強くなり、人体の部位に思えなくなる——落ち着け、天使の格好をしているが、それは天使の格好をしているだけで、土星は決して天使ではない。

あくまでイメージであり、あくまでインフォメーションだ。

(氷上さんのコスプレと、そういう意味では変わらない)

「察するところ、彼女がわたしの交渉には同席していないのは、そんな事情もあるのでしょう? 代替案を提示できない自分が、これ以上交渉に関わるべきではないと、殊勝な引き際を見せたわけですか……、火星の一兵卒を自任する彼女は、自らが一線を引いたことを、そうやって表明したのですね。それは無効投票というより、投票放棄ですが……、空々さんに白紙委任状を託したのと、同じ意味でもあります」

一線を引き、境界線を引いたのですね。

と、リングイーネは、ゆるやかに首を振った。

「もっとも、ブルームさんの停戦案に対して、代替案を持たないのは、酒々井さんだけではありませんが……、強いて言うなら、メタールさんの、戦争介入プランが代替案なのでしょうけれど、やや乱暴ですね」

介入される人類からすれば、『やや』どころではない。

ブルームの停戦案を、太陽を巻き込む案へと発展させたのは空々だけれど、さすがに戦局を、これ以上混乱させたかったわけではない――宇宙戦争のトリガーを引くつもりはなかった。

「さて、わたしとしたことが不躾にも、品のない批判精神をあからさまに発揮してしまいましたが、ここまで言った以上、自らの意見を表明しないわけには参りません」

そう言ったので、前置きを終えて、ここからはリングイーネが、案そのものに対する分析をおこなうのだろうと思ったが、そこはどれだけ風変わりでも惑星である、空々の予想を超えてきた。

天使は。

リングイーネは奇抜《きばつ》なことを言い出した。

「空々さん。わたしの代替案を聞いていただけるでしょうか」

6

相手の意見を否定するからには、代替案を用意しろ。

交渉と言うよりは対話の原則だが、あまり守られない原則でもある——批判に堪えうる案を創出するというのは、それだけ難しいし、批判されるのを恐れれば、創作そのものに乗り出せない。

ゆえに、議論は『相手の意見を頭から否定しない』という方向に向かいがちなのだが……、反論を恐れずに、人格否定にも走らずに、正面から正々堂々と代替案を出すというのは、なかなかできることではない。

さすがは天使。いや、天使ではないにせよ。

「ブルームさんの停戦案は、リアリスティックなようでいて、実現のためには、大きな壁があります。なんだと思いますか？」

「……天体の皆さんに、地球と人類との間に入ってもらったとしても、争いが止まるとは限らないってことですか？」

かんづめからの指摘だ。

むしろ仲裁に入られることで、戦況が悪化する恐れもあると――戦争が拡大する恐れもあると、戦争経験者は述べた。

「もちろん、それもあります。ただ、重ね重ね申し上げますが、酒々井さんの私見は、やや悲観的に過ぎます。わたしは、太陽を含めた仲裁チームが間に入れば、地球も人類も、足を停める可能性は十分にあると思いますよ。賭《か》けてみる価値は、十分にある、不戦の戦略です――もしも、全会一致が実現すればですが」

「…………」

「わたしが現実的でないと思うのは、そこなんです。大きな壁は、全会一致の難しさ……、仮に、わたしが賛成に票を投じたとしても、七票中五票まで集まったとしても、それでも全会一致は難しい。冥王星がいる限り」

「冥王――星」

「あなたの手腕があれば、金星の賛成は、正直言って、取れると思います。金星は地球の双子と言われていますから、まあ、元々地球派ではあるのですが、金星と地球は、火星との戦争時に、一度、揉めていますからね……」

　やや言い淀《よど》むように、天使。

　ん……、地球と火星との戦争に、金星が絡んでいたのか？

　それは初耳だが……、星と星の、一対一の戦いじゃあなかったのか？

「地球の双子星として、金星は、話を聞くくらいはしてくれるはずです——周期の都合でしょう、順番が大幅に遅れてはいますが、本来、一番最初に空々さんと交渉していても、おかしくない立ち位置の惑星なのですよ」

そう言えば、バニーガールは、できれば最初は、地球型惑星を紹介したいと言っていた――それは、もっと具体的に、金星のことを指していたのだろうか。

少なくとも水星ではあるまい。

天文学に造詣《ぞうけい》の浅い空々は、金星が地球型惑星なだけでは飽き足らず、地球の双子星と呼ばれていることも、知らなかったが――金星側から見れば、それも、地球が金星型惑星であるように、地球こそが金星の双子星ということになるのだろうが――、それでも、金星が単純に地球派ではないと、天使は語る。

「地球に対する思い入れがあるゆえに――その思いは水星の、太陽に対する思い入れに近い情熱だと言えます――、地球のために、人類との対話に応じ、間に入ってくれる可能性は大いにあります。……太陽がどう動くかは、惑星であるわたしには、判断がつきかねます。地動説に基づき、動かないと断定しようにも、かの恒星には『見かけの動き』がありますからね。メタールの視点に立てば、太陽は逆走することさえあるのですよ？　なので、わたしには計りかねるとしか、お答えできません――それは即《すなわ》ち、あながち否定したものではないという意味にもなります。うかがい知れませ

ん。ただし、太陽の動きを計りかねるのとは逆に、確実に断定できることがあります
――冥王星は、この案に絶対に反対します」

「えっと……」

そこまで強く断定されると、迂闊に『どうしてですか？』と訊きにくかった――理屈ではないという雰囲気さえある。だけど、交渉人としては、説明を求めないわけにもいかない。

「準惑星……、でしたっけ。確か」

知識がない。

ブルームから聞かされるまで、そんな天体の存在を、空々は知らなかったのだ――だから、その個性（個星）も、想像に任せるしかないのだが、けれど、その名前からは、あまりいい想像ができそうもなかった。

縁起の悪いネーミング……。

「冥王星に拒否権を発動されてしまえば、空々さんが地道に、こつこつと積み上げてきた交渉も、あっさりご破算です――太陽のところに辿り着くことさえできません。この先、どちらの順番になるかはブルームさん次第ですが、金星との交渉が先になろうと、冥王星との交渉が先になろうと、結果は同じです。最終的に全員の意見がまとまることはありません」

「……冥王星には、停戦案に反対したい理由があるんですか？　まだ、話してもいないのに――海王星の、更に向こうを周回している天体なんでしょう？　だったら、地球と人類との戦争を、知っているかどうかさえ怪しいんじゃ……」

「そこが難しいところです。一言では語り尽くせませんし、わたしが解説するべきだとも思いません――できるとも思いません。それでもあえて訂正するならば、冥王星は、常に海王星の向こうを周回しているわけではありません。外輪には違いありませんが、時期によっては、海王星の軌道の、内側を回ります」

軌道が交差しているということか？　あの海王星と？

だったら水星を毛嫌いしていたウォーの性格からして、間違っても冥王星と仲良しこよしということはなさそうだが……、だが、話を聞いていると（リングイーネは話そうともしないけれど）、そもそも、冥王星と仲のいい天体なんて、太陽や地球を含めても、なさそうだ。

「元々は惑星だったのに、準惑星に格下げされたって話でしたっけ……」

「格下げという表現は不適切です。惑星が準惑星より、優れているということはありません――惑星と衛星が対等であるよう、惑星と準惑星も対等です。その意味では、わたしは恒星と惑星との間にも、格差があるとは考えません。むろん、そう考えない天体もいますが……、定義は無限にあると思っていただければ」

「はあ……、でも、だったら」

「この場合の問題は、冥王星が、惑星連から追放された天体だということです」

追放？　聞きようによっては、格下げよりも、それはきつめの表現だが……、いや、でも、そういうことになるのか？　その点、ブルームはなんと言っていた？

うまいことを言ってお茶を濁して、明確な答を避けていた節もある……、別に、空々を交渉人として引き込んだからと言って、すべての情報を開示すべき責任があるとは思わないが。

だが、金星のケースとは事情が違って、冥王星をここまで後回しにしているのは、それは周期の問題ではなく、単に『もっとも厄介な交渉相手だから』なのかもしれない。

「厄介な交渉相手どころではありませんね。水星が、当初表明していた反対は、太陽を基準としたものですから、引っ繰り返すことができましたが——またもや引っ繰り返るかもしれないという可能性は残るにしても——、冥王星の反対は、自身が基準になっていますから。その信念を翻意させることは、事実上不可能だと思われます。ゆえに——この交渉劇は、最初から成り立っていません」

「………」

「空々さんの努力を否定する気はありませんけれど、わたしはブルームさんの見込みは甘かったと思います。そこを勢いで乗り切れると思っていたのではないでしょうか——停戦案自体は、素晴らしいものです。空々さんからお話をうかがって、わたしはそう確信しました。冥王星のことがなければ、わたしは迷いなく賛成票を投じたでしょうし、空々さんがお許し下さるのであれば、他の惑星の交渉を手伝わせていただいてもよかったくらいです。たとえば、わたしが口添えすれば、金星の説得は、更に難易度を下げることになるでしょうから——ただ、冥王星は厳然と、周回している。追放されようと、どうしようと——そこにある」

「……取り立ててそうしたいってわけじゃないんですけれど」

空々は慎重に言った。

こういうときに言いかたを間違うのが、自分の数ある欠点のひとつだということは、そろそろ学習してきた。

「リングイーネさんが言っているのは、冥王星がいるから、全会一致が実現できないってことですよね？　拒否権の発動が停戦案の妨げになるって……、でもそれは、裏返せば、冥王星との交渉を避ければ、全会一致は、現実味を帯びるってことでもあるんですよね？」

「……交渉の席から、冥王星を外そうと仰るのですか？」

空々の意図を探るように、リングイーネが問う。

別段、口調や雰囲気に変化はないのだけれど、天使から正面切って質問を受けると、なんだか、罪を問われているような気分になる――身に覚えがあり過ぎるだけに。

「いえ、ですから、そうしたいってわけじゃなく……、仮定の話です。ブルームさんは、準惑星だけれど昔は惑星だったんだから、冥王星も交渉相手に加えるべきみたいなことを言っていたんですけれど、もしもそれで全会一致が滞るのであれば……、冥王星が反対なのであれば、停戦プランに、無理に参加してもらうことはないと思うんです……」

もごもご、と、なんだか言い訳みたいになってしまう。

これに限っては、後ろめたい発想ではないはずなのだが……、もちろん、停戦の可能性を少しでもあげたければ、参加者の数は多いに越したことはないのだけれど、冥王星ならば、『船頭多くして舟山に登る』ということだろう。

ただでさえ、問題の積載量が限界を迎えつつある船なのだから、ここはあえて、冥王星を除いた六つの天体で決を採るというのも、ひとつの解決策だと思う。

リングイーネが、これまでになかった協力的で、融和的な姿勢を見せてくれたからこそ提案できる解決策だが……、だが、当のリングイーネは、

「無理でしょうね」

と、即答だった。

「申し訳ありません、わたしの言葉足らずでした。確かに、交渉の席から冥王星を除外すれば――つまり、またもや冥王星を『追放』すれば、全会一致は取れます。請け合ってもいい。しかし、冥王星の反対的姿勢の矛先は、単に、交渉だけにとどまらないのです。冥王星は交渉に反対というだけではなく、停戦そのものに反対なのです――つまり、全会一致が実現し、わたし達が停戦のために動こうとすると、冥王星は武力をもって、それを邪魔立てせんとします」

「邪魔立てって……、武力をもって？」

「ええ。交渉の場に攻め込んでくるでしょう――戦争です」

「…………」

それは、反対票とかでは、もうない。

反対ではなく敵対だ――水星の、地球と人類に、まとめて先制攻撃を食らわすべきという発想も、いい加減乱暴だったが、そのプランにはまだ、戦争終結のための解決策としての側面もあった。

だが、冥王星のその行動は、支離滅裂だ。

どうあれ、戦争終結のために動こうとする集団に攻め込もうなんて――しかも単身で？

全会一致が取れるかどうかも、実際のところは怪しいのに、取れたとしても、冥王星が攻めてくるとなれば――確かに、現実性は薄れる。

苦々しい思いに駆られる。

停戦案ではなく、停戦そのものに反対する勢力の存在なんて、想定してもいなかった――だが、どうしてそこまで反対する？　冥王星は、何が気に入らなくって……。

「それは、わたしの口からは申し上げられません」

「……リングイーネさんにも、わからないってことですか？」

「いえ。わたしには、冥王星の気持ちも、わからなくはないのです――認められませんが、わからなくはないのです。ですから、説明もできません。所詮当事者ではないわたしが語ることを、冥王星はよしとはしないでしょう。ですので」

わたしにできることは、ブルームさんの素晴らしい停戦案には及ばないにしても、代替案を提出することだけなのです――と、天使は続けた。

目は閉じたままだが、頭上の輪っかが、一層強く輝いた。

「最初に断っておきますが、空々さん。わたしがこの代替案を思いついたのは、あなたのお陰です――素案はありましたが、先程、交渉の詳細をお話しいただいたときに、まとめることができました。あなたは、対立する水星と海王星の意見を統一するにあたって、交渉の席に天王星や『火星陣』の彼女を交えることで、状況に変化を求めたのですよね？　最終的に、三対一の構図を作って、本来は一致するはずのなかった三惑星の意見を、少なくとも表向きには統一させた——でしたら、同じことが、地球と人類でも、できるとは思いませんか？」

「同じこと……？」

ん？　ピンと来ない。

かんづめにまた、ひと働きしてもらおうというのか……、いや、でも彼女はもう、はっきりと、一線を引くことを宣言している。今更のカムバックはありえない……、それに、もう地球と人類は、話し合いの段階にはないのだし……。

むろん、ピンとなど来るはずもなかった——ここでリングイーネが提出した独自の代替案は、空々の意表すら突く、まったく想定外のものだったのだから。

「わたしです」

果たして、土星は言った。背中の羽根を大きく広げて。

「わたしがあなたがたの敵となる——地球と人類の敵となる。仮想敵ではない、真の敵に。一対一を、二対一にする。そうなれば、地球と人類は、和平を結ぶまでもなく、一致団結せざるを得ないのではありませんか？」


（第6話）

（終）

第7話「冥王、降臨！彼女はまるで殉じない」

0

死んでも死にきれない。

「長生きできてよかったね」

1

リングイーネは、空々の顔を立てるようなことを言ってくれたが、そのとんでもない代替案を発想しえたのは、どちらかと言えば、水星案の存在が大きかったのではないだろうか——戦争によって進化し、このままでは、どこまで発展するかわからない地球と人類の軍事力を、今のうちに太陽の力で焼き尽くすという、案とも言えない乱暴な案。

この水星案の、『地球と人類を一括りにする』部分をピックアップした——呉越同《ごえつどう》舟《しゅう》と言うのだろうか、共通の敵の出現によって、一時休戦に追い込み、結果として、停戦案が通ったのと同じ状態に持って行くプランだ。

『口実を与えるだけ』とかんづめが言っていた、あのプラン。

リングイーネは、そう、まさしく口実を与えるつもりなのだ。

しかも、その『共通の敵』に、自ら名乗りをあげるという献身ぶりである――こんな惑星もいるのかと、空々は、プランそのものよりも、こんなプランを提出したリングイーネの姿勢のほうに、驚きを禁じ得なかった。

詳しい分析は、組織の歯車である空々には難しいが、常識的に予測すれば、他の天体が攻撃を仕掛けて来れば、地球と、そこに住まう人類は、戦争をしている場合ではなくなる。否が応でも、地球と人類は一丸となって、脅威に立ち向かわねばならないだろう。

水星に促された太陽が攻めてきても、同じ展開にはなるだろうが、リングイーネの考えでは、冥王星の存在によって全会一致が望めない以上、太陽が動くことはない――だからと言うわけではないが、木星に次ぐ太陽系惑星ナンバーツーの大きさを誇る自分が、その代役を担おうとしているのだろう。

いや、だとしても。

この代替案に、どう反応したものか、空々には決めきれなかった――いざ、自分が賛成票と反対票、どちらかを選ぶ立場になってみると、責任の重大さに戦慄《せんりつ》する。

十四歳にして、まさかこんな選挙権を与えられようとは。

「戦争が終われば、『次の戦争』が起こる――空々さんが述べたこの見識は、ややシニカルではありますが、間違ってはいないと思います。ですが、あらゆる見識は、裏読みが可能です。これは、『次の戦争』が起こりさえすれば、『前の戦争』は終わるという意味には、読み解けませんか？」

暴論だ。だが否定できない。

第一、その手の逆説は、専売特許とは言わないにせよ、空々がよくやることである――だが、惑星ならぬ身では、さすがに自身が、地球と人類に手を結ばせるための第三勢力になろうなんてアイディアは出てこなかった。

惑星ならではだ。

しかも土星ならば、サイズ的にも相手に不足はない――

「……これも、そうあって欲しいということじゃないんですけれど、賛成反対以前の、議論のための議論として、訊かせてください。第三勢力が、土星のあなたである必要は、ないんですよね？」

「言い出したのはわたしなのですから、当然わたしであるべきだと考えます」

「いえ、その心意気は立派だと思うんですが、客観的に……、太陽を動かすには票が足りないとしても、それに次ぐサイズの、木星にお願いするわけにはいかないんですか？」

　木星にとって何の得にもならない損な役回り——とも、この場合は言えない。

　太陽に挑戦したいなんて、計画性のない無謀なことを言っているような、いい意味でも最悪な意味でもバトルマニアな惑星だ。かんづめが敗残兵として語った、地球と人類の脅威を、懇切丁寧に伝えれば、むしろ乗り気になって、『真の敵』役を担ってくれるのではないだろうか……、それが彼女の望むところの『明るい戦争』になるかどうかまでは、確約できないにせよ。

「現状だと、木星は強過ぎますね。彼女はなんといっても、太陽系惑星ナンバーワンです。それも桁外《けたはず》れのナンバーワン。地球と人類との軍事力は、木星から見れば、まだまだ発展途上です——地球と人類が諍いを忘れて団結する前に、叩き潰されます」

　だとすると、太陽との戦争など、論外となる。

「太陽系惑星ナンバーツーのわたしなら、申し分ありません。自分で言うのもおこがましいですけれど、わたしなら、地球と人類を、うっかり滅ぼしてしまわないよう、手加減することもできるでしょうし……」

「はあ。手加減……ですか」

　そこは相槌《あいづち》を打つしかない。

そんな風に、静かながらも、確固たる自信を窺《うかが》わされては……。

「だけどどうして、あなたがそこまで——」

「？　それはですから、わたしが発案者ですから。このプランの発案者として、当然のことです」

「いえ、ですから……、そもそもその発案にしたって……、あなたがそんなことをする必要は、ないわけでしょう？　地球と人類との内輪揉めに参戦する理由は——」

終戦すると人類も地球も『次の戦争』に乗り出すとか、テラフォーミングとか侵略とか、それはあくまで、空々やかんづめが勝手に言っているだけで、確たる未来ではない——地球の衛星である月が、仲裁案を出してくるのは、まだ理解できる。

だが土星が自ら、リスクを冒してまで骨を折る理由があるとは、空々には思えなかった——木星と違って、リングイーネがそんな戦いたがる惑星には見えない。

望んでいた平和主義者とは違うのだろうけれど、だからと言って、戦争を推進する立場にはないはずだ——それなのに、『次の戦争』の火種となろうとするのだ。

「理由を訊かれると困ってしまうのですけれど」

と。

天使は本当に困り顔だった。

「そう言えば、どうしてなんでしょうね。答になるかどうかはわかりませんが……、きっと、金星ほどではなくっとも、わたしも気に病んでいるのでしょう。なすすべもなく、身内であるはずの火星を滅亡させてしまったことを」

「…………」

「他の惑星も、多かれ少なかれ、そういう気持ちはあると思いますよ――ひねくれ者の天王星さえ。だからこそ、賛成であるにせよ反対であるにせよ、交渉の場には出席するわけです。なんだかんだ言いつつも、地球と人類との戦争の趨勢《すうせい》が、気になるのではないでしょうか」

それはやや、想像をたくましくし過ぎと言うか、惑星の行動をいいように見過ぎな気もするが……、賛成であるにせよ、反対であるにせよ、か。

「如何でしょう、空々さん。あなたに賛成していただけるのであれば、わたしはすぐにでも、行動を起こすつもりです」

「……金星は、賛成票が見込めるんですよね？　リングイーネさんの読みでは」

「ええ。しかし、繰り返しになりますが、冥王星は、たとえ他の全員が賛成したとしても――」

「それでも、準惑星の冥王星でさえ、交渉の場に、出席だけならしてくれるんですよね？　地球と人類との戦争に、完全に興味関心がないわけじゃなくって」

「そう……ですね。いえ、むしろ逆に――もっとも興味関心をもっているのが、冥王星でしょう。それがどういう興味で、どういう関心かは問題外ですが……」

「だったら」

と、空々。

「リングイーネさんの案への賛否は、冥王星と話してから決めさせてもらっても構わないんでしょうか？」

「話してから……？」

即決を避ける、ということだった。

ひねくれ者の天王星の姿勢を、困ったものだと思っていた空々だったが、まさか彼女と同じように、賛成でも反対でもない『保留』を選ぶことになるとは——この分では空々の軸も、真横に向いてしまっているのかもしれない。

天使はそれに気を悪くした風もなく、「そうですね」と、承諾してくれた——彼女としては、プランを実行するなら早いほうがいいと思っていたに違いないが、

「確かに、交渉をおこなってきた空々さんの立場ならば、冥王星の話を聞いてから決めるべきと考えるのは当たり前のことです。わたしの話にも、当然ながら、ベクトルは働いていますから……、案外、空々さんなら、冥王星と意気投合できるかもしれませんからね」

と、励ますようなことさえ言うのだった。

天使過ぎる。

太陽系の惑星が、いっそ土星だけになればいいんじゃないだろうかと、空々は根本をひっくり返すようなことを思ったが——それに、さすがの天使も、空々が話題の冥王星と『意気投合』できるとは、まったく思っていないだろうが、それでも、かんづめの戦争体験ではないにしても、少年が冥王星を、自分で体験することが肝要だと、そう考えたようだった。

「わたしとしても、戦争を回避できるのであれば、それ以上のことはありませんから。わたしは、地球や人類と、何が何でも敵対したいわけではありません——書類通りに運用できるのであれば、ブルームさんの停戦案は、本当に優れているのですから。地球と人類の争いを止められるだけではなく、今後、他の争乱が起きたときにも応用が利くところが、特に素晴らしいと思います」

ただし。

と、天使は念を押すように付け加えた。

「たとえ話が通じなかったとしても——冥王星のことを、そう悪く思わないであげてくださいね。彼女は準惑星であると同時に——純粋なんです」

言わんとするところはわからなかったが、空々は「わかりました」と言うしかなかった——そんなわけで、単純に交渉として見るなら、土星、リングイーネとの交渉は、失敗に終わった。

賛成票はもらえなかったし、そう明言したわけではないけれど、代案を出した時点で、彼女はブルームの案に、反対を表明したも同然だろう。

そのキャラクター性は、天体の間でどう受け取られているのかはともかく、人間の価値観からすれば、『善人』を通り越して『聖人』と言っていい徳の高さだったけれど、それでも、賛成票を投じてくれたのが、ひねくれ者（天王星）と戦好き（木星）と高慢（海王星）と傲慢（水星）のほうだと言うのは、なんとも諧謔《かいぎやく》的な構図だ。

五つの交渉を終えて、賛成票4の反対票1。

全会一致がブルームの条件なのだから、この時点で破談だと言われても仕方がないのだが、ただ、言うならばリングイーネの反対票は、条件付きの賛成ならぬ、条件付きの反対だ――どうせ冥王星が反対するのだから、停戦案は成り立たない、どれだけ素晴らしかろうと画餅だと言っているのだから、もしも空々が冥王星を説得できたなら、言っていた通り、彼女は反対意見を翻してくれるはずなのだ。

そのときはそのときで、別の理由が出てきてしまうかもしれないけれど、最低限、『次なる戦争』を、自ら引き起こそうとはしないだろう……、となると、キーパーソンは冥王星である。

キーパーソンと言うのか、キーストーンと言うのか。

ともかく、まだ妥結の望みは残っている。

そうなると、票固めをしても無駄だとリングイーネは忠告してくれたものの、まずは希望が持てる金星の賛成票を得た上で、万難を排して冥王星との交渉に臨みたいところだったが、しかし、それはさすがに、高望みだった。

天使と入れ違いになるように部屋に来訪したバニーガールは空々に、「次の交渉相手は冥王星よ」と、バニーガールにあるまじき、淡々とした口調で告げた。

「ちなみに冥王星の英語名はプルート。そのまんま、冥界の神って意味だから」

2

「あ。空々隊長……」

栄養補給をしようと、人工衛星『悲衛』の中心部に位置する食堂エリアに向かうと、先客がいた——誰もいないタイミングを狙ったつもりだったのだが、どうやら、同じことを考えたクルーがいたらしかった。

氷上竝生。

空挺部隊の副隊長にして、空々空の世話役にして、有能な秘書にして、科学の炎を操る元戦士の『焚《た》き火《び》』にして——そして今は、なぜか、明らかにサイズが合っていないふわふわでデコラティブなコスチュームを、ぴっちぴっちに着こなす、魔法少女だった。

「ち……、違うんです、空々隊長。この格好は、右左危博士の実験の帰りで……、着替えるのが面倒だったから、そのままお昼を……」

「はあ……」

慌てて、真っ赤になって言い訳を始める氷上だったが、正直なところ、氷上のそのアンバランスな格好は、ある程度、見慣れてしまった――科学の徒である氷上が魔法少女のコスチュームを着ることに反発を覚えている好藤覧にさえ見つからないのであれば、いつでも好きなように着てもらって構わないくらいだ。

口は出すまい。

そもそも、バニーガールから始まって天使まで、様々なファッションを、立て続けに相手取る羽目になっている空々なので、中学生向けの衣装を成人女性が着ている程度なら、もう動揺もしない。

動揺するだけの、脳のリソースがない。

「大丈夫です。氷上さんのその趣味は受け入れました……」

「だから趣味でしてるわけじゃないんですって。私は被害者です。被服の被害者です」

「ごはん、一緒に食べていいですか？」
「え？　あ、はい。是非に。是非に」
なんにしてもまあいいや。栄養だけはきっちり取っておかないと……、気持ちの上では、空々は
通常の倍、働いているのだ。まあ、半分は空挺部隊隊長としての仕事ではないとは言
え……。
「宇宙食は食べるのが簡単でいいですよね、氷上さん」
「ええ……、やや味気ないですが。いえ、味はあるんですけれど、水気がないんです
ね。空々隊長に、手料理を作っていた頃が懐かしいです」
懐かしむほどの昔でもないけれど、なにせ宇宙船の中は非日常なので、もうずいぶ
ん、ここで過ごしている気もする——正面に座ってみると、魔法少女姿の秘書のあり
ようは、やはりなかなかのインパクトだった。
(倍働いていると言えば、氷上さんこそ、そうなんだよね……。科学部門と魔法部
門、両方の『モルモット』を、担当しているんだから……)
ある意味では空々もそうだし、人工衛星『悲衛』のクルーは全員そうだということ
もできるが、氷上は四国ゲームのさなか、実際に科学と魔法を融合させて戦ったとい
う、いわば理想の体現者であり、成功例である。

黒衣の魔法少女『シャトル』——『水』の魔法少女、国際《くにぎわ》ハスミ。

虎杖浜なのか、灯籠木四子、好藤覧と並んで、チーム『白夜』に属していた、エリートの魔法少女のコスチュームを、現在彼女は着用している。

つまり、『水』と『火』を同時に操る、脅威の戦士と化している——魔法科学戦士だ。その実力は、見た目以上にとんでもないハイブリッドで、はっきり言えば、『地球撲滅軍』どころか、あらゆる対地球組織が有する戦力の中でもトップクラスの、人間兵器である。

でっちあげの英雄である空々など、比べものにならない。

戦士を引退したつもりの本人にとっては、そんな称号、はなはだ不本意なそれでしかないだろうけれども、数字は正直だ——必然、その研究内容も過酷になる。

魔法少女のコスチュームのままで食事を取っていたのも、決してものぐさと言うわけではなく、疲れが出ての横着なのだろう——そこを空々に見つかってしまうのだから、氷上も運がない。

もっとも、それは空々も同じだった。

地濃に言ったところの『極秘任務』を執行中の身としては、どんな格好をしていようと、疲労していようと、優秀な秘書である氷上と、こんな形で遭遇《そうぐう》してしまったのは、想定外の事態である。

なのでそそくさと、宇宙食を自室にテイクアウトすることも考えたのだけれど、しかし、空々はあえて、これをいい機会だと捉えることにした——一度は、彼女に相談を持ちかけることを考えたのだ。

あのときは、廊下を歩く途上にあった無線通信室で、鋼矢に連絡を取るプランに切り替えたのだけれど……。

どの道、誰かから、冥王星についての情報を仕入れねばならないのだ。ならば、それが食事中の、魔法少女ならぬ魔法淑女でも、いけないということはないだろう。

虎杖浜にはもう訊けないし、地濃に教えてもらうのはあまりに屈辱的過ぎる……、氷上がどのくらい天文に詳しいかはわからないけれど、訊くだけ訊いてみよう。

質問対象が惑星ではない準惑星となると、やや専門知識という気もするが……。

「冥王星？　もちろん知ってますよ」

だが、あにはからんや、きょとんとした様子の氷上から返ってきたのは、そんな答だった。質問の意図はわからないが、質問の答は簡単だという風だった。

「冥王星って、惑星の冥王星ですよね？　それくらい、普通に学校で習いましたし」

「え……、いや、惑星じゃなくって、準惑星ですけど……」

言いかけて、あっ、と気付く。

そうか、氷上さんは世代が違うんだ。

冥王星が、まだ惑星の枠に入っていた頃を知っているんだ——追放される前の、惑星・冥王星を知っている。

ならば質問する相手は、氷上で正解だった。

地濃は言うまでもなく、案外、虎杖浜や、あるいは鋼矢にとってさえも、盲点になっていたかもしれない『追放』された天体の、ありし日の姿を知っているクルーの存在は、少年兵だらけの人工衛星『悲衛』内部においては、極めて貴重である。

たとえ名目上のこととは言え、右左危博士や酸ヶ湯博士に相談するのは、よっぽどのことがない限り、ないとすると……、空挺部隊内部で、冥王星のプロフィールの教えを乞える相手は、氷上だけなのだ。

「じゃ、じゃあ……教えてもらえますか？」

「ええ。ですが、空々隊長」

思わぬ偶然を逃すまいと、食いついた空々に、しかし氷上は、きりっと、表情を引き締めた——しまった、がっついてしまって、何か違和感を気取られてしまったか。

「敬語を止めて、呼び捨てにしていただけますか。年長ではありますが、私はあくまで、空々隊長の部下ですので」

格好はふざけていても、氷上はあくまで、規律正しかった。

3

『冥王星』
自転周期――６・４日
公転周期――２４７・８年
太陽からの距離――59億３１００万キロメートル
直径――２３７０キロメートル
質量――０・１３７×10^{23}キログラム
衛星の数――５個
属性――元惑星
発見年――１９３０年

4

土星が天使で現れた時点で、あるいはその率直な名前から十分に予想できたことではあるが、冥王星プルートは、まんま死神の格好で、空々の自室に現れた。

ローブをかぶって、大きな鎌《かま》を持った、空々と同年代の少女である――そう見えるが、もちろん、準とは言え、惑星である冥王星が空々と同年代であるはずもなく。

氷上からのレクチャーを受け終えて、部屋に帰ってきた空々をねめつけるその視線は、少女と言うか、およそ人間に出し得るものじゃなかった。

リングイーネを見たときには、お迎えが来たのかと思ったものだが、今回は、裁きの時が来たのかと思った――ついでに言うと、リングイーネのときは、彼女の背中の大きな羽根で部屋の容積の大半が奪われていたが、今回は死神の大鎌の置き場がない感じだった。

刃先を危なげにかわすように、姿勢をかがめていたバニーガールのブルームが、

「冥王星よ」

と、手短に言って、素早く立ち去ろうとする。

「ちょっと待ってくださいよ、ブルームさん。ちゃんと仲介してください」

さすがに引き留める。

ダブルブッキングでこそないが、冥王星の一票は、事実上、土星の分も含む、二票みたいなものなのだ――まだ金星と太陽を残してはいるものの、ここで雌雄が決されると言っても過言ではない、重要な交渉である。

おざなりに済ませてもらっては困る。

「いや、ほら、あたしは中立だから――」

だが、肝心のエージェントは、空々の思惑とは逆に、まるで一刻も早く、ここから立ち去りたいという風だった。まさか死神の鎌に怯《おび》えているわけでもあるまい――尖端恐怖症の天体なんて、準惑星以上に聞いたことがない。

「だって、まだ名前だって決めてないじゃないですか」

「名前？　うん、そう、名前ね――そうだった、そうだった」

今思い出したかのように、しぶしぶと、消しかけた姿を元に戻すブルーム――世にも珍しい、月食の逆再生である。名前の件は、実際に忘れていたのだろうけれど、あれだけここまで徹底してきた『儀式』を失念するなんて、やはり様子がおかしい。

「気まずいのさ」

と。

しどろもどろのバニーガールを横目で見ながら、言ったのは死神だった。

「私が、私だからね。知っているかい？　坊や。冥王星はね、月よりもずっと小さいんだ――ちっぽけな石ころなのさ。だから、地球の衛星である月としては、扱いかねて、接しかねているんだよ。きみ達の感覚に合わせた言葉で言えば、『年上の部下』みたいなものなのかな？」

わざとそうしているのか、それとも元々そういう声質なのか、その声は、いわゆるデスボイスだった——死神らしくはあるけれど。

（年上の部下……）

まさしく、そういう相手と話してきたところだけに、出会いがしらにかまされたみたいな気持ちになった——やはり、準惑星だからと言って、間違っても、気を緩めることがあってはならないらしい。あるいは、これまでの惑星よりも、鋭くこちらの挙動を見抜いてくる。

魂を斬《き》りつけてくる。

「そういうわけじゃないわよ……、あんたがそんな風にすぐに嚙みついてくるから、さっさと切り上げたかっただけよ」

「『お情けで仲間外れにせずちゃんと呼んであげたんだから、感謝しなさい』って言えばいいじゃないさ。くくくっ」

言い訳するようなブルームを嘲《あざけ》るように笑う冥王星——否、その笑みは、どちらかと言うと、自嘲《じちよう》的でもあった。

なるほど、扱いかねそうだ。

これから彼女と困難な交渉に挑まねばならないと思うと——それも、これまでの五つの交渉の中でもっとも少ない、即興の情報で挑まねばならないと思うと、部屋から去りたいのは空々のほうだったが、どれほど気が進まなくとも、ここまで来たらあとには引けない、停まれない。

「で……、空々くん。冥王星には、どんな名前をつけてあげるの？　今回は英語名まで事前に伝えてあったんだから、あらかじめ考えるくらいの機転は利かせてくれたんでしょうね？」

言いかたに、若干の当てこすりと言うか、八つ当たりを感じるけれど、確かに、考えてきていた——厳密には、食堂エリアで、代わりに氷上に考えてもらった。

もちろん、直接的に訊くのではなく、『もしも、「冥王星」を操る魔法少女がいたとしたら、彼女にどんな名前をつけますか？』と、ややひねった訊きかたをした。

どうして急に、上司が冥王星に興味津々になっているのか、やや不思議そうではあったものの（そもそも、『私は魔法少女ではないんですけれど』という思いもあっただろう）、ただ、虎杖浜や地濃とは違って、秘密組織とは言え、組織人としての生活が長い氷上は、上司からのわけのわからない要求には慣れっこらしく、

「さしずめ、魔法少女『ノーヘル』というのはどうでしょうか」

と、質問にだけ答えた。

「『冥界』ですからね。『地獄ではない』という意味です。隕石に準《なぞら》えて、『頭上注意』という意味でもありますが」

なるほど。

センスがいいのかどうかは、センスのない空々には計りようもなかったけれど、少なくとも空々からは出てこない、別角度の発想だった――かぶってもいないし、採用しよう。

当然、魔法少女の部分を省いて、空々はその名を、冥王星に告げた。

「気に入った」

ブルームがコメントを出す前に、冥王星がそう言った。

あまり気に入ったという感じではない、にやにやした笑顔を浮かべていたが、まあ、本人が気に入ったと言っているのだから、及第点はもらえたとしよう。

「あんたがいいなら、それでいいでしょ。兎さんからはノーコメントってことで――んじゃ、今度こそ、あたしはこれで。建設的な話し合いになることを、お祈りしているぴょん」

最後の台詞は、どうやら空々に向けられたもののようだったが、星に願いをかけられることがあろうとは、長生きはするものだった――まだ十四歳だけれど。

5

「空々ちゃんね。オーケーオーケー。数々の偉大なる惑星達を手玉にとったその口車で、この準惑星めをどのように手籠《てご》めにするのか、お手並み拝見といったところさ」

言いながら、冥王星――ノーヘルは、大鎌を逆さにして、壁にたてかけた。逆さにしたのは、宇宙船が揺れて倒れたときのリスクを低減させるためだろう。

憎まれ口を叩きつつも安全に配慮しているところを見ると、覚悟していたよりも、反乱的な性格ではないようだ――死神のファッションから想起されるほど、暗いわけでもない。

ただ、にやにやしつつも、目が笑っていない。

くっきりと隈《くま》が刻まれたパンダ目である。

「座っていい？　準惑星ごときだけど」

「……どうぞ。人類ごときの椅子でよければ」

「受ける」

言いながら、ノーヘルは足を引っかけるようにして椅子を移動させ、軽やかにそこに座った――単純な消去法で、空々は寝台に腰かけて、彼女と向き合う。

「ちなみに、空々ちゃん。今んところ、どういう感じになってるの？」

「ん？」

随分とざっくりした問いかけである――どうとでも受け取れる。死神だけに、鎌をかけられているのだろうか。

「いえいえ、ブルームの奴、私には全然、交渉の内幕を教えてくれなかったから。どの惑星が賛成で、どの惑星が反対なのか――それどころか、どこまでの交渉が終わっているのかも、教えてくれなかったから。さっきの態度からすると、いくつかの交渉を終えているかのようだったけれど、それもはったりなんじゃないかと疑っている……、私ははぐれ者だからね」

パーティに呼んでもらえなかったマレフィセントみたいな感じかしら――と、わかりやすくたとえてくれたが、それがジョークだとしても、空々は笑う気にはなれなかった。

実際、ブルームが準惑星である冥王星を、やや例外的に捉えていたのは事実である。それは単に、惑星と準惑星との間には、定義上の差異があるからなのかと思っていたけれど――ただ、氷上からレクチャーを受けた限り、必ずしもそういうわけではないらしかった。

むしろ、定義なんて簡単に変わる……。

そうなると、個性の問題とも言える。

惑星連から追放された死神――冥王星。

「はぐれ者、ですか。天王星は、ひねくれ者と名乗っていたし、呼ばれていましたけれど」

とりあえず、質問に答えないままに、空々は論点をずらすようなことを言った――ブルームの願いに反して、早速、非生産的な方向に会話が向かっているが、しかし、これこそが正しい交渉のありかたとも言える。

思えば最初から例外が続き過ぎた。

まずは腹の探り合い――真意を知られないままに、真意を知りたい。

「ひねくれ者か。昔は、私もそう呼ばれていたのさ。自転軸が横倒しになっているあいつと、公転軌道が楕円《だえん》形になっている私と――間に挟まれた海王星は、いい迷惑だったみたい。くくくっ」

では、ひねくれ者に挟まれたことで、あんな風に性格が歪んでしまったのだろうか――太陽のそばを周回する水星をやっかんでいるのだと思っていたが、ひねくれ者から遠く離れて周回していることも、水星を嫌う理由になっていたのかもしれない。

「惑星時代の回顧録さ。私の栄光時代だね」

「…………」

「おっと、暗くなっちゃったかな？　まあまあ、笑ってやってよ。自虐トークの不幸自慢さ。私の言っていることがよくわかんなかったら、空々ちゃん、ちょっくら、自分の身に置き換えて考えてみたらどう？　ある日突然、『今日からきみは準人類だから』って言われたら、どう思う？　笑うでしょ――笑うとこでしょ」

笑うしかないでしょ。

と、実際にノーヘルは笑った――両目以外が笑った。

「……ある日突然、『今日からきみは英雄だから』って言われたことならありますけれどね。笑いはしませんでしたけれど」

「ふうん。話、合うかな？　ま、合わなくても、まずは、話し合うさ。そのために来たんだし。私のことをどういう風に聞いているかもわからないけれど――どうせ悪口言われまくってると思うけれど――、意外と柔軟な姿勢を示すかもよ？」

残念ながら、その期待はできそうもない。

確かに想像していたよりは――そして見た目よりは――軽薄な性格のようで、交渉の場においても、むっつりと、機嫌悪そうにしている反対者（そう、メタールのような）を相手にするよりは、いくらか砕けた雰囲気になってはいるが、ああいう頑固者と、へらへら笑いながら、のらりくらりと時間を潰そうとしている死神と、どちらのほうが議論が捗《はかど》るのかは、簡単に結論が出せないところだった。

「……誰も、あなたの悪口なんて言ってなかったですよ」

「そうなの？　それは意外」

「ただ、あなたが地球と人類との戦争を、天体の共同で停戦させようという案に反対するだろうとは、教えてもらいました。たとえ他の全員が賛成したとしても、あなただけは反対するだろうと——確かですか？」

「確かですかと訊かれたら、確かさ。『賛成者をただじゃおかない』って思うくらいには、確か」

だとすると、ブルームがこれまでの交渉のいきさつを、ノーヘルに教えなかった事情に、説明がつく——木星とは違う角度から、挑戦的だ。

戦うのが好きなわけじゃないのだろうが、意見を通すために、戦うことをまったく辞さない——停戦案を、冥王星抜きで合意させれば単身で議会へ攻め込んできかねないという、リングイーネの物言いは、どうやら決して大袈裟《おおげさ》な心配ではなかったらしい……。

『次の戦争』どころか『別の戦争』が起こってしまう。

それもまた本意ではない。

否、現状も既にそうとう際々である。

停戦案を妥結できなくとも、ここまでの交渉で（理由はそれぞれでも）賛成を表明した四つの惑星——天王星、木星、水星、海王星——を、『ただじゃおかない』と、冥王星が本気で考えているのであれば、太陽系のあちこちに、『別の戦争』の火種が撒《ま》き散らされたことになる。

空々の交渉の成果が、そのばら撒きだ。

結局、まるでそれが宿命であるかのように、何をしても宇宙戦争に繫がっていく――戦争を止めるどころか、被害は拡大する一方だった。

これなら地上で、人類同士で争っていたときのほうが、いくらか精神衛生上、健全だった。別の意味で、頭がおかしくなってしまいそうだ――『地球陣』の真の姿を目撃したとき、みんなはこんな気分になっていたのだろうか？

「反対する理由は訊かないの？　それを訊かなきゃ、議論は始まらないでしょう――それとも、もう私との交渉は無駄だって割り切ってる？　わかり切ってる？」

「教えてくれるなら、そりゃあ訊きたいですけれど……、でも、教えてもらったところで、その理由を、僕にどうにかできるとは、思わないんですよね。できれば、気持ちは反対のままでいいから、行動として、賛成票を投じてくれたら嬉しいんですが」

「何それ？」

試しに理想を述べてみたが、あまり芳しい反応は得られなかった――なんでもかんでも笑ってくれるわけではないらしい。どころか、やや気分を害したようだった。

やはり、挑戦的と言うより、シンプルに怒りっぽいキャラクターのようだ――怒りっぽくて自虐的って、性格としては、かなり問題のある部類ではないだろうか。

問題児揃いの空挺部隊にも、なかなかいないキャラクターだ……、あくまで化身であり、イメージなのだから、そこまで奇矯さを徹底することはないだろうに。

「今のは僕の理想論なんですが、ノーヘルさんの理想は、どんな未来なんですか？」

「ん？　んん？」

「何がどうなれば、あなたは満足できますか？　たとえば、準惑星から惑星に戻りたいとか……」

ノーヘルが本格的に怒りだす前に、話題を進めようと思っての質問だったのだが、これが決定的に、逆鱗《げきりん》に触れてしまったようだった——死神はがたんと、椅子から立ち上がった。

「…………………………！」

が、何も言わず、すぐに座り直した。

人類相手に、それもたったひとりの人類相手に激昂《げきこう》するのは、さすがにどうかと、自制が利いたのだろうか——無理矢理に、先ほどまでのように、にたりと表情を作ってみせる。

目が笑っていないどころか、目は怒っている。

（まずったな……、これじゃあ、地濃さんのことを言えない……）

準惑星準惑星と、まるで持ちネタのように繰り返すから、むしろ触れて欲しいのかと配慮したくらいのつもりもあったのだが、どうやら、『自分で言うのは平気でも、誰かから言われるのは嫌』なプロフィールらしい。

コンプレックスの定番と言えば定番だ。

相手から言われて傷つく前に、自分で言って楽になろうとしているとも言える――ならば、自虐と言うよりも自傷行為なのか。

「戻りたいわけないさ。つーか、戻されても断るっての。願い下げだっての。私は追放されたんじゃない。自分から出て行ったのさ」

言えば言うほど、コンプレックスが強化されていくようでもあるけれど、ただ、神経を逆撫でされたせいで、意地を張っているだけなのかと言えば、必ずしもそういうわけでもなさそうだ――虚勢の中に、本音もしっかり混じっている。

気は進まないけれど、その辺りを掘り下げることができれば、死神の飄々《ひょうひょう》とした態度の打破に繋がるだろうか……、危うい賭けではあるけれど、挑む価値はある気もした。

これでは地濃のことは言えないと反省したところだけれど、今日だけは、彼女を見習うべきなのかもしれない。

とんでもない事態だが……。

「自分から出て行ったのであれば、もう、太陽系惑星の問題には、不干渉を決め込んでもいいんじゃないですか？　反対するだけならいざ知らず、賛成する者もただじゃおかないなんて……、そんなこ……」

「ん？　何？　そんなこ？」

「いえ」

訊かれて、空々はかぶりを振った――本当は地濃を見習って、『そんなことを言っているから、仲間外れにされたんですよ』と言おうと思ったのだが、さすがに無理だった。

演技であろうと計算であろうと、なかなかああはなれないようだ。

「……どういう理由で反対しているにしても、地球と人類との戦争は、準惑星にとっても、余所事ではありませんよ。戦争の飛び火が、あなたのところにまで届く可能性は、十分あります」

やむなく空々は、これまでの交渉で積み重ねてきた理論を差し向けることにした。工夫せず空々がひとりで構築したのではなく、半分はかんづめが組み立てたような理屈なのだが、メタールやリングイーネから瑕疵《かし》は指摘されつつも、一応は筋が通っているはずだ。正論が通じる相手ではなさそうだが、地濃作戦が、本人と一緒で使いものにならない以上は、正攻法を選ぶしかない。

「戦争の飛び火？　そんなの、受けて立つだけさ。地球だろうと人類だろうと、どんと来い。返り討ちにしてやるんだから。なんならまとめて相手にしてやってもいいさ」

強気だ。

これは売り言葉に買い言葉のようだが、それでも、実際に被害が及べば、戦おうとする気概は感じられる——口先だけで、議論のための議論をしているわけではない。海王星のような、本音を口にしない、建前と虚飾だけで交渉に臨んでいた惑星にも困らされたが、正論に対して感情論をぶつけてくる相手には、いったいどう対処するのが正解なのだろう。

「だったら……、受けて立つんじゃなくて、いっそ、攻め込んだらどうです？　停戦案に賛成票を投じた惑星をただじゃおかないって言っていましたけれど、そうじゃなくって、地球と人類に攻撃を仕掛けたらいいじゃないですか。そんなに、地球と人類が嫌いなら——」

「ちょっと待ってよ。地球と人類が嫌いだなんて、私、言ったっけ？」

「…………？」

そりゃあ言った——いや、言ってない。

言ってないが、その振る舞いから、なんとなく勝手にそう思い込んでいた——地球と人類が嫌いだから、ノーヘルは地球と人類との戦争を止めたくないのだと。

その両者のためになることをしたくないから、停戦案を潰したいのだと——違うのか？

「ふん。短絡的ね。そんな手際じゃ、ここまでもどうせロクな交渉なんて、できちゃいないんでしょうね。案外、賛成票なんて、一票も入ってないんじゃない？　絶対的反対者である私の票を獲得できたら、他のみんなの票も得られるんじゃないかって、都合のいいことを考えてるんじゃない？」

余裕が戻って来たらしく、意地悪い風に言うノーヘル。

その戦略は、第一回交渉の、天王星のときに使おうとしたものだったが（結果として、ブループからはそのときは賛成票を得られなかったが）、一応、ノーヘルから賛成票を得られれば、リングイーネの反対票が引っ繰り返るので、当たらずといえども遠からずである――怒りっぽいが、完全に察しの悪いほうではないらしい。

まあ、賛成者に攻撃を仕掛けかねないノーヘルの危険性を思うと、空々が賛成票を一票も得られていないと勘違いしておいてもらったほうがいいかもしれない。

それだけが理由でもないのだろうけれど、提案者であるブルームがあれだけ『中立』を強調していたのは、この準惑星からの襲撃を回避するためという都合もあったのだろうか。

だとすると、追放されてもやむをえないと言わざるを得ない暴虐っぷりだが……、単純にそれだけでないのは、リングイーネが庇うようなことを言っていたことから、推測できる。

『たとえ話が通じなかったとしても――冥王星のことを、そう悪く思わないであげてくださいね。彼女は準惑星であると同時に――純粋なんです』

純粋、か……。

「地球も人類も、嫌いなわけじゃないさ。むしろ、変に無関心を決め込んでいる奴らよりは――普通に不干渉を決め込んでいる奴らよりは、好感を持っていたくらいじゃないの？」

「持って――いた？　でも、過去形ですか？」

「ちっ」

イラついたように舌打ちし、椅子を揺らすノーヘル。

我慢が利かないと言うか……、思い通りにいかないことに対する耐性が低過ぎる。我慢がゼロだ。だからこそ、一種の自己防衛として、飄々としたポーズを取り続けるのだろうが……、そんな性格の二段構えが、意外と効果的にやりづらい。

「そうさー。過去形かもねー。地球は、所詮、惑星様でいらっしゃるからさー。準惑星なんて、眼中にないでしょうしさー。人類は人類で、昔は『水金地火木土天海冥』とか『水金地火木土天冥海』とか、交互にもてはやしてくれた癖に、惑星の定義が変わったとかで、いきなり残酷にも切り離してくれたんだもんねー。それでも私のために、準惑星とか、矮《わい》惑星とか、変な言葉を考えてくれたりしたりしてねー」

拗《す》ねたような口調で、ぶつぶつ言っているが、これは感情を抑えた、自虐的飄々の部類だろう——不用心に引っかかってしまうと、煙に巻かれる。

　幸い、人類の天文学においてその辺りの詳細は、氷上のレクチャーにあったので、そんな風に思わせぶりなことを言われても、さほど気を引かれはしない。

　太陽系第九番目の惑星として発見された冥王星は、天体観測技術の向上によって、サイズや周回軌道が、第八番目までの惑星と大きく違うことが判明し、二〇〇六年（空々が六歳とか七歳とかのとき、『大いなる悲鳴』の六年前）に、正式に惑星から外されたのだそうだ。

『正確に言いますと、冥王星が惑星ではなかったと言うよりは、冥王星を惑星として認めてしまうと、他にも認めなければならない惑星が次々に見つかり始めてしまったんです——「増え過ぎて手に負えなくなった」という表現をするなら、人類に似ているかもしれませんね』

　とのこと。

　冥王星は『定義が変わった』と言ったけれど、それまで惑星の定義なんて、あってないようなものだったそうだ——乱暴に解釈すれば、干支《えと》みたいなものだったのだろうか。

　天体観測技術の向上。

（戦争の副産物としての、軍事力の向上っていうのもあったっけ、そう言えば……）

地球が放った『大いなる悲鳴』は、増え過ぎた人類を減らすのに一役買ったなんて、無茶な論法もあった——右左危博士の元伴侶《はんりょ》にして、酸ヶ湯博士の親友、飢皿木《きさらぎ》鰻《うなぎ》先生が言っていたのだ。

（……ん。でも、それって……）

いや——関係ないか？

飄々とした軽口を、真に受けてしまっているだけか？

氷上のレクチャーは大いに参考になったが、それはあくまでも『人類が把握している範囲の天文学』であって、ブルームを始めとする天体のほうも（それはノーヘルでさえも）、その『学説』に合わせて話をしてくれているけれど、しかし定義はあくまで定義だ。

様々な格好をした天体が自室を訪れるという現状は、人類の天文学史を、たぶん数百年分、遡《さかのぼ》っている——地球を象が支えていた時代の宇宙観である。

だから、間違っても、冥王星が、惑星を外されたから人類を逆恨みしているとか、そんな真相はないはずだ——ないはずなのだが……。

準人類か……。

「何よ、黙っちゃってさ。話が終わりなら、もう帰るわよ？　これまでの交渉がどうなっていたかを聞き出して、賛成票を投じた惑星をとっちめてやろうかと思ってたけれど、それはどうやら無理っぽいしね」

「…………」

「改めて投票行動を表明するまでもないけれど、私は反対。大反対の超反対。停戦なんてしない、させない。地球と人類は、どちらかが滅びるまで戦い続ければいい――その結果、どんな未来が訪れようとも、私は構わないさ。その後、どんな対立が起ころうと、どんな第二次戦争が起ころうと――すべての責任は私が取るわ」

取れるわけないだろうと、その大言壮語に関しては、素直に思わざるを得なかったけれど、しかし、言っている本人（本星）は本気に違いないから、台詞以上にタチが悪い。

（……実際問題、どうなるんだろう？）

もしも、ここで空々が交渉に頓挫《とんざ》し、諦めてしまったら――『その結果、どんな未来が訪れ』るのだろう？

行きがかり上、停戦のための交渉人を務めている空々ではあるが、これはいつも通りの受動的態度であり、元々は、地球と人類との戦争は、行き着くところまで行き着くしかないものであって、空挺部隊が人工衛星『悲衛』に搭乗した時点で、決着は一通りしかなかった。

すなわち、予告された次なる『大いなる悲鳴』までに、人類が地球を打倒しうるかどうか——右左危博士の融合研究が間に合えば、『究極魔法』の開発が間に合えば、十分、その可能性はあった。

地上の人類は無力でも無策でもなく、『世界連合』や『人間王国』、救助船『リーダーシップ』の動き次第では、タイムリミットはクリアしうるのだから、空々の気持ちは置いておいて、このまま戦い続けることになっても、必ずしも人類が滅びるわけではないのだ。

空々以外の人間は、他の選択肢があったことにさえ気付かず、戦い続ける——それは別に、言祝《ことほ》ぐべき事態ではないかもしれないけれど、けれどマイナスではない。

戦況が不利になるわけではないのだ。

強いて言えば、いくつもの天体と渡り合うことで、空々のメンタルが鍛えられたのであれば、それが空挺部隊の、ここからの戦いに活きてこないとも限らないわけで——まあ、メンタルは弱まったかもしれないが、どちらにしても、些細な差だ。

……いや、それはあまりにも都合のいい考えかたか？

そりゃあ、理屈で言えばそうなのだけれど、わざわざ惑星に、こんな辺境（？）を漂う人工衛星の一室にまでお出でいただき、あることないことを吹き込んで、協力を願い出たのだ。

たとえそれぞれ、一筋縄ではいかない思惑はあろうとも、少なくとも賛成を表明してくれた——停戦案に四票が集まった。

人情の機微には、疎いを遥かに通り越している空々ではあるけれど、そして今回の相手は人ではなく星だけれど、さすがにこれで『停戦案は通りませんでした、なのでもう結構です』が通るとは、思いにくい。

撤回するには、手練手管《てれんてくだ》を使い過ぎた。

空々は惑星と交渉するにあたって、イエスノーだけを、アンケートでも取るように、訊いて回ったわけではないのだ——乱暴な手段こそ取らなかったが（惑星相手に取るべき乱暴な手段などない）、脅したりすかしたりを繰り返した。

こともあろうか戦争経験者、『火星陣』のかんづめまで引っ張り出して、人類がテラフォーミングに乗り出すとか、地球が侵略に乗り出すとか、思えば根拠が薄弱なことを、いかにもまことしやかに語った——利害を一致させるため、面白がらせるため、適当なことを言いまくった。

妥結できなければ、『だったら、あの話はどうなるんだ。あの話は。あの話は』と、集中砲火を浴びること請け合いである。それは空々ひとりの問題で済むのか？　連帯責任で、人類全体に、被害は波及しないか？　なにせ『人類代表』だ。交渉してきた惑星の中には、空々を個体として認識していない天体もいた……。

(んん？　あれ？)

マイナスはないというのが前提だったけれど、その場その場を凌いでいるうちに、いつの間にか、抜き差しならない状況になっている？

そう言えば、ブルームからそんな忠告をされていた。

駄目元はない、と。

こうなると最悪のシナリオは、人類が地球に敗北することではなくなってくる――人類から侮辱を受けたと誤解した（誤解か？）惑星が共同で、地球に援軍を送るというシナリオが最悪だ。

最悪に極悪だ。

いやいや、いくらなんでもマイナス思考が過ぎる――しかし、今の今までは、賛成票を投じた四つの惑星が、いつ意見を引っ繰り返すかを危惧していたけれど、ノーへルの反対姿勢の頑なさを身をもって知ってしまった今となっては、一旦賛成を表明した以上、あとに引けないのは、惑星連も同じじゃないのか？

確かに水星は、最初反対だったのを、賛成に切り替えたけれど、その際、太陽を巻き込むことを、是認してしまっている。それでは彼女が一番あとに引けないかもしれない。よりにもよって、空々を『ソラカラー』だと思っている彼女が……。

……違う。早計だ。

確かに、停戦案の実施が不可能になったとき、集めた賛成票を、どう処理するかをまったく考えていなかったのは空々のボーンヘッドではあるけれど、停戦案には、反対票も入っていたじゃないか――天使の一票が、否決に向けられていた。あまつさえ、反対するからにはと、代替案まで提出してくれていた――土星の化身、リングイーネは。

（自らが『第三勢力』……地球と人類の仮想敵ならぬ『真の敵』となることで、地球と人類を一致団結させる……）

元はと言えば、リングイーネはノーヘルの反対を見越して、この案を立案したのだった。ならば、この展開は、単に彼女の予想通りでしかない――何も心配することなんてないのだ。

こんな風に、冥王星の反体制の態度を、空々が実体験し、『言うだけ無駄だ』と痛感するところまで、リングイーネの読み通りなのである。

あえて言うなら、己の案が却下される形になるブルームが、少し気分を害するかもしれないけれど、彼女はあくまで『中立』から踏み出すつもりはないはずだから、天使案に反対はしないはずだ。

否、もうそういう話でさえない。

天使案のいいところは、賛成票を集める必要がないということだ――他の惑星を、ましてや太陽を、もちろん準惑星を、巻き込むことがない。

人類と地球と土星で、完結している。

ならば不満の出ようもない。

太陽を煩わすことがなければ、『第一の友』を自任する水星から文句が出るはずもないし、水星に賛成も反対もないならば、海王星にもまた、賛成も反対もない。天王星は、まあ、ひねくれ者の原則にのっとって、この展開を面白がるくらいだろう。

太陽に挑戦する機会を失う木星だけは、プランBへの移行によって逸失利益が生じそうだから、なんらかのフォローが必要になりそうだけれど、ただ、基本的に前向きでポジティブだった彼女には、プランBに陰ながら協力してもらうという形で、別のメリットを提示できそうにも思える。

となると、本来無関係であるはずの土星に重い責任を担わせることになるという点が、代替案の瑕疵になるが――それが太陽系全体のためになると言うのであれば、もう空々がとやかく言える段階ではない。

交渉人として、これじゃあ結局、何もできなかったようなものだけれど、しかし、結果として人類と地球との戦いを――と言うより、次なる『大いなる悲鳴』を停められたのであれば、まあまあ欣喜の成果である。

そんな風に、敗戦処理を脳裏で終えた空々だったが、だったらむしろ、ここでノーヘルが反対を押し通してくれて――理由も言わずに反対を押し通してくれてよかったと考えた気持ちを、天性ならぬ天体の勘の良さで察したらしい死神が、

「何さ」

と言った――既に椅子から立ち上がり、壁へ逆さ向きに立てかけてあった大鎌を肩に背負い、もう帰る気満々のご様子だったが、去り際に、空々の反応が薄かったことが、気にかかったようだ。

「なんでそんな余裕なのさ。行っちゃうわよ？　私。引き留めないの？」

引き留められたいのだろうか。単純に空々のリアクションが、思っていたのと違うことが、気に入らないのだろうか。

「いや、反対意見は反対意見で尊重しなくちゃいけないから……、潔く、プランBに移行しようって決めたんだ」

「プランB？　何それ。そんなのがあるなんて、聞いてないわよ？」

気色ばんで、ノーヘルがにじりよってきた。

大鎌を持ったままにじりよってこられたので、それなりの迫力がある。

それはまあ、これまでの交渉の経緯を伏せていたブルームが、ノーヘルに、天使案に限って伝えることはないだろうから、聞いてなくて当たり前だろうが。

「うん、プランB。土星のリングイーネが考えてくれたんだけど、地球と人類との争

いを止めるために、あえて自分が敵に……」

言いながら、『あれ？』と気付く。

まずいか？

ノーヘルは停戦案ではなく、停戦そのものに反対なのであって――だったら、プランAだろうとプランBだろうと、それは一緒くたに反対なんじゃないのか？

この天使案は、あくまでも、冥王星には秘密でおこなうことに意味があったんじゃあ――ブルームがノーヘルに詳細を語らなかったのは、ひょっとして、そういう理由もあるんじゃあ――恐る恐る。

空々が死神の反応を窺うと、大鎌の柄を握る彼女の手は、ぷるぷると震えていた。

名案に感動し、むせび泣いているのだろうか。

「今すぐ土星をここに呼んでらっしゃい！　あんたじゃ話にならない、あの輪っか女と、直接、話をつけるさ！」

違った。

6

天使と死神の直接対決。

そんなファンタジーに立ち会うことになった――セカンドチャンスは二度目のダブルブッキングである。

（第７話）

（終）

悲衛伝

DENSETSU SERIES ∅8

HIEIDEN

NISIOISIN

第8話「天使と死神！　そして……」

0

手遅れになったときこそ、手早く動け。
手を繋げないなら、すみやかに手を切れ。

1

一難去ってまた一難とはよく言うが、この場合、一難が去らないままに、また一難が——またまた一難がやってきたと言うしかなかった。

多難である。

ただし、不遇の運命に見舞われる機会に恵まれがちな空々少年ではあるけれど、今回は自業自得だった。ブルームがそうしたように、ただ黙っていればよかっただけのことを、安心感からなのか、安堵《あんど》感からなのか、うっかりとノーヘルにプランBの存在を漏らしてしまった。

たとえ様々な事情を、一切合財《いっさいがっさい》考慮しないとしても、プランAを台無しにする者が、プランBに限っては尊重するなんて、そんなことがあるはずもないのに——ただ、まさか惑星が、他の惑星を呼んで来いと、そんな途方もない要求をしてくるなんて、完全に予想外だった。

水星と海王星のダブルブッキングは、あくまでブルームの失策だったけれど、まさか交渉相手から、まるで条件みたいに他の天体とのセッティングを求められるとは……、しかも、ノーヘルは、反対票を投じた投票者なのである。

なんで計画を潰した張本人（張本星）の言うことを聞かなきゃならないんだと、反論することもできたかもしれないが、ただ、これは空々でなくっとも、巨大な大鎌をもってローブをかぶった少女の言うことは、聞かざるを得ないだろう。

「土星さ！　土星を呼びなさい！　でないと、ただじゃおかないわよ！　暴れるわよ！」

行動を起こしていないというだけで、ほぼもう暴れているようなものだったけれど、しかし、ヒステリーを起こす相手は、ひたすらなだめるしかなかった。

幸い、ヒステリックとは違うにしても、感情的で衝動的であることにかけてはなかなか捨てたものではない、手袋鵬喜という部下がいたので、空々は激昂する人物のなだめかたについては、多少の心得があった……、なんとか交渉し（どんな交渉だ）、冥王星ノーヘルの要求から、『今すぐ』の部分だけを、撤回させることには成功した。

土星と話をする機会をちゃんと作るから、少しの間だけ、ここで待っていて欲しいとお願いした——頭を下げてお願いした。

「いいさ。わかったわ。私だって、こちらの意地だけを通そうとは思わないもの。くくっ」

じゃあここに居座らせてもらうわよ、椅子に居座らせてもらうわよと、三度座り直して、ようやく彼女は落ち着いたようだった——にたにた笑っていたが、それはもう余裕ある笑みでも、自虐的な笑みでもなく、狂的な笑みというのが、もっとも適切であるように、空々には思えた。

いずれにしても、見方を変えれば、リングイーネの名前を出したことで、空々はノーヘルを交渉の場に引き止めることに成功したのだった——事情を分析しないままに集計すると、ここまで六個の惑星と交渉を進め、結果は賛成票四票、反対票二票となった。

全会一致を目指している以上、反対票は一票でもあったら成立しない停戦案（プランA）のはずなのだが、まさか、反対票同士が揉めだすとは意外な展開だった。

さて今後どうしたものか、約束はしたものの、どうやって土星を呼び出せばいいんだろうと頭を悩ませつつ、死神を残したままで部屋から出ると、人工衛星の廊下にバニーガールがいた。

今まで、自室にしか現れなかった天体が、廊下で空々を待ち伏せしていたことにも驚くべきかもしれなかったが、もう閾値《いきち》を完全に超えていたので、大したリアクションも取れなかった。

廊下に控えて様子を窺っていたのだろうか。

だとすれば、部屋の前でバニーガールが佇《たたず》んでいるところを、他のクルーに見られなかったことを祈るばかりだが……。

「とばっちりを食わせて悪かったわね」

と、前置き抜きでブルームは言った。

そっぽを向いたままで、謝罪してきた。

「こんなことになるとは、まあ思ってたんだけど——思ってたよりも、ずっと酷い展開になったみたいで」

「はあ……、いえ、こちらこそ、お役に立てませんで……、そうだ、ブルームさんに、ひとつ頼まなくっちゃいけないことがあるんですけれど、いいでしょうか」

「わかってる。リングイーネを呼んでくればいいのよね？　それは任せておいて」

「周期の都合とかは大丈夫でしょうか？　あんまり時間がかかるようだったら……」

枕元《まくらもと》にずっと死神がいるというのは、いかに空々でもぞっとしないものがあったので、その場合は、できればいったん、連れてきたノーヘルの身柄を引き取って欲しかったのだけれど、残念ながら、「それは大丈夫。なんとかする」と、バニーガールは保証した。

『なんとかなる』ではなく『なんとかする』という辺り、彼女は彼女で、ノーヘルの振る舞いに、本当に責任を感じているようだ――中立を通さなければならない身上で、なんとも気苦労の多いバニーガールである。

「まあ元々、リングイーネとは、アポイントメントが入ってたからね。ノーヘルとの話し合いが暗礁に乗り上げた直後に、話せるようにって算段は立てていたのよ」

ああそうか、そうなるか。

リングイーネからすれば、空々が冥王星との交渉に失敗したのち、プランBの打ち合わせをしなくてはならないから、ブルームは残る最後の惑星――金星とのセッティングをする前に、どちらにしてもリングイーネとの会談をセッティングしなくてはならなかったのだ。

エージェントも楽じゃない。

「ま、とは言え、人間の感覚じゃや、数時間くらいはかかっちゃうから、じっくり休憩しておいて。冥王星の相手をして、疲れちゃったでしょ。次はもっと疲れることになるんだから」

「ええ……あの、ブルームさん」

休憩させてもらえるというのはありがたかったが（とは言えどうせ、その時間は通常業務に当てでなければならないだろうが）、これを機会に、中立を主張するバニーガールの意見を、聴取しておきたかった。

「聞きそびれていたんですけれど……、でも、次は絶対にそういう話になると思いますから、あくまで参考意見として、質問に答えてもらっていいですか？」

「ん……」

やや微妙な顔つきをしたブルームだったが、だけれど、注意書きを添えないままにノーヘルを差し出したという引け目があったのか、頭から否定はしなかった。

だから素直に答えてもらえるとも思えないけれど……。

「ブルームさんは、どうでしょう？　当初のプランAと、リングイーネさんが提案してくれたプランB、いったいどちらのほうが実現性があると思っていますか？」

「プランAよ。停戦案。天使案じゃないほう」

「…………」

「自分が考えたからってわけじゃなくてね」

自分で考えたプランAだからこそ、発案者としてこの二択には葛藤があるかと想定していたのだが、意外なほどに即答だった——それはしかし、それだけ自分のアイデ

イアに自信があるということではなく、

「土星に全部を押しつけるってのはないわ。それをやるんだったら、一番近いところにいる、あたしがやるべきだと思うしね――やんないけど」

「やらないんですね」

「中立だから。自己犠牲なんてのは、あたしにはない発想よ。……要するに、プランBにはプランBで、反対する理由があるってこと。ノーヘルは実際に反対したわけでしょ？」

冥王星の場合は、プランCでもプランDでも、いやそんなものは今のところないけれど、なんであれ、地球と人類との戦争に解決をもたらそうという案には反対するという印象なのだが。

「そうね。あたしのも、別に反対意見ってわけじゃない……、空々くんが言うところの、参考意見よね。でも」

と、バニーガールはそこでやや、愁《うれ》いを帯びた口調で言った。

「金星は絶対賛成しないでしょうね――プランBには」

2

一難が去らないままに、またまた一難がやってきたと言うしかない多難なる空々の現状に、更なる別の一難が横入りしてきた。いや、一難ではなく、一挙に三難と言うべきかもしれない——何にしても、死神と天使との対面に同席することになってしまった空々は、その立ち合いに向けてコンディションを作っておかなければと思っていたのだが、なぜかその三十分後、彼は三人の魔法少女に取り囲まれていた。

黒衣の魔法少女に取り囲まれていた。

好藤覧の部屋である——無駄とは思いつつも、熱いシャワーでも浴びてリフレッシュしようと、廊下を歩いていると、

「おう、空々くん。隊長。見つけた見つけた。ちょっと手伝ってくれんか？　なんやベッドが調子悪いねんや」

と、正面から歩いてきた好藤に、声をかけられたのだ——その時点で、おかしいと思うこともできたはずなのだが（ベッドの調子が悪いのを、空々にどうしろというのだ？　明確にターゲットを絞って、空々を探してなかったか？）、ノーヘルの相手で疲れて、頭が回っていなかった。

言われるがままに好藤の自室に連れ込まれると、中には天才ズの、他の二名が待ち伏せしていた——体調不良でふらふらのまま、椅子にしなだれかかる虎杖浜なのかと、天王星よろしく、調子が悪いはずのベッドでごろごろ寝転ぶ灯籠木四子の姿があ

った。

はめられた。

と気付いたときには、好藤が背後で、扉に鍵をかけていた。

三方向から取り囲まれる形で、これで簡単には逃げられなくなった——いや、魔法少女の中でも選りすぐりの魔法少女である元チーム『白夜』のメンバー、黒衣の魔法少女三人に取り囲まれるなんて逆境には、四国でさえ遭遇していない。

そりゃあ、人類史の到達点とも言える最新科学の産物なのかもしれないけれど、どうして容積の限られた人工衛星の中で、こうも次々、事件に遭遇しなければならないのだろう。

ある意味、究極の引きこもり生活のはずなのだが……。

「騙すような形になってすまんかったの、隊長。けど、どうしても虎杖浜が、空々くんと話したいちゅうていうんや」

と、背後で好藤が、まったく悪びれずに言った——騙すような形も何も、完全に騙した形なのだけれど、そこまで堂々と言われると、反論する気にもならない。

どうやら、この騙し討ちの首謀者であるらしい虎杖浜に文句を言おうにも、宇宙船恐怖症で死にかけていると言ってもおよそ過言ではない彼女に文句を言うのも、非道だろう。

死者に鞭打《むち》つようなものだ。

ただ、死に体にしては執念深い……、トレーニングルームに地濃鑿を派遣することで、空々に探りを入れるという作戦で成果をあげられなかった彼女は、元チームメイトの天才達に協力を仰ぐことにしたようだ。

愚者ひとりで失敗したから天才ふたりを動かすとは、本気で形振《なりふ》り構っていない……、体調不良とは言え、本人も天才ズのメンバーなのだから、天才三人がかりか。

そりゃあ、空々がおめおめと、密室に引きこまれてしまったのもむべなるかなだ――『火』『風』『土』を操る魔法少女三名、ゴスロリ衣装三名から包囲されたら、もう手も足も出ない。

「天才ズなんて……、名乗ってないって……、チーム『白夜』に……、勝手な別名を……、つけないで……」

ふらふらの口調で、虎杖浜が言った。

そろそろ人工衛星生活にも慣れたんじゃないかと思っていたけれど、どうやら彼女の体調は、悪化の一途を辿っているらしい――顔色が悪いを通り越して、脂汗をかいている。

罠《わな》にかけられた身で言うのもなんだけれど、本気で不安になるレベルの体調不良だった。ただ、ベッドで寝転ぶ、元チーム『白夜』のリーダーである灯籠木が、さほど心配していない様子なのを見ると、少なくとも、虎杖浜がこのまま衰弱死するということはないのだろう。

まあ、自分の身を心配するべきだ。

どうでもいいことだが、天使と死神と交渉した直後でも、さすがに魔法少女の、漆黒のコスチュームを着た少女三名に囲まれては、やや気圧《けお》されるものがあった。

非現実さで言えば魔法少女も、天使と死神に、十分比肩《ひけん》されるべき存在だろうが……。

「ま、そういうことだからー？」

灯籠木が気楽な、くつろいだ口調で言った。

よく見れば、寝そべっていると言っても、ブループと違って、横たわるのではなく、うつ伏せに寝ていた。

彼女は彼女で、悪びれない――人の上に立つことに慣れている。

天才の上に立つことにも慣れている。

「さっさと喋って楽になっちゃえばー？　空々隊長。宇宙船の中じゃ、仲良く過ごすのがルールでしょ。隠密行動にしても極秘任務にしても、どうせ虎杖浜に怪しまれちゃった時点で、隠し通すことなんてできないんだからさー」

「…………」

まあ、それは言えているのか。

ただ、まさかプライドの高いエリート少女が、元チームメイト……、自分と同レベルのエリートに、こんな形で助力を求めるとは思わなかった。惑星との交渉を始めて以来、空々はなるべく、灯籠木と好藤と接点を持たないように気を配っていたつもりなのだが……、結局はそれが逆によくなかったのかもしれない。

灯籠木と好藤も、あるいは空々の動向を不審に思っていたからこそ、虎杖浜の協力要請に応じたのだとすれば……、とは言え、いかに天才であれ、いかにエリートであれ、まさか空々が、天体と交渉をおこなっていると看破できるわけがないのは、宇宙でも機嫌よくすごしているふたりの天才少女も、体調不良の天才少女と同様のはずだ。

となると、さて、この窮状を、どう切り抜けたものか。

「ま、とりあえず座りいや。立ち話もなんやろ」

と、好藤が空々の背を突く。

「ゆっくりしてきい。散らかっとうけど」

確かに好藤の部屋は、空々や虎杖浜と同じ間取りの、ただでさえ狭い部屋なのに、その上（その下？）、足の踏み場もないような状態だった——氷上の個人的なファッションセンスを許せないような独自の美学を持ちながら、意外と整理整頓《せいとん》は苦手らしい。

潔癖症の人間は、思いのほか掃除が苦手なことが多いみたいなものか……？

座れと言われても、椅子がひとつしかないので、ベッドに座るしかないのだが
……、そのベッドには灯籠木がうつ伏せになっている。足の踏み場もなければ、腰の下ろしどころもない……、空々が逡巡していると、好藤はその脇を通り過ぎ、寝転ぶ灯籠木の背中へと座った。

「ぎゅえ」

と、変な声をあげたが、灯籠木はむしろ、マッサージでも受けているかのような、心地よさそうな表情を見せていた——元リーダーのはずなのだが、威厳のないことだ。

緊張感もない。

「ほれ。空々くんも座りぃ」

「……いや、遠慮しとくよ。僕は床に座らせてもらう。この辺、片付けていい？」

女子のベッドに座るのも女子の背中に座るのも、できれば遠慮したかったので、そう訊いてみると、好藤は、「ご随意《ずいい》に、隊長」と言った。

隊長か。

まったく、手に負えない部下ばかりの空挺部隊だが、本物の天才三名というのは、

やっぱり扱いづらさが抜きんでている——空々も決して片付けが得意というわけではなかったが、まあ、氷上の見様見真似だ。

床を整理しつつ、頭を整理する。

（確かに虎杖浜さんは、手段を選ばず、僕の動きを探ろうとしているみたいだけれど……、だけど、だったらてっとり早く、酸ヶ湯博士に報告しちゃいそうなものだよね……、ここまで来たのに、なんでそうしない？）

実際、そう脅しもかけていたし、突っぱねてみたものの、そうされていたら空々は、結構困っていたはずなのだが——それとも、酸ヶ湯博士にはもう伝え終わっていて、この待ち伏せは、彼からの差し金なのだろうか？

いや、酸ヶ湯博士だったら回りくどいことはせず、権限で普通に空々を呼び出せばいい——これは言うなら、空挺部隊のクーデターみたいなものなのだろう。

（『不明室』時代にクーデターを起こされた右左危博士のことを、これじゃあ言えないな）

もしも虎杖浜が酸ヶ湯博士に報告しない理由があるのだとすれば、その辺りが、この部屋から脱出しうる隙となるのだろうか？

座るスペースを作るだけのことに、あまり時間をかけても不自然なので、空々はいいところで手を止め、覚悟を決めて、壁にもたれるようにしてしゃがんだ。

多少整理をしたところで、人工衛星内の個室に四人は、ぎゅうぎゅうだった――四者会談の際と同じくらいの窮屈さか。あのときは五人だったが、部屋は散らかっていなかったし、うち一名は幼児だった。

「さあ……、空々くん。答えなさい。さっき灯籠木が言ったでしょ……。チームワークを乱すような……ことをしないで」

「そんなつもりはないんだけれど――僕は本当に、天体の素晴らしさに目覚めただけで――」

自分で言っていて、その白々しさに目眩《めまい》がしそうなくらい、明白な虚言だった――好藤も、怪訝そうにこちらを見ている。うつ伏せの姿勢の灯籠木の顔は、この角度からでは見えない――一番底知れない天才の顔が見えないというのは、ややポジショニングを間違えてしまった感もある。

いや、これで正解か。

底知れない天才なら、その顔はむしろ見えないほうがいい。

「まともな……神経をしてたら……、病んじゃいかねないような……、こんなせまっ苦しい人工衛星に……閉じ込められて、天体の素晴らしさに目覚めるとは……、さすが心を持たない、空々隊長でいらっしゃる……」

弱々しい口調のままで、皮肉めかしたことを言う虎杖浜。

彼女がまともな神経をしているかどうかはともかくとして、実際、人工衛星で病んでいるのは、虎杖浜のほうなのだが。

彼女は続けた。

「それに……、『パンプキン』と……連絡を取ってたわね……、いったいあの曲者《くせもの》と……、何を話していたの……？」

「何をって……」

思ったよりも身辺調査が進んでいる。

そうか、通信機器を使用した形跡が残っていたのか——口振りからすると、組織に筒抜けだという通信内容までは露見していないようだけれど、それだって、調べようと思えば調べられる範囲なのかもしれない。まだ『地球撲滅軍』に入って間もない新参者ゆえに、虎杖浜にはまだ軍内にパイプがないのが救いか……。

「……気になるんなら、鋼矢さんに直接訊いたらよかったんじゃないの？」

虎杖浜と鋼矢との関係を知りつつ、そんな風にとぼけてみる。

曲者呼ばわりからもわかるよう、同じ『絶対平和リーグ』出身者とは言え、ふたりはざっくばらんに腹を割って話し合える間柄ではない——鋼矢はチーム『白夜』のメンバーをひとり、四国ゲームのさなかに手に掛けている。

『水』使いの魔法少女『シャトル』を、背中から撃っている。

それを言い出したら空々だって、チーム『白夜』とは対立していたのだけれど――なまじ虎杖浜が鋼矢の実力を買っているだけに、その間柄は複雑である。

少なくとも無線越しの会話では、鋼矢が虎杖浜からの質問に、素直に答えることはないはずだ――まあ、そうであってもなくっても、鋼矢が誰かからの質問に素直に答える姿なんて、見たことがないけれど。

「いいように……、誤魔化されたわよ」

案の定、苦々しげに、虎杖浜は言う。

「入院中だからって……、これ見よがしに弱っている振りなんてして……」

「その会話を想像すると、ちょっと笑えるのう」

と、好藤が口を挟む。

確かに、本当に弱っている虎杖浜が、弱っている振りをしている鋼矢を問い詰めている図というのは、何かのカリカチュアのようだろう――鋼矢は入院中なので、本調子でないことは間違いないのだろうけれど。

協力者からの茶々に、きっ、と睨みつける虎杖浜だったけれど、

「あははー。空々くんも杵槻を見習って、誤魔化すんだったら、もっとうまく誤魔化せばよかったのにねー」

と、更に灯籠木が割って入ってきた。

「意外と嘘が下手なのかなー。上手にはぐらかしてくれたら、虎杖浜だって落としどころを見つけて妥協できるっていうのに」

「妥協なんて……しないわよ」

虎杖浜は、今度は空々を睨む。

つくづく、その気丈さは大したものだ。

一連の交渉では、決して少なくないミスを犯し続けてきた空々だけれど、もっとも大きなミスは、案外、天体についての知識を求める相手に、虎杖浜を選んでしまったことなのかもしれない。

あのときはそうするしかなかったとは言え……。

腐っても鯛《たい》、弱っても天才か。

「思い出しなさいよ、灯籠木……、四国ゲームのときだって……、空々くんひとりに好き勝手な行動を許したせいで……、全部台無しになっちゃったんじゃない……」

「その通りだけどさー。もともと台無しみたいなもんだったじゃん、あのゲームは。今から冷静に分析すれば、反省点が多過ぎるよー。空々くんの参加を許したこともそうだけれど、あれは運営を担当した、私達の管理能力のなさが、ゲーム崩壊の主な理由と考えるべきだよ」

「……あんた、どっちの味方なのよ」

「私は天才の味方だよ。だから虎杖浜の味方ー」

でも、と、天才の味方は続ける。

「こうして包囲網を敷くのに協力したのは、空々くんの不審な行動を探るためって言うよりは、一度きちんと、空々くんと腹を割って話したいって思ってたからなんだよねー。なんとなく組織が合併して、なんとなく仲間になったけれど……、なんとなく空々隊長の部下になったけれど、私達、うまく馴染めてないって感じてたから」

それはこちらも同じことを感じていた。

名目上、チーム『白夜』は空挺部隊に組み込まれたとは言え、事実上、『絶対平和リーグ』と同じく、酸ケ湯博士の支配下にあるみたいなものだったのだから——それに、人工衛星『悲衛』内で交渉を始める前から、つまり地上の時点から、空々はチーム『白夜』を避けている節もあった。

四国での因縁をごっそり差し引いても、上司部下という関係を差し置いても、有能過ぎる天才はやりづらい。

「まあ、うちも、空々くんが何をしたところで、別に人工衛星が墜落したりはせえへん思うんじゃけどな」

「私だって……、そんな心配をしているわけじゃないわよ……、ただ……なんだか嫌な予感がするの……、空々くんを放っておいたら……、地球と人類との戦争が、更に滅茶苦茶になるんじゃないかって予感が……」

いい勘をしている。

灯籠木のいう運営担当としての責任論を、回避するつもりはないのだろうけれど、それを含めても、四国ゲーム崩壊の理由は、空々にあると思っているようだ。

蒸し返すつもりはなくっとも、同じ失敗を繰り返すつもりもない。

そんな決意を感じる——ふらふらでも。

（……ただまあ）

天才三人に取り囲まれたときは、疲労もあって、もうおしまいだと思ったものだけれど、やはり天才にも個性があって（強烈な個性だ）、一枚岩というわけではなさそうだった。

三人がかりの協力態勢は取っていても、それぞれの思惑は違っている——交渉で賛成票を取り集めたときを思い出す。

虎杖浜なのかは、なんとしても空々に、挙動不審の理由を説明させようと思っている——灯籠木四子は、空々と話すことだけが目的で——好藤覧は、空々と言うよりも、空々に執着《しゅうちゃく》する虎杖浜のほうに、興味関心があるようだった。

それはそれでフォーメーションが出来上がってしまっているので、包囲網突破の足掛かりにはならないが、しかし、天才三人に、息を合わせて三方向から問い詰められるよりは、ほんの少しだけマシだった。

そうなると、意識のベクトルが空々ではなく虎杖浜を向いている好藤が——この部屋の主が、突破口になりそうではあるが……。

「……でも、虎杖浜さん。逆に訊きたいんだけれど、僕が何をしているって思うの？　確かに僕は四国ゲームを滅茶苦茶にしちゃったし、その癖、あまつさえ、優勝しちゃったりしたけれど、だからと言って、僕本人は魔法が使えるわけでもないし、何ができるってわけでもない。『絶対平和リーグ』がなくなっても、魔法少女であり続けているきみ達とは違うんだ。惑星に関する質問をしたからって、惑星が動かせるわけでもないし……」

「……？　私達だって……、惑星は動かせないわよ……？」

一言多かったらしく、虎杖浜は眉《まゆ》を顰《ひそ》めた。

「ちゅーか、宇宙空間じゃったら、魔法少女なんぞ意味ないのぅ。『風』を使おうにも空気はないし、『土』を使おうにも地面がないし、『火』なんか使おうもんなら、大惨事じゃもんなあ」

五大魔法の、残る『水』も『木』も、ほぼ無力みたいなもんじゃ——と、好藤は肩を竦める。

チーム『白夜』の『水』のコスチュームは、現在、氷上が着ている——『木』のコ

商品管理用にRFタグを利用しています
小さいお子さまなどの誤飲防止にご留意ください

006487D1400CB2000228F4A1

RFタグは「家庭系一般廃棄物」の扱いとなります
廃棄方法は、お住まいの自治体の規則に従ってください

TP

スチュームは、四国ゲームの中で失われた。

「無力化されているからこそ、安心して研究できるって言うのもあるんだろうけれどねー。無力化って言うか、無害化って言うか……、安全に実験できないと、酸ヶ湯博士はともかく、右左危博士にとっては、魔法はやや、未知数の要素が大きいものねー。その証拠ってわけでもないけれど、宇宙に来てから、右左危博士の融合研究はかなり捗ってるみたいだしー」

「…………」

とすると、空々は、それも足がかりにするべきなのだろうか。

虎杖浜と、そこは考えかたが似てしまうが、どうしても四国ゲームでの出来事が脳裏を過ぎるので、黒衣の魔法少女を前にすると、絶体絶命のムードが漂ってしまう……、しかし、コスチュームそのものが持つ金城鉄壁の防御力はともかくとして、宇宙空間においての彼女達は、あの強力極まる魔法を、同じ威力では使えないはずなのだ。

惑星を動かせるかどうかはまだしも、四国がほとんどなくなってしまうほどの被害をもたらした、あの強力極まる魔法は、封じられている。ならば、三人がかりでも、拷問を受ける恐れは――あるとしても、それが行き過ぎた拷問になることはなくて……、たとえこのまま沈黙を貫いても、命までは取られない……か？

リスク評価をするなら、惑星を相手にしているときより、危険な状況にあることは間違いないにしても——と、空々がうっかり、気を緩めかけたところで、

「空々くんが……、何をしているか」

と、虎杖浜が再び切り出した。

「そう……、惑星についての調査……、よね……。天王星のこと……、水星のこと……、海王星のこと……、私に訊いたのは、このみっつだけだけれど……、地濃さんには、土星のことを……、訊いたのよね？」

ああ、そうか。

それは当然、伝わるか。

迂闊だった——と言うか、駄目元で質問したら、地濃が不必要なほどに詳しかったから、ついつい、深入りしてしまった。だが、元々地濃は、虎杖浜の差し金で、トレーニングルームを訪れていたのだから、空々から何の情報も得られなかったとしても、その様子だけは、同様に詳細に、伝えていてもおかしくはない。

なんと無駄に仕事のできる、役に立つ役立たずだ……。

「そんで……、氷上さんには……、冥王星のことも……、訊いたのよね？　準惑星である……、冥王星……」

「これはうちが調べた」

虎杖浜の言葉に、好藤が挙手した。

手柄をアピールするタイプの魔法少女ではないので、面白半分で絡んできたのだろう——やはり好藤は、よく言えば虎杖浜に対する友情で、悪く言えば虎杖浜の動向を興《きよう》がって、この場に同席しているらしい。

そのスタンスは天王星に近い。

ただ、美学の件で反目しているはずの氷上に、聞き取り調査をおこなっている辺り、半分は本気なのだろうし、ちゃっかり情報を聞き出しているあたり、かなり有能である。

口止めをするべきだったか。

ただ、もしも口止めをしていたなら、今度は氷上に怪しまれていたはずで——そちらのほうがマシだったか？

だが、いかにチーム『白夜』が有能だったとしても、メンバー全員が天才だったとしても、限度はある。『火星陣』であり『魔女』であり、『絶対平和リーグ』の犠牲者であった酒々井かんづめからの聴取だけは、おこなわれているはずがない。

ならば、交渉の内容はおろか、交渉がおこなわれたことさえも判明するはずもない——いいところ、空々が近頃、妙に自室にこもりがちなことがわかるくらいだ。

だが、人工衛星内で自室にこもることは、なんら不自然でないはずで——

「……あとは、さっきも言ったけれど、鋼矢に連絡を取っていたこと……、カプコンを通さずに……。さて……ここまでの事実から確定することは……、空々くんは現在……、惑星……、太陽系の惑星について、あれこれ調べている……、準惑星の冥王星も含めて……、ひょっとして……、残る火星と金星や木星についても、知りたいと思ってるんじゃ……、ないの？」

「…………」

「太陽や月は……どうなのかしら？　トリトンやガニメデ……、ガリレオ……、エロス……、イトカワ……、ヘールボップは……？」

これは推測を述べているのではなく、鎌をかけているようだ――太陽と月はともかく、他の固有名詞は何を指しているのか、どんな引っ掛けなのか、空々にはわからなかったけれど（察するに、他の惑星の衛星や、冥王星以外の準惑星とかだろうか？）、太陽と月に触れている辺り、照準はかなり正確に合っている。

やはり無茶苦茶な天才だ。

『絶対平和リーグ』にさえ入っていなければ、いったいどれほどのもてはやされかたをされたか、わからないクラスの才能である――もっとも、『絶対平和リーグ』で、許されざる教育を受けたからこそ、才能が目覚めたという言いかたもできるが。

ただ、その手の引っ掛けに対しては、空々は比較的強かった。感情を殺すのは得意だ。殺すまでもなく死んでいるから。

「……ま、惑星よね。焦点は」

空々からのリアクションが得られないと見るや、その方面へのアプローチはあっさり損切りして、虎杖浜は姿勢を変えた。椅子にしなだれかかるのも、ずっと同じポーズでは疲れるのだろう。

「どう……、なのかしら……。現在、地球と戦っている……、私達、人類だけれど……、その英雄である空々くんが、他の惑星について……、調査しているってことは……」

「…………」

「そう……、ひょっとして逃亡先でも……、探しているのかしら……？　人類が逃げられる、新天地を求めて……、他の惑星に移住しようとか、そういうことを……、考えているのかしら……？　そういうことを考えている上層部から、特命を受けて動いている……」

そんなの空々くんの発想じゃないもんね——と、虎杖浜。

当たらずといえども遠からず。

とまで言うにはまだ遠いが、それでも、完全に的外れではない辺り、ぞっとするくらいの天才性である。隠密《おんみつ》行動の内実が露見することよりも、その精度の高い推理力のほうが怖かった。

そっちが表情に出てしまいそうだ。

「移住するなら……、火星がおすすめなのかしらね……、あそこは地球型惑星だし……、そう、もう地球に敗北した惑星だから……、今は空き家みたいなもんだもんね……」

「…………」

だが、ここが限界のはず——人類の想像力が及ぶ限界のはず。

そう思って、虎杖浜の瀕死同然の演説が幕を閉じるのを、ただ静かに待った空々だったが、背筋を伸ばすためか、一度後ろに、大きくのけ反った虎杖浜は、

「あるいは、他の惑星と……、同盟を組もうとしているとか……？　『世界連合』ならぬ『惑星連合』を組んで、みんなで地球を倒そうとしているとか……？」

と、更なる推理を展開した。

これにはさすがに無反応でいることは難しく、空々はびくっと、小さくないリアクションを取ってしまった——「ん」と、それを見て、好藤が声を出す。

「なんや、そんなでっかいプロジェクトに取り組んどるん？　空々くん」

「い、いえ……、あまりにも途方もないことを言うので、びっくりしちゃっただけです。そんなわけがないでしょう……、『惑星連合』って。ありえないでしょう。『世界

連合』だって、ちゃんと計画通りに成立するかどうか怪しいのに……」

駄目だ。多弁になってしまっている。

魔法が使えようと魔法が使えまいと、天才は天才か。

魔法少女は魔法少女か――魔法のように、真相に漸近《ぜんきん》してくる。

しかし、虎杖浜はあえてそこで、追及の手を緩めるように間を取って、

「まあ……、『惑星連合』は、現実的じゃないでしょうね……」

と一旦退いた。

「惑星同士が仲良しだとも限らないもんね……、不確定要素を、あえて大量に、戦争の中に取り入れようなんて、非の打ちどころのない名案とは言えないわ……、そう……、だけど、空々くんが、無茶振りって言うか……、理に合わない特命を受けるのは、いつものことだもんね……」

「……そ、それは僕を、買い被り過ぎ……じゃないかな」

虎杖浜につられたわけではないけれど、空々の口調も、その響きが弱くなっていく。怪しんでくれと言っているようなものだが、既にこれ以上はないほど怪しまれている。

最初の頃に考えた通り、代わってもらえるなら代わってもらったほうがよいのだろうか。

もっとも、買い被りではないにしても、この点に関しては、虎杖浜の大きな誤解もあった――四国ゲームに飛び入り参加したときならばいざ知らず、空挺部隊隊長という地位に出世した英雄に、無茶な特命を出せる『上層部の人間』は、『地球撲滅軍』にはもういない。

空々に無茶振りができるのは、右左危博士だけだ――人工衛星『悲衛』に、事情も話さないままに連れてこられたのが、その結果である。

右左危博士が特命の発信者でない以上、虎杖浜は本来、空々が独自に動いていると推理すべきなのだが、地上の『曲者』の鋼矢と連絡を取ったことが、ことをややこしくしている。

まあ、だからと言って、さすがにバニーガールから特命を受けていると推理しろと言うのは無茶な話だろう……。

（…………）

そうだ。

いくら非現実と言っても、現実に地球と戦争をしている組織体の人間であり、また、『絶対平和リーグ』に属し、『火星陣』である酒々井かんづめを知っていた虎杖浜なのかにしてみれば、『惑星連合』が成立するかどうかはともかく、『他の惑星との交渉』自体は、ありえないことではないわけだ。

対地球組織に属して、まだ一年やそこらの空々にとっては、惑星が意志や考えを持っているという時点からして飲み込みづらいけれど、幼少期から洗脳——もとい、英才教育を受けている魔法少女『スペース』には、想像力の及ぶ範囲なのだ。

（だったら……、いっそのこと……）

その想像力の外まで、推理を後押ししてしまえば、この窮地を凌げるんじゃないだろうか？

虎杖浜の推理を聞き、追い詰められ、焦燥《しょうそう》にかられる空々空だったけれど、一方で、その知覚によって、虎杖浜がそこまで真相に肉薄できたことが、却って酸ヶ湯博士への報告を遅らせているらしいということにも気付けた。

空々の行動や、地濃や氷上の証言を受けて、『逃走移住』や『惑星連合』のような推理を組み立てた虎杖浜は、自分ではその予測に自信を持ちつつも、さすがに証拠も自白もなしでは、己の名探偵ぶりを報告はできなかったのだろう。

エリート集団のチーム『白夜』も、『絶対平和リーグ』魔法少女製造課の元課長、酸ヶ湯博士にだけは忠実であり、それゆえに、いい加減なレポートをあげられないのだ。

だから、元チームメイトに協力を仰ぎ、こんな包囲網を敷いて、張本人の空々に、直接問いただす作戦を取った——まあ、作戦としては極めて順当だったが、これで空々はようやく、この部屋からの抜け道を見つけたような気持ちになった。

そうだ。

真相が想像外であればあるほど――ありえなければありえないほど、虎杖浜は酸ヶ湯博士に、報告しにくくなるのだ。

いかならば、『惑星連合』という、一般人ならばともかく、対地球組織の人間にとっては半端なリアリティを持つ仮説を、鋭く突き詰められる前に――

「どうなのよ……、空々くん……、『惑星連合』……、じゃ、なくっても……、協定くらいを結ぼうとアプローチしているとか……、それとも、向こうからアプローチが……」

「わかった。全部話すよ、虎杖浜さん。きみにこれ以上隠し通すのは無理みたいだね」

いつ体重を支え切れなくなって、椅子から引っ繰り返って床に倒れてもおかしくないコンディションにありながら、更にじりじりと真相ににじりよってくる虎杖浜を制して、空々は言った。

「こうなったからには、きみ達、元チーム『白夜』にも協力してもらうしかない。僕ひとりで交渉を続けるのにも、いい加減、限界って奴を感じていたんだよ」

「……交渉？」

「そう」

果たして、空々は語った――正直に、誠心誠意。

「まず、つい先日、僕の部屋にバニーガールが訪ねてきて――」

3

包囲網は解かれ、空々は解放された。

最初からこうしていればよかった――とは、とても思えない、多大なる精神的ダメージを負いながらの脱出だったが、とにかく、好藤の部屋から脱出することができた。

不可能とも思える縄抜け成功だった。

不審な行動による疑いが完全に払拭されたとは言い難いが、いやむしろ、取り返しがつかないほど強化されたと言ってもよかったが、少なくともこれで、虎杖浜から酸ヶ湯博士に、報告が上がることはなくなった。

巻き添えを食らいたくはないだろう。

なまじ虎杖浜が現在、バッドコンディションにあるだけに、バニーガールや女学生やセパレート水着や鎧武者や天使や死神が、彼女の妄想だと誤解される恐れがある。

この場合、空々空という少年の想像力が、非常に貧困である周知の事実も、好都合に働くだろう——魔法少女『スペース』は、敬愛する元上司、酸ヶ湯原作から、そんな疑いのまなざしを向けられるような展開は避けたいはずだ。

そしてそれは他のふたりだって同じはず。

元より、乞われて包囲網に協力した灯籠木と好藤にしてみれば、虎杖浜が退却するなら、一緒に退却するしかなかろう——酸ヶ湯博士からの信頼を失いたくないのは、元チーム『白夜』の知的エリートに、共通する想いなのだから。

その代わり、空挺部隊の隊長であり、彼女達の現上司である空々が、三人からの信頼をこぞって失ってしまったきらいはあるけれど、それはまあ、最初からあってないような信頼なので、この際、構うまい。

窮地を凌いだとは言っても、あくまで急場を凌いだだけであり、先々に不安は残したものの、ともかく、虎杖浜に動向をつけ狙われていた問題は解決した。

これで、これからは自室から外に出ても、人目を気にせず堂々と、人工衛星『悲衛』の中を悠々と闊歩《かっぽ》——

「おーい空々くーん。待って待って」

ほっと胸を撫で下ろすとはいかずとも、肩から力を抜くくらいのことはしようとしたタイミングで、背後から、追いかけてきた灯籠木に、呼び止められた。

あれ。

彼女は好藤の部屋で、背中に腰かけられているはずでは？

「追いついたー。いやー、さすがに人工衛星の中で、空を飛ぶわけには行かないからねー。重力が発生してるんだか、無重力なんだか、わかんなくなっちゃうからねー」

ふにゃっとした笑みを浮かべて、そんな、間の抜けたことを言ってくる――親しげと言うより、気安い感じである。だがどうして？

十四歳男子の妄想にドン引きしたはずの彼女が、単身追いかけてきて、あまつさえどうして、空々を引き留める？

「え、えっと……、灯籠木さん」

自然と、不自然に、声がうわずってしまう。

不意をつかれたというのもあるけれど、そもそも、灯籠木と二人で話すという機会は、これがほとんど初めてみたいなもので、その緊張もあった。

底知れない天才。元チーム『白夜』のリーダー。

『火』を操る黒衣の魔法少女『スパート』。

「……な、何かな」

「やだなー、空々くん。さっき言ってたじゃない。ひとりで交渉を続けるのには限界って奴を感じていたって。私達の協力が必要だって。だから力になろうと、追いかけてきたんだよー」

「…………？」

言ったけれど——いや、それは前置きと言うか、前振りとして言っただけであって、あんな荒唐無稽な話を聞かされて、よし協力しようなんて気になるはずがない。むしろ、虎杖浜や好藤は、関わりを持ちたくないという風に、途中からは相槌《あいづち》も打たなくなっていた——空々が座った位置からは、灯籠木の顔は見えなかったけれど、きっと他のふたりと似たり寄ったりの表情を浮かべているとばかり思っていたが。

「いえいえ。興味深く聞かせてもらっていたよー。確かに好藤は、『禁欲の結果、おかしくなってしもうたんじゃのう』って言ってたけどー」

美学の魔法少女から、誤解の中でも最低の誤解をされているようだったけれど、それはいったん、脇に置こう——今は目の前の、ふにゃふにゃの魔法少女だ。

ようやく虎杖浜の追及から逃げられたと思ったのに……、宇宙空間では、一息もつけないのか？　酸素が足りないのか？

「私も性欲は強いほうなんだけどねー。それはまあいいや」

反応に困ることを、緩い表情のままで述べた灯籠木は、続けて、「月の化身が、地球と人類との戦争に、停戦を申し出た——これは、とても現実的じゃない？」と言った。

「図らずもこの人工衛星『悲衛』が、宇宙空間に飛び出したことで、コンタクトが可能になったって言うのも、理屈に適っているしねー。月の化身がバニーガールだっていう点を除けば、そんなに不思議でもないんじゃないのー？」

「…………」

切り離して来たか。

すべてを話すことで、ことの真相から現実感を失わせるための『誠心誠意』だったというのに、この天才少女にして変人少女は、あっさりその誠実なる奇手に、対応してきた。

ノイズとなる情報と、そうでない情報をドラスティックに分離することで、疑惑のすべてを投げ出さなかった。あくまで魔法少女であり、情報分析官というわけでもないだろうに、いったいその才覚は、どこで身につけたのだろう——本人は失敗したみたいなことを言っていたけれど、伊達《だて》に四国全土を舞台にしたゲームを、運営していたわけではないということか。

「強いて言うなら、交渉のどこかで、絶対に酒々井かんづめが協力しているはずだって思うくらいだけど」

正直に話す中で、空々がそれでも隠した、数少ない点にも触れてきた。

ただ情報をえり分けるだけでなく、更にそこから、足りないピースもほいほい補ってくる。

まあ、さすがに、同じくぎりぎりの判断で秘匿した、宇宙船内でブルームから訪問を受ける以前に、地上で既に、地球の化身と出会い、かつ、『大いなる悲鳴』の予告をされていることまでは見抜かれまいが……。

なんて油断のならない天才だ。

「そんで、空々くん。今、行き詰まってるんだったっけ？　死神の冥王星と天使の土星の意見がまとまらない？　これから三者会談に臨む？　楽しそうじゃない。虎杖浜と好藤は、撤退を決めた——と言うか、空々隊長のことは、生暖かく見守ることに決めたみたいだけれど、私は是非とも協力したいって思ったよー」

「い、いや、灯籠木さん。気持ちは嬉しいんだけど、そんなわけには——気持ちだけは受け取っておくけれど——」

ん？　いや、いいのか？　行動も受け取っていいのか？

と言うか……、これはもしかすると、望むべくもない話なのでは？

そもそも、この交渉劇を、空々がひとりで抱え込んでいたのは、仮に誰かに相談を持ちかけても、誰にも信用されないと思っていたからだ——抱えきれずに下手に相談すれば、空々の英雄としての機能異常を疑われて、ここぞとばかりに処分されかねない恐れがあったからだ。

今はそんなことはないとは言っても、昔は上層部の一部（大部分？）から、二十四時間態勢で処分の機会を狙われていた空々である——用済みの役立たずとして、地球ではなく人間に殺されるかもしれなかったから、だから、『火星陣』のかんづめはともかくとして、話せば決して無下にはしないであろう鋼矢にも、筒抜けの無線では話せなかった。

氷上も巻き込めなかった。

だけど、意に添わずとは言え、天才ズに情報が漏洩《ろうえい》し、三人のうちひとりが、それを信じてくれたと言うのであれば、ここは素直に協力を仰ぐべきなのでは……。

交渉が暗礁に乗り上げていること自体は、前振りではなく、単なる事実である——ぎりぎり希望は残っているとは言っても、解決策を持たないこのままでは、次なる交渉の席では、冥王星と土星との衝突を、ただただ見守るだけになりかねない。

だったら、もっと支離滅裂になっていてもおかしくなかった四国ゲームを、一応はクリアプレイヤーが出るまで運営してみせた、言うならば実務経験を持つ灯籠木を、アドバイザーとして迎えるというのは、ひとつの手段である。

なりふり構ってられないのは、空々だって同じなのだ——虎杖浜が、元チーム『白夜』のメンバーに助力を仰いだように、空々も、灯籠木に頼っても……。

「私も会ってみたいんだよねー。一度生で見てみたいの、バニーガール。見てみたいって言うか、あの格好をしてみたいー」

空々の逡巡をよそに、性欲が強い発言を裏付けるようなことをいう灯籠木。どこまで本気なのかは、その緩んだ表情からは読み取れない。

「ボーダー短パンも健康美でいいよねー。鎧武者も変化球ー。セパレート水着はちょっとやり過ぎかなー。だったらいっそ、トップレスのほうが決まってるって思うー」

「………………」

「私だったら、そういうイメージで、惑星を見るのかなー。天使と死神は、もうファッションって言うか、完全にコスプレだけどねー。氷上さんみたいなー」

「………………」

どこまで本気なのか――と言うより、この天才は、そもそも本気になったことなんて、一度もないんじゃないだろうか？　本気になるまでもなく、大抵のことができるから、本気になる意味がないとか……。

有能であることに違いはなくとも、そんな人間を、果たして交渉の席に招いてもいいものかどうかという問題が生じる。空々に言われたくないだろうが、適性に欠ける気もする。本気だろうとなかろうと、結果さえ出してくれたらそれでいいというのは、上司として取るべき態度なのかもしれないけれど……。

「空々くんだって、人類は自分だけで救いたいって思ってるわけじゃないでしょ？

あえてひとりで戦おうとするエゴなんて、持ってないでしょ？　むしろ、なんでもかんでもひとりで背負い込むヒーローを見て、苛々《いらいら》するタイプでしょ？」

「苛々はしないけれど……、そう、確かに、誰かが協力して……、知恵を出してくれたら、助かるって思ってる。僕だけの力じゃ、これ以上はとても無理だって……」

もっと正直なことを言えば、バトンタッチして代わってもらえれば、一番いいとさえ思っている――それこそエゴイズムではあるのだけれど、バニーガールが人工衛星『悲衛』の搭乗クルーの中から、空々を交渉役に選んだことには、確固とした理由とまでは言わないまでも、納得できる一定の必然性があったとして……、しかしながら、資格はあっても能力があるとは限らないのだ。

実際、このままでは交渉は失敗に終わる。

頓挫するだけでなく、被害まで出る。

何もしなかったほうがよかったくらいの結果になる。

ならば、能力のある天才に交渉役を譲り渡すというのは、合理的かつ効率的だ――たとえ資格がなかったとしても……。

「資格はあると思うよー。私は」

タイミングよく、灯籠木はそんなことを言った。

「惑星と交渉する資格はねー。バニーガールが、どうして私を選んでくれなかったのか、不思議だもんー」

「それは——まあ。灯籠木さんに、そこまでの理解力と、受容力があるとわかっていたら、ブルームさんも最初から、きみの部屋を訪れていたかもしれないけど……」

どうだろうか。

さすがに灯籠木も、伝聞でなく、いきなりバニーガールが現れていたら、現実を受け入れられなかったのではないだろうか——いや、やっぱり、どんなシビアに情報を切り分けたところで、空々の正直な体験談を、証言として採用したのが異様だ。

三人の天才少女に話し、うちひとりが受け入れたとなると、まるで灯籠木が、虎杖浜や好藤に較べて、常識に囚われない自由な発想の持ち主であるかのようだけれど——より純度の高い天才のようだけれど、しかしそうではない。

普通に考えれば、虎杖浜や好藤のほうが絶対にまともだ。

なぜ信じる？

それに、信じたのであれば、なぜ酸ヶ湯博士に報告しない？

「誤解しているみたいだけれど、私達は、なんでもかんでも、酸ヶ湯博士に打ち明けるわけじゃないよー。これでも年頃の女の子なんだからー。酸ヶ湯博士のことは尊敬しているけれど、隠しごとはたくさんあるある」

「……でも、それだけじゃあ、僕の話を信じる理由にはならないはずでしょ」

「嘘をつくなら、もっとましな嘘をつくんじゃないかって思った、んじゃ駄目？」

「嘘をつくならもっとましな嘘をつくんじゃないかと思ってもらおうとしただけかもしれないよ」

「嘘をつくならもっとましな嘘をつくんじゃないかと思ってもらおうとしたと思ってもらおうとした、んでも、駄目だろうねえ。それだと、嘘をつくならもっとましな嘘をつくんじゃないかと思ってもらおうとしただけかもしれないと思ってもらおうとしたと思ってもらおうとしただけかもしれないと思ってもらおうとしたのかもしれないもんねえ。ここまでいけば、『だけ』じゃ済まないけど」

　ぐるぐる回って、正しく言えているのかどうかもわからないことを言って、肩を竦めたのか、胴体をくねらせたのか、その中間のような動作をする灯籠木。

「おかしくなったと思ってもらおうと、正直なことを言ったんじゃないかと思った——んだけどねー、私は。私が空々くんの話を信じるのはね——そして、その交渉を、お手伝いしたいって思うのはね。私には、その資格があるからだよー」

「資格……」

　ついさっきもそんなことを言っていたけれど、妙に繰り返す。

　空々と同じ意味で使っているわけでもないだろうし、あえて強調するような単語でもないと思うのだが——だが、違った。

灯籠木は、空々と同じ意味で使っていた。

資格——惑星交渉人としての資格。

「なぜなら、私もねー。四国でねー。会ったことがあるんだよー。話したことがあるんだよー。予告されたことがあるんだよー」

「え……？」

「『大いなる悲鳴』を。虐殺の予定を。滅亡のお日取りを」

地球から。

と、灯籠木四子は、何食わぬ顔をして、ふにゃふにゃした口調のままで、言ったのだった。それはたとえ『愛している』と言われたとしても、ここまでの衝撃は受けなかったに違いない、瞠目《どうもく》の告白だった。

「酸ヶ湯博士にはまだ秘密だけどねー。チーム『白夜』のみんなにもまだ秘密なのー。いつまでも秘密……、だからあるでしょ？　私には、資格。空々くんとおそろいで」

（第8話）

（終）

第9話「八面六臂！天才少女の面目躍如」

目標を達成することが目標なのではなく、次の目標を立てるまでが目標。

0

1

空々空は今後の交渉のパートナーとして、灯籠木四子を採用せざるを得なかった。いや、しぶしぶ承諾したように言うことではない――それによってどれだけ助かるか、どれだけ希望が開けたかを思うと、感謝してもし足りないくらいだった。

だが、諸手《もろて》を挙げてとはとても言えない。

頭痛の種もトラブルの種も、増えるだけ増えた感じだ――だが、考えてみれば、当然だったかもしれない。

地球と対話し、『大いなる悲鳴』を予告されたのが自分だけだと考える選民性には、かねてより疑問を抱いていた……、だから、灯籠木が『地球と話したことがある』と言うのであれば、それをありえないと決めつけるのは、ヒロイズムであり、エゴイズムでしかない。

空々が地球と遭遇したことがあるという事実は、正直作戦の最中、それでも伏せた情報である。だから、灯籠木が空々に、上手に話を合わせたというわけではない。ましてや、『大いなる悲鳴』の予告に関しては、交渉にゲストとして招いた、かんづめにさえ話していないのだ――単なる『鋭い勘』で、言えることではない。たとえそれで、空々の刹那《せつな》的な動向に説明がつくとしてもだ。

ブルームの訪問を受けたという情報からだけでは、さしもの天才も、空々が地球と話したことがあると推理することはできないはずだ――自分が実際に地球と出会ったことがなければ。

そして――『大いなる悲鳴』を予告されていなければ。

「私が会った地球は、成人で、男性だったよー。空々くんは、どうだった？」

性別不明の幼児だった――と、勢いで答えそうになってしまったが、しかし、答えていいものかどうか、判断に迷った。状況から言って、灯籠木が嘘をついているとは思えない。しかし、いきなりそんなことを言われても、思考が追いつかないというのが本音だった——もっと別の可能性もあるんじゃないか？

それに、他にも地球と会い、二回目の『大いなる悲鳴』の予定日を知っている人間がいるとなると、戦争の戦況はこれまで空々が考えていたものとは、かなり変わって来るんじゃないだろうか。

灯籠木以外にも、チーム『白夜』の元メンバーは——酸ヶ湯博士は——灯籠木は秘密にしていると言っていたが——などなど。

考えることが多過ぎる。

処理能力が追い付かない。

さほど残念なことでもないが、空々空は、英雄ではあっても天才ではないのだ。

「んー。ま、いきなり言われても、信用できないよねー。私は空々くんの話が信じるに足ると思ったから、こうして秘密の暴露をしたけれど、空々くんのほうからは、なかなかそうはいかないかー」

空々の沈黙をそんな風に受け取ったのか、魔法少女であり天才である灯籠木四子は、「じゃあ、いっぺん試用期間で雇ってみてよー」と言った。

「し——試用期間？」

「そう。お試し。試食。ごちゃごちゃ言わないでさー、一度天才を、交渉の席に参入させてみてよ。私がどれだけ使える奴か、証明してみせるから——具体的な目標を言えば、冥王星のノーヘルを説得して、土星のリングイーネを、賛成に転じさせてみせるから」

軽い調子で言うので、それがイージーな目標みたいに響いたけれど、それこそが、空々が現在ぶつかっている壁の全貌であり、そうなると試用期間どころか、全権委任に等しい。

人の苦労も知らずに――とは、とても言えないだろう。

言えるはずがない。

知っているのだとしたら。

知っている、いや、知っているのだとしたら。

地球の化身を、そして戦争のタイムリミットを、知っているのだとしたら。

……もしも、化身が見る者によって姿を変えるのであれば、月がバニーガールなのも、天使も死神も、空々の想像力から生まれたファッションということになってしまうが、まあ、その点を確認する意味ではなく。

「勘違いしないでねー。私は天才だけれど、身の程知らずじゃないよー。ひとりででできるとは思っていないし、タッチ交代する気もないー。あくまでも空々くんがメインで、私はそのサポートって組み合わせで、交渉に臨もうって言ってるの。ひとりぼっちに限界を感じているのは、私もおんなじなのー。誰にも相談できずに、ひとりで戦い続けるのは、天才でも限界。空々くんは天才じゃなくていい、それは私が担う。私と機密を共有してくれれば」

「……わかった。とりあえず一回だけ、同席をお願いするよ」

と、空々は覚悟を決めて、灯籠木に向かった。

「ただし、言うまでもないけれど……、他のふたりには、秘密で。虎杖浜さんや好藤さんだけじゃなくって、酸ヶ湯博士にも──」

「わかってるって。氷上さんにも地濃にも、地上の杵槻にも黙っとく。もっとも、空々くんと行動を共にしていることはこんな閉鎖空間じゃ隠しようがないから、そこは『ふたりはデキてる』ってことにして、誤魔化しとくねー」

それじゃあ誤魔化せないんじゃないかと思うが、まあ、冗談の類《たぐい》だろう──どこまで本気かわからないのは、秘密を共有したのちも、特に変わらないようだ。

「その代わり、私がどういう経緯で、いつどこで地球と会って、そのとき、他にどんな話をしたのかっていうのは、正式採用後まで、勿体ぶらせてもらうねー。私、ミステリアスな女だからー。これ以上、廊下で話すようなことじゃないしねー。空々くんの見た地球像が、どんな擬人化だったかも、そんときに教えて頂戴ねー。そちらはどんなバニーガールなのかー」

「バニーガールのイメージしか見ないわけじゃないってば、僕は」

こうして空々は、力強いパートナーと手を結んだ。

力強い、そして、手強いパートナーと。

2

ブルームがリングイーネを連れてくるまでの間、空々が外出したのは、インターバルを取って身体を休めるためだったはずだが、結果としては、休息どころか、更なる過酷なハードワークを重ねただけのことだった——黒衣の魔法少女三名の包囲網に捕らわれ、それを脱したと思えば、うち一名から追撃を受ける形になった。

なので、他に選択肢はなくなっていたとは言え、ここでサポート要員が交渉に同席してくれるのは、そういう意味でもありがたかった——マッチポンプもはなはだしいところだが、ありがたいものはありがたい。

リフレッシュのために、熱いシャワーを浴びるつもりだった空々だけれど、それはもう諦めるしかなさそうだった。灯籠木を先導するように、空々は自室へととんぼ返りする。

かんづめの予言はないけれど、これまでの例から言って、部屋に戻れば、死神だけでなく、天使とバニーガールが滞在していることだろう。

さて、惑星と準惑星と衛星は、天才少女にはどう見えるのか——そんな興味もあったが、えてして、事態は空々の予想を超えてくるものだ。

到着し、暗証番号を打ち込んで扉を開けてみると、空々の部屋は寿司詰め状態だった。

否、これが寿司なら潰れている。

バニーガールはともかくとして、天使の羽根と、死神の大鎌が、ただでさえ狭い部屋に、かなりのデッドスペースを作ってしまっている——その上寝台の上には、なぜか女学生が横たわっていた。

天王星のブループである。

「お邪魔しています。ますます面白くなってきたとのことですので、こうして様子を見に寄らせてもらいました」

そう言って、空々に向けて軽く右手を挙げた——バニーガールのほうを見ると、彼女は彼女で、右手を縦向きの角度で、空々に向けた。

そんな『すまんすまん』みたいな謝りかたで済むことなのかどうかはともかく、どうやら、リングイーネを連れてくる際、周期の都合なのか軌道の都合なのか、ブループまで一緒について来てしまったらしい。

交渉の席に、無関係ではないにせよ、既に交渉を終えているはずの惑星に同席されるのは、正直やりにくいけれど（野球部の様子を見に来るＯＢみたいだ）、こちらも無許可で、しかも今回は『火星陣』ならぬ（そう言っていいのなら）普通の人間を、連れてきた身だ。

文句は言えない。

「ん。あれ。空々くん、その子は……？」

と、ブルームが、無許可で連れてきた（そう言うしかないのなら）異様極まる人間を指差す。

指差された灯籠木四子は、へらりと、嬉しそうににやついた。

通常、指差されるというマナー違反を受けたら（月だから、完全にはマナーに精通してはいないのだろう）、気分を害しそうなものなのに、なぜ笑う。

「バニーガールだー。やだ嬉しいー、生で見たの初めてー。灯籠木バニー四子ガールですー。空々隊長の部下ですー。うちの空々がお世話にバニーガールだー」

自己紹介が感想に混ざってしまっている。

バニーガールにどれだけ感動しているのだ、この天才は。

灯籠木バニー四子ガールって……。

と言うか、とりあえず、ブルームの姿は空々に見えている通り、灯籠木にもバニーガールに見えているらしい。

「天使だー。死神だー。女学生だー」

と、見たものを見たまんま口にする灯籠木。

子供じみた振る舞いには、上司として苦言を呈したいところだったけれど、他方で、決して惑星の化身のファッションセンスが、空々独自のものでないことが判明したのは、よかったと言える。

つい先程まで、空々を精神的に追い詰めていた魔法少女と同一人物とは思えない、喜色満面ご満悦の灯籠木だったけれど、天体達の反応は、芳《かんば》しくなかった。

ブルームとブループ、天使と死神が、きょとんとした顔で、こちらを見返している——天使と死神は、既に対話をスタートしていたのか、互いに向かい合っていたが、それを止めて、天使が振り向く形だ。

目を閉じたままなので、振り向いたところで、灯籠木が見えているのかどうかはわからないが、ともかく、闖入者《ちんにゆうしや》に一同は、戸惑っている風だ。

そりゃあそうか。

「彼女は、事情を知っています——ここまでの交渉の内容も知っていますし、地球と話したこともあるそうです。なので、人類の代表者として、交渉の場に同席する資格はあると考えます」

空々は木星のように、早口で言った。

ここは勢いで押し切るしかない。

少なくとも、彼女がここに来たことで、空々を待たずに始まっていたらしい、土星と冥王星のディスカッションが中断してはたまらない。

「地球と話したことが……へえ？　そんなことがあったら、このあたしが知らないはずがないんだけれど？」

疑っていると言うより、ただ戸惑っているように、ブルームが訊いてくる——バニーガールを戸惑わせるとは、やはり一味違う天才である。

「私が生まれ育った地域は、一時期、結界が張られていたからねー。お月様が真上から見てても、何にも見えなかったと思うよー」

「……ふうん？」

とぼけるような言い草の灯籠木に、ブルームははぐらかされたと思ったようだけれど、これは彼女は、相当率直なことを言っている——確かに一時期、彼女が魔法少女として、戦闘地域にしていた四国は、バリアーのような結界にくるまれていた。

保護するためと言うよりは、隠蔽《いんぺい》するために。

あの時期に魔法少女『スパート』は、地球と遭遇したのだろうか……、いや、四国の結界がいつから張られていたのかは、空々の知る由もないところだ。

「ま、邪魔しに来たわけじゃないから、お構いなくー。スペースのことなら気にしないで。私、空を飛べるからー」

そう言うや否や、灯籠木四子は、ふわりと浮き上がった。

人工衛星『悲衛』の重力制御システムに不具合が起こったわけではなく、むろん、着用する黒衣のコスチュームの作用である。予告もなく出し抜けに浮遊したので、空々の視点からは、釣鐘《つりがね》状のスカートの中身が思いっきり見えてしまったけれど、性欲が強い魔法少女は、取り立ててそれに構う様子はなかった。

寿司詰め状態だった空々の部屋も、天井付近となると、さすがに女の子ひとり分くらいのスペースが残されていた——埋め込み式のライトの真ん前に位置取ることになるので、室内が若干薄暗くなってしまったが、定員オーバーの問題のほうは、とりあえず解決した。

扉付近に立っていると、灯籠木のパンツが見えっぱなしなので、空々は空々で鍵をかけてから、壁沿いに移動し、定位置を探す……、一回目の交渉でそうしたように、寝台に、天王星と線対称になるように寝転ぶのがいいだろうか？　いや、それだと、肝心の天使と死神に、背を向けるポーズになる……、ならば半分くらい空気椅子になってしまうが、かんづめがそうしていたように、天王星の足下に腰を下ろすか。ここなら、ブループの視線を遮ることもないだろう。

これはこれでパズルである。立体パズルだ。

「あらあら……」

と、目を閉じたままではあるが、リングイーネが首を上げ、真上を漂う灯籠木に、感嘆の声をあげた。空を飛ぶ魔法少女が、物珍しいのだろうか。空々には、それが癖みたいに頭を下げていたリングイーネだが、灯籠木に対しては、頭を上げている――どちらにしても、頭上のリングが浮かんだまま落ちないのが不思議だ。

しかし、羽根なら自分にもあるのに……、まさか、その大きな羽根は、装飾品なのだろうか？

「……どこを向いているのさ。私を見なさいよ、リングイーネ。それとも、準惑星に落ちた惑星なんて、哀れっぽくてとても見てられないって言うのかしら？」

直前まで、同じように見上げていた癖に、はっと気付いたように、冥王星のノーヘルが、リングイーネに噛みつくようなことを言った。

「そんなことは……、いえ、そう思われても仕方のない振る舞いでしたね。誠に申し訳ありませんでした」

リングイーネは、おざなりにではなく、本当に申し訳なさそうにそう言って、改めて死神のほうに向き直った――対立姿勢だったのは、水星と海王星のときと同じと言えば同じだが、とりあえず、背中を向け合ってはいない。

ただ、どちらのほうがいいのかは、正直、よくわからない……、水星と海王星の対立を見ているときは、正面向いて意見を戦わせればいいのにと思ったものだけれど、先ほどのやりとりを見る限り、必ずしもそういうわけではないらしい。

むしろ顔を合わせている分だけ、こじれやすいとも言えそうだ……、人と衝突した経験に乏しい空々には、何とも言えない。そんな何とも言えない空々が、どうして交渉の場にいるのか、まったく謎めいている。

「ですが、ノーヘル。あなたの頑なな態度には、やはり問題があると言わざるを得ません。準惑星に『落ちた』と言いますが、そもそも惑星と準惑星は対等であり――」

「そんな御託《ごたく》を聞きたいわけじゃないのさ、私は。そんな綺麗ごとが、傷つけこそすれ、いったい誰を救ってくれるって言うの。くくっ」

「そうやって、自虐的に笑う癖をやめなさい。あなたを傷つけているのは、他ならぬあなたなのですよ、ノーヘル」

「結構。あなたこそ、そうやって上から目線でお説教をくれる癖を、直したらどうかしら。うぶな人類なら、あなたの言うことを本気にするのかもしれないけれど、私は騙されないわ。あなたの提案するプランBなんて……」

「あなたの気持ちも尊重してのプランBのつもりなのですよ、ノーヘル。誰も傷つかないとは言いません。被害も出るでしょう。私は『明るい戦争』を推奨する木星ほど、希望を持つことができません――『いい戦争』も『正義の戦争』もありません。しかし、『マシな戦争』ならば……」

「『マシな戦争』ね。そのわかってる感、かなり腹が立つさ」

ゴングも鳴っていないのに、ディスカッションが再開した。

それを受けて、バニーガールが月食よろしく姿を消す——部屋のスペースに、ひとり分の余裕が生じた。元が定員オーバーなので、あまり余裕という感じではないが（精々余地か）……、バニーガールと言うか、ラウンドガールみたいな振る舞いである。いや、空々はボクシングはよく知らないのだけれど、今、天使と死神が戦わせている議論は、ジャブの打ち合いと言った感じではなさそうだ。

フライングで始まっていた議論は、ある程度深いパートまで至っているらしい——これでは途中参加が難しい。

ここまでどういうやりとりがあったのか、天王星のブループに訊いてみようかと半身を捻《ひね》ったが、ブループは観戦に忙しそうだった。

面白半分め。

「まあまあ。そう熱くならずに。落ち着いて落ち着いて。熱くなるのは『火』だけで十分ってもんでしょー」

と。

そこで真上から、天使と死神の間に魔法少女の、全体がふにゃっとした、気合いの入らない声が割って入った。

「……邪魔はしないんじゃなかったの？」

ノーヘルが、隈の刻まれた目で、ぎろりと灯籠木を睨む。

「部外者が口を挟まないでくれる？　魔法少女だか『魔女』だか知らないけど……」

「厳密に言うと、その真ん中右寄りくらいなんだよねー。私は『火星陣』に近付こうとする過程だからー」

睨まれても毒づかれても、まるで応える風のない灯籠木は、ふにゃふにゃしながら言う。態度としては、地濃が立っている次くらいに、見ていて不愉快さを喚起する動作だった。

結構重要な秘密情報を、あっさりリークしているし。

「部外者に口を挟んで欲しいのは、私達人類のほうだからねー。自分がして欲しいことをまず相手にするっていうのは、コミュニケーションの基本だよねー」

「へえ。介入してくれるの。ありがたい限りさ。でも、そのプランAは、断ったはずだけれど？」

そう言ってノーヘルは、今度は空々を睨んできた——こっちを睨まれても。

いや、名目上とは言え上司だから、灯籠木の動向には責任を持たなくてはならないのかもしれないが、厳密には今は、勤務時間外である。

「地球と人類との停戦案に、賛成なんかしない。その点に関しては、私とリングイーネの意見も、一致しているのよ。ねえ？」

「……ええ。わたしとあなたとでは、反対理由が違いますが。わたしは、あなたがいる限り、実現できないから、反対せざるを得ないだけです——ブルームが考えた停戦案は、太陽系として、間違いなくベストです」

「間違いなくベストだって？　じゃあ、どうして地球と火星との戦争のとき、誰もそうしなかったのかしら」

「それは——」

言い淀むリングイーネ。

物腰柔らかながらも、ノーヘルからの因縁めいた噛みつきに、きびきび返答していたリングイーネが、少しだけ、痛いところを突かれたような様子を見せた。

地球と火星との戦争……、そのとき、何かあったのか？

ノーヘルの頑なな反対姿勢には——プランBにさえ反対するその強硬な交渉態度の原点は、ひょっとして、そこにあるのだろうか。

反対理由が違う。

空々はノーヘルから、その反対理由の芯の部分を聞き出すところまで辿り着けなかったけれど、リングイーネは、どうやら知っているらしい——本人（本星）を前には、どうしても訊きづらいが……。

「それがノーヘルさんが反対する理由なのー？　地球と火星との戦争を、誰も止めようとしなかったから？」

……あっさり、灯籠木が訊いた。

空気の読めなさで自分の上を行く人物を、空々は初めて見た――いや、違う。空々は空気を読めない。灯籠木は空気を読まないのだ。

読めないのも読まないのも、周囲に与える結果はまったく同じだが、しかし、恣意的にコントロールできるのならば、当然、本人には都合がいいだろう。

「空々隊長のお話を聞いていたら、勝手な定義で、あなたを惑星から準惑星に『落とした』、人類のことを嫌ってるのかと思ったけれど、でも、ちっぽけな人類の定義なんて、天体には関係ないとも言えるよねー。だから、嫌いなのは、地球なのかなって思ったのー。火星を滅ぼした、地球が許せなくって、だから、ほんのちょっぴりでも地球のためになるようなプランは、AでもBでもZでも、反対するし、賛成者を憎むのかなー」

「……知った風なことを言ってんじゃないさ。部外者が」

「完全に部外者ってわけでもないんだけどなー。さっき言った通り、私、『火星陣』を目指す過程だからー。過程だったから？　地球に滅ぼされた火星の、跡継ぎみたいなもんだよー」

数少ない『火星陣』の生き残りを、倫理なき実験のモルモット扱いした結果の、『黒衣の魔法少女』であることを思うと、跡継ぎなんてどの口が言っているんだというような物言いだけれど、恬《てん》として恥じるところのない灯籠木である。

まあ、それを言うなら彼女とてモルモットである――スーパーモルモットだ。

「でも、私が不満だったら、マジ当事者であるところの、酒々井かんづめを連れて来ようか？『火星陣』のあの子からは、当時の話が聞けちゃったりするかもね！」

「………………」

つかみどころのない口調の灯籠木に、明らかにストレスを溜めている死神――大鎌は再び壁に立てかけているとは言え十分手の届く範囲にあるのだが、それが怖くないのだろうか。防御力を誇る魔法少女のコスチュームも、必ずしも、死神の鎌に有効とは限らないのに……。

余裕の態度、挑発的姿勢、早くもタメ口、それに、連れて来れるはずがないかんづめというカードを匂わせる、虚実入り混じったはったり……、決して正攻法ではないのだろうけれど、これぞ交渉というものを、見せつけられている気分である。

堂々としていると言うよりふてぶてしい感じだが、あの天才は、物怖《ものお》じしないのだろうか……、空々の想像力の結果なのかそうでないのか、妙ちきりんな格好をしているとは言え、相手にしているのは、惑星なのだが。

仮に地球との遭遇が、一度、過去にあると言っても——ひょっとして、一度じゃないのか？

だとしても、灯籠木にはこんな交渉の場に出席する心の準備なんて、ちっともできていなかったはずなのだ。

空々が天才ズの包囲網に捕らわれて、正直作戦を取ったのは、ほんの三十分前の話である。

現実に対する受容力の高い、感情が死んでいる空々だって、天体相手に対応するには、もうちょっと時間がかかった——それもまた、感情が死んでいる空々に較べ、灯籠木は感情をコントロールできるという違いだろうか？

いや、これに関しては、単に、幼少期より天才過ぎた彼女は、精神的に幼いまま育ってしまっただけと考えたほうが正しそうだ。

「言葉に気をつけてください、灯籠木さん。わたし達は対話をしているのです」

目を閉じていても見かねたのか、リングイーネが苦言を呈した。

「天使に叱られちゃった」

と、灯籠木は空々を見て、「てへへ」と笑った。そして、反省の色はないままに、一応「ごめんなさい」と、謝った。

反省してなくても謝れるとは、なんともタチが悪い。

（でも、僕が謝ってるときも、こんな感じなのかな……）

だとすれば、それこそ反省が必要だ。

「別に庇って欲しくないさ。それで恩を売ったつもりなの？」

形だけでも謝罪を受けて、灯籠木に対する溜飲《りゅういん》は下がったのか、ノーヘルは再び、リングイーネに食らいついた。

「それとも償いのつもりなのかしら」

「どうしてそんな悲しいことばかり言うのですか、ノーヘルさん。あなたは、かつてそんな天体ではなかったでしょう」

「かつてそんな惑星ではなかった、って言うべきところなんじゃない？　空々くん。私の理想を聞かせたっけ？」

突然、ノーヘルが空々に話を振って来た。

と言っても、空々が返事をする前に、彼女は続けた。

「私の理想はね、地球が準惑星に格下げになることよ。それが実現できるんなら、あとはなんでもいいわ」

「地球が準惑星に格さ……、準惑星になったら、他の惑星も、大抵、そうなっちゃうんじゃないですか？」

言いながら空々は、背後の天王星を振り返る――ええと、確か、天王星の直径は、地球の四倍なのだっけ？

じゃあ、天王星は安泰だとして……、土星と木星も、もちろん言うまでもなく……。

「地球より小さい惑星は、水星、金星、火星だねー。おっと、火星は死んでるんだっけ？　でもまあ、要は、皆さんの言うところの、内輪だねー」

灯籠木がここで、真っ当に天才らしいところを見せた。

チーム『白夜』のメンバーならば当たり前のことなのかもしれないけれど、太陽系の惑星のサイズは、細かい数字まで頭の中に入っているらしい。そういう知識の裏付けが、堂々とした態度に繋がっているのだとすれば、単純に天才を、天然と決めつけることもできない。

「要は、地球型惑星が軒並み、準惑星って定義されるわけだー。これは偶然？　それとも、そこも含めて理想って意味？　ねえ、ノーヘルさん」

「……何なの、あなた。空中に浮いているからって、揚げ足ばっかりとってさ。空々ちゃんと一緒で、人類の代表者としてここにいるのかと思ってたけれど、あなたは人類の、性格の悪さを代表しているのかしら？」

「あははー。人類の、性格の悪さを代表する子なら、別にいるよー。なんだったらその子もここに連れてこよっか？」

「それは断じてやめよう、灯籠木さん」

即座に空々が止めた。

灯籠木の交渉術は、対立する天使と死神をまとめて挑発することで、二対一の構図を作ろうとするものなのだろうか――かんづめが水星と海王星相手におこなったのと同じ、あるいはそれをなぞったプランB。

プランBの有効性を、ノーヘルに見せようとしているのであれば、逆効果だと思うが……、どうにもこうにも、灯籠木の思惑が見えて来ない。

試用期間から飛ばし過ぎだ。

「理想として、他者の不幸を願うだなんて、どうしてあなたはそんなことを言うんですか、ノーヘルさん」

「そっちこそ。準惑星になるのが不幸だって認めてるじゃないのさ。単なる区分だって言うなら、地球が準惑星でも、ぜんぜん構わないはずでしょ？　土星だって、木星だって」

「現実的でない極論を言わないでください。揚げ足を取っているのはあなたでしょう」

ただ、灯籠木の交渉が、二対一を目指しているのだとすれば、今のところ、あまりうまくいっていないと言うしかないだろう。リングイーネがノーヘルを庇おうとすると、ノーヘルの反抗心はリングイーネに向くし、言われたリングイーネも、決して言われるがままにはなっていない。

言われたらきちんと言い返している。

（……してみると）

してみると、聞いたときには、リングイーネひとりが責任を背負い込んでしまうことを除けば、ほぼ隙がなく思えていたプランBも、必ずしも、完全な方法でもないのかもしれない。

たとえ土星が、地球と人類をまとめて敵に回したところで——横合いから不意打ち気味に攻撃し、それに応じざるを得ないシチュエーションを作ったところで、両者が絶対に手を取り合うとは限らない——個々に対応するならまだいいほうで、たとえば、土星に反撃しようとする地球を人類が背後から襲ったり、土星と取っ組み合って、動きが取れなくなった人類を地球がぶすりと刺すとか、そんな醜い展開もありうる。

和解の口実になるということは、裏切りの口実にもなるということだ。

三つ巴にもならない泥仕合だ。

戦局としては悪化の一途を辿ると言っていい——最悪のケースばかりを想定していたらどんなプランも実行不可能になるし、それも含めた上で、リングイーネはプラン

Bを提案したのだろうけれど、しかし、楽観的過ぎた。

収拾がつかなくなりかねない。

「ねえ、空々くん。これ、収拾つくのですか？」

さすがのひねくれ者も、面白がってばかりはいられなくなってきたのだろうか、後ろから、天王星のブループが素朴に訊いてきた。

「無茶苦茶になりそうですけれど」

「……無茶は好きなんでしょう？」

「好きですけれど」

呆れた風でもある。

そして小声で、「それを言うならば、私はどちらでも構いません」と続けた——意見の表明と言うよりは、独り言という感じだった。

どちらでもいい？

プランAでも、プランBでも？

「いいえ、惑星と呼ばれようと、準惑星と呼ばれようと、です。私は私ですから——超惑星なんて呼ばれたら、全力で抗議しますけれどね。それこそ、人類に攻め込むくらいに。惑星すべてを敵に回してもいいくらいに」

「……そうですか」

そんな『くらい』は大袈裟な表現なのだろうが、まあ、そう言えば、天王星は、『天』や『王』が名前として強過ぎると、不満を漏らしていたのだったか――『ウラノス』も。

自分には不釣り合いな褒め殺しだと。

だから、センスがあろうとなかろうと、空々がつけた別の名前に、悦に入っていて……、ただ、『準惑星』を嫌がるのと、『天王星』を嫌がるのとでは、やはり意味合いが違う……、どころか、意味合いが真逆になるだろう。

リングイーネと灯籠木を相手取るのに熱くなって、どうやらノーヘルには、ブループの独り言は耳に入らなかったみたいだけれど、『私は準惑星と呼ばれようと構わない』なんて発言を聞きつければ、今度は女学生に、火の粉が飛んできかねない。

「と、に、か、く」

ノーヘルが、ここまでの議論をいったんリセットさせるかのように、声を張り上げた。

「私は、絶対に反対するってことさ。地球と人類は、このまま、戦争を続けるべきなの。何者も介入すべきじゃない――そうでなかったら、不公平だもの。前例に反するもの」

前例というのは地球と火星との戦争か。

やはりその戦争が——いや、待てよ？

介入していないというのは違わないか？

その点について、リングイーネが何か言っていたような……、みんなあの戦争には心を痛めているとか……、じゃなくって……、もっと具体的な名前を挙げて……。

かんづめもそんなことを言っていたような……。

「前例に——反しはしないでしょう。あのときだって、地球と火星との間に入ろうとした惑星があったことを、忘れましたか？　ノーヘル」

「憶えていますとも、リングイーネ。その結果、どうなったって言うのさ？　それこそ、私のいう『前例』じゃないの」

天使からの反論に、むきになったように、死神は身を乗り出した。もう、部屋の狭さなんて関係なく、互いの身体がぶつかり合うような距離だ——否、実際、胸の部分がもう触れ合っている。

「地球は裁きを受けるべきなのさ。戦争の勝者だからと言って、もてはやされるべきではない——人類の台頭は、地球に下った天罰みたいなものなのさ。対症療法であれなんであれ、治療するべきではないの」

人類癌細胞論、あるいは、人類ウイルス論か。

ブループが、「『天』罰？」と、横向きの姿勢で首を傾げた。

そこに引っかかられても——いや、星々には個々に、譲れない一線があるのかもしれない。まあ、ブループとて、天王星と呼ばれるのが好きじゃないからと言って、他の惑星が、他の惑星のために立てたプランを、妨げようとは思うまいが……。

（……ネックなのは、もしかするとそこなのかもしれない。勢いに押されて、今まで気付かなかったけれど……）

プランAに対してもプランBに対しても、一貫して反対の姿勢を貫いているから、ノーヘルは、不干渉や不介入を謳っているように感じていたけれど、しかし、ここまで来ると、人類と地球との戦争に、もっとも介入しようとしているのは、彼女ではないのだろうか。

天王星や海王星といった外輪の惑星からすれば、地球と人類との戦争は、対岸の火事も対岸の火事であり、だから興味関心をもってもらおうと、これまでの交渉の中では、その印象を払拭する努力をしたものだったけれど——思い出してみれば、ノーヘルに対しては、その努力は必要なかった。

地球と人類に、最初から興味津々だった。

反対姿勢とは言え、無関心ではなかった。

詳しく説明する必要もなく——海王星の更に向こう側を回る、かつて、地球どころか、太陽からさえ、最も遠い惑星だったと言うのに？

どういう結果を招くかはわからないけれど、つつくとするなら、そこなのか？　状況に変化をもたらすためには……、と空々が、言いかたを考えていると、

「確認させて欲しいんだけどー、ノーヘルさん。プランAにもプランBにも、プランZにも反対することで、今度はあなたの立場がまずいことになるかもしれないけれど、それは別に構わないってことなんだよねー？」

と、考えない言いかたで、灯籠木が言った。

言わんとすることは空々と同じだったが、その言いかただと、如何せん刺激的過ぎないか？

「プランAを潰すことは、これまで賛成票を入れてきた惑星の顔を潰すことになるし、プランBを潰すことは、リングイーネさんの体面を侮辱することになる──プランZを潰すことは、私を侮辱することになる」

「……プランZって何よ」

不審そうに、死神は応えた。

いや、プランZは、ただのたとえだろうが。

「わたしの体面など、些細な問題です」

「だねー。そりゃあ、土星の表面は綺麗だもんねー。あ、ブループラネットの天王星も、私は美しいって思ってるよー」

なぜかここで、灯籠木は惑星達を褒めた。

間を外したのかもしれない――そこは計算された話術なのか？

「冥王星の模様も格好いい――」

「お為ごかしを聞きたいわけじゃないんだってば。プランZの説明を――ああ、違う、そうじゃなくって……」

感情的になり過ぎて、ノーヘル自身も、自分の言っていることがよくわからなくなってきたのか、かぶりを振って、「構わないさ」と続けた。

「仮に、私の投票行動が、不興を買ったとしても――その結果、私が責められることになろうとも、攻め込まれることになろうとも、すべて受けて立つと、空々くんにも言ったはずさ」

そこまで言ってはいなかった。

賛成者との戦争も辞さないとは言っていたけれど……、攻め込む覚悟だけでなく、攻め込まれる覚悟まであると言うのか？

「準惑星に格下げされた時点で、私にはもう何もないのよ。太陽とだって戦ってみせる」

「地球とだって？」

と、灯籠木。

茶々を入れるような口調だが、そのあまりにも素っ気ない言いかたは、逆にフックが強かった――ノーヘルだけでなく、リングイーネもブループも、そして空々も、彼女のほうを向く。

そうして見ると、全員の注目を一身に集めやすい天井というポジショニングも、単に空きスペースに滑り込んだわけではなく、計算され尽くしたようでもある。

「地球とだって、戦争するつもり？　だったら――第三勢力には、リングイーネさんじゃなくって、ノーヘルさんになってもらうって言うのも、ありかもしれないねー」

「…………」

「あなたが地球と人類に宣戦布告すれば、地球と人類は手を取り合って、『真の敵』に立ち向かうことになるのかもねー。停戦案に反対姿勢を貫こうとするあなたの姿勢が、実際は、停戦案にもっとも寄与することになったりしてー」

論理を弄《もてあそ》ぶような、灯籠木の指摘ではあったけれど、その皮肉な展開そのものは、ありえないものではないのだろう――プランBで、リングイーネが第三勢力に名乗りをあげるのは、あくまで彼女が発案者だからというのが、主な理由なのだ。

手加減ができるとも言っていたが……。

「私が第三勢力となるとしたら、そのときは、地球と人類をまとめて叩き潰すまでさ。手加減なしで。くくくっ」

「……そんな真似をすると、そのときこそ、あなたは全惑星を敵に回すことになりますよ？　ノーヘル、なぜあなたがそこまでしなくてはならないのですか？」

天使が心配そうに言う。

『なぜあなたがそこまでしなくてはならないのか』は、本来、リングイーネにこそ投げかけられるべき問いのはずなのだが、彼女は、冥王星に対して、その台詞を言うのだった。

それだけとっても、単純な対立ではない。

今から思えば、すれ違いと入れ違いに満ち満ちていた水星と海王星との対立の、なんとわかりやすかったことか——かんづめに協力してもらい、利害関係を組み合わせ、損益構造を組み変えることで、あのときは切り抜けたけれど、そういう意味では、リングイーネもノーヘルも、利害や損益を捨ててしまっているのが難しい。

真逆の方向にではあるが、ふたりとも、無私である。

利益を望んでいるわけでないし、損害を辞さない覚悟もある。

ゆえにふたりとも、理屈では折れない——説得ができない。

あるいはブループのように、戦争を娯楽として捉えていれば、損得を超越したところでの取引もできるのだろうが……、しかし、天使と死神には、それぞれ、体現したいヴィジョンがある。

ヴィジョンと言うべきか、そう、理想と言うべきか……。

（理想……。ノーヘルさんの理想は聞けたけれど、だからと言って……）

「私を第三勢力として、地球と人類と戦わせるっていうのが、灯籠木さん、あなたの言うところのプランZなわけ？　くくっ、それなら乗ってあげてもいいさ。まー、私は準惑星だから？　あっさり負けて終わりだろうけどね。でも、こじれている戦いを、更にこじれさせることくらいはできるんじゃないかしら——たとえばこの人工衛星を、地球に墜落させたりね！」

いくら私が準惑星ごときだからと言って、さすがにこの人工衛星よりは巨大なのさ——と、ノーヘルは、ここまでの仕返しとばかりに、灯籠木に挑発的なことを言った。

人工衛星『悲衛』を、地上に墜落させるという、空々もいつかブルームから受けた脅しに、多少は怯むのかと思ったが、しかし魔法少女『スパート』は、「私のプランZは、別にあるのよー」と、変わらぬ口調で言った。

変わらぬ口調と態度で言った。

「この状況を解決する、プランZは別にある」

「…………？」

プランZは——たとえじゃなかったのか？

「いやいや。ものの喩えじゃないよ。私はちゃんと考えてる——昨日から考えていたと言ってもいいよ」

それは嘘だ。それだけは。三十分前まで、交渉がおこなわれていることすら、彼女は知らなかったはずだ——裏を返せば、たった三十分で、灯籠木は、新プランを考えたということになる。

停戦案でも天使案でもない、魔法少女案を？

「リングイーネさんが主張する、『反対するからには代案を出すべき』って言うのは、その通りだと思うよー。そう言えば、私の意見をまだ言っていなかったっけ？私はプランAもプランBも、ありだと思ってる。どちらに関しても、反対意見はない。逆に言うと、反対意見に対する反対意見があるわけだ——だから、反対意見に対して、代案を述べようと思うわけ。ノーヘルさんの反対意見を、撤回させるプランZを」

「……うだうだと思わせぶりなことを言って、私を混乱させようっていうのがプランZなら、まあ、成功しているんじゃない？　だからって、私が賛成に転じることはないけれどさ」

不審そうに、しかし、警戒するように言うノーヘル。

リングイーネは、ここでは何も言わず、灯籠木の次の言葉を待っていた——彼女のプランＢこそ、『ノーヘルが賛成に転じることがない』ことを論拠にしているので、もしもその点を解決するプランを、灯籠木が持っているのだとしたら、それを聞かないわけにはいかないのだろう。

「理想を実現させてあげる。私が、あなたの。それで取引は成り立つでしょ？　単なる利害関係――損益構造の問題として」

「り、理想の――実現？　何のことを言って――」

「さっきあなたが言ったんじゃないの、ノーヘルさん。あなたの理想は、地球が準惑星に落ちることだって」

灯籠木は言った。

「そのプランを、実現させましょー」

３

まぎれもなく天才の手腕と言うしかないくらい、鮮やかだった。

あれだけ強硬に反対を表明し、孤立どころか戦争すら辞さないと息巻いていた冥王星を、どうあれ翻意させ、結果として土星のプランＢも凍結させ、彼女からもプランＡ、即ち停戦案への賛成票を取り付けた。

むろん、浮動票に近い天王星の票も賛成のまま、動くことはなく——要するに、あれだけ難航していた交渉は、一瞬で解決したのだった。

まるで魔法のように。

「魔法じゃないよー。交渉術の中でも、一番簡単な奴だよー。条件を出させて、それを聞く——言うまでもなく、私だけの手柄でもない。空々くんが、元々、冥王星のノーヘルさんから『理想』を聞き出そうとしていたからこその解決だよ。私はそれに乗っかったに過ぎないのだー」

「……最初から、その手でいこうと思ってたわけじゃないんだよね？」

「ぜんぜん。ほぼアドリブ。プランZって言うのも、大雑把な表現で、実際に二十何個もプランを立ててたわけじゃないよ。空々くんの話だけじゃ、土星と冥王星が、どんなキャラクターなのか計りかねたし、あの場に天王星がいたことも、計算外だったしねー。計画通りに進むことなんてないんだよー。四国ゲームを運営しているとき、そうだったみたいにー」

「…………」

深読みすれば、二十何個とは言わなくとも、複数の対応を考えていたということになりそうだが……、その中で、灯籠木が採用したのは、あのプランZだったらしい。

地球を準惑星に格下げする。

格下げという言いかたは、リングイーネはあくまで認めないだろうし、また、その実現性は危ぶんでいたようだけれど、しかし、ノーヘルのほうが承諾したのならば、彼女としては、是非もなかったのだろう。

「もうちょっと言うと、『条件を出させて、それを聞く』じゃなくって、『無茶な条件を出させて、それを聞く』だねー」

「無茶……」

ブループが好きな奴だ。

空々は、それが好きだとは言えないし、その点においては、ノーヘルだって同じだったはずなのだけれど――それに、語った『理想』だって、ほとんど売り言葉に買い言葉だったはずなのだ。

灯籠木はその買い言葉を、売り文句と受け取った。わざと。

それは例の如く件《くだん》の如く、揚げ足を取ったも同然だっただろうが、しかし、ノーヘルの側からしてみれば、灯籠木のほうこそ、挑発に乗ったと思ったに違いない。

無茶な条件を呑んだ、愚か者に見えただろう――天才なのに。

できっこない、実現不可能な条件で妥結することで、交渉自体を、プラン自体を成り立たなくしたと思っているだろう――だから彼女は、最後には機嫌よく帰って行ったのだ。

勝った、と思って。

だが、灯籠木にとっても、あるいはリングイーネや、既に賛成票を取っているブループ達にとっても、その結論は、勝利のようなものだった。

全員が負けたと思っているならそれはいい取引というのが鋼矢の交渉術だったけれど、その際、彼女が語っていたベストの結果——ウィンウィンと言うか、全員が勝ったと思っているならば、それ以上の結果はないだろう。

そこは『絶対平和リーグ』の幹部クラスとベテランとの、考えかたの差とも言える——空々は鋼矢側の人間だが、しかし、実際に理想を体現したのは、灯籠木だった。

だからと言って、地球を準惑星にするなんて空手形を切ってしまって、いったいどうするつもりなのか——無茶な要求を受け入れることで、確かに交渉は成功したが、肝心のプランのほうが実現しないのであれば。

「うん。まあ、実現不可能な要求でないと、向こうも出す意味がないからねー。事実上、向こうは最初から、断らせるつもりで無茶な条件を出しているんだから——その条件を受けられたところで、『どうせできないだろう』って思わせるところが大事。これは『一億円払えば許してやるよ！』って言ってる相手に、ぽんと一億円払っちゃうような解決策なんだから」

そんな表現をすると、従順なようでいて、暴力的な解決策である。

暴力的と言うか、即物的と言うか。

即物的と言うか、俗物的と言うか。

利害や損益ではない、逆に無私とも言えたノーヘルの姿勢を、理解しやすい形にひっくり返した——空々は、あるとすれば、冥王星が停戦に反対する理由を聞き出して、それを解決するような交渉術だと思っていたけれど、灯籠木は、反対理由にはこだわらなかった。

こだわったのは条件だ。

彼女は無茶な条件を待っていた。

「でも、ノーヘルさんの出した条件……、引き出された条件って、『死んだら許してやる』くらいの難易度だと思うんだけど……、それで実際に死んだら、もう許すも許さないもないような……」

「そこまでじゃないけれどー、それくらいやらなきゃ、あの白熱は引かないだろうねー。ドン引きって感じだけどー」

灯籠木は、本当に手柄を誇る気はないらしく、交渉中となんら変わらぬ調子で、何ら変わらぬ風に、空々の部屋の中空を浮遊している——天使も死神も女学生も退室したのだから、もう椅子に座っても、寝台にねそべっても構わないのだが。

パンツを見せる趣味でもあるのだろうか。

「そーゆー場合は、本当に死ぬ振りをして、ビビらせるって感じになるのかなー」

「……だったら、今回も、『そーゆー場合』ってこと？　無茶な条件を聞くっていう気概だけを見せて……、その『やる気』をもって許してもらうとか……」

努力賞みたいなアピールになるが、現実的な着地点でもある。

小学生のとき、全国大会に出場できなければ野球部を辞めることと、親に約束させられていたチームメイトがいたけれど、彼は地区予選で敗退したのちも、普通に野球を続けていた——当時は、約束を破ったのだろうかと不思議に思っていたけれど、今から思えば、あれこそが『条件は満たせなくとも、頑張りが認められた』ということなのだろう。

そんな努力点をノーヘルから期待するのは、やや楽観的過ぎる気もするけれど……。

「いやいや。私は約束は守るよー」

「え？」

「できることしかやるとは言わない。だから私は天才なのー。できないことにもチャレンジして己を研鑽《けんさん》する虎杖浜や、不向きであろうと美学を追い求める好藤とは、その辺がちょっと違う——国際や誉田《ほんだ》とも違う」

国際は——『水』の魔法使い『シャトル』の本名だったけれど、誉田？　消去法で考えれば、『木』の魔法少女『スタンバイ』だろうか。

ふたりとも、四国ゲームで脱落したとは言え、チーム『白夜』に属していた天才であることに違いはない。

「強いて言えば、誉田が一番、私に似てたかなー。私と違って、友情に篤《あつ》い奴だったけど。まあそれはいいや。とにかく、約束は守る——私は、嘘はつきません」

「……じゃあ、本当に、地球を準惑星にするっていうの？」

「うん」

当惑するだけの空々空に、ふにゃりと頷く灯籠木四子。

「できる。私ひとりじゃ難しいかもしれないけれど、それこそ、虎杖浜や好藤の力を借りればね。あと、『地球撲滅軍』の新兵器、『悲恋』も、使わせてもらおうかな」

「……？　どういうプランがあるわけ？　そっちには……」

「空々くんもご存知の通り、準惑星の定義は、『近くの星と比べて相対的に大きくはない、衛星じゃない天体』なんだよ。ちなみに英語ではドワーフ・プラネット。妖精《ようせい》さんだね」

「うん——いや、ご存知ではなかったけれどね。氷上さんに教えてもらうまでは——」

それも、英語名までは教えてもらっていない。

氷上も知っていたのかもしれないが……、やはり、灯籠木の天才性は、きっちりと知識に裏打ちされている。

「だけど、そういう言いかたをすると、結構ざっくりとした定義なんだね。『比べて』とか『相対的に』とか『大きくはない』とか……、『衛星じゃない』とか……」

「うん。はっきり言って、はっきり言ってない。元々、いろいろあって冥王星を惑星から外すときに、『さすがにちょっと可哀想』って意見が出て、新しく創設された定義だからねー。それまでの定義に従えば、本当だったら冥王星は、小惑星に分類されるはずだったからー」

名誉職みたいなものか。

今の話は、人類側の天文学であって、ノーヘル自身が語っていた『追放』の経緯とは違うのだろうけれど……。

「まあ、かようにあやふやな定義ではあるけれど、逆に言えば、どうにでも解釈できるって意味でもある——周辺の星に比べて小さかったらいいのなら、地球のサイズを、もうちょっと削ればいいだけなんだから」

「け——削る？」

「土木工事。ダイエット。ダウンサイジングと言ってもいいかな——魔法少女の得意技だよ」

土木工事が魔法少女の得意技なのかどうかは知らないが、しかし確かに、チーム『白夜』の面々は、四国ゲームを運営する中で、四国の形状を大きく変えた。川を氾濫《はんらん》させ、森林を蔓延《まんえん》させ、大嵐を起こし、大地を揺らし、火焔《かえん》に彩った。あの大破壊を地球各地でおこなえば、そりゃあ、ダウンサイジングどころではなく、地球の直径も円周も、妖精並みに可愛らしいものになるのかもしれないけれど……。

（『悲恋』に言及したのは、そのためか……。確かに、あのアンドロイドは強力な破壊力を誇る『爆弾』だから……）

「で、でもそれじゃあ、地球との戦争を続けているようなものだけれど……」

「そりゃあ、まるっきり無傷じゃあ済まないね。地球も、そして、人類も。地球がちっちゃくなっちゃったら、そこに住める人類の数も限られてくるだろうから――だから、この案は、もうちょっとソフィスティケートする必要があるけれど、まあ、最悪でも地球を準惑星にするのは、そんなに難しくはないってこと」

極論、『準惑星』の定義を変えちゃえばいいしね――と、元も子もないようなことをいう灯籠木だった。それで解決できるのは人類側の認識だけにも思えるけれど、しかしそれだって、不可能かと思われた条件を、一応は満たしている。

返す返すも、魔法のようだ。

試用期間と言っていたけれど、ほとんど空々の出る幕はなかったわけだし、これならこの先の交渉も、彼女ひとりに一任したほうがよいのではないだろうか——決して、楽をしたいという気持ちではなく、空々はそう思ったけれど、

「いやあ、だから、隊長のこれまでの交渉があってこそなんだってば。私の交渉術なんて、たかが知れてるの——私は天才で、私は魔法少女だけれど、交渉人としては、空々くんのほうがずうっと優秀なのよー」

「……謙虚なんだね」

「うんにゃ、傲慢なの。だから、実際、失敗したんだし」

「失敗？　成功したじゃない。ノーヘルさんも、リングイーネさんも……」

「今回じゃなくってねー。地球と会ったときの話だよー」

「…………」

「あのとき、地球との交渉が成立していれば——私が地球を説き伏せていれば、戦争はその場で終わっていたんだから。『大いなる悲鳴』を予告されることもなかった——『絶対平和リーグ』が、四国ゲームを、開催することもなかった。郷土愛や人類愛には欠ける私だけれど、あのときのことは、できることができなかったって思ってる。だから、私は、この交渉に横入りしたいの。プランAでもプランBでもプランCからZでも、なんでもいいから、停戦案を推進したいのよ」

できることをしたいの。

と、灯籠木は空中を回転しながら言うのだった。

4

酒々井かんづめや灯籠木四子の助けを借りつつ、これで空々空は、ブルームの提案する停戦案に、その内実は嫌になるほどヴァラエティに富みつつも、どうにかこうにか、六票の賛成を取り付けることに成功した。

水星、木星、土星、天王星、海王星、冥王星。

太陽系にとっても停戦案にとっても中心的天体となる太陽が最後の会談相手となることは決定しているとして、次なる交渉は、残るひとつの惑星——地球型惑星にして地球の双子惑星。

大きさも重さも地球とほとんど変わらぬ天体——金星である。


（第９話）

（終）

第10話「輝く女神はヴィーナス！最後の惑星、現る」

0

いい知らせと悪い知らせがある。

たとえ悪い知らせでも、知らせがあるのがいい知らせだ。

1

惑星最後の交渉相手となる金星に、空々はツートンと名前をつけた。

これはこれまでの例で言えばメタールやウォーのネーミングに近く、見た目からつけたニックネームである――彼女のロングヘアーが、くっきりと特徴的に、ツートンカラーになっていたからだ。

具体的に言うと、上半分が黒髪で、下半分が金髪だった。

金星だから金髪だというのならキャラクターデザインとして、とても王道でわかりやすかったのだが、しかし、上半分が真っ黒では、『昔、お洒落《しやれ》で髪を染めていましたけれど、今はもう頑張るのをやめました』感が満載だった。

ファッションにもその『色』が出ていて、金星はアウターもボトムスも、控えめに言ってだらしのない、だるんだるんのジャージだった——そちらも上下で色が違って、ジャージの内側に覗くシャツの色合いも含めて、『手の届いたところにあった服を、ずぼらに着てきました』感を、隠そうともしていない。

ネイルが剝《は》がれ落ちた爪先《つまさき》が覗く、裸足《はだし》にサンダル。

むろん、高度にデザインされたヒールつきのサンダルなどではなく、ベランダに出るときに履くようなサンダルだった……。

間違っても、宇宙空間で見ることはないであろう、ひょっとすると、逆にお洒落かもしれない、統一感のなさだった。

そんなコーディネートに引けを取らない、無気力な表情で、ぼーっと彼女は、空々空の自室に現れたのだった。

なるほど、なるほど。

(灯籠木さんが危惧していたのは、この可能性だったのか——)

賛成票が確約されていると見込まれていた、この惑星最後の交渉も、どうやら、なまなかには進みそうもなかった。

ちなみに、髪の色からツートンと、そのまんま名付けてみた空々ではあったが、金星の英語名なら、ブルームから紹介されるまでもなく、たまたま知っていた。

ヴィーナス。

意味はもちろん、訳すまでもない。

2

何を考えているのかわからない、どこまで本気なのかわからない、わからない尽くしの交渉パートナーを得た空々だったが、灯籠木の天才性は、交渉の場ではないところでも、発揮された。

それを天才性と呼ぶべきか、異常性と呼ぶべきかは定かではなかったけれど、具体的には彼女は、本当に宇宙船内に、『空々空と灯籠木四子はデキている』という噂《うわさ》を流した。

「当たり前でしょー。交渉に臨むにあたって、どうしたって打ち合わせはしなきゃいけないんだからー。みんなには私達を、ふたりっきりにしてもらわないとー」

……そう言われると、確かに理屈である。

これまでは空々少年が、基本的にひとりで交渉に当たっていたため、良くも悪くも、ミーティングの必要はなかった。

たとえ右左危博士の融合研究に、被験体（献体？）として参加しているときでさえ、頭の中で、あれこれ考えるのは自由だったのだから。

だが、これからは交渉にチームで挑まなければならないとなると、事前の打ち合わせは不可欠である——試用期間の一回目は、なし崩し的に交渉になだれ込んだけれども、本格的にタッグで動く次回からは、万全を期するべきである。

宇宙船としては大きめでも、シェアハウスとしては狭めの人工衛星『悲衛』である——噂はあっという間に、人口に膾炙《かいしゃ》した。まあ、人口密度はともかく人口は少ないので、これは当然の速度ではあるのだけれど、灯籠木はよっぽど効果的に情報を流出させたのか、意外なことに、基本的には祝福ムードだった。

ほぼ没交渉のトゥシューズ・ミュールも、この件に関しては、わざわざ食事中の空々のところまでやってきて、祝辞を述べてくれた——ロシア語だったのでなんと言ったのかはちんぷんかんぷんだったけれど、たぶん祝辞だったのだと思う。

あの地濃鑿でさえ、

「いやー、空々さんも人間だったんですね。感情が死んだつまらない仕事人間だとしか思ってませんでしたけれど、意外とやることはやってるんじゃないですか。所詮はただの男と言いますか、少しだけ見直しましたよ」

と、祝ってくれた——祝ってくれたか？

空挺部隊から地濃をクビにするという『やるべき仕事』をまだやっていない空々としては、そんな風に言われてしまうと、騙しているようで申し訳がなかった。

「船内恋愛はご法度《はっと》とか、風紀委員みたいなことを言うつもりはないけれど、節度は保ってね。わかってると思うけれど、『魔人』や『究極魔法』の事情もあるんだから、清く正しく健全なお付き合いを推奨するわ」

とは、右左危博士の祝辞。

右左危博士の年齢を思うと、風紀委員ではなく生活指導の先生と言うべきじゃないのかと思ったが、娯楽の少ない宇宙船内で、彼女も学生気分を味わいたいのかもしれなかった。

「おめでとう、空々くん。四子は僕の娘のようなものだから、よろしく頼みますよ」

酸ヶ湯博士はそう言って握手を求めてきた。

もっともこのふたり、キャプテンと副キャプテンは、噂を聞いた時点では多少、怪しんではいたようだ——けれど、灯籠木と空々との熱烈なキスシーンが船内各地で目撃されたことで、とりあえず納得したらしかった。

天体交渉の件を知っている酒々井かんづめは、我関せずの姿勢だった——さすがに世話役として、空々のことをもっとも近くで観察してきた、もとい、見守ってきた氷上は騙し切れないようだったが、そこはできる秘書として、デキたふたりを見守り続けるスタンスを選んだようだった。

「何をしているのか、いつかちゃんと教えてくださいね」

と、耳元で囁《ささや》いた。

あと、「キスの仕方がわからないときは、私に訊いていただければ」とも付け加えていたが、それは謎の台詞だった。

この噂の信憑《しんぴょう》性を語る上で、空々がもっともネックとなると思っていたのは、天才ズの残るふたり――虎杖浜なのかと好藤覧で、いきなりメンバーのひとりが空々と付き合い出したと聞いたら、たとえ天才でなくっとも、ただならぬ事態をその裏に読み取るのではないかと危惧したのだが、だが思っていたほどのことにはならなかった。

どうも、『性欲が強い』発言は、あくまで冗談めかしたものだとしても、灯籠木四子が知り合った異性とすぐにそういう関係になってしまうことは、チーム『白夜』では、常識の範囲内らしい――むしろ、虎杖浜あたりは、

「私が……、包囲網への協力をお願いしたばっかりに……、灯籠木が空々くんとお近づきになっちゃった……」

と、強く気に病んでいる様子だった。

ただでさえ体調が悪いところにとどめの一撃を食らったように、とうとう寝込んで

しまったそうだ――チームメイトが悪い男に引っかかってしまったかのような言い分には、いくら空々とて思うところがないでもなかったけれど、まあ、灯籠木の普段のおこないがよかったせいで（素行が悪かったせいで）、天才ズからの疑いは、さほど濃いものにはならなかったようだ。

好藤に至っては、「また灯籠木の犠牲者がでよったか。同情するで、空々くん」と、憐《あわれ》みの視線を投げかけてくる始末だった――まあ、意外と真相から外れてはいない感想なのかもしれなかった。

かくして、空挺部隊隊長・空々空と、元チーム『白夜』リーダーの灯籠木は、人工衛星『悲衛』内において、生暖かく距離を置かれる、自由行動を認められたのだった。

3

金星との交渉に向けての打ち合わせは、灯籠木の部屋でおこなわれることになった――と言うより、パートナー契約をきっかけに、空々は基本的には自室を引き払い、灯籠木の部屋で寝起きすることになった。

船内でのプライバシーを無視したこの決定は、むろん、灯籠木の指揮によるもの

で、

「空々くんの部屋はー、交渉専用にしたほうがいいと思うんだよねー」

というのが、その理由だった。

「月のブルームさんがそう仕切ってるのか、それとも他に理由があるのかわかんないけれど、交渉相手はいつも、空々くんの部屋に現れるわけでしょー？　そんで、いきなり交渉が始まっちゃう……、木星のスピーンさんを相手にしたときなんて、予告なしでブルームさんに同行してきちゃったとか言ってたじゃない？　寝ているところに現れたり、疲れているところに現れたり……、黙って聞いていれば、準備ができない不意打ちばっかりじゃないー。そんなので、よくここまで切り抜けてきたと、逆に感心しちゃうくらいだよー。天才じゃない人間は、本っ当、逆境に強いよねー」

「……その対策が、僕のお引越しだって？」

てっきり、この『お引越し』によって、船内に流れる噂を、より一層強固にしようと企んでいるのだと思ったが、それももちろんあるのだろうが、あくまでそちらは副次的な理由らしい。

「そう。交渉のイニシアチブを握りたいじゃないー。せめて、開始時間くらいはー。幸い、もう佳境で、次なる相手が金星であることは決定しているわけで——あらかじめ予想できることも多いわけだしねー。だから交渉の開始時刻くらいは、こちらでコントロールさせてもらおうってこと」

「ちょっと……、まだ、わかりにくいんだけど。ごめん、理解が遅くて」

「いいよいいよー。誰もが私じゃないことはわかってるー。ちゃんと説明させてー。『いつ』交渉が始まるかわからないランダム性に、これまで空々くんは悩まされてきたと思うけれど、でも、『どこで』交渉が始まるかのほうは、もう、ほとんどはっきりしてるわけじゃない？」

「僕の——部屋」

「そう。空々くんの部屋の外で、天体の化身が観察されたのは、廊下でブルームが覗き見って言うか盗み聞きって言うかを、お行儀悪くしていたときだけだもんねー？　逆に言うと、空々くんが部屋にいない限りは、交渉は始まらない」

「………」

確かに、食堂エリアやトレーニングルーム、無線通信室やシャワールーム、もっと言えば好藤の部屋にだって、ブルーム達は現れてはいない——あくまで空々の部屋にしか、厳密に言っても、その周辺にしか現れていない。

もちろん、これはサンプルの少ない統計であり、天体はどこに現れても不思議ではないのかもしれないけれど、しかしながら、交渉がどういう風に始まるか予想もつかないというストレスを、少しでも軽減できるアイディアを、ぽんと出してくる灯籠木に、空々は感心しないわけにはいかなかった。

その解決方法はともかくとして……。

「あんまり打ち合わせを長引かせると、天体が如何に天文学的な時間の尺度で動いているとと言っても、しびれを切らしちゃうかもしれないから、そこは折を見なくっちゃいけないけどねー。でも、空々くんが私の部屋を生活空間とすれば、こちらから不意打ちはできないにしても、体調を整え、準備を整えたタイミングで、交渉相手を待ち構えることができるってわけー」

待ち構えるじゃないかなー、お出迎えかなー、と、灯籠木は、こんなアイディアは出して当然だと言う風に、気取った風もなく、言うのだった。

「ベッドは空々くんが使っていいよー。私は空中に浮いて眠るからー。添い寝してくれてもいいけどー。添い寝は得意なんだっけー？」

「それは言葉のあやで……」

ブループとの交渉時の会話を拾っての揶揄《やゆ》らしいけれど、まったく、細かいところまでよく聞いてくれている。

だからこそ、各方面に多種多様なプランを、絶え間なく打ち立ててくるのだろう。

アメリカ合衆国の対地球組織である『ＵＳＡＳ』に出張した際、同行した虎杖浜なのかの年齢離れした才覚に驚かされたものだが、灯籠木の才覚は、年齢離れどころか人間離れしている。

まあ、あのときの虎杖浜は、太平洋を渡る際の飛行機搭乗で、本領を発揮できていなかったとも言えるが……。

大なり小なり、これまで抱え込んできた様々な秘密を、初めて完全に共有できる相手ができたと言えるささやかな同棲《どうせい》だったけれど、しかし、思ったほどほっともしなかったし、楽にもならなかったというのが、空々の本音だった。

むしろ新たな秘密を抱え込んでしまったかのようで、気が重い——地球と会ったのが、『大いなる悲鳴』の予告を受けたのが、自分だけではないと知ったときには、少しだけ、プレッシャーが減った気もしたものだが、その人物がここまでの飛び抜けた天才となると、『どうして僕が』という思いは、一層強くなるとも言えた。

ただ、灯籠木のほうは、その点、屈託《くったく》なく素直に嬉しがっているようだった。

「絶対に他にもいるはずって思ったから、『絶対平和リーグ』での任務の傍《かたわ》ら、探してはいたんだけれどねー。でも、もう諦めかけていたんだよー。イギリスでも会えなかったのに、まさか、宇宙で会えるとは！」

正確には、地球で、しかも四国で、もう会ってはいたわけだが……、ただ、宇宙に出て来なければ、互いにそれを知ることもなかったのも確かだ。

「いるとしたら、『人間王国』か、救助船『リーダーシップ』だと思ってたよー。

……乗鞍さんと馬車馬さんの報告を聞いていると、『人間王』は怪しいと睨んでるんだけどー、私は会ったことがあるわけじゃないから、うーん、わかんないやー。ま、積もる話もあるけれどー、どっちを先にする？　地球に会ったときの話？　それとも、金星対策の打ち合わせ？」

「金星……については、リングイーネさんが、たぶん賛成してくれるだろうって、担保してくれてたよ。だから、交渉は、ノーヘルさんを相手にするときよりは、うまく運ぶと思う……」

空々は慎重に話す。

ふにゃふにゃしながらも、すべての情報をインプットする傾向のある灯籠木には、エラーのある情報を入れるのが一番まずいと予想してのことだ。

「問題は、そのあとに控える太陽との交渉……、もう今から、そっちを見据えたほうがいいかもしれない」

「なるほどねー。まあ、先の先まで見据えてプロジェクトを立てるのは、とってもいいことだよー。でも」

「ん？　何？　灯籠木さん」

「いえいえ。じゃあ、金星対策のミーティングは先送りにして、地球と出会ったときのことを話そっかなー？　ほどよいパートナーシップのために、まずは信頼関係を築かなきゃだしねー」

（…………）

天才少女との関係構築。

天体との交渉よりも骨が折れそうな、それは、話し合いだった。

4

お互いが嘘をついていない、あるいは、戦争の中で幻覚を見たわけではないという証明は、それぞれが会った地球の化身（空々の場合は、『性別不明の幼児』、灯籠木の場合は『成人男性』）が予告した、第二回目の『大いなる悲鳴』の日取りを、一致させるだけで十分だった。

声に出して言うのでは、どちらが先に言うかという問題が生じるので、互いに紙に書いて、『いっせーのーで』で見せ合うという、なんとも原始的な方法で確認は終了した。

少なくともその点で矛盾は生まれなかった。

「僕の場合は、任務の最中に、いきなり現れた『地球』に話しかけられたんだけど……、かつて恐竜を滅ぼしたことがあるとか……、『地球撲滅軍』のやりかたを批判して、『だから僕は人間を滅ぼすことに決めたんだ』とか……、そんなようなことを言っていた」

「ふんふん」

「あと、なんか笑ってた」

「笑ってた？　ふうん」

さすがにここは、興味深そうに聞いていた灯籠木だったけれども、いくつか引っかかった点はあるらしい――けれど、それを口には出さず、「私のほうはね」と切り出した。

「憶えてるかなー？　四国って言うか、瀬戸内海の小島で、『究極魔法』の開発をしていたんだけれどー。そのときだねー。結界で保護されていたから、ブルームさんの目の届かないところで……、ただ、その『成人男性』は、『絶対平和リーグ』のやりかたを批判してはいなかったかな？　『無駄だ』みたいなことは言ってたけどー」

「無駄？　『究極魔法』……『魔人作り』が？」

「うん。そのときは何を言っているのかよくわかんなかったけど――それどころじゃなかったしね。今にして思えば、『火星陣』を率いる火星に対して、既に勝利している地球からすると、その技術をどれだけ独自に進化させたところで、たかが知れているって言いたかったのかなー」

「……地球は、人類が科学だけじゃなく、魔法を使って戦っていることを、知ってたんだよね？　四国ではそうやって、『地球陣』と戦っていたんだから……、不完全なものとは言え……」

「うん。天才的に分析するとねー」

「先にそっちを確認するべきだったかな？　灯籠木さんが、地球と顔を合わせたのはいつ？　僕は一回、そのときに会っただけだけれど、その後、何度も出現したりした？」

「私も一度きりだよー。生まれて初めて、自分の正気を疑ったから、日付どころか時間まで、はっきり憶えている。あれは四国ゲームが始まるちょっと前で――それも紙に書いて見せっこしよっか？」

空々は、さすがに時間までは憶えていなかったけれど、『大いなる悲鳴』の予定日同様に、彼がビルの屋上で地球と接近遭遇した日付と、灯籠木が四国の離島で地球と接近遭遇した日付は、一日もズレることなく一致した。

「ふむ。ここまで一致するとなると、それが信頼材料になる反面で、どうしてそれぞれが見た姿だけは違ったのかっていう疑問が、際立ってくるねー。空々くんはどうしてだと思う？」

天才なのに、一般的に考えられているほど独善的ではないらしく、灯籠木はことあるごとに、空々に意見を求めてくる。どうやら、交渉任務とは関係なく、灯籠木には別角度からの発想を、常に求める癖があるようだ。天才が天才であり続けるのには、それなりの必然性があるということか。

ただ、求められている新発想を、常に返せるかといえば、それは別問題である——空々こそ、独善的ではないにせよ、かなり独特の思想で、ここまで英雄であり続けてきたのだから。

「どうなんだろう。天体の化身は、見る人によって、違う風に見えるのかなって、最初に聞いたときは思っていたんだけれど……、でも、灯籠木さんにも、月の化身であるブルームは、バニーガールに見えたんだよね？」

「うんー。復習しておくと、ブルームさんはバニーガール。ブループさんは女学生。リングイーネさんは輪っかのある天使、ノーヘルさんは、ローブの死神。あってるよね？」

「うん。あってる」

念のために、髪型や瞳《ひとみ》の色や背丈など、細かい容姿も確認したが、灯籠木が見た各天体の化身が、空々が見ているヴィジョンと同じであることは、間違いなさそうだった——こうなると、どうして地球だけが一致を見ないのか、疑問は膨らむ一方である。

看過するのは、ややリスキーな疑問だ。

空々と灯籠木のパートナーシップを耐久性のあるものに仕上げるには、できればそここそ、一致しておいてほしい部分なのだから――二回目の『大いなる悲鳴』は人類にとって現実的な脅威だけれど、『地球の化身』は、常識を適用する限り、非現実的なファンタジーの領域なのだから。

「直接、ブルームさん辺りに訊いてみるのが手っ取り早そうだけれど……、あの人は『中立』だからね。すんなり教えてくれるとは限らないよ。教えてくれたとしても、どうも天体と人類の間には、越えられない言語の壁があるみたいだし……」

「だねー。じゃあ、仮説くらいは立てておこうかー。『見る人によって違う』説は、考えかたとしては間違っていないと思うんだよねー。空々くんと、『地球像』が食い違ったときには、私もそう思ったしー。だから、そこから発展させて、『複数人で同時に見たときは、うち一名のイメージに固着される』説を立ててみようかな？」

「固着……、じゃあ、僕が先に見ていたから、そのイメージで固まって見えるってこと？」

「先に見た優先権なのか、それとも、想像する力が空々くんのほうが上だからなのか……」

「僕の想像力が、灯籠木さんより上ってことはないと思うよ」

「私の想像力も悲しいくらい貧困だよー。天才だから想像力が必要ないのー。でも、ほら、空々くんって、元々、『地球陣』を視認できるって理由で、『地球撲滅軍』にスカウトされたんでしょー？　じゃあ、この場合、想像力は関係ないのかもねー」

「…………」

「酒々井かんづめの場合はどうなのかなー。まさか本当に、彼女は、『地球の化身』と会ったことがあるわけじゃないいんだよねー？　月がバニーガールなわけがないし、それがイメージであることは間違いなくってー、当然『地球の化身』だって、イメージなんだよー。だから、私と空々くんのヴィジョンが一致しないこと自体は、ありえないことじゃない——今のところは、こんなところじゃない？」

できることしかやらないと言っていたけれど、考えても仕方がないことは考えないと言うのも、灯籠木のスタンスなのだろうか——自身の優秀な脳を、これ以上その問題に割《さ》く徒労を、彼女は諦めたらしい。

「完璧《かんぺき》とはいかなかったけれど、そこそこの整合性が取れたってことで、いいんじゃないのー？　長期目標としては、二回目となる『大いなる悲鳴』までに、何らかの決着をつけるってことでー」

「……そうだね」

そう言われれば、空々も異論はない。

差し当たっては、この交渉を……、ブルームの停戦案を成立させるってことなのだろうけれど……、他にできることがあるとすれば……。

「地球と話したことのある人を探したほうがいいかな？　人工衛星『悲衛』のクルーの中に……、あるいは地上に」

それが空々だけじゃないことがわかったのだから、だったら、他にもっとたくさんいてもおかしくないはずだ——何らかの『スイッチ』を押して、地球と遭遇した人類が。

「そうだねー。その捜索は、続けたほうがいいだろうねー。もっとも、クルーの中にはいないと、私は見ているけれどー。……もうひとつあるとすれば、地球との対話、その2かな」

「その2？　いや、一回しか会ってないんでしょ？　僕も灯籠木さんも」

「そう——ただ、一度目があったなら、二度目があってもおかしくない。『私達が会ったんだから、他に会った人がいてもおかしくない』のとおんなじくらいには、おかしくない。……そのとき、今度こそ地球を説き伏せられれば、一番スピーディに、戦争を終わらせることができるんだよねー」

「………」

交渉に失敗した——と言っていた。

地球との交渉に——いや、それこそ心の準備もなく、いきなり現れた『天体の化身』に、まともに対応しろというのが無理な話で、そんなことを言ったら空々だって、そのときには大した対応は取れなかった。

それを『交渉の失敗』として数えるのは、あまりに自分に厳し過ぎると思うが、それが灯籠木のスタンスであるなら、否定することはできない。

「まあ……、その失敗があったから、それを踏まえて、あんな風に、冥王星を説得できたってことだよね」

慰めにもならないような適当な合いの手を入れると、灯籠木はふにゃりと、意味ありげな笑みを浮かべて、

「まあ、たぶん、地球は例外なんだろうねー」

と言った。

「逆に、ここで色んな天体との交渉経験を積んだからと言って、次に地球と会ったとき、今度こそリベンジの渡り合いができるかって言えば、そんなことはなさそうー。地球に比べれば、海王星や冥王星だって、太陽さえも、物わかりのいいほうなんじゃないの？」

「……実際、戦争になっているわけだしね」

かんづめが言っていた、『ブループラネットの中でも特別』というのは、そういう

意味でもあったのだろうが……、そうなると、停戦案の実現性も、危ぶまれてくる。

それを思うと、やっていることが全部無駄なんじゃないかという危惧に囚われ、やや気が重くなる空々に対し、灯籠木はあくまであっけらかんと、

「いずれにしても、次の金星とのセッションでは、地球の情報もごっそりと引き出したいところだよねー」

と、前向きなことを言った。

どうやらミーティングが後半戦に入ろうとしているらしい。

「地球型惑星にして双子惑星。それに、お隣さんだしねー。人類の移住先としては火星のほうが何かとメジャーだけれどもー、どっこい金星だって、なかなかどうして、テラフォーミング向けなんだよねー」

「ふうん……、いや、僕は金星にも、詳しくはないんだけれど……、そんなに似てるの？」

「サイズや重さは、ほぼ一緒と言っていいかなー。それに、一番近い位置で、地球と火星との戦争を見ていたはずなんだから、その辺の情報も、得られるものなら得たいものだよー」

「確かに……、冥王星があれだけ強硬に、プランAにもプランBにも反対していたのは、その戦争が論拠になっていたみたいだし……、ともすると、冥王星が準惑星にな

った理由も——」

かんづめには戦争経験者として、交渉の場で語ってもらったけれど、転生を繰り返した彼女の記憶はあやふやなものだし、『火星陣』が語れるのは、あくまで敗残兵としての経験談だ。

負けた者の語る歴史は、勝った者の語る歴史と同程度には歪むだろう——どちらにもよらない客観的な歴史を、戦争の観客として、金星に語ってもらえれば。

「客観的な見方と言うよりは、双子の惑星としての金星は、地球の味方としての見方なのかな……、でも、もしも何か新しい情報を教えてもらえたら、それが次の太陽との最終交渉にも生きてくるかもしれないし……」

「そうだねー。……ただ、長期的な目標も大切だし、地球の情報を引き出したいっていうのは、私が言い出したことだけれど、あんまり、先々のことばかり考えていても、足を掬《すく》われるかもしれないから、気を付けないとねー」

「？　うん、まあ、念を押されなくても、そりゃあそうだけれど……、でも、金星との交渉そのものは——」

「——簡単だと思ってると、足を掬われる。ここは宇宙空間なんだから、常にどんでん返しに気を付けないと」

そう言って灯籠木は、髪が逆立つのにも、スカートがまくれるのにも構わず、空中でくるりと、逆さ向きになった――そしてそのまま、今度は横回転をする。

そして続けた。

「しかも金星は――逆回転の惑星なんだから」

5

『金星』
自転周期――――――243日
公転周期――――――224・7日
太陽からの距離――1億0820万キロメートル
直径――――――――1万2104キロメートル
質量――――――――48・7×10^{23}キログラム
衛星の数――――――0個
属性――――――――逆転
発見年――――――――人類生誕時

6

もしも最初の交渉相手が金星だったなら、『自転の向きが公転の向きと逆』というお知らせを受けても、特に空々は何も思わなかっただろう――まあ、そういう惑星もあるらしい、ふうんと、順当に納得していただけだろう。

しかし、準惑星を含む、他のすべての惑星との交渉を終えた今となっては、（火星は代理出席）、その例外則がどういう意味を持つのか、考えざるを得なかった。

だから、睡眠と栄養をしっかり取って、ベストコンディションとは言わないまでも、できる限りの準備を整えて、パートナーの灯籠木とふたりで自室に戻るときには、もう気の緩みはなかった。太陽を除けばもっとも困難と思われる交渉相手との面談をクリアして、やや弛緩《しかん》しかかっていたのは事実だが、そこを天才少女に引き締められ、『どうせ賛成票がもらえるのだから、気楽にいこう。張り切り過ぎたら失敗する』なんて気持ちは毛ほどもなかった――交渉の場で、どんな事態が起こっても、柔軟に対処するつもりでいた。

だが、

「この子が金星。頑張ってね」

と、紹介された黒色と金色のツートンカラーで、ちぐはぐなジャージを着た、外見年齢二十代半ばくらいの女性を前にして、まったく平静なままでいられたかと言えば、そんなことはなかった。

双子惑星と言うから、地球とうり二つのイメージで現れる(『幼児』? 『成人男性』?)ケースは想定していたが……、しかし、これは……。

普段は、(魔法少女姿ではなく)スーツ姿で折り目正しく活動する氷上を見ているからか、『だらしのない大人』と対面することに、あまり慣れていない空々だった——これまでの惑星も、バニーガールやセパレート水着に代表される、それはそれは奇矯《ききょう》な格好をしていたものの、少なくとも、そのスタイルには一種のこだわりだったり、独自のセンスだったりがあった。

あれらは着付けにかかる時間を考えれば、一概に否定したものではなかった——しかし金星の、およそ有り合わせとしか言いようのない、寝起き五分でやってきたみたいなコーディネートは、できる限りの準備を整えて交渉の席に臨んだ空々の覚悟を、あるいは期待を、大きく裏切るものだった。

そのだらしなさがいったい何を意味するのか、対話においてどういう影響があるのかまでは、まだ見当もつかないけれど、理屈じゃなく、早くも困難な交渉となることが予想された。

これまでの困難さとは、まったく違う種類の困難さが……。

灯籠木を横目でうかがうと――ゆるい表情の彼女の心理は、空々でなくとも読みづらいけれど――、どうやらおおよそ、空々と同じ感想を持っているようだった。

ブルームに促されて、空々はとりあえず彼女に、「ツートン」というニックネームをつけた。当初は、金星のプロフィールを聞いたときに、灯籠木に考えてもらおうと思っていたのだが、「そういうクリエイティブなタイプの天才じゃないからー、私はー」と、丁重にお断りされたのだ。

またぞろ不満を言われるかと身構えていたものの、金星は、

「E４」

と、ぶっきらぼうに答えた――なんと答えた？

E４？　座標か？

「『いいよん』だと思う。たぶん」

語学に堪能な天才が、横から教えてくれた。いや、それは語学とはまったく関係のない、ただの語呂《ごろ》合わせでは――

「じゃ、空々くん。あとは頑張ってね。この交渉さえ成功すれば、いよいよ太陽とお目見えだから……空々くんが、出した条件通りにね」

あたしはあくまで中立だけれど――と、念押しするように言ってから、いつも通り

にバニーガールは姿をくらました。そんなわけで空々の部屋には、英雄少年と魔法少女、そしてだらしない格好の異色ならぬ二色の女性が残された。

不思議なもので、前回、定員オーバーの五名という人数で会談をおこなったゆえに、同じく定員オーバーのはずの三名でも、室内はそこまで狭くは感じられなかった。

ただ、それとは関係なく、灯籠木は、ブルームが去るや否や、軽く床を蹴《け》って飛びあがり、天井付近に位置取った。部屋の空き容積とは関係なく、そうやってふわふわ、雲のように漂っているのが、彼女の性にあっているのかもしれない。

金星——ヴィーナス——ツートンは、しかし、そんな灯籠木を、浮遊する黒衣の魔法少女を、ちらりと一瞥《いちべつ》しただけで済ませて、視線を元に戻した。元に戻したといっても、ぼーっとしたその目が何を見ているのかは、定かではない。少なくとも空々に焦点《しょうてん》はあっていない——固く閉ざされた扉の向こう側を見ているようでもある。

あるいは、遠くの星を眺めているようでも……。

「あ、あの……、ツートンさん？　始めてもいいでしょうか」

「どーぞ。お任せで」

とりあえずは恐る恐る、様子見とも言えないような探りの質問を投げかけて見たが、気怠そうにではあるものの、返事が返ってきた——よかった、語呂合わせでしか会話しないというキャラクターではないらしい。

「じゃあ——その、早速なんですけれど、ええっと、僕達はツートンさんにお願いしたいことがありまして——」

それに訊きたいこともありましてと、危うく先走るところだったが、自制する——どうも、地球と火星との戦争の経緯を、講義してもらえるという雰囲気ではない。

それどころか、ツートンは、空々のそんな慎重な姿勢さえ興味なげに、

「でも、うち、なんも聞いてへんから、一から説明してもらわなあかん思うよ」

と答えた——うち？　へんから？

かんづめの徳島弁……、いや、好藤の高知弁か？

「関西弁だよー。和歌山辺りかなー」

と、真上から、語学に堪能な天才からの脚注が入った。

語呂合わせはともかく、外国語だけではなく、天才は各地の方言にも詳しいようだ——まあ、四国と関西は近いから、細かなイントネーションの違いもわかるのかもしれない。

(四国と和歌山は、確か、『紀伊水道《きい》』って道路で繋がってるらしいし……)

いや、教えてもらっておいてなんだけれど、方言のニュアンスの違いはどうでもいい。『紀伊水道』が道路でなくてもいい。どうせ空々には区別がつかない。そしてど

うせ、それは『惑星の化身』としてのイメージの一環だ。まさか金星が和歌山県出身だなんて、新説が唱えられているわけじゃあない。それよりも何よりも――『なんも聞いてへんから』？

和歌山特有の特殊な言い回しでない限り、『何も聞いていない』という意味にしか受け取りようがない台詞だが――

「ブルームさんから……、月から、説明を受けてない？　これまで、ここでおこなわれてきた交渉の経緯を――」

これじゃあ冥王星のときと同じじゃないか。

でも、あのときブルームが、ノーヘルに対して一切の説明を省いたのには、そうせざるを得ない合理的な理由があった――反発心の塊のような死神は、単に停戦案に否定的なだけでなく、停戦案に賛成する惑星に危害を加えるというとんでもない姿勢を示していた。

ゆえに中立姿勢のブルームとしては、交渉の詳細を教えることはできなかった――それでも最低限、停戦案がどういうものかくらいは、ちゃんと伝えていたはずだ。ツートンのやる気のなさそうな姿勢（メンタルの話だけじゃなくって、実際に猫背だ。その上、ポケットに手を突っ込んでいる）を見る限り、彼女にはそれさえも、伝わっていないような……、本当に、寝ているところを叩き起こされて連れてこられたという印象である。

寝起き五分どころか、寝起き三分かもしれない。

空々のそんな思いを裏付けるように、ツートンは「ふわああ」と、大きく欠伸《あくび》をしてから、

「あー、なんか言っとった。そないゆーたら」

と、おざなりに呟《つぶや》いた。

寝言のような呟きかただった。

「けど、聞いとらんかった。何も」

「…………」

そういう意味での『なんも聞いてへんから』か。

ブルームが喋らなかったのではなく、ツートンが聞いていなかった——内輪の惑星で、『お隣さん』で、地球型惑星で双子の惑星で、これまでより話が通じやすいんじゃないかという、それでも残っていた幻想が、がらがらと音を立てて崩れていく。

「あはは一。だったらこれから、私達がプレゼンしても、聞いてもらえないかもしれないね一」

灯籠木は、そんな状況を面白がるように笑ったけれど、本当に面白がっているわけではあるまい——むしろ、口に出してそういうことで、パートナーの空々に、警告を

発していうようでもあった。

面白がると言えば、最初の交渉相手だった天王星のブループが、寝台に寝そべって、いかにも体温の低い感じで空々と対峙していたけれど、あのクールな雰囲気は今から振り返ると、『関係ない』ではあっても『興味がない』ではなかった。むしろ、遠く離れた内輪で起こっている戦争だから、シンプルに興味だけで、空々との交渉を楽しんでいた様子だった。

ツートンは真逆だ。

そんな間近(天文学的には『間近』)で起こっている争いが関係ないわけがないのに、まったく興味を持っていない様子だ……、停戦案とか、交渉とか以前に、自分がどうしてここにいるのかもわかっていない風である。

その態度は、ふてぶてしさや図々《ずうずう》しさとも違う。

むしろ、ここまで自分を連れてきたブルームが先にいなくなってしまって、向こうのほうが、居心地の悪さや所在なさを感じているようだった——よくも悪くも堂々としていた、これまでの惑星達とは大違いである。

大違いだし、リングイーネから聞いていた話と違い過ぎる。

どういうことだ。

同席して口添えしてもいいとまで、あの天使は言っていたのに。

想定していた最悪の想像は、リングイーネは賛成票を投じて当然だと考えていたツートンが、しかし何らかの理由で、反対派に変貌していた——というようなシナリオだったけれど、これじゃあ、意見が変わっているんじゃなくて、本人が変わってしまっているようじゃないか。

空々はツートンの、そのニックネームの由来となった、黒金二色のヘアカラーを見る。かつては金髪に染めていたけれど、今はもう染めるのをやめて、根本のほうから黒く——いや、見た目のイメージに縛られてはならない。

方言も、ヘアカラーも、あくまでイメージだ。

本質を表しているわけじゃない。

「別に……、聞かんでもええっちゃええよ。なんかしらんけど、なんかやっとんやろ。プランとか作戦とか。交渉？　やったら、賛成でも反対でも、どっちゃでもええわ。空々くん？　の、好きなほうを代わりに選んだってよ。ええようにして」

ツートンはぐしゃぐしゃと、その髪をかき混ぜながら言う。

手櫛《てぐし》で寝癖を直そうとしたらしいが、しかしすぐに諦めたようで、腕を下ろした。

「どないでもええし。白紙委任ってことで……」

「白紙委任……」

そんな言葉も、どこかで聞いた。それもリングイーネが言っていたのだったか？

『火星陣』であるかんづめが、空々に票を委ねているというような文脈で——だが、とてもそれと同じ意味で、ツートンの『委任』を、受け取ることはとてもできそうもなかった。

白紙委任どころか、これじゃあ浮動票でさえなく、投票の放棄行動に近い——『ええようにして』と言われても。

「まあまあ、話だけでも聞いてよー。こっちにはこっちの段取りがあるからさー。形だけでもきちんとしておきたいのー。ちゃんと話を聞いてもらった上で、イエスノーをもらいたいんだよねー」

灯籠木がとりなすように言う。

奔放な振る舞いが売りの天才少女だと思っていたけれど、そんな風に、相手の態度をなだめるようなことも言えるらしかった。

ツートンは、そのあからさまに親しげな歩み寄りに、露骨に鬱陶《うっとう》しそうな顔をしたけれど、しかし、拒否するのも面倒臭いようで、「わかったわかった」と頷いた。

「E4。聞いたるわ」

「うん。じゃあ、私のほうから説明させてもらうねー。まず、地球と人類がね——」

まさかそんなスタート地点から説明しなくてはならないとは思わなかったけれど、ならば、灯籠木が停戦案のプレゼンを、目の前でしてくれるのは、空々にはありがたかった。

ブルームの案を、自分に滞りなく説明できるとは思えないし、ならば、灯籠木の説明を受けるツートンの様子を観察し、交渉の助けとしたい。

「ふうん……へえん……ふぁあ……ほほう……」

相槌もそこそこに、ぼーっと聞いている、聞き流しているだけにしか見えないけれど、なんとか突破口を見いだせないだろうか……、特定のキーワードに大きく反応したり、ふいに目を逸らしたりしないだろうか……。

しかし、どれだけ瞠目しても、睫毛の一本さえ動かなかった。ひょっとして立ったまま寝ているんじゃないかと言うような、表情の乏しさだ。

していているうちに、手がかりも足がかりもつかめないままに、灯籠木の説明は終わってしまい、

「――ってわけで、ここまで六票の賛成票が集まってるの。でも、全会一致が条件だから、ツートンさんの一票が、賛成なのか反対なのかで、今後の展開が変わってくるの。ツートンさんが今話した停戦案に賛成してくれるなら、私達はそれを、太陽のところに持っていけるってわけ。言い換えれば、ツートンさんが反対したら、たとえ太陽の気持ちが賛成だったとしても、このプランは廃案になるってこと。つまり、今のツートンさんの立場は、太陽と対等と言っても過言じゃあないよねー。それっくらい

重大な役割だって思って頂戴ねー」

と、まとめた。

太陽と対等は、さすがに言い過ぎだと思うけれど、そうやって鼓舞《こぶ》することで、かったるそうな態度を隠そうともしないツートンから、少しでもモチベーション(のようなもの)を喚起させようとしているのかもしれない。

ただ、生憎《あいにく》その効果はなかったようで、

「んなもん、ただの後先やん。順番でそう見えるだけで、全員そうやん。そうやってみんなに、ええことゆうとんちゃうん?」

と、ツートンは今までで一番の大欠伸をした。

天才ゆえに精神的余裕はあっても、しかし、エリートであるがゆえに、相手から雑に扱われることに慣れていないであろう灯籠木がそんなツートンにどう反応するのかのほうが気になって(ハラハラして)、真上を見上げた空々だったが、あにはからんや、灯籠木は大きく開けた口をまだ閉じないツートンを、にやにや笑いながら見ていた。

想像よりも度量が大きいのだろうか?

それとも、灯籠木は怒ると笑っちゃうタイプなのだろうか。

(ひょっとして……、僕が見つけられなかった『突破口』を見つけたのかな?)

ツートンの欠伸から？　いや、返しからか。

中空から持ち上げようとする灯籠木のおべんちゃらを、雑にあしらったようにしか聞こえなかったけれど——いや、案外そうでもなかったか？

雑は雑だったけれど……、『ただの後先』とか、『みんなにいいことを言っている』とか、反論としては筋が通っているし、なかなか手痛い返しである。

欠伸交じりに、適当におこなったリアクションにしては、やや理知的だ——本当にかったるいなら、『うるせえな』の一言でもよかったはずだ。

まるで、どれだけ怠惰な格好をしていようとも、隠し切れなかった知性が溢《あふ》れてしまったと言うような……、いや、ツートンは別に隠そうとしているわけじゃない。だらしなさを演出しているわけじゃない——だらしなさはだらしなさで、今の彼女のキャラクター性なのだろうけれど、しかし、それがツートンのすべてではないということだ。

だらしなさの奥に、知性がある。奥に——あるいは、下層に。

金星がただの怠惰な惑星なら、交渉も話し合いも成り立つまいが、それだけではないのならば、対話を継続する意味がある——投票放棄を覆《くつがえ》し、投票行動を促すことができる。

本人が白紙委任をしているのだからそれでいいだろう、とは、空々には考えられない。究極的にはそれでよしとするしかないのかもしれないけれど、そんないい加減な賛成票が、このちに待ち構える最大の難所、太陽との交渉の役に立つとはとても考えられない――ただでさえ、一癖も二癖もある賛成票ばかりなのだ。そんな無効票になりかねない一票を、工夫なく受け取るわけにはいかない。

せめて口先だけであっても、賛成の理由を語って欲しい。

後々、意見を撤回されないためにも……。

「嫌な雰囲気やね……、帰らせてくれへんの？　賛成のほうがええんやったら、賛成でええし……、他に反対の惑星もおらんのやろ？　せやったら、うちもそこに、キレーに足並みを揃えとくわ。ごちゃごちゃ言われたないし……」

「惑星を引き留めるほどの重力を持たない人類だからねー。帰りたければ帰ってもらってもいいんだけれど、お願いだから、もうちょっと聞いてもらってもいいかなー。私が所属する部隊の隊長からも、お話があるからさー」

いきなり上司扱いされても困る。

打ち合わせしていた段取りと違う――いや、金星の化身として、ツートンカラーのジャージ大人が現れることを想定したシミュレーションなんてしていないから、ある程度はアドリブで進めていくしかないのだが。

ともかく空々は、灯籠木の含み笑いを論拠に、ツートンには秘められた知性があるはずと判断し（あってくれと願い）、本格的な交渉に入るため、「それでは」と、切り出した。

「ツートンさん。賛成か反対かはひとまず置いておいて、まず最初に、ブルームさんが提案するところの停戦案について、率直なご意見を仰っていただけませんか？　既に議論となっているよう、ブルームさん自身、それを金甌無欠《きんおうむけつ》だとは考えていませんでした。変えるべきところは変え、より現実性のあるものに、改良したいと存じているのですが……」

これは『金星が反対意見を携えて現れた場合』に備えて用意してきた、『不満点を述べてもらう』作戦の応用だった――要は、プランに駄目出しをさせることで、相手をプラン立案のメンバーとして巻き込んでしまう、フレンドリーな作戦である。

それをフレンドリーでない空々がしようとするものだから、必要以上にがちがちでビジネスライクな言い回しになってしまい、ツートンが、予想以上にうんざりした表情を見せた。

金甌無欠って。

交渉相手のメンタルを揺さぶったという点においては成功だったけれど、灯籠木が真上で『あっちゃー』と口パクで言っているところをみると、全体の仕上がりは失敗なのだろう。

と思ったら、

「意見なんかあらへんって……、えーえー、不満もありません。どうせ机上《きじょう》の……、まあ、なんでもええやん。人のプランを批判するだけなんて、下品やしな」

と、ツートンは最後のほうは小声になりつつも、そんなことを言った。

ノーコメントにも等しい、つれない返事とも取れるが、しかし空々は（恐らく灯籠木も）、ツートンが『机上の空論』と言いかけて、しかもやめたことを聞き逃さなかった。

やめなければ、そんなに気にならなかったかもしれない言い回しだけれど、反射的に引っ込められてしまうと、こちらも反射的に、その点を掘り下げたくなる。

その不自然な動向を誤魔化すために『人のプランを批判するだけなんて、下品』との発言も、何気に土星・リングイーネと意見を同じくしている。これまで、もっとも賢明で、もっとも気品に溢れた振る舞いを見せた、あの天使とである。

それはそれでだらしなさの発露でもあるのだろうが、喋れば喋るほど、ボロが出る――金色に輝く知性という名のボロが出る。

「批判するだけじゃなくて、代案を出していただいても結構なんですけれど……、地球と人類との争いを、平和的に解決する方法はありませんか？　机上の空論ではない方法は……」

「そんなん、あったら苦労せえへんやろ……、うちに訊いても無駄やって。どんな方法でも、気ままに試してみたらええんちゃうん？」

「じゃあ、ツートンさんは、この停戦案で、太陽を説得できると思うー？」

食い下がる空々を、うるさそうにあしらおうとするツートンに、今度は灯籠木が、変化球の質問をした。

停戦案の実行性ではなく、停戦案が、最終最後の交渉相手である太陽を、説得できるかどうかを聞いてきた――それは事前のブリーフィングでは出なかった、灯籠木のアドリブである。

しかし、確かに、どれだけやる気がなさそうでも、そうとしか見えなくても、金星が太陽系の惑星であることには違いない――その中心たる太陽の存在を匂わされては、気だるげな態度を変えざるを得ないのではないだろうか。

「……太陽を、説得か。どうやろーな」

その狙いは、実際当たっていたのか、初めてここで、ツートンは慎重な姿勢を見せた――そっぽを向いて、どうでもよさそうな振る舞いは続けているものの、即答は避けた。

即答を避けられると、それはそれで金色のボロが出ないので、この辺りは加減の難しいところだが……、とりあえずこのまま、空々と灯籠木の、両面で攻めていくしかない。

「できるかもしれんし、でけんかもしれんやろ。うちは太陽やないねんから、わからへんよ」

結局、そんな玉虫色の返事を返して来た。

太陽の第一の友を自任する水星でもない限り、そう答えるしかない場面でもあるが、そんな順当な回答では、こちらの突破口にはならない。

「でもでもー、太陽に匹敵するんだってー。ツートンさんの意見は、太陽の意見とおんなじなんだってー」

「やから、せえへんゆーとるやろ。なんでうちの意見が太陽の意見とおんなじやねん。そんなわけないやろがい」

「そんなわけないの？　絶対？　確実に？　なんで？」

そこで灯籠木四子が、見計らったかのように言った。

「イエスとノーの二択なんだから、二分の一の確率で一致するはずじゃないのー？それなのに、どうして『そんなわけない』って断定できたの？　ひょっとして、これと似たようなケースで、太陽と意見を戦わせたことがあるとか？」

「…………」

まくしたてるかのような追及は、揚げ足取りを通り越して、もはや悪意さえ感じさせるような嫌らしいものだったが、その強引な論旨に、ツートンは反論しない。

ただただ鬱陶しそうに灯籠木から、そして空々からも、目を背ける。

ひょっとしたら、喋ったら、自分でも気付かないような隙ができることに、思い至ったのかもしれない——ただ、無言は無言で、違う効果を産む。

勝手な推測に基づいた灯籠木の追及なんて、『意見を戦わせたことなんてない』と切り捨てればそれでいいのに、黙ってしまうと、その通りではなくとも、それに近いことがあったんじゃないかと、疑う余地を残してしまう。

なんにしても、ここで乗っからない手はない。

「もしも、ツートンさんが太陽と親交があるんでしたら、ここは是非、お口添えをいただきたいんですけれど……、賛成票の他に、どうしてこの案に投票したのか、紹介状みたいなものを書いてもらえたら……」

「紹介状……？　はは」

空々の、コンテキストをわざと無視した質問に、ツートンは笑みを漏らした。これはボロが出たとかではなく、単に吹き出してしまったようだ——紹介状という単語がおかしかったのか、それとも、自分が太陽に紹介状を書くというシチュエーションが、滑稽《こっけい》過ぎて笑ったのか。

「なあ、おふたりさん。準惑星の冥王星とは、もう会うたんやったっけ？」

なんにせよ、意図せず笑ったことで、精神面に何らかの変化があったのか、ツートンは空々と灯籠木に、質問を投げかけてきた——防戦一方では、いつか大きな失言をしかねないと、攻めに転じたのかもしれない。

「ええ。会いました。さっき、魔法少女がお話ししましたが」

「すまんな。またもやよう聞いとらんかったわ——うちとしたことが。それはともかく、あいつはさんざん、愚痴っとったやろ？　惑星から準惑星に『落とされた』って」

「……はい。まあ、愚痴と言いますか、自虐と言いますか……」

話を逸らされることを警戒しつつも、しかし、内容はどうあれ、これが交渉の席であることを思えば、対話自体は尊重されるべきなので、空々は質問に答える。

本当にまずいときには、灯籠木が軌道修正してくれるだろう。

「自分のことを、すごく卑下していました。僕みたいな奴から見たら、惑星も、準惑星も、そんなに差を感じないんですけれど……、いわば知名度だけの問題で」

「その知名度が、問題なんや——けどなあ、空々くん……、の、言う通りや。惑星やろうと、準惑星やろうと、星は落ちたりせえへん。あのとき、ほんまに『落ちた』んは、うちや」

ツートンは肩でも凝っているかのように、首をぐるりと回した。

「あのとき、うちは『落ちぶれた』。地の底まで」

「………………」

あのとき？　あのときとは、どのときだ？

地球と火星との、戦時？

「わかるやろ？　そんな落ちぶれたうちの意見が、太陽と一致するわけがないし、まして、うちが太陽に、紹介状なんて書けるわけがない――こんな大層な交渉に、名を連《つら》ねることすらおこがましいんや。おふたりさんは、なんとかしてうちに責任を持たせようとしとるみたいやけど……、無駄やって。うちの責任は、もうあのときに終わってる」

「また始めて欲しいんだけどねー。責任」

と、灯籠木。

幾通りかの解釈が可能なツートンの言葉を、さほど意に介した風もなく、会話を終わらせないことを、彼女も優先しているようだ。

「……でけん相談やな。これ以上引き留めるようなら、うちは反対票をいれるで」

「そっちのほうが、まだ交渉になるかなー。今みたいに、いい加減な態度を取られるよりはねー」

「……うちは、ここを強行突破で出ていくこともできるんやで？」

「それも、現状よりはマシかもねー。あろうことか交渉の席で、ツートンさんが人類に危害を加えてくれたら、参戦表明ってことだもんねー。地球対人類の戦争にようこそー」

その発言はやや大胆過ぎる。アドリブが過ぎる。

そりゃあ、惑星同士の間にどんな紳士協定が結ばれているかは知らないけれど、交渉の場で、卓袱台を引っ繰り返すような真似が許されるはずがないことくらいは、空々にも想像がつく——だからこそ、戦争をも辞さないと言い張る冥王星も、際どく脅しこそすれ、あの場で空々や、ブルームや、リングイーネやブループに、あの大鎌を振るったりはしなかった。

だが、それはあくまでも規律上の障害であり、現実的な障害があるわけじゃない——『できるものならやってみろ』と煽られて、攻撃衝動を抑えられるほどの自律心が、この金星にあるのだろうか？　『あのとき』とやら以前の金星ではない、今のずぼらな金星に——

「その辺にしとけよ——おふたりさん」

金星は言った——これまで以上にけだるげに。

灯籠木の発言がそうさせたのだろうが、しかし、空々もまとめられてしまった——水星とまとめられることを嫌がっていた海王星の気持ちを、こんな形で理解することになろうとは思わなかった。

「知恵と勇気が自慢みたいやけど、人類のふたりくらい、うちやったらどうとでも始末できるんやで。ふたりやろうが、二十億人やろうが」

二十億人？　露骨に脅す権高な台詞よりも、その数字のほうが気になった――それもまた、単なる語呂合わせか？　だったら二億人と言ったほうが、語呂がいいはずだ。

何の数字だ？　それに極めて近い数字に、聞き覚えがある。

極めて重要な数字だ。

「できないことは言わないほうがいいよー。ちなみに、できることしかやらないって言うのが、私の主義で――」

「なにせ、うちやねんから」

倍加してあっけらかんを装った、あまりと言えばあまりに捨て身な灯籠木の、更に挑発的な台詞を遮るようにして、怠惰な金星は言った――落ちた女神は語った。

「地球に『大いなる悲鳴』を教えたったんは、うちやねんから」

7

『大いなる悲鳴』。

被害人数約二十三億人。

三億は、人類にはとても丸くできない大きな数字だが、しかしながら、天文学的に見ればまるっきり誤差の範囲内で、『約』の範囲内である。

（第10話）

（終）

第11話「語られる真実！はるかかなたの戦争」

0

蛇を突いて藪《やぶ》に逃げても。

1

純粋に状況だけを見るならば、天才少女である灯籠木が、金星のツートンを上首尾に挑発し、未知の新たなる情報を聞き出したということになるのだろうけれど、しかし彼女がそれを、交渉の成功として捉えているかどうかは怪しかった——少なくとも彼女のパートナーとして、空々空は、あるいは英雄として、その情報を知りたくて知りたくて仕方がなかったとは、とても言えない。

地球に『大いなる悲鳴』を教えた、ツートンが投げやり気味に放ったその発言の真意がどういうものなのか、現時点では確かなことはわからないとは言っても、たとえ勢いで飛び出した虚言だったとしても、おどろおどろしいものを感じずにはいられない——そこまでの供述は欲しくなかった、決してこの交渉の中でそんなものを求めていたわけではないというのが、空々の素直な気持ちだった。

こんなはずじゃなかった。

あわよくば地球の情報を引き出せればとは思っていたけれど、このタイミングで、いきなり『大いなる悲鳴』の正体の一端に触れることなど、まるっきり想定外で——人類の三分の一を殺害した地球からの攻撃の、その由来を、まさか知ることになろうとは。

二十億人を殺した、地球の切り札。

予告された殺戮《さつりく》。

第二回目の予定日を知る空々には、ツートンの発言は、およそ信じられないものであると同時に、しかし、ここまでの交渉の流れをぶった切る、何も考えられなくなるほどの言葉だった。

それこそ、地球から予告——宣告を受けたときにも似た衝撃だった。

ただし、空々に、そして灯籠木に、そんな痛裂な一撃を食らわせた、これまでやや押され気味だったツートンが、『かましてやった』と、得意気になっているかと言えば、そんなことはまったくなかった――彼女にとっては、そんな発言を『引き出された』ことは、やはり失敗なのだった。

挑発によって、うっかり喋ってしまったことに違いはなさそうで、彼女は彼女で、とても気まずそうにしていた――だが、すぐに切り替えて、

「あーあ」

と天を仰いだ。

宇宙で天を仰ぐと言うのも、妙な表現だけれど……、そもそも、彼女のほうが、天に輝く惑星である。

美しく輝く金星、ヴィーナスである――輝くはずの。

「まーええわ。どうでもええわ。だるいし、ひだるいし」

「…………」「…………」

切り替えたのではなく、投げ出したという風だった。

惑星にしては根気がない……、否、ないのではなく、失われたのか？

「そう。うちや。『大いなる悲鳴』を地球に教えたんは――遥か悠久の昔のことやったけどな。うちの髪が派手派手なまっきんきんやった頃やな。今となっては昔の話で、懐かしいわ」

「懐かしい――でー、済むのー？」

反応に困ってはいても、沈黙はまずいと判断したのか、灯籠木がそんな返しをした——その口調は、強いていつもより、ゆったりしているようでもあった。

「あなたは今、殺人の自白をしたもおんなじだよー？　恐るべき大虐殺に関与したって、被害者である人類に対して言っちゃったんだよー」

「被害者ねえ。そんな同胞意識の高いおふたりさんには見えへんけどな。特に灯籠木さんのほうは——普通に死者を、見下してるように見えるけど」

そんなことを言われて、灯籠木は、「まあ、見下していないと言えば嘘になるかなあー」なんて言った——そこは別に嘘をついてもいいところではあるだろうけれど、しかし同胞意識の低さで言えば、空々だって人のことは言えないので、文句はつけられない。

元を正せば、そんな同胞意識の低さゆえに、空々は『地球撲滅軍』に目をつけられたようなものなのだから。

「『殺人に関与した』は、灯籠木さん、言い過ぎだと思うよ」

空々は会話に参加することにした——言葉の上ではパートナーを、そして部下を窘《たしな》めるようなことを言いつつも、なんとかしてふたりがかりで、この危機を潜り抜けなければという意識が強かった。

「あくまでも、『大いなる悲鳴』は、地球の単独犯なんだから……、そうなんですよね、ツートンさん？」

「そない単純でもない……、爆弾を作ったんがうちで、それを使ったんが地球ちゅうわけでも――うちがそれを考えた時点では、人類なんか、まだ存在もしてなかったし」

ぶつぶつと呟く金星は、弱気な言い訳をしているようでもあった――首を振って、その場にすとんと、しゃがみ込んでしまった。その姿勢で俯《うつむ》き、そうかと思うと、

「こんなはずやなかってんよなー。ほんま、なんでやねん」

と、やや怒りを交えたような口調で、そう言い放った。

「こんなつもりやなかった――まあ、殺すなら殺せや。その件でうちが許せへんっちゅうなら、好きにせえ」

「………………」

呆れてしまうほどの投げやりっぷりだ。

ノーヘルの自虐的な態度とも違う、自己の放棄にも近い。

議論の時間が延びれば延びるほど、必然的に防御力が下がると言うか、本音へのガードが薄くなっていくから、なるべく交渉は長引かせたほうがいいと、事前のミーティングで灯籠木が話してくれていたが、しかし、長引かせるまでもなく、ツートンの防御力は著しく低かった。

そこまでを望んでいなかった灯籠木の誘導尋問に引っかかったことも、その表れだろう——結果、望んでもいなかったような機密事項を、知る羽目になった。

「あははー。交渉の場で相手に危害を加えられないのは、こっちもおんなじだよー」

灯籠木は明るい口調で言う——たぶん、わざと、過度に明るく振る舞っている。それは空々にはできない芸当で、明るく振る舞うことで、交渉の空気がこれ以上悪くならないように、彼女は心掛けているのだろう。

雰囲気作りにまで気を回すとは、天才の割に気苦労が多い——その分、自分も張り切るというようなタイプではまったくない空々だけれど、これを分業とみなし、

「それに、たったふたりで、一個惑星をどうこうできるわけもありませんしね」

と繋いだ。

「ただでさえ戦況が拮抗《きっこう》していると言うのに、地球と金星の双子惑星を、まとめて敵に回す気はありませんよ」

「たったふたりで、ね……、うちが言うたん、聞いてなかった？　せやったら嬉しいけど……、ふたりも二十億人も、結局は変わらへんねんて……、『ちっぽけな人類』みたいに、謙虚な姿勢を示しとうつもりかもしれへんけど……、せやな、もうどないでもええし、帰してくれへん言うんやったら」

暇潰しに雑談でもしよか、とツートンはあぐらをかいた。

あまり上品ではない仕草だが、空々はそれを窘めるような立場ではない――それに、『交渉の席で雑談なんて』と、注意することも、もちろんあるはずがない。

まさかここで、本当に雑談を切り出してくるはずもない。

よしんばここでツートンが、この間見た映画について熱く語り始めたとしても、それはそれでいい――『大いなる悲鳴』の真相を、語られ続けても、抱えきれるかどうかわからないのだから。

「仰せの通り、うちのサイズはおおむね、地球とおんなじやねんけど……、じゃあ、地球とかうちとかと、人間ひとりのサイズって、どれくらいちゃうと思う？」

「えっ……」

比べられるようなサイズ感ではないことはすぐわかるけれど、具体的な数値を求められると、空々にわかるわけがない。

人間の身長が、まあ仮に一・五メートルとして……？　キロメートルに換算したら、〇・〇〇一五……？　地球の直径が、確か……。

「1万2756キロメートルだねー。でも、地球は球体だから、長さではなく体積で計るべきかなー。まあ、どっちにしても地球にとってみれば、人間はアリンコでさえないよねー」

だろう。

微生物とか、細菌とか、ウイルスとか……、そんな感じだろうか？

「ウイルスねえ。ウイルス進化論っちゅうのも、あったなあ——他の惑星を説得するときに、人類が侵略に行くかもしれへんでってちゅうて脅したらしいけど、つまりそれは、病気の感染ちゅうことになるんかな？」

ブルームの話を聞いていなかったのは本当なのだろうけれど、一応、灯籠木の話は聞いてくれていたようで、そんなことをいうツートン。

そのときは人類を、癌細胞に例えたのだっけ。

爆発的に、暴発的に、際限なく増殖する細胞——だからこそ。

「だからこそ『大いなる悲鳴』ちゅう治療が必要やった」

「！」

「ええと……、そうやな。逆に考えたらええか。さっき、アリンコって言うたけど、それでええわ。アリンコやから怖ないってことはないよな？　軍隊アリとかおるし、なめとったら、住処を破壊されたりするよな？」

それは蟻《あり》じゃなくて白蟻だと思うが、だらだらとではあるものの、徐々に自ら語り始めたツートンの『雑談』の腰を折るまいと、空々は「ええ」とだけ頷く。

所詮、『蟻』も『白蟻』も、人類が勝手に考えた分類におけるカテゴライズである——惑星と準惑星と衛星みたいなものだ。そんな細かな定義は、白蟻に家を食べられてしまった者には、何の関係もないだろう。

「虫ケラやゆうて舐《な》めとったら、イナゴに畑を食い荒らされるとか……」

「あるある。どんなミニマムな生き物でも、数が増えたら脅威になるって話なのかなー？」

灯籠木も、もちろんそのエピソードは誤訳であって、畑に脅威なのはイナゴではなくバッタだということは知っているのだろうけれど、そんな本当に揚げ足取りみたいな腰の折りかたはしない——異文化交流の基本は、互いの理解を、安易に否定しないことだ。

「数が増えんでも、や。個体でも十分、脅威になる『ミニマム』もおる——風が吹いたらなくなるような致死量の毒薬かて、ぎょうさんあるやろ。蝮《まむし》の毒とかな」

「はあ……」

人工衛星『悲衛』も、そこでおこなわれている融合研究も、言うなら、地球にとっては『毒』みたいな話なのだろうか——人類を滅ぼさんとする、地球の正当性を訴えてるのだろうか？

正直、ツートンからそんな熱意は感じないが。

地球は病気なのだ——なんて、まるで教育番組で言われているようなことだけれど。

「テラフォーミングはともかくとして……、あと、このごっつい人工衛星もともかくとして、おたくら人類は、他の生命体を探して、宇宙を探索したりしよるやろ？　それで月とか、……火星とか、木星とか土星とか、調べとるんやろ？　宇宙の果てに手紙を出したり――宇宙人かあ？」

「宇宙人を信じる心を、あんま馬鹿にしないでよー。人類にとってはロマンなんだからー」

灯籠木がそんなことを言った――合いの手として、適当に相槌を打ったのではなく、これはやや、私情が混じっている風にも取れる。ひょっとして、対地球組織に身を置きながら、宇宙人を信じているのだろうか？

案外、エリートほど、宇宙人だったり幽霊だったりを信じてしまうらしいけれど――いや、魔法少女に、科学全盛社会の常識を説いても、あまり生産的ではない。

話の腰を折らないうちに、話が逸れてしまってもなんだ。

「そう、ロマン。そんな風に捉えとる――生命が息づく奇跡の惑星、美しい地球――みたいな話を聞くと、うちは失笑を禁じえんわ」

そう言うツートンは、まったく笑っていない。

その表情に一番近い感情は、『眠そう』なのだろうけれど。

「どうして大概の惑星に、生命がおらんのかってことを、考えもせえへん――生命が病原菌やからや。人間だけやのうて、動物も植物も、微生物も。そんなもんないほうが、すっきりしとるっちゅうねん。健康的やっちゅうねん」

「……極論だねー。人類の病原菌説ってのはよく聞くけれど、生命そのものを否定するって言うのは、新説だよ。何があったらそこまで、宇宙人を否定的に見られるかなー」

宇宙人を否定的に見ているわけじゃないのだろうが。

ただ、空々も漠然と、生命があることが、地球の特別な部分なのだろうと思っていたので、その『新説』には、やや当惑した――現実を受け入れる能力は高くても（俯《ふ》瞰《かん》にして不感でも）、幻想を受け入れる能力が高いわけではない。

ただ、改めてそう言われると、生命が発生したことが、何かいいことなのかと言えば、具体的なメリットがあるわけじゃない……、植物が発生したことや、動物が進化したことが、いったい何なのかと言えば、特にそれが、無条件で『素晴らしい』というわけではない。

何度も訪れた月を、結局『不毛の惑星』『死の大地』として、探索を打ち切ったということだったが、不毛だったら何かとんでもない悲劇が起こるのかと言えば、もちろん、そんなわけがない。『死の大地』にバニーガールが大量発生していたら、そりゃあ、どちらかの判断が必要になってはくるかもしれないけれど……。

「それは神の視点だねー。小説みたい。人間にとっちゃ、人間の発生はもちろん、喜ばしいハッピーバースデーなんだろうけれどねー、うん、まあ、宇宙規模で見たら、岩が転がってるのとおんなじかー。水素が充満して強い風が吹いているのと大差ないのかー」

「もっと酷い。神の視点じゃなくて、惑星の視点やから」

「でも、ヴィーナスでしょ？」

からかうような口調で、灯籠木が言った。このタイミングで揶揄できるというのも神経が太過ぎるが、元より、そうでもなければ惑星との交渉になど、乗り出せまい。

空々は神経が太いのではなく、ない。

「惑星に神様の名前がついているのは、そういう事情もあるのかなー。ないのかなー」

「ないよ。誰がヴィーナスやねん」

「でも、まっきんきんだった頃は、ツートンさん、ヴィーナスだったんじゃないのー？」

言って灯籠木は、空中からツートンのロングヘアーを指差した――正確には、黒と金の境目辺りを指差した。

「その頃に何かあったの？　その頃に『大いなる悲鳴』を、地球にレクチャーしたってこと？　要するに『大いなる悲鳴』は、一種の健康法だってことなのかなー？」

それを聞き出すことを、決して目的とはしていなかった情報を図らずも得てしまったふたりだったが、少なくとも灯籠木のほうは、そのままなあなあにはしないという勇気ある決断を終えたらしい——毒を食らわば皿までもないけれど、『金星が地球に、「大いなる悲鳴」を教えた』という情報の、詳細を知るつもりらしい。

「『大いなる悲鳴』に限らず……、健康法にもいろいろあるわな。そう。『大いなる悲鳴』は、大虐殺やのうて、外科手術みたいなもんか……？　いや、今となっては、うちにもようわからん」

「……恐竜を滅ぼした、みたいな話もありましたけれど」

空々がおずおずと訊く。

どんな真相と言うか、どんなぶっちゃけ話をしてくるかわからないので、神経のない空々でも、おっかなびっくりにならざるを得ない——これ以上の荷物を背負えるほど、空々の背中は大きくない。

「レッドデータブックに載っているような絶滅危惧種って、実は地球が頑張って、ちまちま滅ぼしているってことなんですか？」

「そりゃ、中には。いや、人類が滅ぼしとるんもちゃんとおるよ？」

ちゃんと、と言うのもおかしな表現だ。

「うちから見れば、病原菌同士の縄張り争いやけどな。もちろん、助け合ったりもしよるし、一概にも言えんわ。その辺も混ざり合って、症状になるわけや——症状ちゅうか、病状っちゅうか。……合併症？」

適切な単語を探るように、ツートンはじりじり言葉を選ぶ。

「もっとも、今現在、地球にとって人類が一番の脅威なんは、間違いないけどな……、やから地球も、禁断の『大いなる悲鳴』を発動させたんかな……、対人類用にカスタマイズした、改良版。うちが教えたんとは、だいぶ構造が違うっちゅうか」

やからもしも、うちから『大いなる悲鳴』対策を聞き出そうとしとんやったら、無駄やし諦めたほうがええで——と、ツートンは釘《くぎ》を刺すようなことを言った。

「うちが教えたんはもっと原始的な生命を、発生段階で滅ぼすための予防的『健康法』やってんから。それを、地球が独自に進歩させた——いや、進歩ではなく譲歩か」

進歩ではなく譲歩？

どういう意味だろう。それも言葉を選んでいるのだろうが。

……空々は直接にはそれがどんなものかを知らないのだけれど、『大いなる悲鳴』発生以前に、世界各地で頻発していた『小さき悲鳴』があったそうだ。対地球組織の情報工作で隠蔽されているものの、それもまた地球からの攻撃で、範囲こそ極めて狭いものの、致死率百パーセントの『悲鳴』だったという。

少数の例外——剣藤犬个——を除いて……。

『小さき悲鳴』は『大いなる悲鳴』の、いわば『練習』だったのだというのが、今のところの有力な解釈ではあるけれど、ただの『練習』ではなく、あれが改良のための施策だったのだとしたら、どうだろう。

改良——人類にとっては改悪を通り越して最悪だが。

だが、それの何が譲歩だと言うのだろう？　致死率百パーセントの、全滅を避けることが？

「……細菌やウイルス、微生物の話をするならー、人間の身体にも、わんさか住みついてるわけだけどー」

と、灯籠木が、これまでと同じ調子で続ける。

たとえ『無駄』と言われたところで、ツートンがどこまで本当のことを言っているかわからないのだし、聞き出せるものなら『大いなる悲鳴』対策を聞き出そうという気持ちは、萎《な》えていないようだ——仮に『大いなる悲鳴』への対策、対抗策を得られなかったとしても、ツートンからなんらかの迂闊な発言を引き出せれば、それでいいという判断なのだろう。

新たな覚悟を決めたわけだ——『どうにでもなれ』と。

あるいは天才少女であるがゆえに、『どうにでもなる』と思っているのかもしれない──『どうにでもする』と。

「だけど、単純にそれらを絶滅させれば健康になれるってことには、ならないよねー。人間の顔には数兆のダニが住みついているけれど、それを全部『消毒』しちゃったら、お肌はむしろ傷んじゃうとかー、善玉菌とか悪玉菌とかー。予防って言うなら、予防接種ってのもあるよねー」

潔癖症に近い思考を持つ好藤の部屋が、意外と散らかっていたりするのと似たようなものだろうか──完全なる清潔を追い求めると、宿主のほうも生きていられなくなる。

それは人体のみならず、生態系でも起こることだろう。

害虫を駆除したら、却って作物が育たなくなったとか……、ぼんやりとそんなニュースを、新聞で読んだような覚えがある。いや、あれは害虫じゃなくって、不快害虫の話だっけ？

不快害虫。

思えば結構な言葉である。

「食物連鎖は、実際にはピラミッド状じゃなくて網目状になっているから、どこかの繋がりがぷっつり切れちゃったら、即座に全体に影響が出ちゃうって話でもあるね

るんだねー。つまり、生命がたとえ地球にとって害悪でも、その害悪は、必要悪ってことにな
ー」
必要悪。
それもまことに結構。
「そう……、やから、地球は人類を、絶滅させることが、難しくなっている。あくま
で現在に限った話をすれば……」
と、ツートン。
面倒臭そうな態度は一貫しているけれど、抵抗力はどんどん減っている。
「人類を完全に滅亡させることは、地球のためにはならなくなっとる。なぜなら、人
類を絶滅させれば、他の病原体の爆発的な増加が予期されるからや――『人類なんか
滅んでも地球は気にしない』とはいかん。カオスになる」
「……カオス」
やる気のなさそうな語り口だからと言うのもあるかもしれないが、こうも話が込み
いってくると、空々には理屈がわかりにくくなってくる――生命（病原体）同士が相
殺し合っていることが、地球の『健康』のために役立っていると言っているのか？
「人間が滅んだら、別の生き物が台頭してきて、そっくり入れ替わって環境を破壊す
るだけ――でもない。次にどんなモンスターが生まれ来るか、進化は想定できん」

「そりゃまあ、インフルエンザだって、毎年進化してるもんねー。だけどインフルエンザがはやってるから、他にはやらない病気もあるわけだー」

灯籠木が果たしてどこまで、ツートンの話が理解できているのかわからないけれど、しかしながらいかに弩級《どきゅう》の天才少女でも、惑星の語る呟きをすべて、完璧に遺漏なく理解できているということはないだろう。

一定以上は話を合わせているだけのはずだ。

まずは大枠を把握して、疑問点は最後にまとめて訊こうとしているのか、それとも『できることしかやらない』という基本姿勢に基づき、わかるところだけ理解しようとしているのか――いずれにしても、今は何より、ツートンに喋らせ続けることを、目的としているらしい。

どんなノイズ混じりの情報であれ、闇雲に蒐集《しゅうしゅう》する。

「王国を支配する独裁者を打倒する見事な革命も、必ずしも、その後の平和までは保証してくれへんのやろ？　そんなようなもんや――そう言えば、『食べもしない動物を殺すのは人間だけだ』とか『同属同士で殺し合うのは人間だけだ』とか、とかく人類は、自分を卑下することで特別感を持とうとするけど――実際にはそんなこと全然ないねんけど――、前者はともかく後者は、『自ら数を減らそう』ちゅう、適切な動きなんかもしれへんな」

それで絶滅しようったら世話あらへんけど、という言葉の調子には、皮肉も風刺も含まれていない。ただの感想、あるいは、ただの事実を述べているという風だった。

それでも、事実誤認はあるのだろう。

すべてを鵜呑みにはできない。

「短期的な倫理と長期的な倫理、マクロな正義とミクロな正義は違うって話をしたいんだったら、ここは乗っとこうかなー。『大いなる悲鳴』とは違うシステムだけれど、私が所属していた対地球組織、『絶対平和リーグ』も、四国の人口を、ほんの九割九分九厘ほど、減らしちゃったもんねー」

正しくは九割九分九厘以上だ。

四国ゲーム開催直後に島を、偶発的に出られた『人口』を除けば、生き残りはたったの数人である――『絶対平和リーグ』にとって、それは実験失敗の結果の事故ではあったものの、その最悪の事態を、まるっきり想定していなかったわけでもあるまい。

同胞に犠牲が出ても、それは必要な犠牲だと、ちゃんと割り切っていたはずだ――必要悪であり、必要な犠牲。

空々ひとりをスカウティングするために、空々の関係者をひとりを除いて皆殺しにした『地球撲滅軍』のやりかたについては、あえてここで引用するまでもない。

大義のための正義。

それが長期的な倫理だとするなら、自分が死なないための手段を択ばない、どんな犠牲をもいとわない空々の戦いかたが、短期的な倫理ということになるのだろうか――いや違う、それは長期的にも短期的にも、ただのエゴだ。

長期的な倫理が『未来の生命を救うためには目先の生命を犠牲にする』ものなら、短期的な倫理は、『目の前の生命を救うために、まだ見ぬ生命を危険に晒《さら》す』ものなのだろう。

「どっちの倫理も先がないって意味では、共通してるねー。正義は消耗品で、倫理は贅沢品《ぜいたくひん》だからー」

と、灯籠木。

今はなき『絶対平和リーグ』の一員として、そう言っているのだろうか――それとも人類の一員として言っているのだろうか。

空々には、そんな哲学めいた領域について語れる見識はないけれど、しかし、地球がそんな人類の姿勢を、快く思っていないことだけは言える――なにせ、本人（本星）からそう聞いた。

紛れ込んだ『地球陣』ごと、幼稚園を襲撃した剣藤犬个と花屋瀟のスタンダードな軍事行動が、『大いなる悲鳴』の次なるスイッチを押したようなものなのだから――

だから人類を滅ぼすことにした。

……けれど、その言葉をそのまま受け取るのも、やはり違うのだろう。惑星と人類とのディスコミュニケーションは、ここまでの交渉を思い返せば、よくわかる。

惑星のような巨大な存在が、そんな潔癖症みたいな倫理観で人類を滅ぼそうとしているとは思えない——とも言えないが……、控え目にいって子供っぽい、大胆に言えば未熟な価値観で、賛成・反対を決めようとする惑星もあった。

（もしも、地球との交渉が成立すれば……）

灯籠木はそれに失敗したと言うし、それができるなら、ブルームだって最初からそう提案しているだろうけれど。

「地球がもしも『大いなる悲鳴』を、次に放つときは更に上手な加減を覚えて……、人類の総数を、コントロールしようとするやろな。健康を維持できる程度に。逆に、そこを逸脱することができれば、人類の勝利か——そのときは地球は死の惑星になりかねなんがな」

「火星みたいにですか？」

これは空々が、なんとなく入れただけの相槌だったけれど、ツートンは顔を起こして、こちらを見た——そして、「そう、火星みたいにや」と合わせてきた。

「健康法が必要なくなった、死の惑星——いや、どうなんかな。死体からでも微生物は発生するから、人類が『火星人』を想定するんは、案外合理的で、根拠のある発想なんかもしれんな」

「そうだねー。『火星人』は、『火星陣』よりは夢があるよねー」

灯籠木はとぼけたことを言った。そしてそのフェイントののちに切り込んだ。

「地球は火星に対して、あなたが教えた『大いなる悲鳴』の原型を使ったの？　それが戦争の勝敗をわけたの？」

2

収穫は多かったし、予想外の情報も多々得られた——そもそもの部分で言えば、停戦案に対する、とりあえずの賛成票も、獲得することができた。

だから、惑星相手の最後の交渉となる、金星との対話は、まずまず成功裏に終わったと評価するべきなのだろうが、しかし、人工衛星『悲衛』内、灯籠木四子の部屋に戻った空々達は、とても目標達成を祝して打ち上げをしようという気分にはなれなかった。

灯籠木は扉をロックするなり、一応口では、

「うん、上々の上出来ー」

と言いつつ、寝台にダイブした。

さすがの天才少女も、お気楽を装って、自分の部屋でも空中を漂うというわけにはいかなかったようだ――空々も、うっかり部屋の主の許可を取らずに、勝手に椅子に座ってしまった。

そういう作戦だったこともあって、結構長く話していたというのもあるけれど、それとは無関係に、ぐったり疲れてしまった――ぐったりと言うか、ぐたぐたと言うか。

ツートンの倦怠感《けんたい》がこちらに移ってしまったかのようだ。

それこそ、感染と言うか……。

「いろいろ匂わせてはくれたけれど、結局、こうして振り返ってみるとツートンさん、肝心なことは何も教えてもらえなかったって気もするよね。さっきまでは、かなり深いところまで掘り下げたって思ってたけど……、実際は、うまく逃げられたのかな？」

「うまく逃げられたねー。まあ、惑星との交渉なんだから。ちっぽけな人間にできることは、限られてるよー」

灯籠木はうつ伏せになって、枕《まくら》に顔をうずめる。

好藤の部屋でもそうしていたし、どうやら寝転ぶときは、その姿勢が好きらしい

──好藤は、その上に座るのが好きだったみたいだけれど、真似をする気にはなれない。その背中がどんなに座り心地がいいのか知らないが。

「ちっぽけな人間……、ちっぽけな人間でも、巨大な惑星の脅威になる、か。言われてみれば当たり前の話だけどね。右左危博士ひとりの存在だって、地球にとっては脅威だろうし」

「それを言うなら、空々くんだってそうでしょー。英雄なんだから。これまで単身で、どれだけの数の『地球陣』を始末してきたのよー」

それを言えば、灯籠木もそうだ──右左危博士に、地球が接触していないという点を思うと、決してそれが、化身出現の条件ではないのだろう。

右左危博士の場合、逆に脅威過ぎて、接触を避けているということも考えられるか？

「ウイルス進化論ならぬ、生命ウイルス論かなー？　人類に限らず、生命そのものが、天体にとって毒であるという理論は、正直言って、すっごく面白かったよー。一人の戦士としてではなく、ひとりの天才として」

ひとりの天才として、か。

空々には生涯出せそうもないコメントだ。

「ドライを気取ってるつもりの私でさえ、生命には一定の価値を見出していたもんねー。たとえそれが癌細胞であれ、それが宇宙で一番の奇跡なんだって。けど、確かに、言われてみれば、珍しいってだけで、何も奇跡じゃないよねー。ちょっとしたレアメタルとかのほうが、案外、珍しいかもしれないよねー」

「うーん……」

軽々に同意はできないけれど、まあ、ひとつの考えかたではあるのだろう――理解しやすく言えば、人類は七十億人もいるけれど、惑星は八つしかない、みたいなことか？　いや、星の数は、星の数ほどあるわけで、生命の数とは比べ物に――なるか、微生物の数を含めれば、案外、地球上の生命だけで、星の数に匹敵する可能性はある。

「人間の細胞ひとつにつき、ミトコンドリアが一匹いるとしたら、それだけで六十兆匹かなー？　六十兆×七十億？　顔に住んでるダニとかお腹の中の微生物の数も計算すれば、まあ、ぞっとしないよねー。うわーっと、全部払い落としたくなるものなのかもー」

「全部払い落とせるのなら、そっちのほうがいいのかな……？　完全に清潔にしちゃったら却って危険になるのは、他の生命体が爆発的に増殖するからなんでしょう？　じゃあ……、すべての生命が無になれば」

「それは最高の危険思想だねー。いや、実際にそれを実現しているのが、他の天体ってことになるのかなー。なまじ、バラエティに富んだ発展をしたものだから、選別をおこなわなくてはならなくなったわけでねー」

「選別？『大いなる悲鳴』が人類だけを狙い撃ちにしたのは、そういうことなのかな……？　四国ゲームも、ゲームに参加することになったのは人類だけなんだよね？」

「そうだねー。だから今の四国は、自然王国だよねー」

奇しくも、『人類がいなくなれば、生態系はどうなるのか』を、島中をしまって大規模に実施しているわけだ——今の四国は『地球撲滅軍』の管轄だから、調べれば、『どうなるのか』、わかるのかもしれない。

どんな惨状なのか——あるいは楽園なのか。

「ま、その辺の葛藤は、いずれきっちり詰めるとしても、今大切なのは、地球と火星との戦争に金星がどんな関与をしていたかだよねー。確答は得られなかったけれど、たぶん、戦争中に使われたのが『大いなる悲鳴』の原型だったことは間違いないだろうしねー」

「うん……そうだね」

確答は得られなかった——どころか、真っ向から否定された。

露骨に話を変えられたし、急激に防御力が上がったようだった——そうなってしまうと、交渉も終息に向かわざるを得なかった。消極的な『イエス』では、正直、保留してくれたほうがよかったくらいだったけれど、だからと言って、態度を硬化され、『ノー』と言い張られてしまうことを、望んでいたわけでもない。

空々達は妥協せざるを得なかった。

停戦案への賛成の言質《げんち》を取った上で、丁重にお帰り願うしかなかった――それ以上粘り続ければ、裏目に出ることは避けられそうもなかった。

それこそ、地球と金星に結託されても困る。

「それはなさそうだったけれどねー。『大いなる悲鳴』を地球に教えたことを、ツートンさんは本当に後悔しているみたいだったからー。そのことが彼女を、一回はへこたれさせたもんねー」

「へこたれさせたのは、灯籠木さんの手柄じゃないの？　はっきり言うと、見てて、危なっかしかったけど……」

「それほどリスキーなつもりはなかったよー。結果的には途方もないリスクだったけどー。ただ、やっぱり私の手柄じゃないんだよー。私の手際でもないー。あれはツートンさんの自滅だもんー」

「自滅か……、言えてるかもね」

あれこれ考えて、状況に応じてできる限り振る舞ったつもりだったけれど、案外、相手が空々や灯籠木でなくっても、ツートンは同じくらいの情報をもたらしてくれた上で、賛成票を投じてくれていたようにも思える。

多かれ少なかれ、他の天体との交渉においても同じことが言えるが……、空々でなきゃ駄目な交渉があったわけではない。最初から灯籠木がおこなっていたなら、もっとスムーズな——天才少女の灯籠木とは言わないまでも、ひょっとしたら地濃だってこなしてしまっていたかもしれない、天体同士のせめぎ合いだ。

「天体同士の戦争に巻き込まれたみたいな気分も、ちょっとはしてるんだけど……」

「戦争をやってるのは、地球と人類だけでしょー。地球と火星との戦争は、とっくに終わってる……、巻き込まれたとするなら、戦争じゃなくて政争だね。少なくとも内輪エリアに限って言えば、空々くんは、政争の具にされたきらいがあるよね——その辺、ブルームさんはいったい、どんな風に考えてたんだろうねー」

「……今度会ったら訊いてみたいところだけれど、どうだろう。次はいよいよ、本命を相手にすることになるから……、違うことを訊いている場合じゃないかもしれない……、僕が勝手に本命にしちゃったんだけれど……」

本来の停戦案ならば、ここで交渉劇は終わりなのだ。

惑星連（火星を除く、冥王星を含む）全員で、地球と人類の間に入ってもらい、争いをとりなしてもらう——地球も人類も、決してすごすご引き下がりはしないだろうが、そこは全会一致でなくても構わない。

数の理で——数の利で。

多数決で押し切る。

そのプランに勝手に条件を出したのは、空々である——太陽を交渉に巻き込むなら交渉役を務めると、大した論拠もなく言ったのだった。

「僕が余計なことを言わなければ、もうあがりだったのに……、そう思うと、僕はいつも余計な『ちょい足し』をしちゃうんだよな……、四国ゲームのときも、勝手に制限時間をつけちゃったりしたんだよね」

「それがあったからこそ、四国ゲームをクリアできたんだと思うけど？」

と、灯籠木は、特にフォローというわけでもなさそうに言う。

「そして、私が参加したのはノーヘルさんとの交渉からだから、確かなことは言えないけれど、太陽を巻き込んでなかったら賛成票が得られなかった交渉も、少なからずあったでしょー。水星の交渉なんて、まさにそうなんじゃない？」

「うん……、まあ」

そういう要素は確かにあるだろうけれど、だからと言って、空々の出した条件が、よかったのか悪かったのかは、結果をもって判断するしかない——停戦そのものは、案外、太陽が不参加でもなった『もしも』が残るけれど、太陽との交渉には、そんな中途半端な結末はない。

なるかならないかで、中庸《ちゆうよう》はない。

……そもそも、ブルームが太陽を、ちゃんと交渉の席に連れて来られるかどうかから、既に難題なのである——周回する惑星と違い、不動の太陽を動かすことなど、簡単なことじゃないだろう。

案外、ブルームが太陽を連れて来られずに終わりという線もある。そうなれば、それこそ、太陽あってのここまでの交渉だったのだから、取り消される賛成票も決して少なくあるまい……、そこはもう、ブルームの、エージェントとしての手腕にかけるしかない。

月と太陽の縁故《えんこ》にかけるしか……。

「そうだねー。交渉自体は実現する前提で、ミーティングをするしかないよねー。まあ、本格的なのは、一回寝てからにするにしても、このぐったりしたコンディションで、えいやって、勢いで軽く、事前打ち合わせまで済ましとこっか」

「えいやって……、ぐったりしたコンディションなら、まずは一回、完全に休んじゃったほうがよくない？」

「寝る前に状況を整理しとけば、夢の中でアイディアが浮かぶかもしんないじゃん ー」

天才の発想だ。

真似できないとは思うものの、少しくらいは見習うか。

どの道、予定外が多過ぎた金星との交渉を終えて、充実感で身体が火照《ほて》っているなんてことはまさかないけれど、むしろ消化不良感で、こんなすっきりしない気持ちでは、すぐには休めそうにない。

気散じのためにも、意識を次に向けるためにも、ミーティングに向けたミーティングをしておくのも、妙案かもしれない——太陽か。日本に住んでいて知らないとは言えない恒星だけれど、さて、具体的にはどんな星だったっけ？

3

『太陽』
自転周期——27日6時間36分
公転周期——×
太陽からの距離—0
直径——139万キロメートル
質量——1・99×10^{30}キログラム

衛星の数————0個
属性————炎
発見年————人類生誕時

4

「日の丸を国旗としてなくても、太陽を知らずにいるのは、地球に住んでたらまず無理だろうけどねー。南極だったら——やっぱ無理かなー。自転軸と公転軸の角度次第では、太陽にほとんど照らされない地域っていうのも、一応は生じるんだけど」

「ずっと陰の地域か……、それでも太陽を感じずにいるのは難しいと思うけど。月は……、惑星もそうか、太陽系の星は、恒星じゃなかったら、みんな太陽の光を反射しているんでしょう？」

ブループラネットが青いのも、あくまで太陽の光の影響であって、決して自ら青く発光しているわけじゃない——純粋な現象だ。

理科の授業を十分に受けていない空々には、その辺りのカラーリングの理屈はいまいち理解できないものだけれど、その点がこれまでの交渉との一番顕著な違いなので、恒星—惑星の関係は、形だけでも、頭に叩き込んでおきたい。

「サイズ感もぜんぜん違うけれどねー。どうする？　ガリバーみたいな巨人が来たら」

「ガリバーは巨人じゃないはずだけれど……」

「スウィフトが巨人なんだっけ？」

「巨人だけどね」

直径百三十九万キロメートル。

それが果たしてどういう距離なのかもよくわからない……、地球一周で四万キロくらいなのだっけ？　ええと、太陽系の惑星で一番大きな惑星は、木星で——だからこそ彼女は、太陽に挑戦しようとしていて……。

そんな木星、空々が名付けたところのスピーンは、小柄な女の子だった。だから実際の惑星のサイズが、化身のサイズにそのまま反映されるわけではないことは、わかっている——灯籠木も、その辺は承知した上での冗談を言っているのだ。

ただ、それにしても百三十九万キロメートル。

そのときは確か、ブルームからプロフィールを聞いたと記憶しているけれど、木星の直径は、十四万キロメートルくらいのはず……、これだって地球の円周、三周分なのに、太陽と比べると、十分の一のサイズだ。

体積で比べると……、駄目だ、数学の授業も十分に受けていないので、球の体積の出しかたがわからない。

「半径をｒとして、球の体積の出しかたは三分の四πｒ三乗だよー」

空々と同じで、まともな授業なんて受けていないに決まっている灯籠木がさらりと教えてくれた——甘やかしを基本要綱としていた『絶対平和リーグ』に教育カリキュラムがあるとも思えないので、独学だろう。天才ゆえの学習意欲か。学習意欲が天才を産むのか。

「でもまあ、太陽の体積を出しても仕方ないけどねー。物体と言うより、ガスとかプラズマとかみたいなもんだし」

「ガスとプラズマって同じなの？」

臆面《おくめん》もなく訊いてしまう。

灯籠木とパートナーを組んで、楽になった点は数知れないが、その中でも大きな点は、この手のプロフィールを知るために、あちこちに訊いて回らずに済んだというところかもしれない。

そんな選択肢はどう血迷ったとしてもありえなかったとは言え、もしも最初の天王星のプロフィールから、灯籠木のところに訊きに行っていたら、もっと少ない労力で、現在地まで来られていただろう。

「この場合はおんなじようなものー。プラズマが何かっていうのも説明しよっか？」

「それはどうせわからないからいい……、聞いたことはある。ガスって言うより、電気とか雷みたいなものだと思ってる」

「それでだいたいあってるよー」

緩い口調で言われなくても、相当大味な採点をされたことはわかったけれど、受けられなかった理科の授業を、今更ここで履修しようという気は空々にはない。

「でも、だったらひょっとして、太陽ってすごく軽かったりするの？　スピーンは、自分のことを重さでも太陽に次ぐって言っていたけれど……、でも、プラズマなんだったら、中身はすかすかみたいなものじゃないの？」

地球型惑星が固体状で、木星型惑星がガス状なんだっけ？

でも、ガス状だろうと、重さはあった……、気体だって集まれば、重さにはなるのか……、そりゃあ、質量保存の法則って聞いたことあるし……、でも、プラズマは？

「そのあたりは歳相応だねえ、空々くん。でも、さっき言ったでしょ。太陽の重さは、1・99×1000000000000000000000000000000キログラムだってば」

「ぴんと来ないんだよね……、これまで教えてくれた、地濃さんを除くみんなには申し訳ないんだけど、0が並び過ぎていて、むしろ軽いんじゃないかみたいにも思える」

「わかりやすく言うと、これまで空々くんが話した太陽系の惑星、聞いてきたプロフィールのウエイトを、全部合わせた重さよりも重いよー。ざっと七百五十倍くらい」

三ケタなら、さすがに把握できる。

0も一個だし。

しかし、木星が、他の惑星をすべて集めた重さよりも重くて……、その木星を含めた質量を、更に七百五十倍……、スケールの感覚がどうにも狂ってくる。

「それだけのサイズってことだよー。ただし……、裏を返せば、それだけのサイズの割には、七百五十倍くらいのウエイトだって意味でもある。中身がすっかすかなのは、そりゃあ空々くんの言う通りだよ。空々くんに言われたくはないと思うけれど」

そりゃあ、言われたくはないだろう。

中身がすっかすかなことにかけては、空々空は、どんな天体にも負けないに違いない。

「だけど空々くん、絶対にそんなこと、交渉のときに言わないでねー。正直、太陽だけは動きが読めない——動かないし。そりゃあ自転はしてるけど、太陽相手となると、金星相手に使った言い分は、通らないと思うよー」

灯籠木が念のためのように、言ってきた。

言われるまでもない——とは、失言癖の多い空々には、とても言えない。

ことあるごとに言ってほしい。

『金星相手に使った言い分』とは、『ここは交渉の場なのだから、相手に危害を加えるようなことをしたら、戦争に巻き込まれる』という、例の論法のことである。

空々から見れば危険な賭けだったし、そんな論法で深く攻め入ったからこそ、『「大いなる悲鳴」は私が教えた』というような、知りたくもない情報を入手してしまったという経緯があり、ただでさえ、あまり多用したくない脅しだったけれど、それを差し引いたところで、太陽相手には通じない迫りかただろう。

単純に重さで考えても、他の惑星すべてを合わせた七百五十倍——交渉の場で交渉相手と完全に決裂して、仮に他の惑星すべてを敵に回すようなことがあっても、押し通せるだけの圧倒的な武力を有している。

「武力と言うか、火力と言うか、だねー」

と、『火』の魔法少女は言う。

科学による『炎血』を全身に巡らせる氷上竝生には、それなりの対抗心を燃やしている——まさしく『燃やしている』——らしい灯籠木だが、さすがに太陽が相手となると、敵対することさえ馬鹿馬鹿しいと思っているらしい。

できることだけやる。

「そう。交渉破棄って許されざる横暴が、最高権力者にとっては、まったくストッパーになりえない。こらって叱れる人が――星が――いないんだもの。まあ、金星のときだって、実際にはどうなってたかわかんないけど――私達ふたりを亡き者にしたくらいじゃ、どうってことなかったかもね――、太陽の場合は、もう露骨だもん。交渉が破談になって、人工衛星ごと燃やされたとしても、どこからも文句は出ないでしょ」

月からもね、と灯籠木は言わずもがなのことを付け加えた。

もちろん、あのバニーガールが本当に『中立』だと言うのなら、そのときは太陽の行為を咎《とが》めるべきだろうけれど、地球よりも更に四分の一のサイズである天体に、そこまで求めるのは無理がある。

むしろ、恐れ多くも太陽を、交渉の場に臨ませようとした無礼が不興を買って、今頃ブルームがウサギ料理になっているかもしれないと思うと、『中立』の難しさを思い知る。

「そんな偉大なる太陽なんだから、ちょっとやそっとのことじゃ怒らないはずなんて先入観も、捨てて置いたほうがいいだろうね。金星のキャラクターは、僕達のイメージを、完全に覆してくれた。あれで最初のリズムを崩されたのは、反省点だ」

「空々くんも反省とかするんだねー。びっくりー。いや、でも、その通りだよー。『髪型が気に入らない』って理由で燃やされるかもしんない――それくらいの暴君かも」

　水星のメタールから聞くイメージは、そんな風ではなかったが、しかし、あの自称『第一の友』が、どこまで太陽と通じているのかは、不確かと言っていい。

「空々くんのイメージに依存したイメージなのか、そうじゃないのかって言うのは、やっぱり疑問点だよねー。空々くんがあんな風に、金星のことをツートンカラーでイメージするとは思えないもん。その疑問を掘り下げる実験をするなら、次の交渉の場には、私だけが先に空々くんの部屋に行って、ひとりで太陽と面会し、あとから空々くんと合流するっていう方式を取ることかなー」

「やってみたい実験だね……、相手が太陽じゃないときなら」

　しかし、太陽でラストなのだから、その点を試す機会は失われたということか……、まあ、空々はすべての謎を解こうとする名探偵ではない。

　謎は謎のままでいい、答さえ出れば。

「どんな姿で顕現しようと、太陽が、すさまじい権力者であること、圧倒的な武力を有していることは、間違いない。それは、交渉する際の前提にしちゃっていいんだよね？」

「天才の正しい振る舞いは、『何も断言しないこと』なんだけど、それだけは断言してしまってもいいだろうねー。水星とのセッションに際して、空々くんは『どうせ太陽にとっては、地球と人類との戦争なんて止めても止めなくても同じなんだから、止めてくれたっていいじゃない』って言ったそうだけれど、その考えかたは、太陽本体を相手にするときにも、指針にしちゃっていいと思う」

そこまで子供じみた言いかたはしていないつもりだったが、まあ、概ね文意は間違っていない。確かにそんなようなことを言った――空々空にとっては、失言と同じくらいお馴染みの、口から出まかせである。

「偉大さを崇め奉《たてまつ》って、言うことを聞いてもらうって作戦だねー。大き過ぎる力を持ってたら、使いたいって思うはずなんだよねー。能ある鷹《たか》は爪《つめ》を隠すって言うけれど、能ある者にとって、それが一番難しいの。ほら、スターって、やっぱり自分の優れた見解を聞いてもらいたがるじゃん。一般人と違うところを見せたがるじゃん。それと同じ」

「優れた見解を聞いてもらえず、一般人と違うところを見てもらえなければ、スターたりえないことの逆説でもあるんだろうけどね……、太陽系の総意でお願いすれば動かざるを得ないんじゃなくって、むしろ積極的に動きたくなる、みたいなことはないのかな？」

「んー、そこはわかんない。総意の頼みごとをつれなく断るってことで、権力を示す方法もあるから。そうだね、お願いごとに、どういうベクトルをつけるかは大切だね。相手が『願いを叶えてやりやすい』ラブコールをしてあげなきゃ——『そんな風に言えばこっちが言うこと聞くと思ってんだろ』って反発を買っちゃったらおしまいだけど、何事にもリスクは付き物だから」

「……どっちにしても、交渉と言うよりは、本当に、伏してお願いするって形のやり取りになりそうだね。頭を下げるのが嫌ってわけじゃないけど」

別に土下座しても構わない。それで誠意が通じるとは信じられないだけで……。

「そうだねー。でも、太陽が求めるようなメリットを、こちらが提示できるとは思えないもんねー。欲しいものは、大体手に入れてるでしょ。ぶっちぎりの大きさで、ぶっちぎりの重さで、ぶっちぎりの熱さで——」

と。

言いさしたところで、灯籠木は言葉を止めた。

発言の途中で何かに気付いたのだろうか？

「？　太陽よりも熱い星があるの？」

「それはあるけど、その一個前——『ぶっちぎりの重さで』って言ったよね、今、私」

「言ったけど……」

その手の『今、なんと仰いました？』『違う、その前です』は、普通、周囲の発言に対して発せられるもののはずだけれど……、天才少女は、そこまで自分で賄《まかな》ってしまうらしい。

　本当にひとりでやって欲しい、交渉を。

「じゃあ、太陽よりも重い星があるの？」

「それもあるけれど、太陽系にはない。太陽系では、太陽が重さでもナンバーワン、それは間違いない——けれど、プラズマ状で、見た目に比べると、軽いのは否めない。プラズマだから」

　それも、灯籠木がさっき言っていたことだ。

　わざわざ改めて振り返るようなプロフィールなのだろうか。

「……うっかりしてた。密度って尺度で、計測するのを忘れてたよ」

「密度？　ああ……、サイズと質量の対比のことだね」

　理科の授業を受けていなくても、さすがにそれくらいはわかる。

「そうだね、密度が低いから、プラズマなんだろうし……、でも、灯籠木さん、それがどうしたの？　わざわざ繰り返さなくっても、わかりそうなことだけれど」

　新発見みたいに言うから、交渉の糸口を見つけたのかと思ったけれど、取り立ててそういうわけでもなかったのかと思った空々だったが、そうではなかった。

「もっとも巨大で、もっとも重厚な太陽だけれど、もっとも密度が低い——じゃあ、

「その星密度がもっとも高い太陽系の惑星は、なんだと思う？」

「星密度……？　えっと、イメージだと……、木星かな？」

いや、大きさで考えてしまってどうする。

むしろ大きくなろうとすればするほど、重さは抑えないと、（よくわからないけれど）自重で潰れてしまうのでは……、この場合、大きいということは、イコールで密度が小さいということに繫がっていくはずじゃあ……。

「じゃあ、一番小さい……、準惑星の、冥王星」

「考えかたは正しいけれど、違うのよー」

灯籠木は言った――その気付きを、果たしてこれからどう活用すべきかを深く考えるように、枕に更に、ぎゅうっと顔をうずめて。

「もっとも高密度な惑星は、地球なんだよ」

（第11話）

（終）

第12話「太陽に相対！ここが世界の中心だ」

0

努力が無駄になることはあっても、
無駄な努力はない。

1

太陽の密度の薄さと、地球の密度の濃さ。

その対比に、灯籠木四子がいったいどんな意味を見出したのか、空々には皆目《かいもく》さっぱりわからなかった——それがいったい、どのように交渉に（懇願に？）作用するのか。

「いや、私にもまだわかんないよ。全然わかんない。ただ、唯一、太陽に地球が勝る部分だなーって思っただけ……」

と、灯籠木は、枕に顔をうずめたままで言う。寝台に沈み込もうとしているかのような、空を飛ぶ魔法少女の取るべき行動としては、ほぼ正反対のものである。

（唯一……？）

唯一とは言えまい。他にも、いろんな要素があるはずだ。極論、どんなジャンルの何にしたって、調べ尽くせば、何かのナンバーワンにはなれる。

勝ると言うのも、一方的な物言いだ。

『密度の濃さで、地球は太陽に遥かに勝る』というのは、逆に言えば、『密度の薄さで、太陽は地球に遥かに勝る』となるのだから――物は言いようの極みだ。

だが、そんな凡庸な指摘で、天才の気付きを妨げるべきでもないと思った。そういったあれこれも重々踏まえた上で、彼女はそう言っているに違いないのだから。

ただ、てっきりそのまま思考を掘り下げ、太陽交渉に向けた策略を組み立てるのだろうと思っていたけれど、「うん……、うん……、うん……」と、しばし考えたのちに、

「空々くん。今日はもう寝よっか」

と、ようやく顔を起こした。

そのまま枕で窒息するんじゃないかと、別の心配が生じていたのだけれど、起こした表情は――普段から緩んだ顔をしているので違いがわかりにくいが――、ちょっと

眠そうなそれだった。

眠そうと言うか、疲れが見える。

今のタイミングで疲れたわけではなく、空々も灯籠木も、金星との会談中から、ずっと疲れていたのだが……、さすがにそろそろ体力的な限界ということか。

「見栄を張らせてもらえば、まだ多少の余裕はあるんだけど、折角フックが見つかったんだからねー。着想は得た。あとの思考は単純作業だから、ぐっすり寝て、疲れが取れてから細部を詰めたほうがいいかなーって」

思考を単純作業とか言い出した。

考えることに、そんな差異をつけたことがなかったけれど、しかし、『密度』という同じヒントが与えられているのだから、ここで『そう言わず、もう少し粘ろうよ』と、積極的な姿勢を見せることもはばかられた——空々もいい加減疲れているし、そうでなくとも、ここは灯籠木の部屋である。

消灯時間は、彼女の専決事項だ。

「んじゃ、決めた通り、私は空中で寝るから、空々くんはベッドで寝てねー。それとも、逆にしてみるー？」

「冗談きついよ」

四国ゲームのプレイ中、魔法少女のコスチュームを身につけなければクリアできなかった数々の関門を思い出し、あのときに比べれば、Tシャツに短パンで過ごせる現在は、案外、恵まれているのかもしれないと思った。

2

「やあやあ空々隊長。さっき『パンプキン』……、杵槻さんから隊長宛《あ》てに無線連絡がありましたから、今留守だと言って回線を切っておきましたよ。どうです、カップルを二人きりにしてあげる、この気遣い！」

「ありがとう地濃さん、そこどいて？」

そんなわけで空々は、翌朝、ふわふわと浮かんだままで寝返りを打つ、まだスリープ中の灯籠木を置いて、朝食前にひと汗流そうと、トレーニングルームに向かっていた進路を曲げて、無線通信室へと向かった。

ランダムに交渉が始まってしまう事態を避けるために、自室を離れた空々だったが、だからと言って、四六時中灯籠木の部屋にこもる必要はないし、何も常時彼女と行動を共にする必要はない――金星との、想定外だらけの会談の中、ほとんど唯一、想定通りに得られた結論である。

空々の部屋に近付かない限り、天体との交渉は始まらない。

「エンカウントがイベント戦闘になっているモンスターを相手にするようなものだよねー。レベルや装備をマックスまで鍛えた上で挑みたいよねー」

とは、入眠する前の灯籠木のたとえ話。

ゲーム感覚で『地球陣』と戦っていた、四国の魔法少女らしいたとえだったが、残念ながら、テレビゲームの素養が（ましてRPGの素養が）ない空々には、あまりうまくは伝わらなかった。

要するに、太陽を相手にするのに、『時間がなくて準備不足で挑む』という展開は避けられるということだ——こうして廊下を歩いていても、いきなり交渉に入るということは（たぶん）ない。

それを思うと、鋼矢から連絡があったというのは、いいニュースだった（それを伝えてくれたのは悪い部下だったとは言え）。交渉の中途段階で、相談しっぱなしになっていたので、気にはなっていたのだ——その後、天才ズに監禁された際、鋼矢に連絡を取ったことが虎杖浜にバレたので、もうこちらから連絡は取らないほうがいいのかとも思っていたけれど、向こうから通信があったというならば、是非もない。

おそらく『安全な回線』を作ったのだろう。

入院中のはずなのに、どういうコネクションを利用したのか、相変わらず、抜け目がない。

太陽との最終交渉を前に、鋼矢と——あの『天才の生き残り』ならぬ『生き残りの天才』である魔法少女『パンプキン』と話せるというのは、正直、助かる。灯籠木とばかり話していたので、空々の感覚もややおかしくなってしまっているかもしれないので、調整する意味でも、違う魔法少女とも話しておきたい。

交渉の名手と話すことが、太陽との面談を前に、無駄になるはずがないだろう。

無線通信室に到着。一応、周囲を警戒してから（地濃が人払いをしてくれたのか、周辺には誰もいなかった）、前と同じ手順で、鋼矢を呼び出した。

「すぐかけ直す」

短く返事があって、こちらからの接続は即座に打ち切られる——すぐと言ったが、安全な回線作りのためにいったいどんな煩雑《はんざつ》な手続きがあるのか、リダイヤルがあったのは、十分後だった。

それも映像なしである——まあ、これはこっちのほうが。

「お待たせー、そらからくん。これで、こちらから盗み聞きはされないわ。ただし、そっちの環境はその限りじゃないから、覗かれないように気をつけてね」

「鋼矢さん……、すみません、わざわざご連絡いただいて。あと、地濃さんと話させてしまって。完全に僕の責任です」

「いや、特に損害は受けてないけど……、地濃さんのことを背負い込み過ぎでしょ、そらからくん」

呆れ混じりに苦笑する鋼矢。

その声を聞く限り、療養の成果あってなのか、回復の一途を辿っているようにも思えるが、そこはやっぱり『自然体』の魔法少女だった鋼矢である、油断はならない。ただでさえ長話は控えるべきだけれど、できる限り気遣わないと。

空々こそ、気遣いの苦手な少年なのだから。

「むしろ、最初に地濃さんが出てくれて助かったわ。他のクルーだったら、そらからくんにどう繋いでもらおうかどう伝えてもらおうかって、知恵の絞りどころだったけれど、地濃さんなら、何も言わなくても、どういう形にせよ、絶対に伝えてくれるって確信できたから」

「…………」

地濃への信頼が厚い。

思い起こせば四国ゲーム以前から、『いざというときのために』、地濃と接点を持っていた鋼矢である——あの困り者の、見るべきところを見ているのかもしれない。

どこなんだ、見るべきところ？

まあ、実際、伝えてくれたわけだし（『どういう形にせよ』）、その読みには素直に帽子を脱ぐが……。

「こっちは変わりないわよ。いや、療養中の人間に、変わりがなかったらまずいのか。私も手袋ちゃんも、快方に向かってまーすって感じで。で、そらからくんのほうは、それからどうしてるわけ？　とりあえず、生きてはいるみたいだけれど。あと、地濃さんに聞いた話じゃ、灯籠木さんと付き合ってるらしいけど」

「いや、それはですね……」

はた、と気付く。

安全な回線を用意してもらったところで、さて、どこまで話したものだろう――虎杖浜に話し、鋼矢に通信し、かんづめに話し、氷上に話し、天才ズに話し、灯籠木に話し……、と、しているうちに、頑なに胸に仕舞ってきた秘密も、えらく箍《たが》が緩んでいるきらいもあるけれど……、地球と話したことは、鋼矢相手にはまだ伏せるべきなのは、なんとなくわかる。

この間さわりだけを、障りのない範囲で話した際には、交渉相手のことには触れなかったが、相手が惑星であることは、言うべきか、言わざるべきか？

言ったほうがいい理由はそのほうがより的確なアドバイスが得られるからで、言わないほうがいい理由は、宇宙生活で頭がおかしくなったと思われないこと、いざと言うとき、鋼矢を巻き添えにせずに済むこと。

デメリットの後者も重要だが、かなり前者も重要だ――鋼矢からの信頼を失うのはまずかろう。地濃より信頼されなくなったら、人は生きる理由を失う……。

「恋愛感情のないそらからくんが、そうでなくとも灯籠木とラブラブになるなんて思えないから、何かの擬装なんだとは思うけれど……、よりにもよって、天才ズの中でも一番の異端児と『付き合う』なんて、すごいステイタスだね。剣藤犬个も草葉の陰で喜んでるんじゃない？」

その偽装が通じないのは、一方でありがたくありつつも、知らぬ存ぜぬでは通せそうもない。子供っぽいキスシーンを見せようにも（濃厚であっても）、この通話はサウンドオンリーだ——変に隠そうとすると、鋼矢が空々のピンチを疑って、人工衛星『悲衛』にやってこようとするかもしれない。

まさか宇宙空間は飛べないだろうけれど、魔法少女『パンプキン』は、四国一飛ぶのが得意な魔法少女だった……、宇宙船恐怖症の虎杖浜なら、聞くだけで卒倒しそうな話だが、ひょっとしたら魔法少女のコスチュームって、宇宙服にもなるんじゃないのかな？

元々は『火星陣』由来のアイテムなのだし……。

（科学と魔法の違い、か……）

「そらからくん？　どうしたの？　まさか灯籠木に……本気だとか」

「いえ、えーっと」

誤解が変な方向に舵《かじ》を切ろうとしているのを受けて、空々は、

（仕方ない、ここはたとえ話で乗り切ろう）

という、彼らしい折衷案を取ることに決めかけたが――そう言えば、その灯籠木とペアを組むときに、口止めまでした。

こちらは口止めされたわけではないけれど、しかし相手に口止めをしておいて、自分は喋ると言うのもどうだろう？　――しかし、そこで、

（いや、待てよ）

と気付く。

人の気持ちになって考えることが、苦手を通り越して最早不可能である空々空だが、しかし、今体験している出来事が、たとえるまでもなく、たとえ話のようなものであることくらい、自分の気持ちのままでもわかる。

完全なるイメージの話。象徴のストーリーであり、幻想のダイアローグ――わざわざたとえるまでもない。

ならば空々は、好藤の部屋で天才三人を相手にしたときと（包囲されただけだが）、意味合いは違えど、同じことをすればいいのだ――正直作戦の、バージョン違いである。

「すみません、鋼矢さん。じゃあ、たとえ話なんですけれど――」

一応はそう前置きした。

虎杖浜や好藤と同じような反応を欲しがっているわけではない──それに、万が一、万々が一の見込みではあるものの、もしも鋼矢が灯籠木のように、かつて地球と話した経験を持っていたら、やはり同じように、この『たとえ話』を、信じてくれるはずである。

その万々が一に賭ける気持ちが駄目元だったかと言えば、まったくそんなことはなく、実は『鋼矢ならばもしかして』という期待は決して少なくなかったのだが、しかしそれだけに、

「へえ。不思議なたとえ話ね。実際にはどういうことが起こってるのか、私でさえ全然解読できないわね──停戦案ってのも、何の比喩なのか予想だにできないけれど……、まあ、そらからくんが大変な窮状にいるってことだけはわかったわ」

という答には、勝手な話、結構落胆した。

むしろ、『安全な回線でも用心して、たとえ話で話しているんだろう』と、理解してくれただけでも僥倖なのに。

が、引きずらないのが空々である。

鋼矢の過去に勝手な期待をしていたことをすぐに忘れて、「と言うわけで、次は太陽と……、太陽『的』な存在と、交渉しなきゃいけないんですが、何かアドバイスは

ないでしょうか」と、真っ直ぐに質問した。

「太陽――巨大で重厚な天体ねえ。まあ、天体に神様の名前がつけられるのは恒例ではあるけれど、太陽はもう、そのレベルでさえないわよねえ――イメージの中に天使がいるんだから、マジで神様が出て来ちゃうかもねえ」

鋼矢はそんなことを言う。

丁寧に、ふざけたたとえ話（ふざけた現実）に合わせてくれている。

罪悪感があれば苦しむところだ。

「前は、鋼矢さんに対立するふたりを説き伏せる方法を教えてもらいましたけれど……、力の差が圧倒的過ぎる交渉相手には、どんな交渉が有効なんでしょう？」

「曲がりなりにも曲がりながら、全員からの賛成票は集められているんでしょう？　それでも足りないかもってこと？」

「いえ、とにかく太陽が――太陽のような交渉相手が、どんな性格で、どんな対応をされるのか、まったく予想がつかないので……、悪い想像が広がっているだけかもしれません。案外、さらっとオーケーしてもらえるのかも……」

「最悪を想定するのは悪いことじゃないわよ。少なくとも最悪じゃない……、まあ、私だったら、ぶっつけ本番を選んじゃいそうだけどね。アドリブ好きな割には、灯籠木さんはさすが、準備に余念がないわね――天才は一味違うわ」

そう言ってから、ふと思いついたように、

「『灯籠木さん』は、たとえ話じゃなくていいのよね？」

と訊いてきた。

「え、ええ。そこはもちろん」

そこはもちろんも何も、だいたいの部分はたとえ話ではないのだけれど、解釈は鋼矢に任せた。

「『灯籠木さん』が比喩で、実は『地濃さん』と付き合ってるってことはない？」

「ないです」

即答した。任せられない。

「あと、『付き合っている振り』です」

「なるほどねえ。灯籠木さんの天才性と私のしぶとさが合わされば、まあ用意周到と言ってもいいかもね」

ここで『交渉のパートナーとして元チーム「白夜」の灯籠木さんがいるのなら、私の助けなんていらないんじゃない？』と言わない辺り、杵槻鋼矢は自分というものをわかっている。

まったくその通りだろう。

正直、間に自分がいらないくらいだ。

鋼矢と灯籠木が直接ペアを組めばいいのに――いや、それはさすがに無理か。魔法少女の心の機微はわからないけれど、四国ゲームを運営する側と運営される側だった『天才』と『長生き』の、相性がいいとはとても思えない――からっとしているようでも、どんな不協和音を奏でるかわからないから、案外、間に潤滑油として（あるいはアブソーバーとして）空々が挟まっているくらいのフォーメーションが、ちょうどいいのかもしれない。

『英雄』にも役割があってよかった。

（できることだけやる『天才』と、できないことをやってきた『長生き』……）

さしずめ空々は、あるまじきことをしてきた『英雄』と言ったところか。

「実際、私にとって灯籠木さんや虎杖浜さんは、太陽みたいなものだったからね――まあ、事前にチーム『白夜』の存在をきっちり把握していたら、私の四国ゲームのプレイスタイルもまったく違ったものになっていたでしょうから、最悪のケースはもちろん、最大のケースを想定しておくことも必要でしょうね。イメージの大きさに、自分が負けちゃわないことが条件でしょうけど」

「最初から『どうせ敵わない』『どうせ無理だ』って、やる気がなくなっちゃうってことですか？」

金星の化身と言うよりは怠惰の化身のようだったツートンのことを思い出しなが

ら、空々は言った——さしずめ、自分が選挙に行ったところで政治は変わらないと、絶望して諦めきっているような姿だった。

十四歳にして、社会的には死んだようなものである空々には、選挙権なんて、漠然と想像するしかないものだけれど。

「そうねえ。私にも、その辺は実感できないことだわ……、『金星』さんの投票行動は、自分が賛成しようと反対しようと、結局、同じ結果にしかならないと思っている——『誰が当選しようと同じ』って考えかたなのかしらね。その他にも、投票を放棄させる動機になる現実としては、現実問題として、選挙じゃ圧倒的支持層を持つ政治家が勝つことが多いって点かしら。負けるとわかってて投票すると、自分まで負けた気分になっちゃうって感じなのかしら？　まあ、負けるにしても、票数は多いに越したことはないんだけどねえ」

さすがに政治的手腕で生き延びてきただけあって、投票には一家言あるらしい。

「……参考までに聞かせて欲しいんですけれど、鋼矢さんだったら、ここまでの交渉を、どんな風におこなってきましたか？」

「それは正直、聞いてもあんまり意味ないと思うわよ。それこそ、実際に相手がどんな人達……どんな『惑星』達かなんて、会って話してみなきゃわかんないんだから」

『バニーガール』を普段からどれだけ想像したって、実際に『バニーガール』と会ってみたら、全然違うでしょ——と、空々の『奇妙な比喩』に合わせたやり取りがおかしくなったのか、鋼矢はくすくす笑った。

実際の実際にバニーガールを前にしたら、さすがに笑ってはられないだろうけれど。

「参考までにって言うか、サービスでひとつだけ言うなら、『準惑星』の『冥王星』に対する灯籠木さんの対応は、私なら絶対しないタイプの交渉術ね。それは、実際に『地球』を『ダウンサイジング』できる、圧倒的な武力があってこその口約束よ……、ふふ、『準惑星』とか『ダウンサイジング』とか、結構色々考えさせられちゃう比喩よね」

比喩じゃないのだが、確かに。

「相手のニーズに応える天才性——私だったら逆に、ニーズを引き出そうとするかもね」

「ニーズを引き出す？」

「そう。ありもしないニーズを。『自分では気付いていないみたいだけれど、あなたは無意識ではこれこれを求めていたんだ。それを私が差し上げましょう』って論法ね。魔法少女がよくされてた」

「……そう聞くと、あんまりいいやりかたには思えないですね」

あえて詐術の巧言令色《こうげんれいしょく》っぽく言っているのだろうけれど、『自分では気付いていない』ニーズなら、確かになんとでも言える。

本当は寂しかったんだねと言われたら、本当は寂しかったみたいな気分になるようなものか――空々はなれそうもないけれど、それは空々の中に『本当』がないからだと思われる。

「そう。『知った風なことを言う』ってのは、案外有効なのよね――私の基本スタイルと言ってもいいけど。もちろん、適当に言うんじゃなくって、本当にありそうなニーズを引き出すんだけど。でも、ぜんぜん的外れだったら、的外れなりの効果もあるしね――意外性があるほうが無意識っぽいし」

「『ノーヘルさんは実はリングイーネさんと仲良くなりたいだけなんだ』みたいな勝手な要求をでっちあげて、それを実現させることで条件を呑《の》んだことにするってわけですね」

「ええ。そんな感じ」

だとすれば、ノーヘル相手には、それは通じたかもしれない戦略だ――だけれど、太陽に対して通じるだろうか？　ニーズも何も、求めるものはすべて手に入れられるだけの圧倒的なパワーを持つであろう、文字通り、太陽系の中心的天体が……。

「頂点には頂点の飢えがあるものよ。どれだけ満たされていても、自分の暮らしぶりに不満を持たない人なんていない……、おっと、『人』じゃなくって『星』なんだっけ」

「はい。そうです」

「『太陽』さん。あなたは本当は、『恒星』じゃなくて『惑星』になりたかったんでしょう？　みたいな物言いは、滑稽に聞こえるけれど、そこそこ意表を突くことはできるからね。これがアフォリズムの仕組み——もちろん、はっとしたからと言って、それが真実である保証なんてないんだけれど」

「そんな風に騙されたことに気付かれたら、交渉はおじゃんになりますよね？」

「うん。おじゃん。私のプランだろうと灯籠木さんのプランだろうと、作戦が見抜かれるのは、痛手であり、落ち度よ。『こいつは作戦を練るような、悪質で油断のならない奴だ』って思われると、線を引かれるし、壁ができる——当たり前なんだけどね？」

「策を練ることがですか？」

「悪質で油断ならないことが。相手も自分も。だから、理想的には、ある程度はわかってて、気持ちよく騙されてくれるのが、もっともいい形」

「……？　『騙されたと思って、試してみてください』って奴ですか？」

「そう。相手が私のことを、『まあ、こいつくらいに騙されても、致命的なダメージは受けないだろう』って軽侮してくれたら、しめたものよ。大物気取りで、『いったい何を企んでいるのか、楽しみだぜ』とでも思ってくれたらサイコーよ」

力関係が明確だからこそ生じる安心感を利用するわけか。

それなら、太陽相手にも応用が利きそうだ。

「もちろん、場合によりけりだけどね。大物だから器がでかいってことはないし——どころか、信じられないほど猜疑心《さいぎしん》に満ちた、小心の大物もいる」

「小心の大物……、いますか、そんなの」

「います。それもレアじゃないの。すげーいます」

実感を込めて、鋼矢は言った。

「このタイプは全然駄目。全然無理。全然騙されてくれない。本当のことを言っても騙されてくれない、困ったちゃんな暴君。この場合は、あえて見え見えの嘘をついて、逆の方向に誘導するってのが、私のスタンスになる」

「『こういう風に騙そうとしているんだから、こうしないのが正解なのだろう』って思わせるんですね？　相手が大きいつづらと小さいつづらを出してきたら、大きいつづらを用心して、あえて小さいつづらを選ぶような……」

「うん。まあ、昔話だったらそれで正解なんだけどね。そらからくんの解釈は独特だわ。……大きいつづらに入れるだけの量の宝物まではあげたくなかったら小さいつづらに入れることでみっちり感を出して、その上で比較対象として真横に、妖怪変化の詰まった大きなつづらを置くというのは、交渉のやりかたとしては非常にスマートよね」

鋼矢の解釈も、いい加減独特だとは思うが、しかしまあ、そうでなければ、お互い今まで生きていない。

「そらからくんだったら自前のタッパーを用意して、こちらに詰めてくださいって言うかな？」

「言わないですよ。タッパーって」

「小心な大物の話をしたから、ついでに無心な大物についても話しておこうかしら。無心。そらからくんが、もしも大物になったらって話なのかしら——」

結構な言われようだが、まあ、その通りだ。無心。心がない。元々、そんなに悪い印象の言葉ではないはずなのだけれど。

「無意識も何も、疑うも何も、大物過ぎてこっちに全然興味がないから、まず『話にならない』ってときよね。話し相手として認めてもらえてないときは、まずそのスタート地点に立たなきゃ、『話にならない』」

「……一番ありそうなパターンですが」

「いえ、これが案外レアケース。『従者にとってはナポレオンもただの人』って言うけど、やっぱり本人が一番わかってるからね。自分もただの人間だって。いえ、『恒星』なのかしら?」

「…………」

「君臨する『太陽』も、太陽系から一歩飛び出せば、ちっぽけな『恒星』でしかなくって、上には上がいることも、自分が井の中の蛙《かわず》であることも、知っている――上に立つからこそ見える、更なる高みがあることも知っている。これはさっき言った『頂点には頂点の飢え』にも通じるんだけれど、まー、やっぱ中にはおかしな人もいるからね。増長しちゃう人は増長しちゃう」

「……そういう相手には、どう対処してきたんですか?」

「対等の立場の振りをするしかなかったわね。自分を特別な人間だと思ってる相手には、特別な人間の振りをして接する――『自然体』とはとても言えない不自然だけど、ほら、特別な人間は、特別な人間と交流することで、特別感、ひいては大物感を、実感するから」

交流ではなく交渉をしたいのだが。

しかもその作戦は、ミイラ取りがミイラになる可能性を秘めている。大物に合わせて大物を気取っているうちに、自分が大物みたいな気持ちになってしまったら……。

「あはは。『天体』との交渉を続けているそらからくんは、どうなのかしら? 選ばれし英雄として、そこその『特別感』を味わえてるんじゃないかしら？」

味わっているとしたら絶え間ない苦味だ。

太陽と交渉（交流）したとしても、その気持ちは変わるまい――さしずめ、空々は無心の小物なのだろうか。

「あ。クズとつるんでるほうが楽って感覚は、私にはわかっちゃうなー。地濃さん、最高だわ。ま、それは別にいいんだけど。結構、長話になっちゃったわね？　そらからくんが本当のところ、どんな交渉に挑戦しているのかはさておき、大物と交渉する際の究極の心得を、伝えておこうかしら。相手がどんな大物であろうと――最高の大物でも最低の大物でも通じる、最大の大物でも最小の大物でも伝わる、究極の口説き落とし術」

灯籠木さんを本当に好きになっちゃったときなんかにも使えるわよ――と、そこで際どい冗談を交えられた。

通信の締めに入っているようだ。

用意された『安全な回線』には、時間制限があるのかもしれない。

流れの中で、結構聞きたいことは聞けた感じだったが、しかし、大物をパターンわけした結果、話があちこちに散ってしまった印象もあるので、最後にオールマイティな切り札を教えてくれるのはありがたい。

最初からそれだけ教えてくれればよかったとは言うまい。

無心で最小の小物と思われる。

「大物と交渉するときの一番のコツはね」

と。

鋼矢は言った。

太陽とは言わないまでも、数々の大物と渡り合ってきた彼女は。

「心の中でこう唱えること。『大物は私の、敵じゃない』」

3

大物は私の、敵じゃない。

大物はあなたの、敵じゃない。

短い心得ではあるけれど、『情けは人のためならず』のように、二通りの解釈を許す文章である（国文学者以外に）――大物であろうと小物であろうとそんなのは敵ではない、大物なんてのは所詮大きいだけだと、己を鼓舞する言葉のようにも聞こえるし、相手が大きいからと言って闇雲に敵愾心《てきがいしん》を抱くべきではない、敵対すれば敵に対しているのと同じになる、まず友となり、味方となることを考えよと、融和を説いているようにも響く。

細かく言えば、もっと多様な解釈も可能だろうし、恐らく、そのすべての意味を込めて、鋼矢はその言葉を、心の中で呟くのだろう——大物は私の、敵じゃない。

心があるかどうか定かではない空々少年にそれができるかどうか定かではないが、また、その切り札が、人間ならばまだしも、太陽相手にも通じるのかどうかも、同じくらい定かではないが、通信によって得られた見識は独り占めするべきではないだろうと判断し、トレーニングルームで走ったあと、食堂エリアで食糧パックを二人分手に取って（テイクアウトだ）、教訓を共有するために、灯籠木の部屋に戻った。

かぶった。

灯籠木も食糧パックを二人分用意して、部屋で待機していた——空々が通信に時間を使っている間に、彼女も覚醒《かくせい》し、船内を出歩いていたらしい。

「うんー。虎杖浜と好藤に会いに行ってたのよー。ラブも大事だけれど、フレンドシップも大切にしなきゃだからねー」

と、灯籠木。

「折角一ヵ所に、天才が三人も揃ってるんだから、むざむざ無駄にすることはないもんねー。その知恵は大いに活用するべきだからねー。詳細は伏せたままで、ちょっくらお話してきたのー」

「そう……、まあ、僕も似たようなものだよ」

「わかってるよー、杵槻さんでしょー。大穴で地濃さんかなー」

「穴が大き過ぎるでしょ」

天才を『三人』に限ったのは、右左危博士が天才扱いを嫌うからだろう——酸ヶ湯博士もそうなのだろうか？　僕が取ってきた分の食糧パックはあとで返しておこうと、脇に置いて、空々は椅子に腰を下ろした。

そして対話内容を、嚙み砕いて話す。

空々が嚙み砕いたことで、よりわかりにくくはなってしまっただろうが、こればっかりは仕方がない。直接の対話がやや気まずい、元運営サイドと、元プレイヤーである。

それでもワンフレーズの、オールマイティの切り札は伝えやすかった。

「ふうんー。さすがしぶとさナンバーワン。言うことが違う——と言いたいところだけれど、結構、悟ったようなことを言い出しちゃったね。昔からそうだったのかな？　なんか、もうすぐ死ぬ伏線みたいなんだけど、大丈夫かなー？」

宇宙にいながら、地上の人物を心配するというのも、思えば変な話だが、灯籠木は鋼矢を慮《おもんぱか》るようなことを言った——気まずさはあっても、天才ゆえに、能力が高い人間は好きなのだろう。

「でもまあ、ためにはなったねー。ことを交渉に限れば、私と空々くんを合わせても、杵槻さんの足元にも及ばないんだろうねー」

「そうなの？　僕はともかく、灯籠木さんだったら……」

「私は天才ってだけで、嫌われたり、反発を買ったりするからねー。性格が鼻につくってのは、自分じゃどうしようもないことだよー」

鼻につく性格は、ある程度は自分でコントロールできる分野だとも思うけれど、まあ、これもまた、空々が言っていいようなことではない。

「虎杖浜さんと好藤さんは、なんて言ってたの？　……虎杖浜さんは元気だった？」

「元気だったと思う？」

「ちっとも」

「過去形でいいなら、元気だった。今よりは」

それはともかく、と灯籠木は切り替えた。

「どちらかと言うと私が質問を受け付ける、囲みの記者会見みたいになっちゃった。空々くんとはどこまでいったんだって。特に虎杖浜から」

へろへろになりながら、そんなどうでもいいことを気にするとは、あの天才少女も、可愛らしいところがある――わけでもないのだろう。

好藤もそうに違いないけれど、ガールズトークに花を咲かしたいわけではなく、やはりまだ、一抹の疑惑が残っているということなのだ……、油断ならない。

それだと無駄にリスクを冒しただけになるから、もちろん、灯籠木は向こうからもアドバイスを、つまり太陽攻略のヒントをもらって来たはずなのだけれど……。

「ヒントをもらってきたって言うか、私がすっきりした寝起きの頭で考えた素案を、詰めてきたって感じ」

「密度の話？　もう思いついたんだ……」

寝起きで考えたと言われたら、正直不安を禁じ得ない部分もあるけれど、天才三人のミーティングがおこなわれたというのであれば、空々が口を挟む余地はあるまい。

「いやいや、パートナーの空々くんと共有しないまま一晩寝かせちゃったけれど、作戦としてはシンプルだよ。杵槻さんの言っていたことにも通じるけれど、大物には大物の悩みがあって、無意識下のニーズはあるってこと——太陽と地球との違いを攻めようってこと。格差じゃなくて、違いをね」

「そう……、やっぱりピンと来ないけれど、どこまで事前に聞いておいたほうがい い？　杵槻さんの話を聞いていると、あんまり打ち合わせをした感が出てしまうと、マイナスイメージになるみたいだし……」

「ああ、それはそうだねー。ツートンさんを相手にしたときは、それが裏目に出ちゃったかもしんないねー。向こうがあそこまで考えなしの手ぶらで来るとは思わなかったしねー。大物の太陽に、文字通り小賢《こざか》しいって思われてもつまんないねー」

　宇宙食での食事はすぐに終わる。

　空々と灯籠木は、ほぼ同時に食糧パックを空にした。

「まあ、じゃあ、もう向かおうか？　本来の任務である、融合研究の実験スケジュールもあるしね──『大いなる悲鳴』の予定日もあるしね。とりあえず空々くんは、適当に探りを入れてみて。その間に、私は、私の考えた必殺プランが、通じるかどうかを検討してみるからー。必殺って言うか必死かなー」

「必死なの？　必ず死ぬの？」

「失敗したら必ず死ぬかも……」

　そんなプランだったらやめて欲しい。

　とも言えない──これまで空々が打ち立ててきた数々の輝かしいプランも、だいたいは失敗したら必ず死ぬような危険性を帯びたものばかりだった。

　今更慣れっこでもある。

「うん、じゃあ、最後の交渉だ。最期の交渉にならないように頑張ろう……、頑張れる限りは。太陽はどんなファッションなのか、お楽しみだね」

　楽しみなわけがなかったけれど、空々がそんなことを言うと、「そうだ。折角だから」と、灯籠木が受けた。

「キャプテンや副キャプテンを見習って、モルモットの私達が、一個実験しとこうか？　あんまり意味ないかもしれないけれど」

4

実験と言うのはやや大袈裟だったが、言われてみれば、それはここまでの交渉で、一度も試していないことだった——天体と会うたび、これが果たして自分のイメージなのか（幻覚なのか）、それとも天体の持つ象徴が具現化したものなのか、そんな主要ではないところで複雑な葛藤を抱えていた空々だけれど、これまでわかったことは、少なくともふたりで会っても、天体の化身のイメージがブレることはないということだ。

そして、あえて言うなら、イメージ通りだったことがない——冥王星の死神姿も、空々が思う死神とは、また違う死神だった。あれは死神の仮装であって、死神そのものではなかろう。

そもそも、なんで全部女性なのか？

「うん、そうだねー。だけど、『イメージ通りだったことがない』って言っても、空々くん、これまで、惑星が擬人化したときのイメージを、具体的に抱いてたわけじゃないでしょ？」

「そりゃあまあ……、そういうことを考える機会に、これまで恵まれたことがなくってね」

「もしも、『シュレディンガーの猫』みたいに、空々くんが会った瞬間に、天体達の姿が確定しているとしても――無意識から引き出されてるなら、それこそ、無意識のニーズなのかもしれないよねー。だけど、もしも空々くんが天体を見る前に、確定したイメージを有していたら、それに添う『化身』になるかもしれないって思わないかなー？」

「ん……、ちょっとわかりにくいけど。つまり、僕の部屋の前に到着しても、漠然と扉を開けるんじゃなくって、その前にしっかり太陽の姿をイメージしてから、入室しようってこと？」

「そう。ああ、別に『気の弱そうな、いかにも交渉に長《た》けていなそうな太陽』をイメージしようって作戦じゃないよ？　もしもそれが成功しちゃったら、そりゃあ交渉はうまくいくかもしれないけれど、その代わり、その後の停戦案がわやくちゃになっちゃうからねー。太陽には、頼りがいのある太陽であってもらわなくっちゃ、遺憾の意を表明することになるよー」

確かに、それをやるなら、惑星との交渉時におこなうべきだった――そういう意味でも今更感の強い、やってもあまり意味のない実験かもしれないが、正直、興味はある。

漠然とではなく、はっきりと明確なイメージをもって太陽と対面すれば、そのイメージ通りになるのか、ならないのか――そのイメージにさえ反するようであれば、少なくともバニーガールが、空々の潜在意識の表れということは確実になくなる。

「じゃあ、灯籠木さんも、同じように、独自のイメージを固めておいてよ。そうしたら、そっちに寄るかも――そっちに依るかもしれないし。おそらくはラストチャンスなんだから、並行してできる実験は、一緒にやっちゃおう」

「オーケー。娯楽もないとねー。息詰まっちゃうしねー」

灯籠木はそう頷いて、

「でもなー。私、発想力はあっても想像力はないからなー。いい太陽をイメージできるかどうか、自信がないなー」

と、あながち冗談でもなさそうに言った。

想像力の欠如については、天才も英雄も、いい勝負――数少ない共通点だ。

「別に独自性はいらないんじゃない？　僕とイメージがかぶらなければいいだけなんだし」

「そうなんだけどねー。天才の私でも、ついつい求めちゃうけどねー、独自性。『自分が読みたいと思う本が見つからないから、それなら自分で書こうと思って作家になりました』みたいな感じ。あははー、本屋さんに行けば十万冊も本があるのに、それでも読みたい本が見つからないって、まず作家には向いてないよねー」

「……灯籠木さんは作家になりたかったの？　意外だね」

「魔法少女になりたかったわけじゃないのは確かだねー。天才になりたかったわけでも」

それは空々もそうだった。

英雄になりたかったわけではない。

ろくでなしになりたかったわけでも。

なんにせよ、想像力の欠如を互いに嘆きあったところで、協議の結果、具体的なイメージを事前に話し合い、かぶりを避けることは避けておいた——相手のイメージを聞いてしまうと、それに引っ張られてしまう恐れもある。別に『気が合う』とか『趣味が同じ』という理由でパートナーシップを結んでいるふたりじゃないのだから、太陽の擬人化について、細部まで完全に一致するような奇跡が起こる理由はない。

そんなわけで自室に到着し、扉に手をかけた時点で、空々は『ビジネススーツ姿の、髪をまとめ上げた、できる女性』みたいな、ステロタイプなキャリアウーマンを想定した。

言うまでもなく、モデルは氷上竝生である。

最初は野球部時代の先輩をモデルにした、屈強な男性像をイメージしようとしたのだが、諦めた——ここまでの『天体の化身』がみんな女性だったのだから、どうしてもそちらに引っ張られてしまって、イメージが綺麗に固まらなかった。

空々なりに考えた、頼り甲斐《がい》があって、しかも交渉がしやすい——話が通じやすいイメージだった。欠如した想像力をフル回転させた結果にしては、まずまずのイメージだったんじゃないかと思う。

だが、結果から言えば、これは単に、自室のドアの前で詮のない妄想をしただけの結果に終わってしまった。

散々念じてから扉を開けたとき、部屋の中にいたのは、バニーガールひとりだった。

ブルーム——月である。

「あれー？　おひとりですかー？」

と、果たしてどんな太陽像をイメージしていたのかは定かではないけれど、肩透かしを食ったように灯籠木は、声に出して、疑問を呈する。

「それとも、あなたこそが太陽だったってオチなのー？」

出会いがしらにそんな可能性に辿り着くあたり、想像力はともかく、発想力のほうはやはり天才だったけれど、いや、言われてみれば、ありそうでもある。

太陽と月。昼と夜。対称性と対極性。

世を忍ぶ仮の姿ならぬ夜を忍ぶ仮の月として空々の前に現れ、中立のエージェントとして、惑星連との間を取り持った――そんな意外な展開は、意外と順当なようでもあったし、また、結果として、最後の交渉をスキップできるというご都合主義のオマケつきである。

ただ、それが真相でないことは、ブルームの憂《うれ》い顔を見れば、答を待つまでもなかった。

いや、それだけでなく、別事項も雄弁に語る表情だった。

バニーガールの憂い顔とは……。

「残念ながら、太陽をここに連れてくることはできなかったわ」

やはり。

その可能性は、当然ながら想定していたものの――決して低くない可能性だと踏んでいたものの――実際にそんな現実と向き合ってみると、ここまでの入念な打ち合わせのみならず、ここまでのすべての交渉が無為《むい》になってしまったようで、拍子抜けどころか、がっくりと全身から力が抜けていくようでもある。

むしろこれでよかったのか。

少なくとも太陽に焼き殺されることはなかったわけで――

に。


「だから」

と。

ますます憂いを深くして、バニーガールは続けた――さながら、死刑宣告のように。

「あなた達のほうから、太陽のところに来てもらうことになっちゃったの」

5

ぽかんとなったのは、空々だけでなく、灯籠木もだった――『何それ？』と言わんばかりに、こちらに視線を振って来るが、しかし、話が違うと思っているのは、空々のほうも同じである。

まあ、思い起こせばここまでの交渉劇が、ブルームの話通りだったことなど一度もないような気がするけれど……、それにしても、交渉の席をこの部屋だけに限った、こちらの想定まで越えて来ようとは……。

「船外活動をしろってことですか……？　いや、それにしたって、太陽のところまで行くって……、三十八万キロメートルあるんじゃなかったでしたっけ？」

「それはあたしまでの距離……、太陽までは一億四千九百六十万キロメートル。およそ四百倍よ」

そうだった。太陽と月の一人二役説に引っ張られてしまった——大きさも四百倍だから、太陽と月は、だいたい同じサイズに見えるということだった。

「一億四千九百六十万キロメートルじゃ、地上からこの宇宙船が『浮いている』分なんて、誤差みたいなもんだねー」

と、灯籠木はふわっと浮いてみせる——魔法少女らしく。

あるいは、船外活動をする宇宙飛行士らしく。

「え？　でもマジ？　心の準備ができてないなー。そういうことはしないって、右左危博士が断言してくれてたんだけどなー。虎杖浜に代わってもらおうかなー」

友を友とも思わぬ台詞だったけれど、そんな風に五月雨《さみだれ》式に、現実の人物をあれこれ連想することが、灯籠木の落ち着きかたなのかもしれない。

変わったルーチンではあるけれど、参考になりそうだ。

「ロープなしでのバンジージャンプみたいなものだねー」

「……まあ、あたしも自信をもって、このプランをお勧めしているわけじゃないのよ。ただ、これでも一応、ベストは尽くしたって思って欲しいわね——それくらい、空々くんの要求はハードだったんだから」

ブルームが釈明するように言う。

いや、開き直ったとも取れる態度だ——実際、空々の要求はハードだったのだろう。

空々とて、あらかじめ太陽の、比べ物にならないほどの巨大さを具体的な数値で知っていたら、かの恒星は『別枠』として扱っていたかもしれないくらいだ。

ならば、向こうからは来てくれなくとも、こちらから会いに行けば、少なくとも会うだけは会ってくれると言うなら、それで満足すべきなのか……。

「話があるならそっちから来い——か。太陽らしい尊大さだねー。でも、筋は通っている……、どちらかと言えば、今までの天体が、こんな辺境まで来てくれてたほうがおかしいんだからねー」

そこは世渡りなのか、それとも本気でねぎらっているのか、灯籠木はエージェントの苦労を慮るようなことを言った。

「ただ、船外活動可能な宇宙服を持ち出すとなると、それを誰にもバレずにやるってのは難しいと思うよねー。ねえ、空々くん」

「そうだね……、どうしたって、キャプテンの許可は必要だろうね……、宇宙服は最悪、地濃さんに持ち出してもらえばいいとしても、ハッチを開けずに外に出ることはできないんだし……」

人工衛星から外に出るなんて冗談じゃないという気持ちもありつつも、その一方で『まあ仕方ないか』と、現実を受け止めてしまうのも空々少年の資質である——考えたくもないようなことでも、自然に考えてしまう。

だが、ブルームの提案は、その考えさえ越えてきた。

「船外活動をお願いしているわけじゃないわ。肉体はここに置いていくから、宇宙服なんていらないわよ」

「肉体は……？　え？　どういう意味です？」

「連れて行くのは魂だけ……、魂って言うと、オカルトとか、スピリチュアルとかになっちゃうのかな？　じゃあ、イメージってことにしておこうか」

「イメージ……」

うん？　なんだ、話が違う方向どころか、おかしな方向に進んでいる——おかしいと言えば、それも最初からおかしかったのだけれど、不可思議さが、迷走を通り越して暴走の域に達しつつあるような……。

「今までだってそうだったでしょ？　天体達をきみ達に認識できるイメージとして、この部屋まで案内してきた。今回はその逆をするだけよ。『だけ』」

「『だけ』と強調されましても……、『だけ』じゃないでしょう？　やるかどうかより……、できるんですか？　そんなこと」

今まで相手にやってもらっていたことを、今度は自分がやる『だけ』と言えば、まるで順調なステップアップをしたようでもあるけれど、これに関しては、相手がやるのと自分がやるのとでは、全然違うのではないだろうか。

「できるわよ。誰だって。イメージの話なんだから。もっと言えば、概念の話なんだから。できないって頭から決めつけないで、想像の翼をはばたかせなさいな」

「……想像力はないんだけどねー。私も空々くんもー」

灯籠木も戸惑いを隠さない。

心なし、空中での回転率が上がっているように見える。

「これまでの人生で幽体離脱なんてしたことがないんだけれど……、できることしかしない私でも、できるともできないとも言えないんだけれど……、自力でやるのー？ それとも、ブルームさんがサポートしてくれるのー？」

「サポートするわよ。サポートも、ナビゲートもするわよ。そこは、案内人なんだから、務めは果たすわ——中立なのは、交渉が始まってから。まあ、これまでホームでおこなってきた交渉を、今回はアウェイでおこなうことになるんだって思って。アウェイ慣れしているあなた達人類にとっては、それくらいの差よ。誤差よ」

なんとかして、エージェントはこの事態を、『そんなに大したことじゃない』と思わそうとしているきらいがあるが、だったら最初の憂い顔はなんだったんだと言いたくなる。

重大事項を隠し切れていない。

ただでさえ、文字通り最大の交渉相手である太陽を相手取るのに、アウェイで渡り合うことになるなんて——そんな風に考えたことはなかったけれど（むしろ迷惑に思っていた）、これまでの交渉が、空々の自室でおこなわれて来たことが、どれだけ有利に働いてきたかを、今更のように思い知るのだった。

（…………）

ただ、不満を言っても仕方ない。これまでそれで好転した事態を、経験したことがない。逆境を打破するために駆使すべきは、愚痴ではなく英知だ。

太陽を交渉に巻き込みたいという、最低限にして最大限の要求を、ブルームは通してくれたのだ——ならばあとは唯々諾々と、言われるがままに従うべきだろう。

したがって、従うべきだろう。

最後の最後だ、なんでもやろう。

こんなことを言っても何の慰めにもならないが、太陽のスケールを思えば、そこにフィールドがアウェイになるハードルが加わったところで、確かに誤差の範囲内なのかもしれない……。

「約一億五千万キロメートルの宇宙の旅か……、当然、これまでどんな宇宙飛行士も成し遂げたことのない偉業ってことになるんでしょうね……」

天体と話したことも、どんな宇宙飛行士も成し遂げたことのない偉業だろうが、それはどちらかと言えば怪奇体験の部類だろう。いや、イメージという言葉で装飾されても、肉体をおいて意識だけを離脱させるなんて、どう考えてもオカルトであり、スピリチュアルだ。

ますます人には話せない。

「まあ、ホームだろうとアウェイだろうと、どっちみち、これでおしまいなんですから、焦らされるのもありですよね……、太陽だけに。どんな化身なのか、楽しみにしてたんですけれど、先送りですか」

空振りに終わった実験への供養のようにそう言った空々だったが、これに対してブルームは「ん？」と、きょとんとした風に、首を傾げた。

「化身？」

「……化身、ですよ。あなたがそうやってバニーガール姿で現れたように、これまでの天体が百花繚乱《ひゃっかりょうらん》なスタイルで現れたように、太陽もまた、擬人化して僕達の到来を、今や遅しと待ち受けてくれているんでしょう？」

「いや、まったく違うわよ。あっちから来るんじゃなくて、こっちから行くんだから」

何をそんな当たり前のことを言っているんだという風に、これに関しては本当に悪びれた風もなく、ブルームは眉を顰めるようにした。

ん？　どういうすれ違いが起こっている？

「ブルームさん。あっちから来るのと、こっちから行くのとでは——どう変わってくるんですか？」

「つまり今回はきみ達がイメージなんだから、天体が化身になるんじゃなくって、きみ達が化身になるのよ」

は？

と、天才少女と声が揃った。初めて、天才と思考が完全に一致した。

「あなた達が天体になるの——擬人化ならぬ擬星《ぎせい》化ね」

こともなげに、まるで目的地までの交通手段を告げる『だけ』かのように、バニーガールは言うのだった。

6

魔法少女にも英雄にもなりたくなかったふたりは。

なれるとも思っていなかった、お星さまになる。


（第12話）

（終）

第13話「きらきら光れ！輝く星は混じり合う」

進化は生き残る理由にもなる一方で、滅びる理由にもなる。

0

1

『空々星』
自転周期――24時間
公転周期――365日
太陽からの距離――1億4960万キロメートル
直径――160センチメートル
質量――58キログラム
衛星の数――0個

属性——暗黒
発見年——14年前

2

『灯籠木星』
自転周期——24時間
公転周期——365日
太陽からの距離——1億4960万キロメートル
直径——151センチメートル
質量——44・4キログラム
衛星の数——0個
属性——漆黒
発見年——15年前

3

以上の二章は冗談である。天体には自分のサイズ感などわからない。大き過ぎて、己の全貌をつかめない――人間には自分の背中が見えないようなものだ。

いや、そうではない。

そもそも眼球組織がないのだから、見えるとか、見えないとか、そんな感覚がない――サイズ感と言っても、視覚を含む感覚センサーが何もないのだから『感じる』ということもない。

無機物であるとは、こういうことなのか。

人の心を持たない、感情が死んでいると言われる空々空でも、こうなると――天体になると、それでも一応、自分は人間だったのだということを思い知る。

脳もないのだ。

ならば『知る』も『考える』もないのか？

ともかく、ブルームの導きによって、空々空と灯籠木四子は、肉体を人工衛星『悲衛』の一室に残したままで、星々と化した――普通『お星さまになる』という表現は、『鬼籍に入った』の柔らかかつロマンチックな言い換えなのだけれど、いつ死んでもおかしくない、生きていることのほうがはなはだ不自然な空々と灯籠木が、『人類の化身』として輝く星になるというのは、なんとも奇妙な巡り合わせとも言えた。

「あははー。天才少女が天体少女かー。生きてると何があるかわかんないなー。前にも言った決め台詞を使い回そうか？　長生きはするもんだ」

灯籠木の声が聞こえた。いや、聞こえてはいない。

天体に聴覚などない。彼女が『そば』にいることを、決して感じたのではない——触感もない、神経もない、かぐわしいシャンプーの香りを嗅《か》ぐこともない。

だけど『近く』にいるとわかる。

その『そば』は、数千万キロメートルの距離感のようでもあるし、あるいは、数光年のようでもあるけれど、誰かさんの言葉を借りれば、三十センチ定規一本で届くような『お隣さん』であるようにも思えた。

強いて言えば、直感に近い。否——直観か。

これがイメージと言うことなのであれば、なるほど、空々少年がものの本で読むような、オカルトともスピリチュアルとも、明らかに違う独特の何かだった。

独特であり奇特。

直観的にそう思った。

「……『人でなし』とか『人間じゃない』とか、さんざん言われてきたけれど、まさか本当に、人間をやめることになっちゃうとはね……、このままでもいいって気になるから、不思議だよ」

空々は灯籠木に返事をした。返事をしたつもりだけれど、口もなければ舌もない、喉《のど》もなければ肺もないのだから、喋れるはずもなかった——聞こえているかどうかも、確認できない。

「宇宙に浮かんで、真っ暗な中をくるくる回っているのかなー。それもわかんないやー。地上の天文学者が、私達を発見して、『超新星だ』とか言って、名前をつけようとしてるのかなー。だったら是非とも私には『スパート』ってつけて欲しいもんだけれどー」

「あくまで天体ってだけだから、惑星とは限らないんだよね？　準惑星とも……、隕石や彗星だったりして」

そう答え——ているような気がしつつ、しかし、空々には周囲が暗黒とは感じられなかった。宇宙的な暗黒とは——むしろそれとは真逆の、『明るさ』や『熱さ』を感じる。

違う。感じることは、何であれできない。『感じ』はない。だから暗黒で正しいのかもしれない。真っ暗闇？

「暗闇じゃないわ。黒点を潜り抜けたのよ。概念上の黒点だけど、まあ、心なし、低温よ。たったの五千ケルビン」

ブルームの声がした。いや、声ではない。ブルームの発言を『直観した』が正しいようにも思えるが、思うことができるのかどうかも怪しい。

とにかく『近く』にバニーガールを感じる——直観する。

彼女のイメージがバニーガールのままで、自分のほうは天体化しているというのも、奇妙な感覚だ……、非感覚だ。

ケルビンと言われてもよくわからないのだけれど、しかし黒点くらいは知っている——じゃあ、『ここ』は太陽の内部なのか？　だとすれば、いくら概念上のことであっても、入り口がどれほど『低温』であろうとも、結局は灼熱の中に突入することになるのでは？

「ところが意外と、太陽は内部のほうが涼しかったりするらしいよー。いわゆる『直観に反する』って奴だねー」

ならば直観もアテにならないということか。

天体の化身となろうとも、天体の『一般常識』にアジャストするのは、簡単じゃあなさそうだ——これまで交渉してきた『天体の化身』の苦労が忍ばれる。

一個惑星が、人間とのコミュニケーションにおいて、『説得』される——場合によっては『言い負かされる』——なんてことが、本当にあるんだろうかと、これまで成し遂げてきた自分の仕事に疑問を覚えることもあったけれど、これなら納得できる。

普段とはまったく違う『自分』で交渉に臨んでいたのであれば、本領が発揮できるとは思えない——慣れるだけでも、相当の時間がかかりそうだ。

逆に言えば、これから太陽と交渉するにあたって、空々と灯籠木は——ふたつの『天体』は、そんなわけのわからない労苦を背負うことになるのだ——不安がないと言えば嘘になる。

不安も安心も、天体にはないのか。

「感覚器がないから、何も感じられない——頭がないから、何も考えられない。だけど、なんだか向かい風を受けているような、進みにくさがあるなー。進みにくさ？ 回りにくさ？ 重力の影響ってこと？」

「重力じゃない。太陽風よ」

それでも手探りで、現状を認識しようとする学習意欲あふれる灯籠木の質問に、ブルームはそう答えた——太陽風？

「オーラみたいなものかしら……。太陽の核まで近付けば、嵐みたいなものよ。大丈夫、それも気のせいだから。現実に天体が太陽にめり込んだりしたら、そんなの、隕石衝突だもの。一瞬で燃え尽きちゃうわ——空々くんの部屋に実際に人間が入っていたわけじゃないのと、おんなじね」

そりゃあまあ、人工衛星のクルーが、一人増えたらおおごとだ。好き勝手に出入りできる宇宙船なんて、あまりに頼りなさ過ぎる。ただ、それが『同じ』とは思えなかった。

「オーラって響きは、どこか、胡散《うさん》臭いとも思いますが……」

空々が問うと、

「オーラと言うよりオーロラよね」

と、ブルームは応えてくれた。

なんだかんだ言いつつも、やはり、空々達を、圧倒的不利なアウェイに連れ出すことについて、『中立』のエージェントとして後ろめたさを感じているのか、今回は割と質問に答えてくれる。

予告なしでいきなり木星を連れてきたときと、ある程度似たような心境なのだろうか――惑星に心がないのだとしても、化身としてバニーガールの状態を保っている今は、扱い兼ねるそれを有しているのかもしれない。

空々は人間のときだって、そんなものを有していたとは言えないけれど……、言葉での説明は、やはり難しいのだろう。人の心でも、惑星の直観でも難しい。

「こんなあやふやでぼんやりとした、感覚でもない何かで、地球は人類を嫌ってるのかなー。ぶっ殺したいって、滅亡させたいって、憎悪してるのかなー。だとすれば……、うーん、駄目だ、うまく考えられないやー」

「考えられない？」

「そう、天才なのに。思考能力が働かない――頭がないから。記憶もないから。物体に記憶が留まるってサイコメトリー理論は、こうして物体側になってみると、嘘だってわかるねー。わかる？　わかってるのかな？　私——結局、これも考えてるってことにはならないんだよね？」

「じゃあ、交渉のとき、考えているように見えた天体は、僕達がしているような意味では、考えてはいなかったたってことになるのかな……、整合性を取ろうとするほうが無理なのかも」

ただ、灯籠木も別段、知的好奇心をもって現状を解釈しようとしているわけではあるまい——少しでもこの（緊急）事態を把握することが太陽との交渉に、わずかでも役に立つんじゃないかと、足掻《あが》いているのだ。

つまりこの突発的……、どころか、信じられない……、を通り越して、ありえないシチュエーションにおいても、灯籠木は太陽との交渉を、投げ出していないということだった。

少し誤解していた。

と思った。

いや、思ったのではない——『誤解していた』という感覚が、天体化することで失われた。『できることだけをする』を信条にした、底知れない気まぐれな天才少女だから、交渉がここまでの暗礁に乗り上げたら、あっさり諦めてしまうんじゃないかと思っていたけれど——どっこい、虎杖浜ばりに、かなりのガッツを見せている。

しぶとさでは、案外、杵槻鋼矢に次ぐんじゃないのか？

これでは、むしろ、空々のほうが、任務を投げ出しかねない勢いである——こんな感情（？）が灯籠木に伝わってしまっているとすると、羞恥《しゅうち》を覚えずにはいられなかったが、ただ、そんな羞恥という感覚も、天体にはない。

「まあ、これでよかったのかもしれないよ、空々くん。予定とは、想定とも、ぜんぜん違っちゃったけれど、案外、本音で話すしかない天体同士の『会話』だったら、交渉がスムーズになるケースもあると思うのー」

「本音で話す、か……。得意じゃないな」

「それは私もだよー。大抵のことは得意なんだけどねー。本音とか、誠意とか、正直とかは、ぜんぜん駄目ー。ほら、普段だったら絶対しない、弱点の暴露をしちゃってる。このままだと、私の性欲の強さもバレちゃうー」

「それは以前からよく口にしていたような……」

しかしこんな軽口も、実際に交わしているわけではないのだろう——直観でウィットに富もうとしていると言うのは、変な気分だけれど。

気分？

「もうすぐご対面よ。雑談はそれくらいにしておいて——もうこの距離から、伝わっちゃってるとは思うけれど。なにせ、太陽の核まで、たったの数千キロだから」

ブルームがふたりに向けて、そんな注意をした。

「酒々井かんづめは、ずっとこんな感覚で生きているのかなー？　あの子は『火星陣』だからー、天体の一部みたいなものなんでしょー？」

その注意を無視する灯籠木。

マナー違反と言うより、天体と化しているために、制御がきかないらしい。となると、天体同士での『対話』なら、こちらに有利に進むかもというのは、希望的観測なのかもしれない——そもそも、『喋っている』と『思っている』が等価の現在、『雑談を取りやめて、黙る』というのは、不可能な要求なのではないだろうか？

それこそ、火星のように。

死の惑星にでもならない限り。

「『火星陣』だけじゃなくて、『地球陣』もだね……、そう……、『地球陣』が、イメージなんだとしたら……、『彼ら』に自覚症状がないのも、頷けるのかな。自分が地球の先兵だって言う自覚症状……、自分が人類だって信じ込んでいる……」

「私達もこのまま、天体であり続ければ、最初から自分は天体だったたって、がっちり思い込んじゃうのかなー。思うこともないのかなー？」

「右左危博士が、昔、人間を犬と誤認させる実験をしていたんだけれど……」

ぼかして言っても、このコンディションでは深いところまで伝わってしまいかねないが、まあ、左在存のことに関しては、別に秘密というわけではない――右左危博士も、娘を文字通りの実験動物にしたことを、まったく恥じてはいない。

「あれもイメージだったのかな？　だとしたら『地球陣』を解析するためのアプローチとしては、あながち間違っていなかったってわけだ……」

「宇宙船に帰ったら教えてあげる？」

「そこだけ切り取って右左危博士に報告するのは難易度が高そうだね……、そもそも、帰れるかどうか……、人間じゃなくても、天体としても、内側に飲み込まれるようなサイズ差があるんだったら、交渉中に意見が食い違ったときに燃焼させられてもおかしくないし……」

「そよのうな乱暴こなとはしせまんよ」

と。

止めかたがわからない『人類の化身』の天体ふたつの間に、割って入る声があった――重力があった、風があった、オーラがあった、びりびり伝わるプラズマがあった。

見ることも感じることもできないが。

『そこ』にいるのがわかった。

「こにんちわ、大陽すで。初めしまで。ここはで、わらわがあたなたがに名煎をおつけたいまししょよか？」

4

「まあとかもくわらわは太場です。一入称でわらわなんていてつるけどれ、わらわないねで」

愛嬌のある初対面の挨拶をされたように思うが、よくわからない——やはり、人類の感覚で『聞こえている』わけではない——また、『見えている』わけでもない。

全方位に向けて発光する霧の中で、強いて言うなら、文章を『読んでいる』かのようだった——仮に、聴覚に頼って聞こえているのだったり、視覚に頼って見ているのだったら、むしろ、ぜんぜん伝わらなかったかもしれない。

「空々空です。『地球撲滅軍』、空挺部隊隊長……」

こんな自己紹介にどんな意味があるのかも不明だったが、まあ、これだけ明るい空間（?）の中で、不明も何もあるまいと、儀礼に則ってみる。

「同じ空挺部隊の下っ端、灯籠木四子ですー」

と、灯籠木も続いた——気付けば、ブルームはいなくなっている。いなくなっていると言うより、月が近くに存在しないと、自分の直観が訴えてくる。

『中立』の身ゆえの撤退なのだろうが、何も言わずに月食を起こすとは、あまりに迅速である――いや、ここが太陽の内部であることを思うと、月食なのか日食なのか、ポジション的に曖昧になる。

駄目だ、まだ地上の感覚で考えている。

これじゃあ対話が成り立つわけがない。

「緊帳するとこはありせまん。でこはそなんもの、価植を待ちまんせから――蝮を割って話しましょうよ。どんな凪に間いいてるかは、おそよ想象がつまきすけれと、わらわは案舛、話せる『暴君』かもしませれんよ」

「……イメージをそのまま言葉にしたら、そうなるんですねー。伝わるけれど、言語体系はなさないって……、興味深いです」

ん、と思う。

天体に対しても、これまで特に敬語を使っていなかった灯籠木が、太陽相手には、自己紹介のあとも、言葉遣いを戻さないまま喋っている――いや、喋ってはいないのだが。

空々が知る限り、彼女が敬語を使う相手は、酸ヶ湯博士くらいのものなのだが……、さしもの天才少女も、太陽を前には、礼を失することはないのだろうか？

それとも、単に天体ゆえか……。

考えることが多過ぎるのに考える頭脳がないから、混乱する一方だ——今は混乱している場合じゃ、まったくないのに。

ままよ、と空々は口火を切る——太陽内部という、周囲に炎しかないシチュエーションで口火を切ったところで、火花さえ散るまいが（獅子《しし》身中の虫でさえない）、どうせそれも、イメージだ。

「地球と人類との戦争を止めていただけませんか。これは冥王星を含む、すべての惑星の総意です。全会一致の停戦案を、プレゼンさせてください」

「その必票はあまりせん」

余計な小細工をすれば小細工だけが浮き立ちそうだと、空々は手短に、要件だけを伝えようとしたけれど、しかし、この環境が当たり前である太陽には、それさえ不要だったようで、あっさりと遮られた。

『あっさり』というのも感覚じみた言いかたであって、実際は『すさまじい温度で』だったかもしれないし、『とんでもない重力で』だったかもしれない——確かな記述が何もできない。

「わらわは委佃承釦しておまりす。月から言れわるまでもなく——あなたの言うところの『金会一致』が、ややや怪しいのもであることも含てめです——」

お見通し――みたいなことを言われているような気がする。

こちらはあちらを見通せていない、まったくの先行き不透明なのに。

「氷星はわらわに池球を入類とまめとて漬さよせうとしいてる――氷星らしぃです。全星は、投げやりでどうもでいいと孝てえいる――小し前なら意貝も偉ったでょしうが。灰星は、死でんますね。戦死ししまたから。不星の立場は、池球よりも、わらわに焦点を当てているうよです。士星は――ふふ、純砕な賛城は、士星だけやじないすでか？　夫主星は、西白半介を否めせません。毎主星は、氷星に反登しいてるのみ……、冥玉星に至てっは、実質反忖のようなのもでょしう」

さらりと賛成票を内訳してくれたようだが、しかしそんな内訳も、通訳がいなければ、完全には入って来なかった――まあ、入ってきたのは、こちら側なのだ。

ブルームが通訳として残ってくれたらよかったのだけれど――この際、太陽の『第一の友』を自称する氷星、ならぬ、水星のメタールでも構わないから。いや、あの鎧武者とて、この場所――空々達にとってのアウェイ、天体にとってのホームにおいては、リアルな天体として顕現するのだろうか？

「ええ、まあ、そうです」

偽ってても仕方ないだろうし、細かい認識、些細な言い回しを調整するのは、無駄な試みであると同時に、たとえ成功しても意味がないだろうと判断し、空々は前に進む

——前なのかどうかもわからないが、とにかく進む。

落ち着け。落ち着くと言うのも感覚でしかないけれど、まず落ち着け——これは、はっきり言って、まったく最悪の状況ではない。相手は太陽で、天体でさえ飲み込んでしまうような巨大さで、空々と灯籠木を体内（星内）へと飲み込んでしまっているけれど、少なくとも、出会いがしらに焼き尽くされることはなかった。

戦力差を背景にした傲岸不遜《ごうがんふそん》な振る舞いも見せないし、たかが人類と見下しても来ない——ある意味で、アウェイなのに、これまでで一番、平和で衝突のない、順風満帆な話し合いができていると、言えなくもない。

順風ではなく太陽風だが——唱えろ。

（大物は僕の、敵じゃない——）

「そうです、認めます。必ずしも全会一致の賛成票は、その意図までが一致しているわけじゃありません——むしろ、完全にバラバラですし、おっしゃる通り、純粋な賛成票を投じてくれたのは、リングイーネ……、土星だけです。金星と冥王星についての指摘もまったくその通りで、言葉もありません——その結果に、僕も交渉人として、完全に満足しているわけではありません。ですが、それでも、あなたがここに僕達を呼んでくれたということは、最低限の要件は満たしているんじゃないでしょうか」

「満たしている。わらわを利用する票件をすでか？」

「いえ、無茶なお願いをする要件を」

「夫王星を相手にしたときのうよに？」

「はい。あなたも無茶が好きなことを祈っています。星に願いをかけています」

「あなたも令は星のなに？」

空々は今、思っていることをそのまま言っているだけで、策はない——とは言え、実はこれは、交渉を口から出まかせで乗り切ってきた空々少年にとって、初めておこなうことではなかった。

なんとも皮肉なことに、天体相手ではなく、人間相手に——元チーム『白夜』の天才ズに囲まれたとき、その苦境から逃げ切るために取ったプランが、『正直作戦』だった。

鋼矢に相談を持ちかけるときも、似たようなことをした。

ありのままに話す。

実際にこうして『対話』をしてみると、誠意とか素直さとかが、決して有効な場でないことも、なんとなく（直観で）わかるのだけれど、それしかできないなら、そうするしかない。

ただ、天才少女にして天体少女のほうは、まだそこまで振り切っていないようで、黙っている——黙ることに意味はないが、しかし、彼女にはまだ、できることが他にあるのだろうか。

できることしかしない魔法少女に、できること。

(『密度作戦』だっけ……？)

「停戦と言ばえ聞こえはいでいすけれど、その真実ほ、結戻のことろ、わらわの火刀をもって、池球と入類、西方を制庄することに他なならいとは考えまんせか？　奇くしも、氷星の望み通りと言こうとにはなまりすが……」

「それは——」

「迂闊に助けを救るめと、被害と破壊が犬きくなるだけだもと言まえす。あいるは、その後の支配を。わらわの火刀は調整可能なそれとは言まえせんしね。強大な刀を持つのもにっとて、倫理とは動かいなこと——刀を持つ者は、刀を振るわいなことこそが、救められる質資なのです。……真面目な話、あたな達がここに来るとは思っていませんしでた。そららから来ばれいいとういのは、両会を断るための方使のもつりでした」

「すみません。行間が読めないとはよく言われます。ここではそれをしなくて済むのが助かります。偽ることとも、合わせることもしなくていいなんて、まるで天国です」

「天国でなはく、天体です。わらわも一体の——動かぬ星。動じぬ星。とろこであなたは何らや企んいでるよでうすが、『密度作戦』とはなんすでか？」

太陽が率直に、灯籠木に訊いた――やはり企みに意味はないのか。それとも、『密度作戦』は空々の中ででっち上げた単語なので、こちらから漏洩したのかもしれない……、どちらでも同じことか。

ただ、天体のコンディション（と言っていいのかどうか）に不慣れな空々には、灯籠木の企みを、そして内心を、まだ完全には読み解けない。

「作戦っていいかたは正確じゃありませんー。持ちかけようとしていた取引ですから――献上しようとしていたプランですかねー」

敬語でも、あるいは天体でも、ふにゃふにゃしたニュアンスはそのまま伝わっていたが、ともあれ灯籠木は語り出した。

「隠してもしょうがないから言っちゃいますと、中身がすっかすかなあなたと、みっしり詰まった地球との対比を持ち出そうとしていたんですよねー」

『中身すっかすか』は禁句だと、自分で言っておきながら、それを持ち出す灯籠木――まあ、この状況で言葉を選んでも、むしろ印象が悪くなるだけか。

臨機応変に対応しつつあると言っていいのか、それとも、この状況でまだ、当初の案をどうにか活かそうとしている時点で、対応できていないと言うべきなのか――

「強大な力は、あくまで抑止力として存在するべきで、軽々に動くべきではないっていうのは、その通りだと思いますー。実際には実行に移さない場合に限り、脅しは有効になるんですから——ただ、だとすれば、プラズマであるあなたは、大きさに見合った更なる重さを、身につけるべきだとは思いませんかー？　まさしく、それは強者の義務として——ノブレス・オブリージュとして」

「嵩貴なる者の美務、ですか。いい言葉ですね——ふむ。興味深い。しかしわらわは十介に重い」

「そうでもありません。私が知るだけでも、二度の戦争が起きています——地球と火星との戦争。地球と人類との戦争。本来ならば、中心にどんと構えるあなたが、いるだけで防ぐべき戦争でした——あなたがもっと重ければ」

（…………？）

うん？　伝わって来づらくて、首があったら傾げているところだが、ひょっとして灯籠木は今、太陽を責めているのか？

戦争の責任を、地球でも人類でもなく（火星でもなく）、太陽に求めているのか？　だから責任を取るべきだという方向に、話を持って行くつもりなのだろうか——それは、相手が人の形をしていたら、あるいは有効な戦略だったかもしれないけれど、こんな太陽に飲み込まれているような環境下では、とても説得力を持ちそうにない提案なのだが……。

ノブレス・オブリージュ。

　という言葉なら、空々も交渉中に使った覚えがあるけれど、化身ならばともかく、天体に求めるような概念ではない。

　まして、概念の中で。

「あなたは『プランの献上』と言いしましたけれど、それはどいうう音味のなですか？　つまり、わらわの質童を……、否、蜜度を止げる万法があるとでも？」

「はい。私は同時に、地球の密度を下げるべきだとも思っています。と言うのも、問題行動——とは言わないまでも、戦争行動ばかりを起こす地球には、重鎮らしい振舞いは期待できませんからー。また、準惑星の冥王星との約束でもありますのでー。地球を準惑星の枠に入れるって言うのがー」

「酷い口約束すでね。なとんも、口がある人類らいしです」

「まあ、人口って言うくらいですからー。ただ、できない約束じゃあないですしー、その約束を、ここでばっちり活かせるんじゃないかなーって思ってますよー」

「具体酌に、詳しく訊きいたですね」

「もう伝わっちゃってるんじゃないですかー？　要するにー」

　太陽の密度と地球の密度を取り換えっこしようってプランですよ——と、灯籠木は言った。

空々に対しても、それは、言うよりも伝わるほうが早かった。

5

問題がふたつあるときは、それぞれをぶつけ合って解決すればいい——と言うのは、鋼矢から受けた、最初のアドバイスにも通底する思想だったけれど、地球をダウンサイジングするという冥王星からの要求を、まさかこういう形で活用しようとは、なんとも天才の発想だった。

もっとも、本人（今は本星）としては、本来もっとオブラートに包んだ言いかた——献上のしかたを考えていたのだろう。一挙両得の賢しさを、できれば露見させたくなかったはずである。

天才とは言え、すべてが計画通りにはいかないという証明みたいな好例（恒例？）だったが、まあ、個人的には、空々にとっては、お陰でわかりやすくなったとも言えた。

密度を取り換えっこする——密度を交換する、と出し抜けに言われても、もしもそれを人工衛星『悲衛』内の自室で聞いていたとしたら、空々には理解できなかったかもしれない。

天体同士の対話なら、理解はできなくとも、伝わる。

こうなってくると、交渉ではなく干渉だが。

「えーっと……、まだ具体的にその方法まで詰めているわけじゃないんです。こうしてお会いしてみるまでは、太陽さんが何を望んでいるのか、本当のところはわかんなかったですしね——密度の件だって、所詮は計算であって、空論であって、体験的に学習したわけじゃありませんでしたし。まさか、こんな風に内部にご招待いただけるとは思ってなかったですけれどー」

「聞きしまよぅ」

と、太陽は受けた。

興味を引くことには成功したのか——聞くまでもなく伝わることを、灯籠木にわざわざ説明させようとする。

事前のミーティングなど何も役に立たないような展開に恵まれたと思っていたけれど、こうしてみると、空々が切り出して、その間、灯籠木が太陽のキャラクター性に合わせたプラン変更を練るという役割分担は、うまく機能したとも言える。

それも小賢しさであり、見通されれば交渉に支障をきたすあざとさでもあるのだろうが……。

「準惑星の冥王星が惑星連から追放された経緯を、私はきちんと知っているわけじゃありませんし、教えてももらえませんでしたし、それはこのアウェイにおいても、尚更同じことなのかもしれませんが……、ともかく、彼女――天体時にも彼女と言えるのかどうかはともかく――は、地球も自分と同じ目に遭えばいいと、深いルサンチマンをもって、そう考えていらっしゃるようでした」

「愚かなことです」

伝わってしまうがゆえに冗長になりがちなやりとりの中では、妙に端的な感想だった――太陽にとって惑星がどんな存在なのかは（『友』なのか『下僕』なのか問題）定かではないので、その先の準惑星を、天体がどう定義しているのかも、同じく定かではなかった――単純に『準惑星』というくくりで見るなら、太陽系の外輪の内側にだって、そういう天体は周回しているのではないだろうか？

確か、今は死に体の火星と、木星との間には、（相対的に）小さな星々が、ベルト状の星雲を形成しているのではなかったか……。

「何をもって愚かかは、私じゃあ判断できませんけれどねー。でも、あなたとこうして対話するために、私は冥王星に約束したわけです。わかりました、地球をあなたと同じ準惑星にダウンサイジングしましょうと――表面をがりがり削って、あなたとおんなじくらいの大きさにしましょうと」

「…………」

沈黙が返ってきた——気がする。

空々もドン引きだったアイディアを、果たして天体の王がどのように受け取ったのか、あるいは、受け取らなかったのか。

「冥王星に直接、具体的にそこまで説明したわけじゃありませんけれど……、ただ、これは私達人類のほうも、それなりのダメージを負います」

それなりでは済むまい。

けれど、これは控え目に表現しているわけでもなく、天文学的な価値観を持つ天体の基準で言えば、『控え目』という意味合いなのだろう——人間としての基準で捉えるのと、天体としての基準で捉えるのとでは、やはりねじれが生じる。

ふと思った。

天体との会話というのは、星占いみたいなものなんじゃないだろうか——茫洋《ぼうよう》として、なんとでも受け取れるが、科学全盛の文明社会においてもなお、なまなかならぬ存在感をもって人々の心に根付く星々の教え。

だったら、対話ではなく神話なのかもしれない。

地球が太陽系の中心だという、自己中心的な天動説を謳っているときでさえ、輝く星には神の名前をつけて崇めていたわけで——

「そう。天動説だよねー」

と、そこで灯籠木が空々のことを、我が意を得たりという風に、指差して来た。

否、天体には指はないが、ともかく意識をこちらに向けた――まさか急にこっちに振られるとは思っていなかったし、何が『そう』で『だよねー』なのかもわからない。

「最終的な着地点はそこだからー。コペルニクス的転回を、もう一度起こそうってプランだから、これはー」

「コペルニクス的転回……？」

なんだっけ、それ。

ぶっ飛んだ展開のことを指すのであれば、それはもう起きているというしかないのだけれど――理解できないのであれば、せめて混乱しないように努めよう。

でないと、互いの意識がマグマのようにごちゃ混ぜになっているプラズマ環境の中では、灯籠木や太陽に、悪い影響を与えてしまうかもしれない。

周囲に悪影響を与える。

まさか天体になってまでそんなことを言われるのか。

「ダウンサイジング自体はたやすくとも、それが戦災と同じくらいのダメージを、地球と人類の双方に与えるとするんなら、過程が違うだけで、結果はおんなじだとも言えますー。停戦案の意味がないんじゃないかという指摘もあると思いますしー」

私は過程が大事だと思いますけどねー、ナイフで殺されるのと交通事故で死ぬのとじゃ、同じ死ぬでも全然違ってくると思うんですよねー――と、灯籠木。

「天体だって、隕石衝突で消滅するのと、自重でぐしゃりと潰れるのとじゃ、意味合いが変わって来るでしょー？」

　太陽からの返事はなし。

　会話のようで会話でないやり取りだから、相槌がなかったからと言って、それがイコールで同意を得られなかったとか、反発を買ったとか、そういうことではないのだろうけれど、やはり緊迫はする。

　太陽の全貌が把握できないことも、天体としての己自身を定義できないことも、緊迫状態の構成要素だ。緊迫にどれほどの意味があるのか、緊迫を緩和させることが効果的なのか、それも絵の具が混じりあっているかのような現状じゃあ、境界線がまったくあやふやだが……。

（そう……絵を見ているようだ。一枚の絵を読み解こうとしているような――）

「でもまあ、その辺はあとで考えようと思いましたー。まずはこの停戦案をなすことが、意味を持ちましたからー。空々隊長がおこなっていたこの交渉こそが、停戦案も含めー、最終的な和平に向けての過程なんですからー」

「和平ですか。平和ですか。できますか？」

「太陽さんを巻き込めば――正確に言うと、太陽さんに、渦巻きのように巻き込んでもらうんですけれど。ただ、ここまで来たことで、ダウンサイジングのほうも、そんなに乱暴でない解決策が見えてきたわけです」

「そがれ蜜度交換作戦……なのですか？」

「はい。作戦とは言えませんがー。献上品ですからー」

逆に大きくしようと思うんです――と灯籠木は言った。

言ったわけではないが、そんな台詞が、宇宙空間を伝達した。

「肥大化ですよー。重さはそのままで、サイズが大きくなれば、必然、密度は下がりますからねー。存在は希薄になります」

「……それだと、ノーヘルさんの意図と、真逆になっちゃうんじゃないの？」

口を挟んでしまった。

天体には口なんてないのに。

「ならないよー。だって、厳密に言うとノーヘルさん……、冥王星の要求は、地球が自分と同じように準惑星に落ちることと言うよりも、地球が自分と同じように惑星じゃなくなることなんだと思うもん。一連の発言を解釈するとねー」

「…………」

やはり理解しにくいが――これに限れば、もしも人間同士の会話だったなら、半分くらいは理解できたんじゃないかと思えるような理屈だった。

無意識のニーズを引き出すという交渉術を鋼矢は教えてくれたけれど、意識的なニーズの中からその真意を掬い取るというスタンスもまた、交渉術だろう。

言われるがままに言うことを聞いても、相手が満足しないなんてのはよくあることだ——言葉にされた要求は、嘘をついたわけでなくっとも、コミュニケーション不全やボキャブラリー不足の産物で、本心から遠かったり、真逆だったりするというのも、起こりうることだ。

まして、冥王星があそこで要求を出したのは——出さざるを得なかったのは——売り言葉に買い言葉のようなものであり、罵声《ばせい》や暴言に近く、虚心な本心を赤裸々に語ったわけではあるまい。

普段、こんな五感に頼らない直観的なコミュニケーションを（神話？）取ってるノーヘルが、どれだけ不自由や不具合を感じながら（化身状態なら『感じる』ことはできるだろう）、あの要求を出していたかを思えば、尚更だ。

「準惑星になることが『格下げ』だと定義する天体と、そうでない天体がありましたけれど、まあ、真相はどうあれ、なるほうが『格下げ』だと思っている事実は大きいですよねー。だから、地球は嫌がると思うんですよねー。でも、逆だったらどうでしょうか？　肥大化によって、土星や木星どころか、太陽さんすらもはるかに超えるサイズまで巨大化してしまえば、それはもう、惑星とは言えないんじゃないですかー？」

「大きくすることで……、惑星じゃなくする？」

ダウンサイジングならぬアップサイジング？　そんな言葉があるのか？　いや、言葉自体に意味はない。

「強いて言葉にするなら、アップデートだねー」

「不勉強ゆえの茶々を入れるつもりはないんだけれど……、惑星って、大きさに制限ってあるの？　つまり、どれくらいより大きくなったら、惑星じゃなくなるって言うような……」

「ない」

「ないんだ」

「ないけれど、これは相対的な話なんだよねー。これは過程どころか仮定の話だけれどー、もしも地球のサイズが今の、一兆億倍になったとしてー」

天才なのに、単位の頭が悪そうだ。

「そのとき、そんなブループラネットを、他の惑星の『仲間だ』って思えるかなー。冥王星を惑星連から外すときに、『準惑星』なんて定義をでっちあげたように、新しい定義を作らざるを得ないんじゃないのかなー。そうですよねー、太陽さん」

「なとんも言まえせんね。そわはなたあがた、入類の会議で決定することですらかね

——天体には天体の会議がありますよ」

天体には天体の会議があるのか？　その新情報は聞き逃せないけれど——いや、今まさにおこなわれているのが、その天体の会議なのか……、こんなカオスの中で何が決まるんだと言いたくもなるけれど、しかし、この冗長性は、天体にとっては光の速度と同じなのかもしれない。

「人類側にとっての都合を述べれば、もしもにっくき地球がビックサイズになれば、人口問題が解決しちゃうんですよねー。土地や資源に対して人口が多過ぎるっていうのが、環境問題の主軸ですからー。実のところ環境問題の大半って、地球の大きさが三倍だったら問題にもならないようなことばっかりなんですよねー」

天才ならではとしか言いようのない、すごい解決策だ……、それとも、天才間では、常識とされるような考えかたなのか？　こういう形（状）でなければ、一生共有できなかったであろう、ほとんど狂気が滲《にじ》んでいる発想である。

「地球の増築？」

「増改築かなー。削るんじゃなくってー、増やすのー——テラフォーミングの話があったけれど、あれには侵略が、つまり『次の戦争』が不可欠になっちゃうわけでー。宇宙空間は隙間だらけなんだからー、地球を三倍の大きさにする余裕は十分あるんだよねー」

「……………」

「非現実的な妄想ってわけでもないんだよー。だって、どんな天体だってー、肥大化はするんだものー。太陽さんだって、何十億年もかけてこの大きさになったんだよー？　同じことが地球でできないってなんで言えるの——促成栽培は、人類の得意技でしょー」

それは人類の得意技と言うより、『絶対平和リーグ』の得意技だ。年端もいかない少女達を、魔法少女に進化させた——変身させた彼らの。

まさかそんな経験が太陽の核で生きてこようとは、壊滅したかの組織の上層部も、毛ほども思っていなかっただろうが……。

「その人間的な思考実験にどこまで付き合ったのもかは、とかもくとして——サイズ植を上昇させるせだけではいなけいのですか？　蜜度を下げる必要はあるでのすか？」

太陽からの質問に、

「密度をそのままに大きさが倍になれば、重さは倍じゃ済みませんからねー。これは、理科じゃなくって数学のお話ですけれど——自重でぐしゃってなっちゃいますー」

「……………」

「ついでに言うなら、密度においてナンバーワンという特異性を、この際、地球から剝奪しておきたいんです。確かな条件はわかりませんけれど――惑星の密度が『大いなる悲鳴』に関係しているようにも思えるので－」

初めて聞く仮説だったが、たぶんそれは、『大いなる悲鳴』を地球に教えたのが金星であるという情報から打ち立てた推理だろう――双子の惑星というほど、大きさと重さが近い金星が、『大いなる悲鳴』の本家本元だとするなら、声帯の形が声に影響するよう、星のスタイルがあの大虐殺（健康法）を実行できる条件なのではないか、という推理。

実際、他の惑星が『大いなる悲鳴』を使えるという話は、ここまで出て来ていない――出て来ていないだけかもしれないが、今話している太陽でさえ使えるとは言っていない。

「もっとも、地球のアップデートに成功すれば、人類の三分の一を虐殺する『大いなる悲鳴』も必要ありませんけれどねー。これも数学の話ですけれどー、球の大きさが三倍になればー、表面積は九倍になりますー。人類は住み放題ですしー、環境も破壊し放題ですー。人口問題、ゴミ問題、温暖化、大気汚染――なんでもかんでもどんどんと来いですー」

「景気のいい話すでね。ケーキみいたに甘い見通しですが」

「そうでもないですー。リアリスティックですー。私だって、魔法を駆使して、無抵抗の地球をダウンサイジングするのがベストだとは、思ってないです——繰り返しになりますけれど、大きな力は、使わないことに意味があるという考えには、ほぼ全面的に同意します」

ほぼ。まあ、ほぼだろう。

四国の形を変えた黒衣の魔法少女の言うことではない。

しかしまあ、アップデート案についても、まったく見込みがない、途方もないアイディアではないことも確かだった——地球を、要するに『土』の塊であると解釈するなら、チーム『白夜』に属していた黒衣の魔法少女、好藤覧の『土』の魔法が使える。

地球上のすべての『土』を『耕せば』、重さはそのままに、体積を増大させることはできるだろう——そのコスチューム自体は失われてしまったが、同じくチーム『白夜』の、黒衣の魔法少女『スタンバイ』の『木』の魔法だったら、緑の量を爆発的に増大させることもできる——それで表面積は、事実上、無限に増やせる。

人工衛星『悲衛』でおこなわれている科学と魔法の融合研究の、平和利用と言ったところか……。

空々がそんな風に、灯籠木の言い分を、やや現実的に解釈したのが伝わったのか、

「まあいいしでょう」と、太陽が譲歩の姿勢を見せた。

譲歩の姿勢と言うより、ただ動かなかっただけとも言える。

心が動かなかっただけとも——そう言えるなら、そう言いたいものだ。

「それはとかもく、そまこででは、まだ説明は米分でよすね。池球の蜜度を下げる意味合いはわかまりした——しかし、わらわの蜜度を上げる音味は、どこにあるのです？　わらわが、今の白分に満足していないとでも？」

「それはなんとも……、太陽さんの御心は計り知れませんからねえー」

天体に肩があれば、ここで灯籠木は肩を竦めて見せただろう。

「でも、仮にご自身にご満足されていたとしても、ご自身を取り巻く環境には満足してないいんじゃないかなって思います。抑止力がきかず、戦争が頻発している環境には」

頻発は言い過ぎでは？　と思ったが、しかし、本来九つあった惑星のうち、ふたつが戦争を起こしてひとつが死に体になり、そのあおりで端っこの惑星が準惑星に落ちた——惑星にとどまりつつも、金星はやる気をなくしている。

その後、更に、同じ惑星が内紛を起こしているというのは、必ずしも、少ないとは言えない。

回数も被害も、多いとは言えなくとも、少ないとも言えない。

「誤魔化す意味はあまりせんんね。環境に満足していけなれば、何だと？」

「密度を下げるというのは、太陽さんの場合、質量を保ったままでダウンサイジングをするというアプローチになりますよねー。『すっかすか』の中身を、ぎゅうっと押し潰す――プラズマを圧縮するという形に」

「そなんことをしらた、どうるなか、想象でなきいわけではいなでしょぅ？　人間の物理学では」

「そこは私達には物理学を無視する魔法学がありますからねー。あなたの太陽風も、『風』である以上は、私の友達の『風』使いが、コントロール可能です。……宇宙空間ではいささか頼りないですけれど、あの子ならきっと克服してくれるはずです。元リーダーとして保証しますー」

そうか。

プラズマだろうとオーロラだろうと、『風』であるなら、虎杖浜なのかの独壇場になるか――たとえ酸素のない宇宙空間であっても、そこに風さえ吹けば。

太陽風を逆風にすれば――風向きを変えれば。

「あと、及ばずながら、私は『火』の魔法少女なので、お力になれると思いますー」

「それが嘘でいなことは伝りわますが、わらわを圧縮すると、わらわにどんないいことがるあのですか？　何十億年もかけてここでま成長した、わらわの身体を縮めると、どよのうないいことが」

「いいことずくめですよ。なぜなら地球と絶縁できます」

「絶——縁？」

「アップデートすることで、地球を惑星連から追放するというのは、確かに人類の会議で決まることですけれど、そこに太陽さんのダウンサイジングが要素として加われば、まさしく物理的に、惑星連から追放されます——太陽の重力と地球の重力のつり合いが崩れます」

物理的な——追放。

冥王星は、それまで通り、同じ周回軌道で公転しているにもかかわらず、準惑星へと『格下げ』になったが、これはそうではなく——灯籠木は地球を、公転軌道から外そうというのか。

それはもう、惑星連からの追放というより——太陽系からの追放だ。

「どういう問題が起こるの？」

空々は訊いた。直観的に。

うまく指摘することはできないけれど、そのドラスティックなプランが冴《さ》えた解決策でないことは、なんとなくわかる——太陽系でなくなったら、地球はどうなるんだ？

「太陽光が届かなくなるかなー？　つまり、地球温暖化問題が解決するよねー」

「……つまり太陽の恩恵に与ることができなくなるってこと、だよね。それは――なんとなくまずいんじゃ……」

まずいで済むのかどうか……。

小学校の理科の知識でわかる範囲で考えても、太陽がなければ人間のみならず、地球に生命が生まれなかったのでは？

「生命を病原菌として考えれば、そんなもんはないほうがいい――って言うのが、ツートンさんの言い分だったけれど、それを受け入れるわけにいかない生命サイドとして考えれば、その問題にだって解決策はあるよー。地球自身が熱光を持てばいいだけなんだから」

「……それも魔法でできることなの？」

「エアコンをつけるのは、科学の分野かもねー。公転するのをやめて、自ら発光する――つまり、私が提案するのは、地球の恒星化ってことだねー」

コペルニクス的転回だね――と、灯籠木。

そうだ、思い出した。コペルニクス的転回は、天動説から地動説への転換のことを言うのだった――それをもう一度起こすというのは、即ち、地球に公転をやめさせるということであり。

ある意味で、天動説への回帰でもある。

「実際の動きと、見かけの動き。自転している以上、地動説には変わりはないんだけれどねー。だけど、星空は一変するだろうねー。太陽さんからすれば、問題児を自分の系統から追い出せるって感じなのかなー」

「池球に独立を許せ、というわけですね。その思考実験に付き合い続けて差し上げますが、池球だけで済みますか？」

「そこは密度のバランスです。重力コントロールです。きっとうまくいくと思いますよー」

「そう思ってないいことは、伝わってますいよ」

「ですよねー。んー。あとで解決しようと思っている問題でしたけれど、だから、他の惑星についても、サイズ変更の手続きは必要になるかもしれませんねー。あるいは……、太陽系からの独立を。追放ではなく独立という話になれば、それを『格下げ』とは考えないかもしれませんねー」

「……池球と人類との戦争を上めるために、太陽系を解散しようと言うでのすか。あなた達には、そこまでしなれければならない理由があるとして——わらわには、そこまでしなれけばならない理由があると思いますか？」

「くつだらない争いから距離をおけますよー。物理的に」

「なほるど。プゼレンはそれでおましいですね？」

「いえ、もうちょっと……いえ、おしまいです。ここから先は、些細なことですね――」

「面白いお話でしたよ。お世辞でくなね――ああ、誤解しないくでださい。析衝を打ち切るうとしているわけではありません。ただ、太陽系の解散にまで話が及んでくると、わらわの一存では、さがすに決められませんね――動かぬ恒星のわらわとて、惑星連の意貝を、聞かざるを得ません」

環境に慣れてきたのか、太陽の台詞がだいぶん、聞き取りやすくなってきたように感じる――台詞でもなければ、聞けてもなければ、感じてもいないにしても。

あるいは慣れではなく、シンプルに通じ合えるようになったのか？

だとすれば、灯籠木の大手柄だ。

アウェイどころか、相手の体内において、交渉を――プランの献上であるにしても――成立させようというのだから。

ただ、完遂とはいかなかった。

惑星連の意見を聞く。

それは準惑星の冥王星を含む、個々の惑星と、太陽との間でのやり取りなのだろうと思った空々だったが――星占いによる運命はまだ、彼を解放しようとはしなかった。

天体には天体の会議がある。

「わらわが発起人となり、合同会議を開催しましょう。太陽系のすべての天体を集めて、みなで結論を出しましょう——当然、当事者であるあなたがたも、出席してください」

と。

太陽は言った——これは確かに言った。

「今度はわらわが参りましょう。密度を落として、化身となり」

6

突如意識が戻った。文字通り、『意識』が、『戻った』——肉体の中に。

人工衛星『悲衛』の、自室の中に。

狭い寝台に横たわっていた空々と灯籠木は、ほぼ同時に覚醒した——不思議なことでもないのだろうが、時間はほとんど経過していなかった。

「……なんだ、夢か」

と、まとめられたら楽だったけれど、そうでないことはわかっている。

「え？　みんなで同じ夢を見ていたのー？」

そんな冗談を重ねながら、灯籠木も身を起こす――そしてお互い、人の形をしていることを確認し合った。目視で確認しあった――そういう感情をあまり表に出さない魔法少女も、さすがに安堵《あんど》が見てとれた。

「まさか人工衛星の部屋の、居心地がいいと思うなんて思わなかったよ……」

「あれでしゃんしゃんと終われたら、ベストだったんだけどねー。まさかもうひと波乱、ボーナスステージがあろうとは」

灯籠木がふわりと、寝台を離れて空中に浮いた。

「合同会議かー。たまんないよねー」

「まあ、次は天体にならずに済むだけ、めっけもんだと思うよ。真面目な話、あんなのは、一度体験すれば十分だ……」

「そうー？　私はあれ自体は、もう一回くらい、体験してみてもいい感覚だけどねー。太陽の内部はもちろん、空々くんの内部に入り込めたみたいで面白かったしねー」

どこまで本気で言っているのか、もうわからない。

わからなくてもいいのだろう、元に戻っただけだ。

もしも『人の気持ちがわかる』というのがああいう感じなのだとすれば、空々はやっぱり、今まで一度も、あの片鱗《へんりん》さえ味わったことがなかったと言える。

「合同会議って言うか、オールスターだね。正真正銘のオールスター。すべての惑星が集合するなんて」

「そうだねー。惑星直列だねー」

「惑星直列……、ああ、だけど火星は来られないのか……、死に体だもんね。でも、折角だからかんづめちゃんを呼ぼうかな……、一線を引いているとは言っても、この状況じゃ、声をかけないのはさすがにまずいって気もするし……」

断られたらすぐに退けばいいだろうと思って、そう提案したが、宙を浮く灯籠木は返事をしなかった——やはり、魔法少女は、『魔女』に対して思うところがあるのだろうか？

が、そうではなかった。それもあるのだろうが、そうではなかった。

「……ねえ、空々くん。なにせぼんやりした対話だったから、私もはっきりとは覚えていないんだけど……、太陽さん、『太陽系のすべての天体を集めて』って言ってなかった？」

「うん？　うん。言ってたよ。だから火星を、そこに含むのかどうかって……」

「火星もそうなんだけどさ」

と、灯籠木。

どういう感情で震えているのかはわからないが——その声はかすかに震えていた。

「それって、地球も含んでない？」

7

再会のときは近い。

（第13話）
（終）

第14話「太陽系サミット！そして始まるオミット」

『お互いさま』と言うより、『お互いども』。

0

1

「いえ、地球は含まないぴょん。合同会合、いわばサミットだとは言っても、あくまでもあたしが提出した停戦案を固めるための会議なんだから――あたしが提出したと言っても、あたしが当初想定していたものとは、驚くほどに違う形のプランになっちゃったけど……」

このまま空々の部屋にとどまっていて、時間間隔（体内時計？　星内時計？　自転周期？）の違う天体達が、ただちに集結してしまうリスクを恐れ、一秒でも早く部屋から出ようとした空々と灯籠木の前にブルームが現れ、どこから話を聞いていたのか、そんなことを言った。

思えば、そんな『胸中を察する』喋りかたも、天体ならば、できて当たり前だったのだろう――普段からあんな奇妙な、コミュニケーションを取っているというのであれば。

ノンバーバルコミュニケーションの真髄だ。

「ただし、太陽がそのつもりで言ったかもしれないという点については、考えておくぴょん――そうね。酒々井かんづめさんと違って、地球の代弁者とはとても言えないにしても、地球の衛星であるこのあたしが代理で出席するのが、太陽に対する譲歩案でしょう」

「……『中立』の立場じゃなくなっちゃいますけれど、ブルームさんは、それでいいんですか？」

「太陽の前では、自説も曲げなきゃならないでしょうよ――って言うか、もう、交渉自体は終わったようなものだものね。ここから先は、『どうやるか』『どこまでやるか』を決めるための会合だもの――それこそ、ここから先のあたしは、『中立』どころか、素案を提出した『責任者』でしょ。プロトコル作成に関して、知らぬ存ぜぬは通せない……、多少の働きはしないとね」

いかにもやれやれと、うんざりした風ではあったけれど、しかし、バニーガールがまったく喜んでいないかと言えば、そうでもなさそうだった。

腕のない交渉人によって、どれだけ跡形もなく変更されようとも、提案者として、やはり自分の素案が成立しつつあるというのは、嬉しいものらしい——間近で起こる戦争が終わるというのは。

「すぐに手続きに入るわ。出席者は、太陽、水星、金星、地球の代理出席であたしことブルームこと月、火星の代理出席で酒々井かんづめちゃんこと『火星陣』、木星、土星、天王星、海王星、冥王星——そして空々くんと灯籠木さん。出席者は、つまり全部で十二人。ちょっと窮屈になりそうね」

そう言ってブルームはぐるりと、空々の部屋を見渡した——狭いどころの話ではなさそうだった。

「十二人って……、まるで裁判みたい。アメリカの裁判」

灯籠木が言った。

それが裁判だとして。

裁かれるのは誰なのだろう。

2

ともかく、地球そのものが出席しないこと、今から手続きに入るということは、少なくともこの直後にサミットが開かれるわけではないというプログラムに一安心し、空々と灯籠木はブルームと別れて、廊下に出た。

これで次にこの部屋に戻って来るまでは、会合は開かれない。

一番大きな交渉を終えたので、取るものも取りあえず、まずは何より休みたい――はずなのだが、精神的にはともかく、肉体的にはまったく疲れていなかったから、横になりたいとは思えなかった。

むしろ今まで、快適とは言えない姿勢だったにせよ（狭い寝台に、二人横たわっていた）、とにかく身体は寝ていたようなものなので、むしろ運動したいくらいだった。

「うん、そうだねー。まあ、精神が抜けてた？　ゆえに、身体は休めたみたいなもんだろうねー。言い換えれば精神を支えるために、肉体が普段、どれだけの負担をしているかってことなんだろうねー。実際は数分も休んじゃいないはずなのに、充実感があるもんねー。私はこの勢いで、まだ早いけど、右左危博士の実験動物になってこようかなー。空々くんはどうする？」

「僕は……、トレーニングルームで筋トレでもしてくるよ。身体を動かしたい。寝過ぎて身体が痛いみたいな感じになってるから……」

「オッケー。じゃあ、サミットに向けた打ち合わせは、午後、お昼ご飯を食べた後でねー」

二度にわたる、事前ミーティングの事実上の空振りにもめげず、そんな段取りを組む灯籠木は、やはり天才であると同時に、根性の少女でもあるのだろう。

スポーツの世界でも大成したと思われる。

……なんでもいいからこの子が表舞台で大成していたら、人類の文化形成にどれほど寄与していたかを思うと、そこは惜しいと言わざるを得ないのだろうが、まあ、対地球組織の一員として、人類のために戦うのも、文化形成とは言えないにしても、貢献と言えるだろう。

そのために何人殺したとしても。

「ああ、そうだ。まだお礼を言ってなかったね。僕としたことが珍しい。ありがとう。太陽との交渉は、ほとんど灯籠木さんの独壇場だったね」

「口癖みたいにお礼を言われてもねー。むしろ、お礼なんて言わないほうが空々くんらしいって思うけどねー」

人間観察眼の鋭さも見せてから、「まあ、密度のプランに関しては、私の発想だけどねー。あれだって、空々くんとの打ち合わせの中で出てきた案だしー」と笑う。

「手柄を独り占めするつもりはないよー。おおっぴらには言えないけれど、スペシャルサンクス・虎杖浜と好藤だしねー。ラッキーも重なったよ……、精神体？　での交渉じゃなければ、ああもすんなりと、プランを聞いてもらえなかったかもしれない……、現場での微調整も……、微調整じゃなかったな、大胆なアレンジだったかな……、変に知恵を絞れない分、解釈の余地を残して、受け取ってもらえたみたいだし

「……ただ、賛成票とは言えないよね」

あくまで太陽は、サミットを招集すると言っただけだ——停戦案を何が何でも推し進めようとしているとは思えない。天体同士として話すことで、図らずも『腹を割った』会話ができたことが、功を奏したとも言えるけれど——そんな、まさかの『アウェイの有利』の条件下でも、はっきりとした賛成は得られなかった。

動かぬ太陽を動かすことには成功したものの、案外、肝心のサミットの席で太陽は、天体全員の賛成票を、取り消させるつもりなのかもしれない。

「まあ、サミットの進行役は空々くんに任せるよ……、私は後方支援に徹するから、その予定でミーティングしよう」

「別に順番制ってわけでもないでしょ。正直、不甲斐なさを感じるばかりで……、ブルームさんも、きみが地球と会話していた事実を知っていたなら、最初から灯籠木さんのところに行ってたんじゃないかと思うよ」

「そうなってたらどうなってたかはともかくとして——事実として、最初から交渉に

取り組んでいたのは空々くんだからねー。一堂に会して、全員が集合する場所じゃ、出る幕がないよー」

手柄を独り占めするつもりはなくとも、ここで変に謙遜はしなかった灯籠木だが、それだけに、サミットでの立ち位置にも、考えがあるようだった。

そうか。

灯籠木はいくつかの天体とは、そのサミットで初対面ということになるわけだ——途中参加の新入りに我が物顔で仕切られたら、いい顔をしない者もいるかもしれない。功労者への配慮は必要なわけだ。

でないと、サミットそのものの公平性が疑われる——特に、『平等』あるいは『格差』にこだわる、ノーヘルが出席する場では、公平性の演出は重要なことだ。

太陽が出席する会議で、公平も平等も、あったものじゃないだろうが……。

「具体的には、私が会っていないのは、木星のスピーン、水星のメタール、海王星のウォー……、この三つの天体かな？　ボーダー麦藁帽子、鎧武者、……なんだっけ？」

「セパレート水着」

「そうそう。なぜか忘れがち。それが一番キャラが強いのに、馬鹿馬鹿しくて、放念しちゃってた——まあ、私達が天体になったとき、どんなみっともない姿を晒《さら》してたかを思うと、迂闊なことは言えないけどねー」

その通りだった。

彼女達も、自分達がどういう『化身』をしていたか、本当の意味では認識していなかったのだろう——性格と中身がちぐはぐの傾向が強かった海王星は、言うなら『化身』に失敗したのだとも言えそうである。

「擬人化と擬星化……、法則性を見つけても、特にサミットには役に立たないかなー。知的好奇心はがんがんにそそられるんだけどねー。特に、地球の擬人化に際して、どうして私と空々くんで、見えかたが違ったのか」

それは空々も、まったく気にならないわけではなかったが、次のサミットには地球が参加しない以上、後回しにしてもいいテーマかもしれない。

「ただ、それこそ公平を期すために言うなら、ノーヘルさんとツートンさんと太陽……」

太陽には名前をつけていなかった。アウェイだったから。

だが、サミットの席では、つけるべきなのだろうか。

「この三つの天体は、多かれ少なかれ、灯籠木さんに一目置いていると思うんだよね……、いい意味でも悪い意味でも。だから、あまり後方に控えられても、それはやっぱり、サミットの進行に支障をきたすかもしれない。だから」

「わかってるってー。いいとこどりをしておいて、事務的な面倒事を隊長に押しつけようとは思ってないよー。パートナーシップは、この調子で継続ってことでー」

と、灯籠木は廊下の分かれ道で、そのまま足を停めることなく、船内ラボへと進んでいく。

そして続けた。

交渉が終わったら——戦争が終わったら。

「本当に付き合っちゃうのもいいかもね−」

3

性欲の強い魔法少女からの際どい冗談を真に受けるほど、十四歳の空々空はもううぶでもなかったし、むしろなんだか、鋼矢よろしくこれから死にゆく伏線を張られたようで、無闇に不安感をあおられてしまった（鼓舞しようと思っていったのであれば、逆効果だ）。

やはりこういうときは運動に限ると、空々が予定通りにトレーニングルームに到着すると、地濃鑿がルームランナーで、例ののんびりしたペースで走っていた。

「お！　空々さん、私の出番ですか！」

「ちが……、いや、そうだよ」

すぐさまUターンしようかと思ったけれど、寸前で心変わりした——天体になって太陽と会話するというのは、ここまでの交渉の異常体験と比べても、やはり更なる一線を画している。

ここは、一線どころか百線は越えているであろう元魔法少女の現宇宙飛行士、永遠のクレイジーガールと話すことで、己の正気を確認するというのは、決して気は進まなくとも、必要なメンタルコントロールかもしれない。

『地球撲滅軍』内においても、精神安定剤を必要としない空々空にとっての心理カウンセラーとしての役割を、まさか地濃が務めることになろうとは――宇宙では何が起こるかわからない。

飢皿木先生のことを思い出しつつ、空々はそう思った。

「クライマックスが近くなると私が出てくるシステムなんですよ。と言うことは、空々さん、天体との話し合いも、そろそろ佳境なのですか？」

「あ、うん。次はサミットを……って、え？」

靴を履きかえて、隣に並びながらルームランナーの速度設定（地濃の倍くらい）をしながら、おざなりに返事をしたけれど、今この問題児、なんと言った？

「え？　だって、虎杖浜さんにそう話したんでしょう？　聞きましたよ」

「聞いたんだ……」

そりゃそうか。

地濃は虎杖浜のスパイとして（あんな堂々としたスパイがいようとは）、空々に探りを入れる役割を担っていたのだから、調査活動を停止するにあたっては、黒衣の魔法少女は元魔法少女に、ことの経緯を報告せざるを得なかったわけだ。

バニーガールとかセパレート水着とかを含む、ことの経緯を……。

体調不良のところに、とどめの一撃となりかねないような説明責任だったので、それを思うと、『正直作戦』の余波は計り知れない……、それはまだしも。

「え……？　地濃さん、まさか、信じたの？」

「ええ！　私が空々さんを信じないわけがないでしょう！」

虎杖浜さんは『空々くんは今、調子が悪いみたいだから、灯籠木に任せてそうっとしといてあげて』と言ってましたけれど！　と、地濃は胸を張った――限りなく歩くのに近い速度で走りながら。

「私と空々さんは四国ゲームを共に生き抜いた仲じゃないですか！」

「…………」

こんなにいらない信頼もないな。

たとえ世界中、否、宇宙中探したって。

……なんだかんだで、秘密裏に始めたはずの交渉劇も、これで結構な範囲に知れ渡ってしまったことになる。

酒々井かんづめに始まり、天才ズの三人には、信じる信じないはともかく、包囲網を敷かれた際に洗いざらい話してしまっている——杵槻鋼矢にも『たとえ話』として。

ほぼ公然の秘密状態だ。

何も質問せず、ただ訊かれたことに答えてくれた氷上竝生からの信頼こそ、あってありがたいと思えるものだったけれど、まあ、誰にもあれを求めるのは無理がある。

氷上は氷上で、少しおかしい。

（結局、人工衛星『悲衛』の中で、交渉の事実をまったく知らないのは、右左危博士と酸ヶ湯博士だけか……）

皮肉にも、前回の潜入任務の逆である。

こんなの、何の意趣返しにもならないだろうけれど。

（あとは、そうだ、ロシアの魔法少女、トゥシューズ・ミュール……、コミュニケーションが取れないってことが、まさかいいように働くなんて）

交渉人としては、これも皮肉だ。

果たして地濃が、どこまで信じたのかはともかく……。

「……念のために訊いておくけれど、地濃さん、誰にも話してないよね？　右左危博士や、酸ヶ湯博士や……、トゥシューズさんだったりに」

ロシア語を一言だって喋れないはずの地濃は、なぜかトゥシューズ・ミュールとコミュニケーションが取れるので、そこも確認しておきたい。

どこの国民からだって支持されないであろう地濃の一本調子な性格を考えれば、たとえトゥシューズ・ミュールにあることないこと喋っていたとしても、問題ない気もするが……、ここまで来て、余計な横槍を入れられたくない。

なんとしても地濃には、あと数日でいいから、『何もしない』という、果たすべき一番大切な任務を遂行して欲しい。

「私の口の堅さを舐めないでくださいよ、空々さん。口が重いことにかけては、木星の重力にだって負けませんよ」

「…………」

極めて不穏だ。普通に喋ってるだけで何もかも報告してしまいかねない。

だが空々は信じるしかない。この部下を。こんな部下を。

(救いがあるとすれば……、人工衛星に乗り込む前に、既に擬人化した地球と話したことがあるってことを知っている『人類』は、灯籠木さんだけってことか……)

まあ、ある意味で、クルーの中から地球と話した人間を探り出すためのテストになったとも言える——灯籠木が『経験者』であることが、それで判明したわけだし。

「それにしても惑星間の交渉なんて、空々さんの奇人変人っぷりも行き着くところまで行き着きましたねー。でも、灯籠木さんが協力しているというのだったら、心配はいらないですかね。あの天才さんは、私に言わせれば見どころがありますから」

この子は僕に感情があるのかないのかを、一貫してテストしているのだろうか……。

これなら虎杖浜や好藤みたいに、距離を置かれるほうがよっぽどいい。できれば一億四千九百六十万キロメートルほど。

「でもお可愛いですねー。惑星の擬人化だなんて。まるで学童向けの学習まんがみたいです。どうです空々さん、少しは知見というものが身に付きましたか？」

「交渉術なら、多少はね……、残念ながら、地濃さんとは交渉の余地がなさそうだけれど」

「はっはっは。恥じることはありません。私から譲歩を引き出すことができる者などいませんよ」

「うん、いないだろうね」

こんなに自信をもって頷けることはない。

太陽との交渉は、地濃に任せれば、案外すぐに解決したかもしれない——いや、宇宙戦争の引き金になるか。

だが、『擬星化』して天体となりでもしない限り、地濃と建設的な話し合いをすることなど、不可能なのもまた確かである。

「そんな交渉の余地がない地濃さんに、自分でも驚くことに、相談があるんだ」

「何なりと。上司の不手際をフォローするのは、部下の喜びです」

なんでこの子は思う通りに動いてくれても不愉快なのだろう。

ただ、空々も何の意味もなく、地濃鑿と並行して走るつもりはない——名カウンセラーと話して、己の正気を早くも確信できたところで、訊くべきことを訊いておくことにした。

もう天体のプロフィールは必要ない。

必要なのは、サミットに向けた対策だった——どこまで本気にしたかはともかく、少なくとも惑星との交渉を一笑に付して終わりにしなかった地濃からは（爆笑に付していた）、得られるものがあるかもしれない。

彼女が語る交渉法の逆張りをすれば、うまくいく可能性がある。

「地濃さん。もしも八人……いや、九人の、個性的な面々を一ヵ所に集めて、話し合いをおこなおうというとき、きみならどういう風に振る舞う？」

「私の意見を聞きたいと仰るのですね。いいでしょう。四国が生んだ奇跡と呼ばれるこの私がお答えします」

相槌ひとつで見事に雰囲気を悪くしながら、地濃は言う。

逆ムードメーカーである。

四国出身であることは、四国のためにも黙っておいたほうがいい——魔法少女の奇跡によって、焼野原と化した四国のためにも。

「ちなみにその九人というのは、地球と火星を除いた太陽系の惑星と、準惑星と太陽、そしてバニーガールの月ということでいいんですね？」

「……うん。いいよ、それで」

最初は月を数に入れていなかったが、彼女が『中立』の立場を外れて出席する以上は、意見として、票として、数えなくてはならないだろう。

性格は悪いのに勘も察しもいい。

きっと直観もいいことだろう。

「そうですねえ。私だったら、聖徳太子《しょうとくたいし》よろしく全員の意見に耳を傾け、みんなが納得するような解決策を出そうと思って、諦めるでしょうね」

「諦めるんだ」

出そうと思うだけでもびっくりだが。

「いや、ほら、私も四国で少なからずチームプレイに身を窶《やつ》しましたから。わかるわけですよ、多人数を取りまとめる難しさは」

リーダーみたいなことを言っているが、彼女が属していた徳島県の魔法少女グループ、チーム『ウインター』のリーダーは、魔法少女『キスアンドクライ』だったはずだ。

彼女は空々が四国ゲームに飛び入り参加した時点で、既にゲームオーバーになってしまっていたのでよくは知らないのだが、たぶん四国で一番不遇だった魔法少女だと思う——地濃が属するチームを取りまとめなければならなかったのだから。

ただ、たとえ地濃がいなくとも、多人数を相手にするのは、一対一で交渉するのや、あるいは一対二で交渉するのとはわけが違うのも確かだ。

「みんなが普通に意見を言うだけで、ごちゃごちゃになっちゃいますからね。って言うか、全員の意見を聞くだけでも、時間がかかっちゃいますからね。誰かひとりが『もう一回言って？』って言っただけで、最初からやり直しですからね。どうせみんな似たようなことしか言わないのに、なぜか違う風に言うから、それだったらもう、私の意見を通したほうが早いですよ。私がみんなを代表して決めてあげたほうが」

代表者と言うより、独裁者の思想である。太陽のほうが話せたって、どんな奴なんだ。参考にはならない。

（……いや、逆張りはできるか）

人の意見を聞かないという地濃のスタンスの逆を取る——ただし、サミットの最中ではなく、サミットまでの準備期間に。空々と相性の悪い天才ズについては灯籠木に任せるとして……。

（鋼矢さんとかんづめちゃんには、対策を訊いておこう……）

かんづめに関して言えば、出席を願うつもりなのだから、その際、多人数対策も訊いてしまおう――幼児に訊くようなことではないけれど。

「まとめると、①全員の意見を聞かない。②多数決を取らない。③結論を最初に言う。これが、多人数を相手にするときの取るべき姿勢なのですよ、空々さん」

「ありがとう。参考になったよ」

「またまた。どうせ私の忠告なんて守らないでしょ？」

その通りだったけれど、気取った言いかたがむかつく。

案外、地濃との並走を続ければ、空々の死んだ感情も、いつかよみがえるのかもしれない。そこまでして生き返りたいとは思わないけれど。

「まあせいぜいがんばってくださいよ。そうだ、戦争が終わったら、今度は私と付き合っちゃいますか？」

「それはできない」

4

「いや、まあ、言いかたはともかくとして、案外、的を外してはいないのも確かよ。

地濃さんの意見も……、個性的な多人数をまとめるのは難しいって意味じゃね」

もちろんその三ヵ条を実践しちゃ絶対に駄目だけれどね——と、鋼矢は言う。

無線通信室での、『安全な回線』を通じての会話である。

「て言うか、できる限り、その状況にならないことを、私は心掛けていたわね。交渉するときは、ひとりひとりを相手にする。サミットの形式になるときは、開催までに根回しを完全に終えておく。サミットの席は、消化試合の出来レースにしておく。基本よ」

「はあ……」

根回しが済んでいる——とは言えない。

全会一致の賛成票の内実はバラバラだし、サミット開催を決めた太陽の真意も、確実視できない。

とても消化試合ではないだろう……。

「それに失敗して、サミットを開催せざるを得なくなったときは、どうすればいいんですか？」

「うーん。そらからくんがどういう状況にいるのかが、天体を使ったたとえ話じゃ、完全にわかるわけじゃないから、適切なアドバイスはできないけどね……、それでいいなら」

「はい。地濃さんよりは」

なんだっていいと言っているのと同じだったが、空々がそう頷くと、

「とりあえず、参加する九つの『天体』の力関係を、ちゃんと見極めることね。対立構造だけじゃなくって、誰が誰を支持しているとか、誰が誰を認めているかとか、そういう好感とか尊敬とかも」

と言った。

「極論、前までの構図とは引っ繰り返って、『太陽』さんの賛意さえ得られれば、他の八つの『天体』が『停戦案』に反対したところで、決定できるわけでしょ？」

「まあ……、力関係で言えば……」

単なる力関係とも言えない。

水星はほぼ無条件で太陽に従うだろうから……、水星に対立しようとする海王星だって、そのときはおとなしく、太陽の決定に従うだろう。

準惑星の冥王星にしたって、太陽を中心に回っていることに違いはなくて——太陽に挑戦しようという木星も、その対決姿勢の元にあるのは、リスペクトだったはずだ。

「複雑に絡み合った人間関係——『天体関係』かしら？　——を、解きほぐして、読み解く……、しかも、即興で。まあ、この辺は思い切って、灯籠木さんに丸投げしち

やってもいいとは思うけれどね？　彼女がチーム『白夜』の魔法少女として、四国ゲームを運営するときにやっていたことが、正にこれだから」

もっとも『誰かひとりを残す』のと『全員で達成する』のとでは、やるべきことは真逆なんだけどね——と、鋼矢はシニカルにまとめた。

やはり、運営していた側と、運営されていた側の、根深い遺恨を思わせる。

ただまあ、四国ゲームでは、ゲームに参加した魔法少女同士を『対立』させること　こそが眼目だったわけで、それを思うと、確かにベクトルが正反対である。

そうなると、丸投げするわけにもいかない。

思い切れない。

ましてサミットでの彼女は、後方支援に名乗りをあげているのだ。

「個性同士が絡み合うと、どうしても群像劇になっちゃうからね。それを分断するのが腕なんだけれど。でも、やっぱり一番シンプルなチームのまとめかたは、共通の目的を持つことでしょうね」

「共通の敵ですか？」

「ううん。敵じゃなくて目的。共通の敵が有効なのは、数の少ない対立構造のときよ……、『水星』と『海王星』のとき、かんづめちゃんがそうなってくれたみたいに。人数が多いと敵と戦うときにも、温度差が生じるからね」

「温度差……ですか」

「実際、『地球撲滅軍』も、今はなき『絶対平和リーグ』も……、世界各地の対地球組織も、地球という共通の敵を持ちながら、内側はバラバラじゃない？　意思統一ができていない――英雄扱いする一方で、そらからくんを始末しようなんて動きも『地球撲滅軍』の中にはあったわけじゃない。個々に戦う分にはまだしも、団結するには、共通の敵ではやや弱いわけ。それだと手柄を競って、足を引っ張っちゃったりもするから――だから、共通の目的を与えてあげるの」

倒すべき敵ではなく、達すべき目的か。

団結が目的になってしまってはならないということでもありそうだ――地球と人類との戦争を止めるための停戦案じゃあ、まあ、共通の目的にはなり得ない。

ここまでの交渉の中で、賛成票を得るために、『太陽への挑戦権』や『地球を惑星連から追放する』など、そんなメリットを提供してきた空々と灯籠木ではあるけれど、そういう個々に向けたバラバラの目的ではなく――全体目標。

「そうね。そこが難しいところだけれど、その目的は、欲望や野心と直結しないほうがいいわね。そういうのって、どうしても個性が出ちゃうから――無私な大義のほうが、共通の目的にはなりやすい」

「無私な大義……ですか？」

「そう。『世界平和』とか、『自由への解放』とか『平等な世の中』とか『正義と善』とか、そういうの——団結しやすそうでしょ？　本音での会話を重んじる一対一の交渉じゃこういう建前は使えないけどね」

建前——まあ、建前か。

内幕はちぐはぐである対地球組織が、一応組織の体《てい》を保っていられるのは、にっくき地球という共通の敵を倒すためではなく、人類を救うためという、なんとも文句のつけにくい建前があるからだろう。

「そう。対地球組織とは言えない救助船『リーダーシップ』は、そんなロジックで成り立っているように思えるわね。あんなエゴイスティックな集団が、集団として機能しているのは、敵がいるからじゃなくて、目的があるからだと。『共通の敵』だと、その『敵』に、自分が嫌いな『味方』を倒してもらおうとか、そういうことを考える奴も出てきかねないからね——数が多いと、例外も生まれる。目が行き届かないところも出てくる。『共通の目的』だったら、立ってるものは親でも使いたいところだものね」

「なるほど……」

「綺麗ごとも時には必要ってことかしら。……本気で綺麗ごとを信じられるリーダーが強いのは、この辺の事情にもよる。あやかりたいものだわ」

思うところありそうに、鋼矢は言った。

そして、それを打ち消すように、

「ま、私から言えるのはその辺かしら。片がついたら、何をしているのか、教えてね。『共通の敵』なんていなくとも、『共通の目的』がなくっとも、そらからくんとはいい関係でいたいからさ」

と、まとめた。

綺麗にまとめた。

その感じからすると、薄々、空々が話しているのが『たとえ話』などではないことに勘付いているのかもしれなかった。

それでも何も言おうとしない振る舞いこそ、四国にて彼女を生き長らえさせた、長生きのコツなのかもしれなかった。

それこそ、あやかりたいものだった。

5

「おーけー……、まあ、しゅっせきするんは、ええやろ。そのさみっと……、かんづめもきょうみあるわ。ちゅーかあれや、たんじゅんにめっちゃおもしろそうや」

と、酒々井かんづめは言った。

「みてみたいわ。そのわくせいちょくれつ」

「ありがとう。助かるよ」

「きたいされてもこまるけどな。なにができるっちゅうわけやない——かんづめには、そのさみっとがどういうけつまつをむかえるんか、そうぞうもつかへんし」

「『火星陣』の魔法……、予知能力をもってしても、なんだね？」

「うちゅうのことやから。それに、もちろんまほうもばんのうやないからの。ただ、もう、よちとかいうよりも、すでにおにいちゃんのやっとることは、『かせいじん』がかつてやったことを、はるかにちょうえつしとうから、そうやのうてもなんもいえんわ」

感心していると言うよりは、呆れているようだった。

特に、『天体と化して太陽と話した』というくだりについては、幼児が眉を顰めていた。さすがに予想外の展開過ぎて、正気を疑われたのかもしれない——すぐに、かんづめの部屋を訪ねる前に地濃と話して、メンタルチェックは済ませていることを述べた。

ついでに、鋼矢から教わった多人数対策も共有しておいた。

「僕だけのやったことでもないよ。灯籠木さんが、この宇宙船に乗っていてくれたことは、幸運としか言いようがない。ひとりだったら、ノーヘルさんを説得する辺りのところで挫《くじ》けてただろうね」

「みらいがわからんのとどうように、かこもわからんからな。おにいちゃんがくじけとったかどうかは、なんともいえへんけれど――ほんま、どこでなにがいきてくるか、うんめいちゅうのはすうきなもんや。すくのうても、しこくでおにいちゃんとごうりゅうしたときには、こんなことになるとは、おもうてなかった。あんときのかんづめは、じぶんのしょうたいもようわかってなかったとはいえ……」

と、昔を懐かしむようなことを言うかんづめ。

懐かしむほど昔でもないのだが――あるいは幼児が懐かしんでいるのは、その外観には不似合いなほど昔の、前世での出来事なのかもしれなかった。

「そうでなくとも、ちーむ『びゃくや』のれんちゅうとのごえつどうしゅうは、いがいやけどな。とうろぎは――まあええやろ。あいつはしごとをさぼりがちやったしな」

鋼矢とはまた違う立場で、『絶対平和リーグ』の幹部クラスには思うところのあるかんづめだったけれど、それを幸いとはとても言えないにしても、貴重なサンプル扱いされていた前世の記憶が薄れているため、協力態勢に、そこまでの不満はないようだった。

諦念《ていねん》や悔悟にも近いものなのかもしれないが。

「じゃあ、予知とかじゃなくっていいから、素直な感想を聞かせて欲しいな。感想と言うか、評価と言うか……、ぶっちゃけ、かんづめちゃん。サミットが成功する可能性って、どれくらいあると思う？」

出席の承諾が得られたところで、気を引き締めるためにも、ここでかんづめから厳しいことを言ってもらおうと、ひねくれた期待をしての質問だったのだけれど、意外にも、

「ほしょうはせえへんけど、まあ、うまいこといくんちゃうん？」

と、彼女は楽観的なことを言った。

「ここまできたら、ほぼほぼながれはできとうとおもうしな。こうやがいうところのねまわしを、じゅうぶんにおえとうとおもうよ。おにいちゃんのしらんうちにな」

「だったらいいんだけど……、意思統一は見かけ上でしか成立していなくって、みんな、てんでバラバラなことを考えてるって気がするし」

「ただしいことができるきかい、ちゅうのはすくない。どんなばくだいなちからをもつとってもな。やから、そういうきかいをよういしたるんが、りーだーのしごとともいえる——ちきゅうとじんるいとのせんそうをとめることじたいが、ただしいことなんかどうかは、かんづめにはなんともいえんけども、しかし、かんづめのたちばから

いえる『けいけんだん』としては、もしもちきゅうとかせいとのせんそうがぼっぱつしたときに、ちがうおわりかたをさせとったら、げんじょうはちがうもんになっとったってことや」

「…………」

「ちきゅうとじんるいとのせんそうをとめることが、どっちがかってても『つぎのせんそう』につながりかねんちゅうのが、『はいざんへい』としてのかんづめのいけんなんはかわらへんけども――ただしさをついきゅうするなら、『いまのせんそう』をとめることは、『みらいのせんそう』をとめることにつながるんかもしれんわな」

これこそこうやのいうところの『きれいごと』やけどな――と、かんづめは自虐的に笑った。

ことごとく振る舞いが幼児には不似合いだ。

今の戦争を止めることは、未来の戦争を止めることに繋がる――それができれば、苦労がないのかもしれないが、過去の戦争から学ぶところがあるとすれば、そんなところなのかもしれなかった。

戦争は止められないと考えるよりは、いくらか前向きである。

「おにいちゃんは、とうじしゃやけんな。ただしかろうとただしくなかろうと、りそうてきやろうとげんじつてきやろうと、どうあれせんそうとむきあわなあかん。でも、それとはきょりのある――もしどおり、てんもんがくてきなきょりのある――ほしぼしからすれば、『かんけいのない』せんそうにたいして、どうむきあうのかっちゆうのは、みらいにたいするとうしになるんちゃうんかな。ここで『かんけいない』ってうごかんかったら、つぎはじぶんが『かんけいない』ってきりすてられるかもしれんから」

「関係性を築くためのサミットになればいいってことなのかな。惑星同士が同席することも、珍しいんだろうし」

惑星直列がどれほど確率の低いことなのかは、空々には正確な数字がわからないけれど……、その珍しさは、単に地球と人類との戦争を停めるためだけのものには収まらないのかもしれない。

大袈裟でなく、太陽系の未来を変えるサミットになるとしたら……。

「いっそのこと、他の議題も話し合ってもらうのもいいのかな。水星と海王星の和解だったり、準惑星に『格下げ』された冥王星を、惑星連に復帰させる提案をしてみたり……」

「きんせいのかみのけを、そめなおそうとかな」

かんづめはそんなことを言った。

どうも空々が語った金星のだらしない格好については、かんづめも思うところがあるらしかった——金星が、火星と地球との戦争に噛んでいて、しかも『大いなる悲鳴』を地球に教えたと聞いたときは、厭世的《えんせい》な世捨て人であることを己に課している彼女も、さすがに反応していた。

一瞬の出来事だったが。

「たんなるこうりゅうかいになっても、それはそれでええやろしな——あどばいすっちゅうわけやないけど、おにいちゃんは、あんまりむつかしいことはかんがえんほうがええで。そういうんは、てんさいずがええかんじのあいでぃあをだしてくれようやろ。おにいちゃんはてんさいにはでけんことをしたらええねん」

あとはまあ、とかんづめは続けた。

「さみっとがせいりつしたとして、ていせんあんをちきゅうとじんるいが、うけいれるかどうかっちゅうもんだいはあるよな。どっちかちゅうたら、そっちをかんがえたほうがええかもしれん。『はいそうですか』ちゅうてたたかうんをやめるには、せんそうもええかげんこじれとうやろ」

「うん……」

それは交渉の初期段階から言われていた、かんづめが停戦案に、あまり乗り気でなかった理由のひとつだ。

最悪のケースは、停戦案が出されたことで刺激された地球が逆上して、すべての惑星を巻き込む戦争になってしまうパターンだろうか。

否、そのパターンは人類にもありうる。

地球をこれだけ敵視する人類だ――どんな天体も、同じ穴のムジナにしか見えないのではないだろうか。空々にはそういう意識が薄かったから、天体との交渉が（ある意味、人間との交渉よりもスムーズに）成り立っていたけれど、普通の人間にとっては、惑星も準惑星も太陽も、『地球の味方』にしか見えないのではないだろうか。

敵の敵は味方――ならぬ。

敵の味方は敵――である。

そうなると、停戦案を、地球と人類、両者に受け入れさせるためのプランも必要になってくるのかもしれない――ここまで来れば乗りかかった船（宇宙船）で、それも空々が担当することになりそうだった。

「かりにすべてがうまくいったとしても……、そのときはそのときで、『ちきゅうぼくめつぐん』やらが、どういうふうにかいたいされるんかっちゅうもんだいもある。ちきゅうとじんるい、そうほうのぶそうほうきは、さいていいげん、てっていせなあかんとこやしな。おにいちゃんはどないするん？　このせんそうがおわったら」

「この戦争が終わったら……」

灯籠木と付き合う、というのはないにしても。

どうなのだろう。

今更、すんなり義務教育に戻れるとは思えないけれど……、カリキュラムに乗り遅れているからと言うより、あまりに世界の裏側を知り過ぎてしまったがゆえに……、野球部に戻っても、もう『勝ち』や『負け』の価値観が、一般的で常識的なそれとは、ずいぶん変わったように思う。

戦時での英雄は、平時の異端。

いや、それは空々に限らず、空挺部隊の隊員で、今更社会復帰ができる少年少女は、ひとりもいないのではないだろうか——結局、その後もずるずる、対地球組織の残骸《ざんがい》みたいなものに、しがみついて生きていくしかないようにも思える。

「…………」

「ま、ひとのことというとられへんけどな。かんづめこそ、どないすんねんいうはなしやし」

黙ってしまった空々との間に生じた沈黙を埋めるかのように、かんづめは言った——そこにあるのは、その年齢にして将来がないという絶望と向き合う予知能力者の姿だった。

その後、空々は灯籠木の部屋で、どうあれ最後となる事前ミーティングを終え、満を持して——とは言えないまでも、できることは全部やった上で、コンディション作りを終えた上で、サミットの会場である自室へと向かった。

灯籠木と、再合流したかんづめと、連れ立ってである。

ここでまさか諍いが起こるとも思わなかったけれど、一応は念のため、空々がふたりの間に立つ形でのフォーメーションを取った──右から、魔法少女、英雄、魔女である。

ふたりとも、その点は淡泊ではあるものの、ここで四国ゲームの再燃はまっぴらだ──事実、灯籠木とかんづめは口を積極的には利いていないし、完全に無駄な気遣いということもないだろう。

厳密に言えば、擬人化した天体と話ができるのは空々の部屋だけというのもまだ仮説だったたし、その仮説があたっていたとしても、まだ向こうの準備が整っていないという場合もある。実際、太陽との交渉時は、そんな空振りがあった──灯籠木と共に入室したら、部屋にはバニーガールしかおらず、またぞろこちらが擬星化しなければならないなんてルートもある。

すべての場合に対応できるよう、固く覚悟を決めるだけでなく、柔軟な姿勢も持っておかなければなるまい。

「まあ、なるようになるよー」

天才・灯籠木の姿勢は、やや柔らか過ぎるとも言えた。

「ここに来てごっそり興を削ぐようなことを言えば、たとえこのサミットが、決裂するような形で終わったとしても、ゼロになるだけで、マイナスにはならないからねー」

「ん……、ああ、それはそうなのか」

太陽を引っ張り出すところまで成功すれば、ある意味、最低限の責任は果たしたとも言えるわけだ——たとえこれまでの交渉でしてきた、空手形に近い約束を守れなくても、もうそれは、空々の手を離れた場所で起こるトラブルである。

空々はサミットの進行役ではあるけれど、もはや会合の責任者とは言えないのだ——そういう意味でも発言権は著しく低下しているものの、参加人数が増えている分、責任は分散している。

「サミットで一番大きな責任を負うことになるのは、素案の提出者であるブルームさんだろうねー。虎杖浜や好藤とも、最終的にはそういう話になったよ。変に統轄責任者ぶらないことが、会議運営の一番のコツだって。出席者の皆様にご奉仕しようと尽力するくらいの気持ちで構えておくのがいいだろうって」

「チーム『白夜』がそんな殊勝な心持ちで四国ゲームを運営していたとは、とても思えないんだけれど……」

まあ、人の心中はわからないものだ。

星の心中となれば尚のこと。

そう思いながら、それでも、最後の最後に興を削いでもらったことで、ほんのちょっぴりだけ気が楽になった——そして到着した自室の扉の前で足を停める。

深呼吸。

さて……、出席者合計、十二名。

この三名以外が勢揃いしているとして、九名——太陽がどのような擬人化をしているかにもよるけれど、本来、大きな羽根を持つ天使と、大きな鎌を持つ死神がいるだけで、いっぱいいっぱいになってしまうような、手狭な部屋なのだ。

元々、ひとりで使うのも窮屈な密室である。

サミット開催地のホスピタリティとしては、九人が並んで立つだけでも最悪と言える——そこにこれから、そんなに体の大きくない少年少女達とは言え、更に三人が参加しようというのだから、とんでもない。

もしも部屋に重量を感知するブザーがついていれば、間違いなく鳴り響くことだろう。

灯籠木にはまたしても空中を飛んでもらうとして、かんづめは、空々が肩車するしかないだろう——なんともしまらない司会進行役だ。

なんて、そんなことを思いながら、扉のロックを解除する。

果たして、サミットの会場は予想以上に、寿司詰め状態どころではなかった——どころではなかった。

どころではなかった、どころではなかった。

部屋の中は、死体置き場だった。

6

人工衛星『悲衛』内の窮屈な個室内に、九人。

普通だったら、もう空きスペースなどない、押し合いへし合い、立ってもいられないような隙間のない環境になりかねないところだが、しかし、このとき、空々の部屋には、かなりの空きスペースが生じていた。

当然だ、立ってもいられないような部屋で、立っているものはいなかったのだから——九つの死体が、床に直接、積み重なって、折り重なっていた。

そんな観察には、今更意味はないけれど……、どうやら太陽の擬人化は、十二単衣のごとく何層にも折られた煌《きら》びやかなドレスを来た、お姫さまのような姿だった——らしい。

もしも名前をつけるとしたら、ドレースとつけただろうか。

断られていただろうか。

そんな無礼で、交渉が台無しになっていただろうか。

第一の友を自任する水星が鎧武者——騎士の姿なのだったのだから、推して知るべしだったかもしれないが、どっち道そんな王女も、今はここのつの死体のうち、ひとつの死体でしかなかった。天体でも、恒星でも、太陽系の中心でもなく、一番下で押し潰されている、人間の死体でしかなかった。

むろん、忠実なる水星、メタールも。

やる気を失った金星、ツートンも。

挑戦意欲の木星、スピーンも。

天使の知恵を持つ土星、リングイーネも。

面白半分の天王星、ブループも。

上品になり切れない海王星、ウォーも。

自虐的な冥王星、ノーヘルも。

そして交渉劇の発起人たる月、ブルームもまた、太陽の上に積み重なって、物言わぬ物体と化していた——天体ではなく、もはや人体とも言えない、死体と化していた。

お姫さまも、鎧武者も、スエットサンダルも、ボーダー麦藁帽子も、輪っかに羽根も、女学生も、セパレート水着も、大鎌ローブも、バニーガールも、死んでいる。

　死んでいる。死んでいる。死んでいる。死んでいる。

死んでいる、死んでいる、死んでいる、死んでいる。死んでいる。

「…………！」

　その、光景とも言えないような闇の光景に絶句する。

　空々空も、灯籠木四子も、酒々井かんづめも、絶句する。

　思えば最初から最後まで、この扉を開けたときに、驚かなかったことなんて一度もなかったような気がするけれど、しかし、このたびの開扉こそが、間違いなく一番の驚きだった。

　凄惨《せいさん》な死体ではない。傷一つついていない。打撲痕もない。血の一滴も流れていないし、内出血の形跡もない――どの死体の顔を見ても、苦悶《くもん》の表情など浮かべていない。どちらかと言えば、安らかなくらいだ。

　だが、その安らかな死にかたこそが、空々達を、より一層、戦慄させるのだ――彼らは知っていた。三人とも知っていた。こういう死にかたを――『ただ死んでいる』としか表現できないような、ただ命を、命だけを奪われたとしか表現できないような死にかたを知っていた。

知らないはずがない。

かつて人類の三分の一が、それと同じ死にかたをしたのだから――二〇一二年十月二十五日、午前七時三十二分に、二十三億人が、安らかに死んだのだから。

安らかに殺されたのだから。

「『大いなる悲鳴』――」

灯籠木が呟く。

その呟きは、ちっともふにゃふにゃしていない独り言だったが、

「いや、これは『小さき悲鳴』だよ。きみ達の言うところの」

と。

積み重なった死体の山、その向こう側から返事があった。

死体がいくら山のようでも、山彦《やまびこ》なわけがない。

「きみ達には礼を言わなくてはならない――不愉快なことに」

それは聞き覚えのある声だった。

一度しか聞いたことがないけれど、確信があった――忘れられるはずもなかった。

山の向こう側から、えっちらおっちら、よじ登るようにして、その頂きに立ったのは――酒々井かんづめよりも更に幼い、性別不明の幼児だった。

いや、幼いとは言えない。

五十億歳近い高齢のはずなのだ。

「いくら僕の密度が濃かろうと、太陽系のすべての天体を相手にするのは不可能だ——擬人化でもしてくれていない限り。全員が一ヵ所に集いでもしてくれない限り。有効範囲は狭かろうと、致死率百パーセントの『小さき悲鳴』による先制攻撃で、瞬時に全滅でもさせない限り」

「あっ……！」

あどけない、しかしのっぺりとした顔つきから発せられた言葉は、特に丁寧な解説というわけでもなかったけれど、しかしその言葉に、かんづめははっとしたようだった——英雄よりも天才よりも先に、彼女が一番最初に気付いた。

幼児同士のシンパシー、ではない。

いち早く気付いたのは、彼女が『火星陣』だからだ。

もちろん、すぐに空々も、その答に辿り着く。

そうだ——明白じゃないか。

『火星陣』たる酒々井かんづめが、代理人たり得るほどに『火星の一部』であると言うのなら、停戦案の発起人であるブルーム、即ち地球の衛星である月もまた、『地球の一部』である。

即ち。

『地球陣』である。

（ジャイアントインパクト――）

無意識のうちに地球に与《くみ》する行動を取る、対地球組織が戦わねばならない、人類の敵――太陽と月との一人二役を疑っている場合じゃなかった。

　疑うべきは、月と地球との一人二役だった。

「このバニーガールの名誉のために言っておくと――彼女は本当に、僕と人類との戦争を止めようとしていた。きみ達が人工衛星で、僕の『悲鳴』の届かない範囲に飛びだしたのを受けて、前々から温めていたであろうアイディアを提供した――太陽を巻き込むアイディアに頭を抱えていたのも本当だ。僕に言わせれば、サミットを実現してみせたのはきみ達の手柄じゃなくて、バニーガールの手柄だよ。『中立』と言いながら、このバニーガールは、完全にきみ達に寄っていた」

　だから僕に殺された――と、性別不明の幼児は言った。

　いや、ひょっとしたら、成人男性だろうか？

　灯籠木には、死体の山の上に立つ『人物』が、どう見えているのだろう。

「むろん、彼女の意図がどうあれ、彼女が『地球陣』である以上、そのおこないが僕に利するものであったことは間違いないがね。天体を一ヵ所に集めるという、僕では絶対にできない惑星直列を実現してくれた、勲章物の大武功だ。しかし、手の届かない宇宙であろうと、僕もまた、擬人化すればここには来られることに、どうして誰も気付かなかった？　人の形をしている以上、『小さき悲鳴』は必ず通じる――ま、ごくごく少数の例外を除き」

「…………」

「太陽は死んだ。惑星を殺した。準惑星を落とした。衛星を砕いた。これでこの星系は、完全にお亡くなりになった。これで誰も戦争を止められない。これで誰も僕を止められない。これで人類の絶滅は不可避だ」

性別不明の幼児は言った。あるいは成人男性は言った。

つまるところ。

地球は言った――のっぺりと。

「それともきみ達が人類を代表して――僕と交渉してみるかい？」

そして悲しげに、哄笑《こうしょう》した。

7

『地球』

自転周期――24時間

公転周期――――３６５日
太陽からの距離――１億４９６０万キロメートル
直径――――１万２７５６キロメートル
質量――――５・９７×10^{24}キログラム
衛星の数――――１個
属性――――悲
発見年――――人類生誕時

（第14話）
（終）
（悲球伝に続く）

本書は二〇一六年十二月、小社より講談社ノベルスとして刊行されました。

|著者|西尾維新　1981年生まれ。2002年に『クビキリサイクル』で第23回メフィスト賞を受賞し、デビュー。同作に始まる「戯言シリーズ」、初のアニメ化作品となった『化物語』に始まる〈物語〉シリーズ、「美少年シリーズ」など、著書多数。

悲衛伝《ひえいでん》

西尾維新《にしおいしん》

2024年５月15日第１刷発行

発行者――森田浩章

発行所――株式会社　講談社

東京都文京区音羽2-12-21　〒112-8001

電話　出版（03）5395-3510

販売（03）5395-5817

業務（03）5395-3615

Printed in Japan

講談社文庫

定価はカバーに表示してあります

KODANSHA

デザイン―菊地信義

本文データ制作―講談社デジタル製作

印刷―――株式会社KPSプロダクツ

製本―――加藤製本株式会社

ISBN978-4-06-529846-6

講談社文庫刊行の辞

二十一世紀の到来を目睫に望みながら、われわれはいま、人類史上かつて例を見ない巨大な転換期をむかえようとしている。

世界も、日本も、激動の予兆に対する期待とおののきを内に蔵して、未知の時代に歩み入ろうとしている。このときにあたり、創業の人野間清治の「ナショナル・エデュケイター」への志を現代に甦らせようと意図して、われわれはここに古今の文芸作品はいうまでもなく、ひろく人文・社会・自然の諸科学から東西の名著を網羅する、新しい綜合文庫の発刊を決意した。

激動の転換期はまた断絶の時代である。われわれは戦後二十五年間の出版文化のありかたへの深い反省をこめて、この断絶の時代にあえて人間的な持続を求めようとする。いたずらに浮薄な商業主義のあだ花を追い求めることなく、長期にわたって良書に生命をあたえようとつとめるところにしか、今後の出版文化の真の繁栄はあり得ないと信じるからである。

同時にわれわれはこの綜合文庫の刊行を通じて、人文・社会・自然の諸科学が、結局人間の学にほかならないことを立証しようと願っている。かつて知識とは、「汝自身を知る」ことにつきていた。現代社会の瑣末な情報の氾濫のなかから、力強い知識の源泉を掘り起し、技術文明のただなかに、生きた人間の姿を復活させること。それこそわれわれの切なる希求である。

われわれは権威に盲従せず、俗流に媚びることなく、渾然一体となって日本の「草の根」をかたちづくる若く新しい世代の人々に、心をこめてこの新しい綜合文庫をおくり届けたい。それは知識の泉であるとともに感受性のふるさとであり、もっとも有機的に組織され、社会に開かれた万人のための大学をめざしている。大方の支援と協力を衷心より切望してやまない。

一九七一年七月

野間省一

講談社文庫 最新刊

西尾維新
悲衛伝
人工衛星で宇宙へ飛び立った空々空《そらからくう》に、予想外の来訪者が――。〈伝説シリーズ〉第八巻！

秋川滝美
ヒソップ亭3
〈湯けむり食事処〉
いいお湯、旨い料理の次はスイーツ！ 皆の「得意」を持ち寄れば、新たな道が見えてくる。

川和田恵真
マイスモールランド
繊細にゆらぐサーリャの視線で難民申請者の生活を描く。話題の映画を監督自らが小説化。

宮西真冬
毎日世界が生きづらい
小説家志望の妻、会社員の夫。メフィスト賞作家の新境地となる夫婦の幸せを探す物語。

レイチェル・ジョイス
亀井よし子 訳
ハロルド・フライのまさかの旅立ち
2014年本屋大賞（翻訳小説部門）第2位。2024年6月7日映画公開で改題再刊行！

講談社タイガ
白川紺子
海神《わだつみ》の娘
〈黄金の花嫁と滅びの曲〉
自らの運命を知りながら、一生懸命に生きる若き領主と神の娘の中華婚姻ファンタジー。